Den täta väven

Margareta Mörck

Den täta väven

Foto: Hanna Mörck och Margareta Mörck
Förlag: Mörckta Förlag, Uppsala, Sverige
Tryck: BoD – Books on Demand, Norderstedt, Tyskland
ISBN: 978-91-9831-057-3

Till Arne, Gunnar och Sventon

Kapitel 1. Värmen

Det är inte bara det att jag inte vill. Jag har heller inga lockande alternativ att välja på. Det ska bli en sådan där helg igen. En spretig blomsterkrans i håret, dekorationer med slokande björklöv, förväntan i luften och fiolmusik som böljar över en sommaräng. Sill, inlagd enligt en mammas recept, som någon annan fixat och nypotatis, små och gula, lätt skrubbade innan kokning med tunna skal kvar. Svenska saftiga jordgubbar hör till, godast att trycka in i munnen som de är. Helst ska man också ha någon att krypa nära, trycka sig intill och älska med, då natten, som inte är någon riktig natt, blir till dag.

I stan ska man inte vara, utan på landet, där man tillsammans med andra kvinnor, klädda i ljusa kläder, ivrigt rör sig över en sommaräng sökande efter blommor. Förmodligen finns också ett och annat skuttande barn som nöjt plockar en spretig bukett. Blommorna har korta skaft och består av prästkragar, midsommarblomster och ängsklockor.

Men jag har ingen håg efter midsommar. Mitt gamla liv, med samma traditioner som följts under många år med Peter, känns tradigt och tröttsamt. Med Henrik blev det annorlunda. Skärgårdsliv, segling och bad i havet med hans kompisar. Inget av det finns kvar längre. Det försvann med Henrik. Visst, jag skulle kunna höra av mig till hans bästa vän, Fredrik, och fråga om jag får hänga med på midsommar i år också. Fredrik, som äger huset på ön skulle inte kunna förmå sig till att säga nej.

Men, det skulle inte fungera, inte utan Henrik. Jag skulle vara det femte hjulet, den som dämpade festyran, drog ner volymen på skrålandet. Det skulle inte vara möjligt att fly bort från alla försynta ögonkast åt mitt håll, alla viskningar som jag uppfattade fragmentariska ord av. «Hemskt», «skjuten», «stackars henne».

Jag vill ha en förändring, men kommer inte på vad. Riktningen och styrkan med att vara vid liv, som tidigare kändes som ett jubel i mitt bröst, har blivit obetydligt, svajigt och suddigt.

Det är från utsikten i dubbelsängen på Ringgatan 12 B i Uppsala, lägenheten som Peter och jag köpt tillsammans som jag ligger och grubblar på hur jag vill ha det. Trettio år gammal, snart trettioett, och jag har kommit till en brytpunkt i mitt liv.

Solen lyser in i lägenheten, värmer mina bara fötter, het och obarmhärtig, trots den smutsiga grå hinnan som lagt sig på utsidan av fönsterglaset. Stan är full av damm i den torra värmen. Små partiklar som fastnar som filter på glasytan.

Peter? Ja, vad ska ske mellan oss? Han vill, men jag känner att livet vi har tillsammans skaver. Jag kan inte säga det högt till någon men jag saknar Henrik. Alla trodde att jag kommit över honom och hans öde när jag inrättade mig i mitt gamla liv, före Henrik. Jag kan inte klandra dem, för även jag intalade mig att allt var bra när Peter, min före detta pojkvän, tog tillbaka mig.

Peter är ingen känslosam person, men tog bedjande mina båda händer i sina i ett fast grepp och vädjade sorgset till mig. Som en trofast hund som fått stryk blickade han upp på mig, från sin knäböjande position och jag insåg med isande tydlighet att jag var den som gjorde honom illa.

Det var senast igår han ringde på min dörr, trots att han har egna nycklar. Men Peter bor inte längre på Ringgatan. Jag bad honom om tid och han packade två väskor och bar dem till sin lägenhet på Trädgårdsgatan, den han hyrt ut under tiden vi bott tillsammans. Peter är min ungdomskärlek och vi fann varandra igen för snart ett år sedan. Eller var det jag som inte stod ut med ensamheten? Jag är osäker på varför jag handlat som jag gjort hittills i mitt liv och lika osäker på vad jag ska ta mig till med min framtid. Ska det vara vi två?

Midsommar närmar sig med stormfart. Inte för att jag bryr mig, men alla andra vill göra upp planer som även inbegriper mig.

Jag ligger på sängen och dåsar medan solens strålar genom fönstret förflyttar sig över min kropp, allteftersom tiden går. Jag är ung, men känner mig urgammal. Trött och förbrukad. Har jag slösat bort mitt liv på oväsentligheter?

Mobilsignalerna från köket väcker mig ur dvalan. Slött lyfter jag på huvudet, lyssnar på det envisa ljudet, men lägger ner huvudet på kudden igen. Förmår inte resa mig.

Det är troligtvis mamma eller Frida. Peter? Nej inte Peter. Han är sårad för att jag sa att jag behövde mer tid. Mamma eller Frida.

Det är varmt i rummet. Jag har shorts och linne på mig men svettas i sommarvärmen och kroppen känns hal av fukt när jag vänder mig om i sängen. Det är över trettio grader ute och lika varmt inne, till och med varmare. Lägenheten som Peter och jag tycker mycket om för att den är ljus, visar sig bli outhärdlig på sommaren. Det var på hösten vi gick på visning, när mörkret började tätna utanför, men tillräckligt mycket sol bröt fram genom molnen för att göra lägenheten varm och inbjudande.

Mobilen låter igen. Vem är det som är tillräckligt angelägen att ringa flera gånger efter varandra?

Jag reser mig upp, svajar till. Blodtrycket eller värmen? Jag borde duscha av mig svetten och få i mig mat. Medan jag väntar på att omgivningen ska sluta gunga blir jag stående tills jag känner det stabila trägolvet under fötterna.

Med långsamma steg går jag in i köket, ser mobilen ligga på det runda köksbordet. Jag slänger en blick ut genom fönstret och innergården. Två gungor är upphängda med stadiga rep, som löper från varsin gren av den stora björken. Sittbrädorna av hård plast har bleknat i färg, en i svagt rosa den andra i en nyans som påminner om turkos, gapar tomma på barn och rör sig inte i den obefintliga vinden. En äldre kvinna, som jag vagt känner igen som boende i huset, sitter i skuggan under björkens vida grenar och läser en bok. Det ser rofyllt ut.

Mamma har börjat komma med antydningar om att vi borde skaffa barn, Peter och jag. Hon vet inte om att vi inte bor tillsammans längre och jag tänker vänta med att berätta. Det är för sårigt. Mamma skulle bli orolig och ställa obekväma frågor till mig. Frågor jag inte har svar på. Jag skulle antagligen börja gråta. Min mamma får tills vidare tro att allt är bra, att jag är stadgad i en stabil relation.

Jag kan inte klandra henne för att hon för ämnet barn på tal. Anna, min yngre syster har en ettåring och mamma tycker antagligen att även jag borde tänka på barn innan jag blir för gammal. Men jag är inte alls redo för att bli småbarnsmamma. Framför allt är jag inte säker på att Peter ska bli mitt barns pappa.

De funderingarna ska mamma inte få reda på för tänk om jag ångrar mig? Kommer jag att vakna imorgon med en intensiv längtan efter att byta blöjor innehållande äckligt gulgrönt bajs på en skrikande bebis som jag inte får tyst på? Bröst som liknar meloner har växt sig stora på min kropp. Nej! Tror inte det.

Mobilen har släckt ner och tystnat. Jag drar ut en stol och sjunker ner vid det runda köksbordet. Varför känner jag mig på det här ovanliga sättet, svajig och svag? Är jag sjuk? Nej, det måste vara värmen.

Jag tar mig upp igen och spolar vatten i kranen. Törsten gör sig påmind när strålens vatten virvlar ner i vasken. Med båda händerna tar jag ett fast grepp om diskbänken, böjer huvudet med ansiktet under kranen och låter vattnet rinna över munnen. Det är iskallt och jag sväljer flämtande ner vattnet men flyttar mig inte.

När jag druckit och dränkt mig i vattnet stänger jag av kranen. Jag är blöt i håret, på halsen och linnet ända ner över brösten men det känns skönt och det fuktiga plagget svalkar kroppen, får mig att vakna till ur dåsigheten. Med mobilen i handen går jag tillbaka till sovrummet igen. För att stänga ute solen, drar jag för de långa gardinerna och lägger mig ner i halvdunklet ovanpå det skrynkliga överkastet.

Jag kollar vem som ringt. Elof. Det var länge sedan vi hördes av. Elof är en vän till mig. En annorlunda vän eftersom han är över 70 år. Han är mer som en pappa än en vän, eller också är han båda delarna. Jag har inte hälsat på honom och Ellen sedan de flyttade längre norrut i Dalarna.

Jag lärde känna Elof och Ellen den gången i september förra året då det förskräckliga hände och en ovanlig vänskap tog sin början. Något gott kom ur tragedin och vi har fortsatt haft kontakt, Peter, Elof, Ellen och jag.

Innan jag hunnit tänka efter har jag ringt upp Elof. Automatiskt har fingrarna tryckt till på numret som visas på mobilen. Jag låter det ske. Det var längesedan vi hördes av och jag måste få veta om allt är bra. Han är angelägen om att prata med mig eftersom han ringt fyra gånger.

Signalerna ljuder i mobilen men ingen svarar. Jag står med tummen beredd att trycka till på den röda cirkeln när det klickar till och ett harklande hörs.

«Där är du ju! Ellen och jag tänkte höra om du vill komma upp hit till Leksand på din semester. Du kan stanna några jävla veckor eller hur länge du vill.»

Hans raka fråga genast utslungad innan vi ens sagt hej, överraskar mig. Det blir tyst en stund innan jag tveksamt får fram ett svar.

«Jag vet inte. Dalarna?» säger jag tveksamt. «Tack det är snällt av er», tillägger jag eftersom orden låter alltför ovänliga.

Men det är ingen dum idé. Då slipper jag fundera på midsommar, alla vänner som vill ses. Jag kan strunta i alltsammans och resa bort. Det känns befriande med ett nytt ställe när Peter och jag inte längre träffas. Annars vet jag inte vem jag ska umgås med. Jag känner inget gäng som inte samtidigt bjuder in Peter. Skärgårdsön är inget allvarligt alternativ. Den skulle få mig att känna mig ännu mer ensam.

«Snällt? Det är du som är jävligt snäll om du kommer. Du har ju inte en aning om hur vi bor, Ellen och jag. Vi har ett härbre som inte är vinterbonat men det spelar ingen roll nu när det är så jävligt varmt. Ellen och jag fixar maten. Ta med dig Peter om du vill.»

«Peter och jag...»

Elof väntar på fortsättningen men när det inte händer suckar han:

«Jag vet. Ni bor inte ihop längre. Fan Sara! Världens bästa karl. Peter berättade det. Men skit i det då. Kom själv. Vi tar hand om dig och vill du vara ifred är du i härbret.»

«Jag ska tänka på saken», säger jag. «Ringer dig senare i kväll. Är det okej om jag tar med mig Frida om jag kommer? En kompis.»

Frida har nyss börjat sin semester hon också och vi har pratat om att ses i sommar. Det vore härligt att få umgås med min vän från gymnasietiden, den enda som kommer att stå ut med mig i det tillstånd jag är i nu. Hon bor tyvärr numera i Göteborg och jag i Uppsala.

«Ja för fan. Kom med vem du vill. Ellen säger att hon vill träffa dig. Ja, jag också, men det fattar du väl. Det var länge sen.»

Jag hör Ellens röst men uppfattar inte riktigt orden. Ett mummel i bakgrunden.

«Du behöver inte ta med lakan och sånt säger Ellen.»

«Fint», säger jag. «Jag ringer ikväll. Hej då.»

Kapitel 2. Skräcken

Det började vackert såsom alla kärlekshistorier gör. Jag vandrade omkring i drömmar, förväntan, hopp om en för alltid ljus tid, övertygad om att ingen någonsin upplevt det jag fick vara med om.

Vi åkte till Paris, kärlekens stad och jag var lyckligare än jag någonsin varit. Solen lyste om våren och vi gick hand i hand på de livfulla gatorna. Alla vi mötte fick ett längtansfullt leende på läpparna när de betraktade oss som om de skulle velat byta ut sina trista liv mot vårt.

Utmattade och törstiga av de långa promenaderna stannade vi till vid ett café. Solen värmde våra bleka ansikten trots att det var tidig vår. Vi matade varandra med bitar av segt bröd som om vi inte kunnat överleva utan den andres omsorg.

Klänningen jag bar var i passionens färg och jag har aldrig tidigare känt mig så vacker, uppmärksammad och utvald.

Först långt senare, när jag analyserat min tid med honom, noterade jag hur han redan då började spinna sitt osynliga nät runt mig. Jag upptäckte, när det redan var för sent, hur han såg till att det alltid blev som han ville. Små och stora beslut togs av honom. Var vi skulle äta, när vi skulle äta, ja hela Parisresan var hans val.

Nätet han drog varv efter varv, var inte gjort av vackra spindeltrådar med små glittrande regndroppar hängande som ädelstenar från tråden. Materialet, var inte sådant att jag lätt skulle ha gnuggat det mellan pekfinger och tumme för att smula sönder det och låta det bli till stoft. Stoft som föll till marken, trampades ner i jorden, för att aldrig mer återuppstå.

Nej, kedjorna var hårda, som om de vore smidda av hållfast järn, ärgat av ålder visserligen, men fortfarande hållfast och allteftersom tiden gick slöt de sig runt mina smala handleder och drogs åt. Om halsen slingrade sig en snara som klämde åt när jag försökte ta djupa andetag.

Väven han vävde tätare för varje dag, var trots sin tjocklek, omöjlig att upptäcka med blotta ögat. Åtminstone för mig som befann mig i dess mitt. Inte ens när det var uppenbart för alla andra att jag strandat mitt i helvetet och människor försökte hjälpa mig bort från honom, upptäckte jag att jag befann mig inne i en trång cell med blockerad utgång. Inte ens när det stod skrivet på min kropp klart och tydligt vad som pågick, förstod jag att vår gemensamma framtid aldrig skulle bli som i mina ljusa drömmar. Inte ens när jag låg bredvid honom på natten utan att kunna sova insåg jag att jag befann mig mitt i elden, slickad av lågorna från alla håll.

När jag äntligen vaknade upp, var jag krossad och det återstod inte längre ett val. Jag var fast och hittade inte ut. Det fanns ingen styrka, inget motstånd och ingen glödande kampvilja som kunde hjälpa mig till befrielsen.

Men om det visste jag ingenting den första tiden. Kedjorna fanns på avstånd, långt inne i skuggorna, knappt märkbara i allt det rosa romantiska skimret. Ett mörker som blicken inte ville fastna i, väjde fegt för, slog ner ögonen inför och som jag inte tyckte hade med oss att göra. Kärleken kan överbrygga allt tänkte jag, inte varje dag men det var det jag trodde på innerst inne.

Kapitel 3. Dalarna

Ellen står bredbent viftande, med händerna högt upp i luften och med ett brett leende i det bruna ansiktet, utanför den gula stationsbyggnaden i Leksand mitt i den brännande solen. Hon är som vanligt klädd i praktiska kläder. Stora bylsiga grå shorts som når till knäna och en kortärmad svart t-shirt med vitt tryck. «Hot stuff», står det.

«Jag är glad att det äntligen blev av», säger Ellen.

Jag hinner fundera på hur många gånger jag blivit inbjuden men tackat nej men ger skamset upp när jag kommit till sex.

«Det känns skönt att vara här», säger jag, när Ellen pressar mig mot sina fylliga bröst och till min egen förvåning menar jag vad jag säger.

Frida står väntande med sitt korta, ljusa hår, vitt i solen, den gröna tatuerade ödlan täckt av svettdroppar på axeln. Hon tar Ellen i hand och jag ser hur de båda studerar varandra en kort stund. Jag ler när jag inser att Frida försöker sätta in Ellen i ett lämpligt människotypfack men det kan hon glömma. Ellen låter sig inte artbestämmas.

De ser nöjda ut båda två när vi sätter oss i bilen.

Medan Ellen rattar oss ut ur Leksand, över bron, med älven nedanför med brunblått vatten och sjön Siljan ljust glittrande i fjärran, pratar Ellen på om det vi ser runt om oss.

Färggranna blommor pryder broräcket, och rondellen som Ellen styr sig runt har en stor svart ljusstake med en tupp i.

Hon jobbar inom hemtjänsten och har nyss slutat sitt pass för dagen.

«Om ni visste hur varmt de har det, gamlingarna som bor i lägenheter mot söder. Även om jag drar ner persiennerna blir det stekhett. Det går inte heller att vistas på balkongerna utan en vindfläkt i sikte. Att öppna ett fönster gör det bara värre om det inte går att få korsdrag.

Men de klagar inte konstigt nog, trots att äldre personer är känsligare än yngre. De har inte samma förmåga att reglera temperaturen lika lätt som yngre. Inte heller blir de törstiga, fattar inte att de ska dricka mer. Jag är alltid rädd att hitta den som är mest skröplig uttorkad och knappt vid liv, i värsta fall död, när jag öppnar dörren.

Men idag lever alla mina gamlingar. Tack gode gud för det!» säger hon och lyfter båda händerna upp i luften, klappar ihop dem och smäller ner dem på ratten igen.

«Trivs du på ditt nya jobb?» frågar jag, sittande i passagerarsätet bredvid henne.

«Jo då. Det är väl okej. Jag känner att jag behövs. Men man måste alltid vara effektiv i det här jobbet. Ni kan ju tänka er vad det innebär för dem jag tar hand om, som varken är särskilt snabba i sina rörelser eller i sina tankar. De har sett fram emot besöket från mig och jag bara ... In och kolla att medicinen svalts ner, se till att de får i sig mat, sedan, hejdå med hurtig röst. Sorti.»

Hon frustar till och släpper ut luft.

«Arbetskamraterna är desamma även om åren gått. För tjugo år sedan hette alla nya Josefin, Jenny eller Jessika. Blonda, vissa naturligt blonda, andra med färgat hår. De såg ungefär likadana ut allesammans och var svåra att skilja åt. Jag kom aldrig ihåg deras namn. Nu heter alla Mahmoud, Mohammad och Manan och är mörkhåriga unga killar. Alla ser likadana ut och är svåra att skilja åt. Jag säger fel namn hela tiden.»

Hon skrattar rått.

Röda stugor susar förbi utanför det vackra somriga landskapet med blommande häckar i trädgårdarna. Solen strålar som vanligt från en molnfri himmel. Ellen byter ämne, säger att hon inte tycker om värmen.

«Det är midsommarafton om tre dagar men jag skulle helst av allt vilja ha regn, även om det förstör helgen», säger hon, medan hon med bilen blinkar sig till vänster från den stora vägen, in i skogen och uppför backe efter backe på slingriga grusvägar. Skogsberg stod det på skylten.

«Det är otäckt med värmen. Över trettio grader dag efter dag i Sverige. Vi har förstört den här planeten och ingen bryr sig», fortsätter hon.

Jag nickar, håller med. Även om jag varit inne i min egen privata bubbla och ägnat mig åt brytningen med Peter, har det inte undgått mig vad som händer i världen. Förra sommaren var den varmaste hittills i Sverige och för den delen i hela världen men forskarna tippar att denna kommer att slå det rekordet.

Vi tar oss fram efter grusvägar, som gör att det dammar om bilen när man tittar bakåt. Bakrutan går inte att se minsta glimt igenom. Inga hus syns till. Endast barrskog på båda sidor om vägen. Hela tiden går färden uppför en kurvig grusväg fylld av gropar vilket får bilen att ideligen kränga från sida till sida. Ellen drar med svettig hand i en lägre växel. Har de bosatt sig mitt i en skog utan grannar i närheten?

Men snart blir marken planare och enstaka hus dyker upp placerade på rad utefter vägen. Röda hus med vita knutar. Sedan vrider Ellen tvärt på ratten och vi skumpar in på en gräsklädd gårdsplan. Bilen stannar med ett ryck och med båda händerna hejdar jag mig från att slå huvudet i instrumentbrädan.

«Vi är framme! Fint va!»

Hon gör en viftning med den knubbiga handen för att vi ska ta in gårdens skönhet. Pekar sedan till vänster om bilen.

«Där är härbret. Elof har fixat till och jag har städat.»

Frida och jag sneglar åt det håll hon pekat, där det berömda härbret i två våningar syns. Grått timmer med röda fönsterbågar. Ett hus på stockar ett antal meter ovanför marknivå.

Vi kliver ur och jag flämtar till av värmen och längtar genast tillbaka till luftkonditioneringen i bilen. Det är outhärdligt varmt. Innan vi hunnit plocka ur våra väskor ur bagageutrymmet är Elof på plats.

Han är sig lik. Med en mörkblå keps på huvudet med bokstäverna LIF på, som jag vet betyder Leksands Ishockeyförening, ett lag han hejar på. Kepsen har sett sina bästa dagar, urblekt av solen och en aning smutsig. Den vadderade västen, som jag alltid sett honom i, har ersatts av en mörkblå kortärmad t-shirt, liknande den som Ellen har men hans är utan tryck. Runt halsen syns en mörkare nyans. Svett.

«Men ser man på! Stadsjäntorna är äntligen här.» säger han och ger mig en kram. Han luktar snus och jag känner hans korta skäggstubb riva mot min kind. Sedan sträcker han ut sin hand till Frida och skakar hennes ordentligt.

«Eller kullorna som vi säger här. Släng in den jävla packningen i härbret och kom till baksidan av huset sen. Jag har fixat kaffe.»

«Det är svalare i skuggan», förtydligar Ellen och stryker bort håret från pannan.

Vi går på rad uppför den smala trappan till härbret. Dörren står öppen och det är inte alls lika varmt inomhus som ute. En säng på nedre våningen i det lilla rummet och en säng en trappa upp. Det ser städat och fint ut.

Bäddat i sängarna med färggranna överkast i lapptäcksmönster. Ellens hantverk? Röda rosor i en glasvas sprider sin väldoft på ett bord på nedre plan. Det ser välkomnande ut och jag blir rörd av omtanken.

När vi gått runt det röda boningshuset med glasverandan hittar vi Ellen och Elof på uteplatsen på baksidan, en altan i trä utan tak, med ingång till köket. Fåglarna kvittrar runt om oss oberörda av värmen. Två svalor susar med ett svisch förbi strax ovanför mitt huvud. Hur orkar de?

«Ni bor fint», säger Frida artigt och Ellen lyser upp.

«Det blir nog bra när vi kommer i ordning ordentligt. Elof behöver sätta upp ett till uthus för att han ska ha någonstans att pula som han säger.»

Hon skrattar till.

Elof häller i kaffe till oss ur den blanka kaffepannan med svart handtag. Finkopparna har kommit fram dagen till ära, små blommiga porslinskoppar placerade ovanpå vita fat. Att Ellen och Elof kör med kokkaffe det vet jag sedan förut. Hett. Man bränner sig på tungan, om man inte tar en skvätt mjölk i, vilket jag gör från mjölkkartongen på bordet.

«Ett Attefallshus blir det i framtiden. Tänkte börja i sommar men inte fan går det att göra nåt i den här värmen. Nej, det får vänta till hösten.»

Han ställer ner kaffepannan och sätter sig ner i trädgårdsstolen. Fukten från händerna torkar han av på de byxklädda låren. Trots att vi sitter i skuggan av höga träd är det hett. Inte en vindpust märks av. Men det är ändå inte lika tryckande som i lägenheten i Uppsala. Det känns friskare här och det slår mig hur tyst det är runt oss.

Jag spetsar öronen för att höra de vanliga motorljuden från fordon och det svaga slamret från grannar. Buller som jag är van att höra i stan när jag befinner mig i lägenheten eller går ut på gatan. Men det enda jag uppfattar är fåglarna som kvittrar och ett svagt sus från skogen runt om. Jag glömmer den påfrestande hettan och drar ett djupt andetag av välbehag medan axlarna sjunker ner.

«Hur kom det sig att ni flyttade hit?» frågar Frida medan hon försöker dricka det skållheta kaffet. «Sara har berättat att ni bodde längre söderut i Dalarna tidigare.»

«Ja, inte var det mitt förslag», svarar Elof. «Det var Ellen som prompt ville hit.»

Ellen höjer på ögonbrynen när hon bjuder runt ett fat innehållande hembakta bullar, med pärlsocker på, men kommenterar inte hans ord först.

«Ja, ja. Det blir nog bra men jag har ju för fan sålt ett ställe jag bott på i tjugo år» förklarar Elof, på hennes icke ställda fråga.

«Jag tycker inte vi ska prata mer om det nu. Du har ju ältat och ältat. Tänk på flickorna! De vill inte höra vårt tjafs», tar Ellen till orda med bestämd röst och låter sin lugnande blick svepa över Frida och mig.

Oroa er inte säger blicken. Allt är bra.

Elof muttrar någonting ohörbart och dricker sitt kaffe med ett sörplande läte.

«Och vi», fortsätter Ellen, med betoning på vi och tittar menande på Elof, «köpte huset för att det har varit min svägerskas hus, men dessförinnan var det mormors och morfars. Min bror är död och svägerskan ville ha det mer lättskött sedan hon blev änka och flyttade till en lägenhet i Noret i Leksand. Vi fick ta över till ett bra pris och var helt överens om att flytta hit. Mer mark omkring och ett skogsskifte hör till, precis som du sagt att du gått och längtat efter.»

Ellen kastar en sträng blick på Elof som om han vore hennes upproriska barn och behöver tillrättavisas. Han låtsas som om han inte hört vad hon sagt och fortsätter, innesluten i sig själv att dricka sitt kaffe.

«Jag var i Skogsberg på somrarna. Mormor och morfar bodde här då. Från sommarloven som barn känner jag många bybor.»

Frida och jag hummar med i Ellens berättelse, nickar bekräftande.

«Vi ska till närmaste grannby i midsommar, Österbyn. Där bor Willy, en barndomskompis till mig, med Cathrin. Det blir majstångsresning och lottförsäljning. Först äter vi tillsammans hemma hos oss. Ni hänger väl med på det?»

Ellen tar kaffekannan och häller i mer av den heta vätskan. Bjuder runt.

Vi har antagligen inget val vad gäller midsommarafton. Frida och jag tittar på varandra. Hon gör en min som borde betyda att det spelar ingen roll för henne.

«Visst gör vi det», svarar jag.

«Skogen är ju yngre än vad jag trodde», muttrar Elof, ovillig att släppa ämnet flytt. «Omöjlig att avverka innan det gått minst tio år. Jag kan fan va död då.»

Ellen ser ut som om tålamodet börjar tryta.

«Men sluta Elof!»

Hon sätter sig ner, drar med båda händerna på varsin sida av näsan ända ner till näsvingarna för att få bort svettpärlorna som samlats. Efter att gesten är avslutad kommer en djup suck.

Kapitel 4. Kärleken

En vecka in i vårt förhållande upptäckte jag att hon började ha hemligheter för mig. Jag blir gråtfärdig när jag tänker på alla undanflykter hon kom dragandes med.

När mobilen ringde hemma hos oss rusade hon in i sovrummet. Varför? Ska vi inte vara öppna inför varandra?

Hon påstod att det var hennes syster som ringde.

«Vad är det som gör att du inte kan vara i samma rum som mig när du pratar med henne? Varför drar du dig undan varje gång du får ett samtal?» frågade jag.

Som jag misstänkt kom det ingen ursäkt, inget svar. Hon stirrade förvånat på mig, som om min fråga var helt irrelevant. Jag blev ledsen och frustrerad. Skulle hon visa sig vara likadan som alla andra kvinnor jag mött, ingenting att lita på?

«Har du hemligheter för mig?»

Då gjorde hon det jag aldrig kommer att förlåta henne, antagligen för att visa sin överlägsenhet. Hon skrattade åt mig, hånade mig för min kärlek. Mitt humör sjönk som en sten.

«Kan du inte ta någonting på allvar. Måste du vara glad jämt?»

Då först insåg hon att det inte var något att skämta om och kramade mig hårt. Jag grät som ett barn för jag ville inte förlora henne.

«Förstår du inte hur mycket jag älskar dig?» frågade jag och hon nickade.

«Jo, jag förstår», sa hon.

Kapitel 5. Badet

Nästa dag är ännu en solig dag. Ingen tror längre på att det någonsin skulle kunna komma minsta regndroppe.

Efter frukost föreslår Ellen att vi ska ta oss till sjön i Österbyn, grannbyn. Själv måste hon jobba, de sista två dagarna innan midsommar.

«Jag kan skjutsa er dit på fyrhjulingen», säger Elof generöst. «Eller ta den själva för fan!»

«Men herregud!» utbrister Ellen. «De kan väl gå den korta biten. Bara för att alla karlar på landet inte förstår hur man använder sina ben längre, kan väl unga friska kullor göra det. Annars går det att cykla.»

Hon rynkar bistert ihop ansiktet stående vid dörren, beredd att gå ut till bilen, med en tygkasse i handen, antagligen innehållande lunchmaten. Elof skakar sakta huvudet fram och tillbaka, visar med sitt kroppsspråk vad han tycker men säger ingenting rakt ut. Tidningen Falu-Kuriren är uppslagen framför honom och han himlar med ögonen mot mig för att få medhåll. Jag fäster blicken i väggen bakom Elofs huvud. Den här diskussionen får de klara utan mig.

Vi är i köket. Jag har rest mig upp och håller tekoppen i handen, för att sätta in i disken. Frida är på toa.

Det är något med Ellen och Elof som inte stämmer. De är taggiga mot varandra. När jag träffade dem förra gången var de inte alls på det här sättet. Men de har varit med om stora förändringar. Flytten. Ellen har till och med bytt jobb inom hemtjänsten, till Leksands kommun. Hon är yngre än Elof, som fyllt 70, jobbar fortfarande, säger att hon måste sträva på några år till för att åtminstone få någon slags pension att leva på.

«Hur långt är det?»

«Ja, ja, det inte långt, men det är ju jävligt varmt», får Elof ur sig, med stukad röst och med en försiktig blick på Ellen under kepsen.

«Och förresten är jag knappast någon jävla stugsittare. Jag drar till skogen varje dag. Om det är mig du menar med karlar. Fattar inte vad du skäller om.»

Rösten trotsigare, modet tillbaka.

«Gör som ni vill. Vi ses ikväll», säger Ellen förvånansvärt kort och öppnar dörren ut mot glasverandan. Värmen böljar in i köket, innan hon stänger pardörren med en duns. Steg hörs över verandagolvet som snabbar på nerför trätrappan. Därefter startar bilen och motorljudet ökar för att snart försvinna helt.

Jag söker Elofs blick men nu är det han som väjer undan och tittar ner i tidningen. Muttrar om att cykla uppför backar inte är det roligaste.

«Vad är det som händer?» frågar jag och ställer in koppen i diskmaskinen. Porslinet skramlar till när jag puttar igen luckan.

«Va fan menar du?»

Elof skjuter stolen bakåt, tar upp en rund svart snusdosa ur fickan, öppnar locket, studerar innehållet en stund och plockar sedan upp en portion snus, förpackad som en brun liten kudde. Lägger in den under överläppen och spänner till läppen för att få den på plats.

Frida kommer in i köket och blir osäkert stående en stund medan hon sneglar från mig till Elof. Hon är på väg att säga något men hejdar sig och slår sig i stället ner mittemot honom.

«Ja, inte vet jag. Ni verkar ...»

Irriterade på varandra, men det säger jag inte.

«Ville Ellen att vi skulle komma? Det blir för mycket, med midsommar snart, tänker jag. Hon jobbar in i det sista också. Var det inte din idé att be mig komma hit?»

Att jag inte tänkt på det förut, fullt upptagen med att navelskåda mig själv, mitt förhållande med Peter och mina behov. Inte för en sekund har jag begrundat det faktum att Fridas och min ankomst inneburit extrajobb framför allt för Ellen. Som om alla vill umgås med mig och väntar på att jag ska behaga dyka upp. Elof har bjudit in mig till Dalarna. Ellen kom sig inte för att säga nej och här är jag. Inte ensam utan jag tog med mig Frida också för att göra bördan dubbelt tung.

Borde jag resa tillbaka till Uppsala för att som vanligt fira midsommar med Peter och det gamla gänget? Uthärda helgen och låtsas som om allt är bra medan jag tuggar i mig sillen. Det kommer en vardag efter midsommar då allt är som vanligt igen och jag kan pusta ut.

Frågan är om det finns tågbiljetter kvar att köpa två dagar innan midsommarafton? Men hyrbil går antagligen.

«Nej, nu får du fan ge dig», avbryter Elof mina tankar och krånglar in snusdosan i byxfickan igen genom att lyfta på ena skinkan.

«Hon har inte gjort annat än tjatat på mig att få hit dig, Sara. Att du, Frida, kom med är ju en bonus.

Gå för helvete hela vägen till sjön, så att hon får som hon vill! Ni kommer att bli jävligt svettiga. Det kan jag lova för termometern visar redan 26 grader. Men hon är ju för fan kommunal miljöpartist. Allt som har motor ska användas sparsamt.»

Han reser sig upp.

«Du ska inte med då?» frågar Frida.

«Helvete heller», säger Elof. «Inte i den här jävla värmen. Det är smockat med folk på bryggan vid sjön. Men jag tar en sväng med fyrhjulingen i kväll och blöter mig efter grillningen. Älg. Ska ta upp köttet ur frysen så att det får tina.»

Han blinkar åt oss och försvinner ut. Minen är muntrare än tidigare. Antagligen går han till vedboden för att klyva ved eller göra annat fysiskt kroppsarbete. Elof är ingen semestermänniska. Han tycker att man ska arbeta med kroppen mest hela tiden. Det känner jag till om honom.

Frida och jag packar ner badkläder och handdukar i varsin ryggsäck och går längs grusvägen mot sjön, enligt de instruktioner vi fått. Skogen står hög längs sidorna på vägen vi vandrar på. En gammal lada skymtar bakom låga granar intill en äng. Midsommarblomstren har redan blommat över i värmen, de lila blommorna vilar hopskrumpna på stänglarna, medan prästkragarna lyser vita i dikeskanterna.

När vi äntligen pustat oss uppför en brant backe ser vi husen ligga längs vägen som svänger av till vänster i trevägskorsningen. En blå och vit vägskylt berättar att vi är i Österbyn. Röda stugor med vita knutar skymtar längre fram. Gamla timmerhus mestadels, som förmodligen har stått på platsen sedan länge men också en och annan vanlig enplansvilla.

Men vi ska inte följa vägen in i byn. Vi ska gå rakt fram eftersom vägen med gräs i mitten leder mot sjön medan byvägen fortsätter mot gyttret av hus.

Kapitel 6. Kärleken

Jag blev besviken när hon satte på sig den röda åtsittande klänningen med djärv urringning.

«Jag vill inte att du bjuder ut dig genom att visa brösten», sa jag.

Hon blev osäker, jag märkte det på hennes röst när hon frågade vilken klänning jag tycker bäst om. Hennes svajighet gör mig rörd, får mig att inse att jag måste se till att hon har det bra, får mig att förstå att hon behöver mig mer än någonsin.

«Den blå», svarade jag, en aning kort, eftersom det borde vara självklart även för henne att den röda klänningen enbart är för mig och ingen annan. För att visa allvaret drog jag bestämt ner blixtlåset ända ner till hennes inbjudande rumpa.

Med hjälp av min stadiga hand klev hon ur plagget, som landade på golvet i en röd pöl.

«Det är bara jag som får se dig i den röda», sa jag kärleksfullt till henne, vred henne runt för att vi skulle hamna ansikte mot ansikte. Med tungan inne i hennes mun klämde jag till om hennes hals.

Att ha fullständig kontroll över en annan människa får alltid min frustation att försvinna. Hennes blåa läppar väste fram ett nej men jag låtsades inte om det.

Medvetet såg jag till att vi blev försenade till middagen genom att vi älskade med varandra. I ett svagt ögonblick råkade jag nämligen tacka ja till en kväll med hennes vänner. Jag visste att hon inte skulle protestera mot att jag var en aning hårdhänt, eftersom hon inte ville göra mig förargad. Hon var rädd att jag skulle dra mig ur kvällens engagemang som hon sett fram emot i veckor.

Jag hade ingen lust att gå, eftersom jag insåg att jag skulle bli granskad och dömd på förhand av hennes märkvärdiga vänner.

Vilken plåga kvällen blev! Det var tråkigt, gick inte att prata med folk jag satt bredvid. Jag gav upp och väntade ut tiden, tills även hon fattade att det var dags att dra.

«Det går inte att föra en vettig konversation med dem. Ointelligenta, egotrippade och snobbiga», upplyste jag henne om när vi äntligen var hemma.

Mitt humör hade sjunkit ytterligare ett hack när jag såg henne med idi-oten David, en före detta klasskompis som hon höll sig nära hela kvällen.

«Är du kär i honom?» kunde jag inte låta bli att fråga, men hon skakade på huvudet samtidigt som hon stirrade på mig som om jag inte var riktigt klok.

«Jag är inte det minsta intresserad av David men jag uppskattar honom mycket som vän. Han är rolig att umgås med», svarade hon på sitt prydliga sätt.

Det är för att jag älskar henne som jag inte kunde hindra mig från att forska vidare. Jag tyckte att hennes uppträdande under kvällen visade ett intresse för mannen trots att hon förnekade det.

«Men varför la du en hand på hans axel och böjde dig tätt intill honom?»

«Jag vet inte varför jag la en hand på hans axel, om jag ens gjorde det. Fråga mig inte konstiga frågor jag inte kan svara på. Det är det man gör när man vill komma nära för att höras genom sorlet.»

«Vad då komma nära? Hur nära vill du komma honom?»

«Jag är helt slut och behöver sova. Kan vi inte ta det här i morgon?» sa hon då med trött min och blundade, som om synen av mig vore en plåga.

Med den kraft jag hade tvingade jag henne att möta min blick. Vi satt mitt emot varandra i vardagsrummet, nersjunkna i varsin fåtölj, avståndet vidgat mellan oss.

«Vi har varandra», sa jag. «Räcker inte det för dig?»

«Jo, det gör det» svarade hon utan entusiasm.

Jag var rädd att hon skulle lämna mig. Hon var inte alls lika kär i mig som jag i henne. Vad hade David som inte jag hade? Han såg bra ut, det kunde jag avgöra även som man. Vältränad, välutbildad och boende i en kåk värd miljoner. Hon sa att hon älskade mig men såg aldrig riktigt glad ut när hon uttalade orden. Var hon på väg bort, till honom?

Okej, han hade en flickvän. Det noterade jag under middagen. En färg-lös, tystlåten kvinna som inte alls kunde mäta sig med henne. Jag var inte bara rädd. Jag var skräckslagen.

Kapitel 7. Lea

Vi går vidare på vägen med grässträngen i mitten. Förbi flera hus pustar vi oss fram, ser gräsmattor som torkat sig gula i värmen och inte längre behöver klippas.

En fårskock går och betar till höger om oss innanför rutiga ståltrådsstängsel. Djuren har samlat ihop sig i skuggan under höga träd. Vita och grå, ulliga, bulliga får. De bräker då och då till och vänder sedan nosen ner i gräset igen.

Vi stannar till vid ett av alla röda hus och frågar en blond kvinna i hästsvans med ett fast grepp om ett naket barns hand, om vägen till sjön. Jodå, vi är snart framme. Följ den högra vägen när vägen svängt säger hon till oss. De står kvar och ser efter oss när vi tackat och går vidare, undrar förmodligen vilka vi är.

Det är varmt att ta sig fram i värmen, solen står högt på himlen, bränner på huvudet och axlar. Elof har rätt. Det var jobbigt att ta sig till fots den korta biten i värmen.

Svetten har blött ner linnet innanför ryggsäcken. Jag ser fram emot att slänga mig i vattnet när vi äntligen kommer fram.

Vägen sluttar efter en stund neråt. Den liknar mer en stig än en väg. Först hallonsnår, sedan blåbärsris på sidan. Längre från vägen en rosaskimrande grässort. Myror kryper på marken framför våra sandalklädda fötter. En doft av varm jord sveper förbi min näsa. Sedan tätnar skogen allteftersom vi kommer längre ner och höga tallar söker sig mot himlen. Jag välkomnar skuggan träden ger oss.

En stor fågel flyger med snabba vingar upp från en dunge nära stigen. Vi hoppar båda till av det hastiga ljudet. Jag följer fågeln med blicken när den rör sig framåt upp mot det blå. Kan inte avgöra vilken sort det är.

Snart ser vi en glimt av sjön mellan träden nedanför backen. Det blå blänket gör att vi ökar på stegen. Löftet om svalka runt våra varma kroppar gör andningen lättare, som om vi redan sam omkring i vattnet.

Röster hörs upp till oss och när vi kommer närmare ser vi att bryggan och den lilla sjön är fylld av halvnakna och nakna människor. Tre fyrhjulingar står parkerade vid sidan om en grillplats.

«Ni behöver ingen baddräkt», sa Ellen, när hon berättade om sjön.

«Av tradition badar folk nakna.»

Det stämmer. Hud i varierande bleka eller solbrända kulörer, kroppar i olika storlekar och i skiftande åldrar syns mer än vanligt på en badstrand.

Vattnet är inramat av skog och sjön är inte större än att man kan se var den slutar. Inte ett hus skymtar någonstans runt sjöns stränder. Inga lyxiga sjötomter med enorma bryggor. Näckrosblad, utformade som hjärtan, seglar på vattenytan och gör idyllen fullkomlig. Sjön ligger spegelblank, förutom de vågor som bildas av de badande alldeles intill bryggan.

Vi säger ett kollektivt hej till alla och får spridda svar. Nyfikna blickar följer oss när vi går in i den lilla slogboden och byter om till bikini.

Vilken lättnad att få simma ut och blöta våra svettiga kroppar. Vattnet är inte speciellt kallt men ändå svalkande runt kroppen.

För att komma ifrån den värsta trängseln vid strandkanten och på bryggan simmar Frida och jag ut till en flotte längre ut i sjön dit ingen ännu tagit plats. Snart får vi sällskap av en blond tonårstjej, som med smala armar och inte utan en viss svårighet häver sig upp över kanten, trots att det finns en stege att klättra på.

«Hej», säger hon och tittar nyfiket på oss. Slänger tillbaka det blöta vita håret vilket gör att det hamnar på ryggen.

«Jag såg när ni kom», fortsätter hon, «men har aldrig sett er förut.»

«Nej, det är första gången», svarar jag.

«Är ni här för midsommar?»

«Ja, det kan man säga. Vi är hos vänner här», säger jag.

«Aha. Var bor ni annars?»

«Göteborg», säger Frida och borstar upp sin snagg med handen. De korta hårstråna torkar snabbt och står rakt upp igen efter doppet. Den iögonfallande grönsvarta ödlan tatuerad på axeln glittrar av vattendroppar.

«Uppsala», säger jag.

Tjejen skrattar som det vi sagt var roligt.

«Nice. Jag kommer från Stockholm. Oj, en broms!»

Hon smäller handflatan hårt på min överarm. Den döda insekten singlar ner i springan mellan brädorna och hamnar i vattnet.

«Det är jättemycket broms här. Lea heter jag förresten. Eller Leonora. Morsan bor här. Kan ni fatta! Hon bor faktiskt här!»

Lea säger den sista meningen med paus mellan varje ord, spärrar upp ögonen och gör en min med munnen. Med den smala handen gör hon samtidigt ett svep mot stranden till och jag antar att hon avser byn, ovanför backen.

Vi presenterar oss.

«Elof och Ellen bor också här året runt», förtydligar jag.

«Ja, den gamla gubben. Han verkar konstig. Det är vad som finns i Skogsberg. Gamla gubbar, familjer med småungar. That's it.»

Ansiktet växlar uttryck till resignation.

Jag blir stött på det sätt hon pratar om Elof, samtidigt som jag vill vara tydlig med var jag själv står. En gnällig tonåring van att få allt serverat runt sig. Är det sådan hon är? Kan hon inte förstå att människor kan tycka olika? Hon är ung, det ursäktar mycket men jag måste ändå protestera.

«Elof är en jättetrevlig man. Vi bor hos honom och Ellen.»

Lea spärrar upp sina blå ögon och sätter handen för munnen.

«Förlåt, förlåt», säger hon. «Mamma säger alltid att jag snackar för mycket.»

Hon sätter sig i kors med benen, som i yogaställning, skiner sedan upp.

«Men då är vi grannar. Mamma har köpt huset bredvid. I april flyttade hon in.»

Jag vet vilket hus hon menar. Ett gammalt torp, med en vildvuxen trädgård, som man passerar på väg mot sjön. Jag trodde det var obebott, tills jag såg en bil parkerad utanför.

«Men du bor inte i byn då?», frågar Frida, sittande på flytbryggan med händerna runt knäna. Vi har bildat en cirkel med ansiktena vända mot varandra.

«Hos din mamma?»

«Nej gud nej», säger Lea, förskräckt. «Jag skulle dö. Hon rättar till behåbandet på den ljusblå bikinin.

«Jag har bott hos pappa, hur länge som helst. Ända sedan ...»

Hon tystnar. Ser besvärad ut. Fingrar på behåbandet igen.

«Ska vi simma i kapp till andra stranden?» utbrister Lea sekunden senare, med ett förväntansfullt leende och pigga ögon när hon åter ser upp på oss.

Hon tar sig snabbt upp på benen, beredd att kasta sig i. Frida och jag tittar på varandra.

«Varför inte», säger Frida samtidigt som hon galant dyker ner i vattnet med armarna sträckta framför sig. Lea hoppar skrattande i med fötterna före och med ett kraftigt grepp om nästippen. Jag följer efter ner i det ljumma vattnet och vi tävlar om vem som hinner fram först. Det blir Frida som vinner.

Vi tar sällskap på väg hem från badet. Lea pladdrar på om allt och ingenting. Om att hon ska resa till Grekland om två veckor och att hon har det tråkigt i byn.

«Men jag hörde vid badet att det kommer hit tjejer och killar i samma ålder som jag. Det blir nice. Eller de är äldre», säger hon eftertänksamt. «De har väl körkort, typ. Jag vet vilket hus de ska bo i.»

Hon vänder huvud bakåt och visar med blicken och med en knyck på nacken åt Österbyn till.

Kapitel 8. Skräcken

Vi har det bra. Medan vi kollar på film, skrattar och gosar vi med varandra i dubbelsängen. Smulorna, från kexen vi nyss åt med vällagrad ost ovanpå, har hamnat på lakanet och trycks in i min nakna rygg när vi älskar. Vinet skimrar vågande rött i lampornas sken och vi klingar samman vinglasen medan vi ser varandra djupt i ögonen.

Jag är belåten och tillfreds med att han är min och jag glömmer allt underligt som hänt tidigare. Har det egentligen ens förekommit annat än det tillstånd vi är i nu? Ska jag inte dra ett streck över alltsammans, glömma och gå vidare? Det finns inga hot, inga hinder för vår kärlek. Vi är tillbaka där vi var förut, som i Paris, förälskade, ohotade och jag drar en djup suck av välbehag.

Men en kväll sitter han sysslolös vid köksbordet och väntar på mig.

Jag blev misstänksam genast jag klev in genom dörren. Inget matos, trots att han lovade laga middagen eftersom jag räknade med att jag skulle bli sen från jobbet. Min förhoppning om att han köpt hem en pizza eller sushi försvinner när jag ser det tomma matbordet. Hans armbågar vilar tungt mot bordsskivan och han sitter vänd mot mig när jag kliver in i köket.

«Varför är du sen?» frågar han med hotfull röst.

«Jag sa att jag skulle jobba längre idag. Dessutom var jag tvungen att hoppa in för en kollega som blev akut sjuk och jag blev ännu mer försenad», hasplar jag ur mig med inte särskilt övertygande röst. «Det var ett besök hos en person som inte kunde vänta», avslutar jag med ännu svagare röst, eftersom han för länge sedan slutat lyssna på mig.

Visst sa jag redan igår att jag skulle bli sen? Jag har hastat hem, med pickande hjärta och koll på klockan, trots att jag skickade ett sms om att jag inte skulle hinna hem till halv sju. Mitt armbandsur visar att klockan är kvart i.

«Vad heter han?» säger han med sammanbitna läppar och smala misstänksamma ögon som naglar fast mig.

«Hon», säger jag.

«Det var en hon jag besökte och hon heter Karin Svensson.»

Redan innan jag avslutat orden har han greppat om min arm och knuffat ner mig på en stol, trots att jag inte hunnit ta av mig jackan ännu. Jag tappar nyckelknippan jag hållit i handen. Den far med ett skramlande läte ner på golvet. När jag böjer mig för att ta upp den sparkar han till min hand. Det smärtar ordentligt och jag ropar till. Först efteråt förstår jag att mitt förskräckta skrik, det onda i mitt högra pekfinger som senare svullnar och blir obrukbart flera veckor framåt, endast är förspelet.

Ännu är jag förvissad om att jag kan prata honom till rätta. Det är ett löjligt missförstånd mellan oss. Kan jag ha missat att vi haft planer tillsammans precis denna kväll? Är det en speciell kväll för oss och det är därför han är besviken, vilket är förståeligt? Han älskar mig och är en förnuftig man. Jag behöver prata med honom, övertyga honom om min oskuld.

Därför tar jag fram min förståndiga röst, börjar förklara, trots att det inte finns anledning att ursäkta sig. I detalj berättar jag exakt vad jag gjort den senaste timmen. Mötet med Karin Svensson, vad vi pratat om, hur lättad hon var att jag kom, att det tagit tid att ta sig fram och tillbaka.

«Varför ljuger du för mig? Se på mig när jag pratar med dig.»

Jag skrattar nervöst som för att mildra hans hårda ton. Ett kort gnägg som knappt låter som ett skratt. Det är inte lustigt men på ett plan tror jag att jag befinner mig i en komedi. Är det min kropp som vill få mig att slappna av genom att utstöta dessa läten?

Väntande stirrar jag på stenansiktet framför mig i förhoppning om att hans kropp ska slappna av, hans blick förändras. Ska han inte sluta med vad det är han håller på med och se på mig med förälskad blick och säga att han driver med mig?

Men ingenting sådant händer och när jag förbluffad och oförstående ser honom rakt i ögonen, för att bevisa att allt jag säger är sant, klappar han till mig med handflatan över ansiktet.

Han är stark, går på gym. Jag älskar hans styrka, hans härliga kropp.

«Du skrattar åt mig! Ni skrattar åt mig. Du och den mannen jag såg dig med på lunchen. Du log mot honom som du aldrig gör mot mig. Hur många gånger har ni knullat bakom min rygg? Din jävla hora!»

Jag for av stolen av hans smäll men har satt mig till rätta igen. Gnider mig om kinden som hettar och bultar och skakar förtvivlat på huvudet åt hans fråga. Tårar bryter fram ur ögonen, forsar nerför kinderna. Varför anklagar han mig för otrohet? Jag ser aldrig åt någon annan man. Det är honom jag älskar. Honom jag vill ha.

Tankarna vill inte riktigt finnas på plats men jag gör ändå ett försök att påminna mig vem han menar jag åt lunch med. Jag protesterar inte ens åt det faktum att han bevakar mig när jag går från jobbet för att äta.

Efteråt är han ångerfull. Han säger att det aldrig ska ske igen.

«Snälla, stanna hos mig. Jag älskar dig och kan inte leva utan dig.»

Men jag tackar ändå nej till lunchsällskap nästa dag. Det är från denna dag jag medvetet helt förändrar mitt liv för att liknande anklagelser inte ska kunna ske igen.

Med en matlåda framför mig sitter jag ensam i köket, glad över att inte ha någon som närgånget granskar mitt sönderslagna ansikte. Trots att jag smetat fullt med hudfärgad kräm över alla skråmor och blånader ser jag konstig ut. Min arbetskamrat väjer undan med blicken när jag iförd solglasögon möter henne i korridoren, en trist grå vinterdag.

I min naivitet tror jag att ingen ser, ingen inser vad som sker hemma hos mig, eftersom ingen frågar. Men det är mitt minsta problem, finns inte för mig. Det är honom jag måste fokusera på, göra nöjd och glad. Det är jag som är besvärlig. Det är jag som gör att han måste slå.

Jag försöker tänka ut hur jag ska vara, hur jag ska klä mig, vilka jag inte får träffa för att han ska förstå att jag älskar bara honom. Mina ansträngningar måste bli fler för att han ska bli nöjd. Det säger han själv också.

Kapitel 9. Grillning

På kvällen pysslar Elof med den elektriska grillen i ett hörn av altanen. Det är eldningsförbud i hela Dalarna, att tända på en kolgrill är inte att tänka på.

Vi får inte störa Elof säger Ellen, som är på bättre humör.

«Han vill sköta allt själv, det är ingen idé att ni frågar honom om ni får hjälpa till. Inte ens jag får röra den märkvärdiga saken med alla knappar.»

Hon viftar till mot grillen med högra handen.

Vi är ute på skuggsidan igen, sitter på altanen av grått trä med varsin kall öl, från den lokala öltillverkaren, the Beer Factory i väntar på att Elof ska bli klar med älgköttet och att potatisen kokat klart. En behaglig dåsighet lägger sig över mig, jag lutar mig tillbaka i stolen och blundar med ölflaskan halvfull i handen. I solen, med en öl i handen, tillåter jag mig att ha det bra, njuta av värmen och om jag var ensam skulle jag lägga upp fötterna på bordet.

En njutningsfull stund, en sällsynt sådan och jag är tacksam för sällskapet och ser fram emot god mat. Faktum är att det kurrar i magen. Jag vill inte tänka på det som varit och det jag någon gång, men inte idag, måste ta ett slutligt beslut om.

Vi sitter tysta, alla tre. Det hörs svordomar från Elofs grillhörna och doften av grillat kött smyger sig förbi näsan, får mig att dra in aromerna och hungerkänslorna ökar. Elof överger grillen och försvinner in i köket.

«Jag går in och kollar potatisen», säger Ellen och tar ner fötterna från stolen hon har framför sig.

Det går en kort stund. Frida och jag tittar snabbt på varandra, med uppdragna ögonbryn, när upprörda röster når oss inifrån. Det går inte att missa att Ellen och Elof grälar.

Jag gör en min som att jag inte vet vad det handlar om mot Frida och hon viskar:

«Ellen verkar arg», vilket är en oerhörd underdrift.

Ellen är skitsur. Det är hennes skarpa röst som når ända ut till oss när hon gastar. Elof svarar inte, i vilket fall uppfattar jag inga ord från honom. Jag hör inte allt Ellen säger heller men hon är definitivt förbannad på Elof.

«Du är förbannat tjockskallig.», skriker hon och Elof mumlar äntligen ord till svar. Ord jag inte uppfattar.

«... ta ditt förnuft tillfånga...», är delar av hennes nästa replik som jag uppfattar brottstycken av.

Obehaget sprider sig medan bråket fortgår. Vad är det som händer? Vad ska vi göra? Gå hem till oss en stund, till härbret och komma tillbaka senare när allt förhoppningsvis lugnat ner sig? Låtsas som ingenting? Frida och jag spetsar öronen och ser frågande på varandra.

«Jag fattar inte vad det kan vara. Det är något som inte stämmer.»

«Ja, jag känner dem inte», säger Frida, «men alla människor har svårigheter och problem som man inte vill dela med andra.»

Hon är inte lika illa berörd som jag. Antagligen har det med hennes yrke att göra. Som jurist är hon van att handskas med känslosamma människor antar jag. När man behöver en jurist har man problem, oftast privata bekymmer, såsom skilsmässa, sorg vid dödsfall eller med ekonomin. Man kan ha blivit utsatt för brott eller står anklagad för brott.

«Vad ska vi göra?»

Jag reser på mig för att visa handlingskraft men blir tveksamt stående trots att jag borde gå in och fråga vad i helvete de håller på med. Är det något jag avskyr är det gräl och bråk. Framför allt gillar jag inte att ta hand om upprörda människor. Är det därför jag hållit fast vid Peter alla dessa år? Han är lugnet själv och skulle aldrig få för sig att skrika och smälla i dörrar.

«Jag fattar inte vad de är osams om. Tycker du att jag ska ...»

«Vi väntar en stund till», säger Frida. Jag nickar, tacksam över att slippa försöka reda ut andras trassliga härvor och vi intar våra positioner igen i varsin stol. Men friden och den obekymrade tillvaron är borta och jag sitter på helspänn med öronen lyssnande in mot huset. Trots att jag egentligen inte alls vill höra vad som händer inomhus, kan jag inte koncentrera mig på annat.

Det blir tyst en kort stund sedan hörs en svordom följt av ett högt skrik. Frida och jag tittar skärrade på varandra. Sedan är vi båda på benen, beredda att gå in i huset.

Innan vi hinner fram till altandörren kommer Ellen ut, bärande på potatisen. Hon väjer envist för våra blickar, går rakt fram med den ångande potatisen i en skål, som en sköld framför sig. Jag noterar ett blossande rött märke på hennes vänstra kind och kastar ett menande ögonkast på Frida som ser oroad ut. Hon har sett samma sak.

Ellen ställer ner skålen på bordet och säger:

«Varsågoda! Börja ta för er av salladen och potatisen. Köttet kommer strax.»

När vi förblir villrådigt stående, efter hennes kärva och bestämda uppmaningar, fortsätter hon:

«Lite tjafs bara. Inget att bry sig om. Sätt er.»

«Är det något vi kan göra?», frågar jag försiktigt, med en blick in mot huset.

«Nej, nej. Glöm det. Nu äter vi.»

Hon viftar med händerna i luften som om hon försökte sudda bort grälet nyss och slår sig själv ner vid bordet. Sedan skjuter hon över fatet med potatis till Fridas plats.

En obehaglig stämning följer med oss till matbordet, får mig att försjunka i begrundan över vad som nyss passerat mellan Elof och Ellen. Frida är den som bryter tystnaden och för oss till tryggare samtalsämnen.

«Vi träffade Lea vid badet. Hennes mamma bor granne med er.»

«Ja, det stämmer», säger Ellen med sin normala röst och lutar sig fram över bordet för att komma närmare Frida och mig. Med sänkt röst, sneglar hon åt grannhuset till, som skymtar bakom syrenhäcken.

«Lea har varit över till oss. Av ren nyfikenhet tror jag. Femton år är hon visst.»

Ellen småler som om hon tänker roliga tankar.

«Men mamman, Elisabeth, heter hon, har jag träffat helt kort en gång. Det var när Elof och jag flyttade hit och vi gick runt för att hälsa på grannarna. Hon är tillbakadragen, kan man lugnt säga. När vi kom till hennes hus, det första vi gick till, öppnade hon nätt och jämnt dörren för oss, sa hej hej, då vet jag det och stängde snabbt. Ser jävligt bra ut, som Elof säger, men hon är definitivt den försiktiga typen. Hon umgås inte med någon i byn, vad jag vet och har ingen anknytning hit, ingen släkt.»

«Men Lea är annorlunda. Hon söker kontakt», säger Frida. «Det märktes vid badet för hon hängde med oss hela tiden.»

Ellen tar en klunk ur glaset med öl och sätter sedan ner det på bordet. Med baksidan av handen torkar hon sig om munnen.

«Ja, det verkar så. Hon är ju bara hos sin mamma vissa helger, vad jag vet. Jag har träffat henne ett fåtal gånger, känner henne inte. Men hon brukar komma rännande över till oss i motsats till sin mamma. Rantar efter mig, frågar en massa och ser rädd ut när Elof dyker upp. Det kan jag förstå.»

«Eller hur», säger jag och höjer på ögonbrynen och ler.

Ellen låtsas inte om att hon precis nyss verkat ha varit rosenrasande på den man, som hon med road min pratar om. Just då kommer han, högtidligt bärande på ett fat, som om han kommer till oss med en rik gåva. Dofterna från köttet sprider sig runt bordet.

Han stannar till när han nått bordet och ser från den ena till den andra. Förmodligen förstår han att vi nämnt honom men att det inte var elakt, snarare tvärtom. Försiktigt, som om gåvan han kommer med måste hanteras varsamt, ställer han ner fatet på bordet.

«Hugg in medan det är varmt.»

«Vi pratade om våra grannar, Elisabeth och Lea. Jag kom på en bra idé nämligen.»

Elof, som satt sig ner, ser skeptisk ut under kepsen, han aldrig tar av sig. Förmodligen sover han med den på. Jag kommer på mig med att undra hur mycket hår han har på huvudet. Det enda jag kan se är det grå nackhåret som spretar bak. Tankarna fladdrar i väg till andra människor som täcker sina huvuden för att inget hår ska synas. Muslimska kvinnor. Jämförelsen haltar men får mig att småle.

«Jaha.»

«Se inte ut på det där viset», säger Ellen. «Vi skulle kunna bjuda över dem på midsommarmat. Flickorna har ju lärt känna Lea. Hon skulle säkert uppskatta det. Elisabeth vet jag inte men hon behöver träffa folk. De har aldrig besök. Willy, min barndomskompis, kommer och Cathrin också. De bor i Österbyn dit vi ska sedan på majstångsresningen.»

«Ja, ja, det blir jävligt bra», säger Elof, märkbart lättad, och fortsätter att med gaffeln mosa sin potatis tillsammans med smör. Vad trodde han Ellen skulle säga?

«Vad tycker ni om älgbiffen?»

«Supergod», säger Frida medan hon tuggar på den möra köttbiten och jag instämmer. Elof ser nöjd ut.

«Vad säger ni? Det är väl en bra idé att bjuda in dem.»

Ellen ser frågande från mig till Frida.

«Absolut», säger jag.

«Visst», säger Frida.

Elof släpper gaffeln och håller upp pekfingret i luften. Andas ljudligt in.

«Lyssna!» säger han.

Vi lyfter alla tre på huvudena och sträcker näsorna mot skyn. Mycket riktigt, ett kvackande läte når oss från luften. Frida och jag tittar förvånade på varandra.

«Det är morkullan som flyger fram mellan honorna i sitt revir. Hanarna har flera honor. Men jävlar vad jobbigt han måste ha det. Varje kväll stretar den stackars hanen på mellan bona», skrattar Elof.

«Där! Ser ni honom?»

Ellen pekar på fågeln som ostadigt flaxande tar sig fram precis ovanför våra huvuden och försvinner bort.

Jag blir tvungen att googla. Det kan inte vara utseendet som gör den framgångsrik bland honorna för morkullehanen är inte speciellt vacker, upptäcker jag när en bild på fågeln dyker upp i mobilen. Rund med spetsig lång näbb och spräcklig fjäderdräkt i färger som innebär att den är osynlig i naturen står det.

Kapitel 10. Skräcken

Jag kan inte längre vila på nätterna. Rädslan över att det ska hända igen men inte veta när, gör att jag ligger sömnlös bredvid honom medan hans lugna andetag suger åt sig allt syre i rummet. Sår och blånader ger sig till känna under nattens vila och jag drar försiktigt in luft i lungorna för att kapsla in den ofantliga smärtan långt in i mitt inre.

När jag möter andra upprätthåller jag skenet av att ha ett underbart liv med min nya kärlek. Allt är perfekt säger jag, när min syster frågar hur jag har det, men hittar på undanflykter när hon vill bjuda oss på middag. Han skulle bli ursinnig om jag tackade ja.

Vi har det som alla andra, intalar jag mig, varken bättre eller sämre. Vissa stunder har vi det extra fint, som i Paris. Korta perioder följer av vanligt vardagsliv med diskussion om vilken mat vi ska laga, städning av lägenheten och barnen som är hos oss och bjuds på middag. Inga utbrott sker, inga bråk slår sönder vår kärlek.

Tankarna om att lämna honom försvinner, inte för att jag någonsin skulle kunna göra det. Han kommer aldrig att slå mig mer. Det har han lovat och jag tror på hans löften som han förnyar gång efter gång.

Jag orkar inte inse att det aldrig tar slut eftersom jag hela tiden hoppas att det är över, att det är den sista gången. Nya sår, nya blåmärken dyker upp på kroppen jag granskar i badrummets vita sken. Ofta gör jag fel och då måste han slå mig. Jag kan aldrig räkna ut i förväg när det kommer att ske.

Det upptäcks misstag från min sida. Misstag som inte kan förbli ostraffade. Han tycker inte om maten jag lagat till lördag lunch och tvingar mig att gå till sushistället. När jag är tillbaka andfådd och utpumpad efter att ha rusat gatan fram, säger han att jag valt fel sushi till honom.

En annan gång har jag varit borta för länge efter en promenad till apoteket för att köpa värktabletter. Hur många minuter stod jag med kölappen redo frågar han. Varför gick jag inte till nästa apotek som ligger mitt emot om det var lång kö, är nästa fråga som jag heller inte kan svara på.

Min mobil ringer en söndag när vi äter middag med tända ljus på bordet. Det är en väninna och jag avslutar inte snabbt nog samtalet, tycker han.

Jag anstränger mig för att göra allt på det sätt han vill men jag lyckas aldrig. Reglerna ändras varje gång och jag misslyckas att räkna ut i förväg vad som är rätt och fel.

Han säger att jag är totalt oduglig. Det är tur att han tar hand om mig, tröstar mig när jag gråter efter alla slag. Egentligen är han snäll innerst inne. Ibland blir han annorlunda, hård och ställer krav men det är för min egen skull, säger han.

Väven av bojorna är tät, heltäckande som en rustning omsluter den min kropp. Men det är en rustning som inte kan skydda mig, enbart låsa in mig. Det finns ingen öppning någonstans längre. Jag kan inte ta mig ut eftersom min handlingskraft är bortskrapad. Inget beslut får tas utan att han rådfrågas. Allt jag gör har betydelse för honom.

Inte heller kan jag uttala ord hur som helst. Jag övar för att få till det rätta tonfallet.

«Jag älskar dig», säger jag, men ibland tycker han att jag låter vårdslös som om jag inte menade det jag sa.

Därför måste han en regnig vårdag bryta min arm hårt bakåt vilket innebär att vi hamnar på akuten. Läkaren nickar fundersamt när jag säger att jag ramlade, låter blicken dröja vid det gamla blåmärket högre upp nära vänstra axeln. När läkaren säger att han ska sjukskriva mig säger jag att jag inte vill vara hemma overksam. Då kan jag lika gärna ta livet av mig eftersom det är den enda utväg jag klart och tydligt tror mig om att kunna genomföra, en lösning jag allvarligt funderar på. Om arbetet tas ifrån mig, min sista fristad är allt ute med mig.

På jobbet kan han inte övervaka mig, inte kontrollera varje minut av min dag. Det är på jobbet jag flämtande andas in luft för att klara mig tills nästa morgon gryr. Han har inte tid eller möjlighet att under vardagarna veta vad jag gör eftersom han har ett eget arbete att gå till. Någon dag i veckan tillbringar han visserligen på stolen i vårt hemmakontor och kan dessa dagar lätt smyga runt på gatorna utanför min arbetsplats, för att bocka av att jag inte smiter ut på lunch med en man och att jag går direkt hem från jobbet, när arbetsdagen är slut.

Men han måste trots allt jobba sina åtta timmar om dagen och kan endast göra stickprov på hur jag sköter mig. Mitt arbete är min frizon.

Allt det säger jag inte till läkaren med den milda blicken som ser rakt igenom mig. Honom kan jag inte gå till igen. Läkaren ger mig ett visitkort med ett telefonnummer på, som jag hastigt gömmer under mobilfodralet när jag går på toaletten innan vi åker hem.

«Ring dit om du behöver hjälp», säger läkaren. «Det är en organisation som kan hjälpa kvinnor som bor med våldsamma män.»

Jag protesterar högljutt. Han har aldrig gjort mig illa och är en snäll man. Hur kan läkaren inbilla sig att han skadar mig? Allt är förresten mitt fel. Det är jag som måste förändras för att han ska kunna älska mig igen. För han har slutat säga att han älskar mig och inte kan leva utan mig. Det är andra ord som kommer från hans strama läppar.

«Du är ful», säger han.

«Du är för fet och ful», säger han varje dag till mig.

«Du kan vara glad att du har mig», säger han och jag vet att det är sant.

Kapitel 11. Midsommarafton

Inget regn i sikte, trots att väderrapporterna förvarnat. Det behövs regn. Inte enbart för att det är för torrt för att grödorna ska växa till sig ute på åkrarna, utan även på grund av risken för skogsbränder.

På Öland är vi snart dränkta sa min mamma igår. Hon är en aning missnöjd för att jag inte planerat in att hälsa på henne och Gösta, hennes sambo, på semestern. Det var till Gösta hon flyttade från Uppsala för några år sedan. Jag gillar honom inte men skulle aldrig drömma om att avslöja vad jag tycker för mamma. Men jag tror att hon vet.

Det har gjort mig gott med miljöombyte. Jag har börjat längta efter Peter, men bara en aning. Vet inte om det är samvaron med en man jag saknar eller om det är en gammal vana att vara två. Peter och jag träffades i gymnasiet där vi blev ett par och efter tre års avbrott då jag var gift med Henrik, hittade vi tillbaka till varandra igen. Det är den versionen jag berättar för mig själv och för andra men fullt så enkelt var det naturligtvis inte. I desperationen efter Henriks död sökte jag mig tillbaka till det som en gång var. Till tryggheten i en före detta pojkvän.

Men är det det jag innerst inne vill? En tid har gått sedan dess och allt det som hänt har sjunkit undan en smula. Jag är en annan person idag. Det finns många frågor, utan tydliga svar trots att jag under tunga stunder grubblar och analyserar mig själv.

Dessutom har jag aldrig varit en vuxen singelkvinna tidigare. Det är förmodligen dags för mig att bara vara mig själv som Laleh sjunger. Frågan är också om det är i singelfacket jag hamnar, efter att ha bett Peter om en paus.

Vi sitter på altan, bakom huset, i skuggan som vanligt. Solen når inte ner till oss men solstrålarna skymtar fram bakom höga björkar. Från dem rasslar det regelbundet ner gula torra blad, trots att det är långt till hösten. Det är värmen och bristen på vatten som åldrat löven i förtid.

Elisabeth och Lea är här. Vi har druckit mousserande vin, Elof halvt motvilligt, det syntes på hans gestalt när han höll glaset en meter ut från kroppen, som om innehållet vore farligt, men han har ändå svalt ner bubblor och allt ur ett avlångt glas. Med en befriande utandning ställde han ner det tomma glaset på bordet.

Först ville inte Elisabeth vara med oss på midsommar, viskade Lea till mig när hennes mamma var utom hörhåll och tillsammans med Ellen gått för att beundra de kämpande grönsakerna. Lea tvingade Elisabeth att ändra sig.

Alla är uppklädda, dagen till ära. Elisabeth mest. Hon är kortväxt och smal med blek hy utan minsta solbränna. Elegant i en röd kort klänning, med tunt tyg som täcker armarna, sandaler med klack. Inte en fyrkantig eller rund klack utan en sylvass, om än låg klack, som fastnar i springorna på altanen när hon går över golvet. Hon tar inte av skorna trots att klacken får rispor men anstränger sig för att undvika gliporna.

Hennes klädsel är inte praktisk på landet men vi ger henne kompliman-ger. Hon är snygg, med en kort mörk frisyr och bred lugg. Ansiktet är omsorgsfullt sminkad, särskilt runt ögonen. Läpparna glänser i rött.

Undrar vad hon tänker om sällskapet som inte alls lever upp till hennes stilfulla val av kläder. Men vi har försökt på vårt sätt.

Elof har en nystruken vit kortärmad skjorta som hänger löst ovanför jeansen. Jag har aldrig sett honom i shorts trots värmen. Kepsen, sitter som gjuten på huvudet med Leksands hockeylag på loggan. Det doftar rakvatten om den slätrakade hakan.

Ellen har korta vita tunna tajts som räcker till vaden och en blommig tunika i mönstrat blått på överkroppen. Frida är klädd i en skir, vit ärmlös klänning med volanger nertill, som får henne att se ännu tuffare ut med sitt ljusa kortsnaggade hår. Lea har shorts och linne i blått. Jag har satt på mig en blus som visar mycket av axlarna. Ljusgul, köpt på second hand men jag har behållit de blekt blå jeansshortsen under. Det är sällan jag klär mig i klänning.

Willy och Cathrin har kommit med bil från grannbyn till oss. Vi ska dit sedan på majstångsresningen. Willy är en rund man i samma ålder som Elof, någonstans i sjuttioårsåldern. Han är tjock, med en mage som står rakt ut, och väger förmodligen långt över 100 kilo. Knappraden på den ru-tiga rödvita skjortan stramar över buken och hotar att när som helst sprättas upp. Cathrin har pagefrisyr, ingen make-up i det bleka ansiktet, ljusblå ögon, ovanligt påklädd i värmen med jeans och vit långärmad skjorta och hon ser betydligt yngre ut än Willy. Det är han som pratar mest, med hög röst slänger han ur sig åsikter.

Vi äter sill och nypotatis och dricker snaps. Det är Elofs egen och jag vill inte veta hur den kommer till. Den finns i alla fall inte på systemet har jag förstått.

«Jävligt go», säger Elof.

Öl till. Det sista har Frida och jag bidragit med. Vi lånade Ellens bil och körde in till Leksand där vi hörde både stockholmska och dalmål på gatorna. Leksand är en turistort och ett stopp på vägen runt Siljan. Vi avslutade shoppingturen genom att fika på Siljans Konditori, som Ellen rekommenderat oss.

Vi sitter bakom huset i skuggan men det hjälper föga mot värmen. Det är eftermiddag men solen är fortfarande brännhet. Gräset framför Ellens och Elofs hus har börjat anta en brun ton. Egentligen finns det inte mycket gräs kvar, förutom på de skuggiga ställena närmast huset, där stråna fortfarande har längd och mörkgrön färg.

Ellen klagar på att det inte kommit en droppe regn på länge och får medhåll av Cathrin. Elof protesterar och menar att det kan väl för helvete få vara soligt för en gångs skull på en midsommarafton.

«Men grönsakslandet tar stryk», säger Ellen. «Snart förbjuder de väl vattningen eftersom grundvattnet är förskräckligt lågt. Klimatförändringarna drabbar oss på alla sätt», suckar hon.

«Usch ja», säger Frida. «Det är en konstig värme. Två veckor i juni, innan midsommar till och med, med 30 grader. Det är inte normalt.»

«Men jag ids för fan inte prata klimatförändringar just idag», säger Elof. «Det är midsommar och solen steker. När var förra gången vi satt ute och njöt utan regn och kalla?»

Han bryr sig inte om att vänta på svar.

«Det var längesen. Skål!»

Vi höjer våra snapsglas och dricker.

Lea är tyst för en gångs skull. Uttråkad, petar hon med gaffeln runt en grå sillbit, som har sällskap av svarta pepparkorn på tallriken, medan hon rastlöst vickar på de bara, bruna, fötterna.

«Hur länge ska du vara hos din mamma», frågar jag, för att få in henne i samtalet.

«Vet inte», säger Lea uttryckslöst, utan att titta upp och fortsätter med undersökandet av sillbiten.

Elisabeths blick vilar på dottern. Hon har hört frågan.

«Vi har inte bestämt när hon ska vara tillbaka i Stockholm ännu, men hon har sommarlov och kan stanna hur länge hon vill. Det enda som är planerat är att hon ska följa sin pappa till Grekland längre fram i sommar.

Vill du inte ha sillbiten, kan jag ta den.»

Leas min är likgiltig när hon släpper handen om gaffeln. Den landar på tallriken med ett klirr och hon skjuter snabbt över den mot Elisabeth.

«Det finns annan mat om du hellre vill ha», säger Ellen. «Köttbullar?»

«Nej tack», säger Lea. «Jag är vegan.»

Elisabeth hinner inte dölja överraskningen som skymtar i ansiktet. Sedan suckar hon.

«Jordgubbar då», trugar Ellen, som inte ger upp tonåringen, en helt annan person än den vi träffade vid badet.

«Med glass.»

Lea nickar nöjt som det barn hon är och blänger trotsigt till mot Elisabeths håll.

Jag säger ingenting om att glassen som kommer att serveras antagligen kommer från djurriket.

«Hur kom det sig att du flyttade hit?» frågar Willy och vänder sig till Elisabeth. Det blir underligt tyst. Lea ser med spänt intresse på sin mamma som om hon inte vet svaret på frågan Willy ställt.

Elisabeth lägger snyggt ihop besticken tätt intill varandra, placerade snett över tallriken medan hon tuggar klart. Hon ser ut i luften, ovanför Elofs ansikte, när hon svarar, som om hon funderar.

«Jag behövde komma ifrån stan. Det har varit en intensiv jobbperiod och jag ville ta en paus.»

«Men jobb då? Hur blir det med det här?»

Elisabeth drar upp axlarna, slår ut med handflatorna men lägger sedan händerna ner i knäet. Hennes naglar, i samma röda nyans som klänningen, glimmar till. Det är en försiktig gest. Inga stora rörelser.

«Jag är tjänstledig till efter sommaren. Sedan får vi se.»

«Det låter skönt», säger Ellen.

«Själv är jag helt utsjasad av allt jobb mitt i värmen. Tur att vi har tjänstebilar med luftkonditionering att sitta i mellan värmechockerna i heta lägenheter och stugor. Men jag ska inte klaga. Våra brukare, som det heter, de som behöver hjälp, har det mycket värre. De får aldrig sätta sig i en kall bil. Inte kommer de ut i friska luften heller.»

«Usch ja», säger Cathrin.

Elof frustar till.

«Men kan vi inte för helvete prata om annat än allt elände i världen när det är midsommarafton. Kan vi inte njuta för en gångs skull?» suckar han och höjer händerna mot skyn som för att vädja till högre makter. De höga björkarna med grenar som långa armar rakt ut, löven som ringlande hänger på späda kvistar, den blå himlen ovanför oss.

«Det är väl det som är felet. Att ingen vill ta ansvar.»

Ellen reser sig med ett ryck och börjar med bestämda rörelser plocka av tallrikarna.

Vad är det med Ellen? Nu är hon sur igen?

Förvirrad reser jag mig också för att hjälpa till, greppar sillburken och tar med den till köket. Det är mest spad kvar, förutom enstaka sillbitar som simmar omkring längst ner i botten, där ingen fått syn på dem.

Frida följer med och tar skålen med potatis och köttbullarna. Vad är det som händer mellan snälla och beskedliga Ellen och Elof? Inne i köket sneglar jag och Frida på varandra bakom Ellens rygg medan hon slamrande stoppar in tallrikarna i diskmaskinen.

«Är du arg på Elof för någonting?»

«Om ni visste hur grym och envis han kan vara ibland!» suckar hon och trycker till luckan till diskmaskinen med handen.

Hon vänder sig om, sätter armarna i kors över bröstet och ser bistert på oss.

«Men jag berättar sen. Det är inte rätt tillfälle en midsommarafton. Hjälp mig att ta fram jordgubbarna och glassen.»

När vi kommer tillbaka ut till altanen med tallrikarna pekar Ellen uppfordrande på sin armbandsklocka med svart smalt läderband.

«Vi får skynda oss. Det tar någon kvart att gå dit och klockan fem börjar firandet», säger hon.

Lea tar för sig av jordgubbar och glass innan alla satt sig ner. Hon ser ut att behöva mat på de långa smala benen och taniga kroppen. Jag kan förstå att Elisabeth lättad sneglar på Leas tallrik där jordgubbarna blivit till ett torn i mitten.

Elof lägger de bruna, muskulösa armarna bakom huvudet, lutar sig tillbaka i trädgårdsstolen vilket får den att vicka bakåt. Den vita skjortan visar upp synliga mörka svettfläckar under armarna.

«Men va fan. Jag kör fyrhjulingen. På ett kick är vi framme.»

«Jo, jo. Du skulle må då! Då får du åka själv.»

Ellen vänder sig till de övriga i sällskapet som tar för sig av efterrätten.

«Jag är ju politiker. Även om jag inte vore det vill jag absolut inte sätta mig i ett fordon med en full förare. En fyrhjuling är också ett fordon, trots att ingen i byn tror det», säger Ellen.

Elof skakar på huvudet.

«Full! Nu får du väl för fan ge dig.»

Jag sväljer en bit glass, som svalkande lätt glider ner i strupen och säger:

«Ni är i opposition här eller hur?»

«Berusad då», förtydligar Ellen, «om du nu hela tiden ska märka ord».

«Men va fan», säger Elof igen, med ett vitt stråk av glass på överläppen och med en markant lägre röst. «Ingen ser väl det. På midsommarafton. Inte fan är polisen här och gör nykterhetskontroller. De har fullt sjå att hålla rätt på alla skränande turister i Gropen, inne i Leksand.»

«Vi har för få aktiva folk i partiet för att ha representanter i kommunfullmäktige. Det är centern som är stora här. Det är de som styr tillsammans med Moderaterna. Det är synd. Till och med Sverigedemokraterna har representanter», säger Ellen, som svar på min tidigare ställda fråga, och ser med en underligt kall blick på Elof sittande snett mitt emot henne.

«Du har glass på överläppen förresten», lägger hon till.

Elof drar med pekfingret över munnen och slickar av det. Ellen sluter ögonen en kort sekund.

«Men ni tar väl bilen?»

Elof har vänt sig till Willy som ser en aning påkommen ut. Han vänder ansiktet från den ena till den andre och Cathrin svarar i hans ställe med osäker röst:

«Det är förmodligen dumt. Vi har två bilar och skulle kunna lämna den vi kom i här. Jag antar att vi kan gå. Vet inte exakt hur mycket vi druckit men …»

Hon ser på glasen framför sig, försöker sedan hitta stöd i sin man som sitter bredvid henne men han flackar med blicken. Jag kan förstå vad som rör sig i hans huvud. Det är en kilometer till grannbyn, Österbyn, men med den kroppshydda han har och i värmen skulle det vara farligt att gå den sträckan.

Elisabeth torkar sig om munnen med den färgglada pappersservetten med vita prästkragar på, lägger ner den på bordet igen och föser in den under tallrikskanten med sin välmanikurerade hand med de rödmålade naglar. Medan hon sträcker på ryggen säger hon:

«Jag kan köra. Snapsen har jag inte druckit av och bara ett halvt glas vin.»

Våra blickar dras till glasen framför henne. Mycket riktigt, det lilla snaps-glaset är fortfarande orört. Vätskan, som Elof hällt i, når fortfarande farligt nära kanten. Hon har skålat med alla men inte druckit. Vilket proffs. Elisabeth skulle kunna hoppa in i drottningens ställe på Nobelfesten. Det mesta är dessutom fortfarande kvar av det vita vinet, som hon själv hade med sig och hällde upp i sitt glas.

Elof muttrar om onödig avhållsamhet medan han lägger in en kudde snus under överläppen.

«Vilken bra idé», tycker Ellen medan hon snurrar sig ett kvarts varv runt på stolen mot Elisabeth.

Lea studsar upp när hon ätit halva sin portion av bären, slickar av mun-nen med tungan, säger att hon går i förväg, otålig på att det ska hända någonting.

«Hon är nyfiken på ungdomarna som kommit till festplatsen», säger Elisabeth.

«Ja, det förstår jag. Tydligen finns det ett helt gäng i en av gårdarna i Österbyn», säger Ellen och Elisabeth får ett oroligt drag över ansiktet när hon ser efter Leas springande gestalt.

«Jag hejade på Erik och Max när de kom igår med sitt gäng. De huserar i kåken bredvid min. Förra gången jag såg dem var de halvvuxna, nu är de i alla fall myndiga. Max är den äldre, men det skiljer bara ett eller möjligen två år emellan dem.

Mamman äger gården tillsammans med sina syskon men ingen har kommit dit på flera somrar. Det är extra roligt att huset äntligen används. De är vettiga människor, tro mig», säger Willy och nickar betryggande mot Elisabeth.

«Synd att mamman inte köper ut sina syskon. Det blir varken hackat eller malet på det sättet. De äger fäboden i Nilsbodarna också, fallfärdigt och ruckligt», avslutar han och skakar på huvudet.

Kapitel 12. Skräcken

Jag lirkar ur visitkortet ur mobilfodralet och lämnar det i garderoben på jobbet. Förr eller senare kommer han annars att hitta det. Varje kväll går han igenom min handväska, mina kvitton som jag redovisar för honom och kontrollerar mina telefonsamtal. Jag protesterar inte. Egentligen är det sistnämnda meningslöst eftersom jag inte använder mobilen längre.

Facebook och Instagram har jag slutat gå in på för att slippa förklara för honom vad en kommentar jag gjort på en kompis inlägg betyder. Han tror alltid det värsta. Att jag dejtar andra män och att jag stämmer träff med någon vän av det andra könet. Det finns inga oskyldiga små ord. Allt har betydelse för honom och jag tvingas förklara sådant som inte går att förklara.

Jag svarar aldrig när det ringer om det inte är från arbetet, inte ens mamma får kontakt med mig längre. Det är hans telefonnummer som staplas, det ena efter det andra, i min samtalslista och meddelanden.

Oftast hör han av sig flera gånger per dag, när jag är på jobbet eftersom det är den enda tid han inte har kontroll över mig. Han blir arg om han inte får prata med mig eller om jag inte genast svarar på ett meddelande. Om det är en läxa jag lärt är det att förutse konsekvenserna jag drabbas av när hans dåliga humör tar över. Han kan inte kontrollera sin ilska säger han till mig. Det är jag som är grundorsaken till att han blir arg.

Även om jag sitter i ett möte kan jag inte ignorera honom. Konsekven-serna blir förödande om jag ber honom vänta. I början meddelade jag att jag ringer upp senare men då blev det timslånga förhör vad jag haft för mig. Vad som sedan följde kunde jag räkna ut själv.

När hans namn syns på displayen rusar jag skyndsamt ut från mötet, viftande med mobilen och ber inte ens om ursäkt till dem som sitter kvar, med resignerade ansiktsuttryck.

Vi har en fin vecka när allt är bra. Han är ovanligt snäll och jag vågar fråga om vi ska bjuda med oss barnen på semestern, till huset på västkusten vi hyrt en vecka. Jag börjar hoppas på att han har ändrat sitt beteende och att han är nöjd med mig. Alla våra problem är över och det riktiga livet kan börja. Vårt förhållande ska åter igen bli kärleksfullt och varmt som det var i Paris.

Hur kunde jag vara så dum? Hur kunde jag ens för en sekund tro att en människa kan förändras på en vecka? Men jag såg framför mig att vi äntligen skulle bli en familj. Jag hoppades också, vilket var fegt av mig, att barnens närvaro skulle göra honom lugnare. Inte arg och absolut inte våldsam, att han skulle besinna sig inför deras blickar som det var i början när livet var ljust.

«Jag vill absolut inte umgås med dina odrägliga barn», säger han, med den rösten jag inte längre kan säga att jag inte känner igen. Tvärt om, är tonen välbekant. En iskall varnande känsla uppstår någonstans i magtrakten medan jag väntar på hans nästa drag. Själv har jag inget handlingsutrymme. Min lott är att agera efter hans kommando.

«Håller du inte med om att de är dåligt uppfostrade?»

När jag till slut svarar:

«Jo det gör jag», ligger jag på golvet med söndersparkat revben.

Det var idiotiskt av mig att komma med egna förslag. Jag vet att han inte tycker om att jag gör det. Varför lär jag mig aldrig att bli som han vill ha mig?

Nästa dag har jag svårt att gå. Revbenet är inte det enda som är trasigt, men jag vågar inte söka hjälp för risken att hamna hos samma läkare igen. Jag vill inte att läkaren ser på mig, som han gjorde den gången min arm var bruten, med sin medlidsamma blick. Läkaren, som med sin milda men röntgenartade blick upptäckte vilket helvete jag frivilligt skapat åt mig.

Kommer jag ännu en gång med en trasig kropp begriper läkaren att jag inte har förmågan att förändra min situation, att jag är en svag kvinna. Jag vill inte att läkaren, efter att ha granskat mina skador under en kort sekund, drar slutsatsen att det är han som gett mig skadorna. Vad kommer då att hända med mig?

Det finns förresten ingen möjlighet att be någon utomstående om hjälp. Han tycker inte att det är nödvändigt med sjukhusvård och plockar nonchalant upp mobilen ur min väska på väg ut. Innan dess satt han bredvid när jag sjukanmälde mig, sufflerade noga vilka ord jag skulle uttala.

«Du behöver vila», säger han och kysser mig ömt på kinden innan han låser dörren efter sig med det extra låset vi satte in förra året.

Skräcken växer innanför rustningen. Det är ett mullrande oväsen i min kropp som jag inte kan hejda. Jag vill hålla mig likgiltig och stillsam, låta allt passera utan protester och bli som vanligt igen, men Skräcken vill ta kommandot över mig. Trots att jag gör allt för att lugna ner Skräcken ropar Skräcken, förtvivlad över min passivitet, ut frågor till mig.

Vad kan han mer göra mot dig?

Däremellan kommer torra konstateranden när Skräcken inte får mig att agera.

Snart slår han ihjäl dig. Vilken tur att barnen inte bor hos dig längre. Då skulle han ge sig på dem också.

Orden ligger kvar i hjärnan i dagar som en böld eller ett varigt sår jag inte kan låta bli att pilla på. Mellan dessa meningar uppmanar Skräcken mig.

Fly! Du måste fly!

Innerst inne vet jag att Skräcken har rätt men vad kan jag göra åt det?

Kapitel 13. Midsommarkväll

Sällskapet bryter upp strax efter att Lea lämnat oss. Frida och jag tar oss till fots till majstångsresningen i den närliggande byn, Österbyn. Samma by som vi ser början av när vi går till badet. De övriga tar sig dit i Elisabeths bil, som kör förbi oss med upprepade tutningar och vinkningar, i ett moln av damm. Jag ser Willys runda kroppshydda fylla ut passagerarplatsen bredvid Elisabeth, när han böjer sig över henne för att visa upp ett glatt ansikte mot oss.

Platsen för midsommarfirandet äger rum alldeles intill byvägen och en grupp människor har redan samlats. Ännu ligger majstången ner på bockar, men pyntad och klar, med ett stort hjärta av gröna björklöv och små blomsterbuketter fästa vid stången. På marken ligger enstaka kvistar och blommor, kvarlämnade och slokande i värmen.

Marknivån är högst vid vägen och Elof och Ellen befinner sig i slänten längre från stången. De pratar intensivt och gestikulerande med andra människor i samma ålder. Willys bullrande skratt hörs genom folkmassan. Cathrin finns vid hans sida. Lea skymtas bland tjejer och killar som samlats längst bort från festplatsen, i ena kanten av gräsplanen. Det måste vara det gäng Willy pratat om, bestående av bröderna Erik och Max, som håller till i ett av husen i Österbyn.

Lea har gjort sig hemmastadd, sittande i gräset, omgiven av tjejer och killar med ölburkar i händerna. Det karakteristiska vitblonda håret böljar över de smala axlarna när hon slänger till med huvudet.

Den enda från middagen som jag saknar är Elisabeth, som inte syns till, trots att jag granskande ser mig omkring. Har hon vänt och åkt hem igen? Men vi har inte mött hennes bil, antagligen har hon kört en annan väg tillbaka. Elof har berättat att det går att köra runt och komma upp på samma väg som går från Ellen och Elofs hus till Leksand. Har hon glömt någonting som hon skulle hem för att hämta?

«Köp gärna lotter. Det uppskattas, för då får byn in pengar», säger Ellen, när vi kommer fram till henne.

Hon pekar mot ett bord där prylar står uppradade. En stor gräddtårta som inte mår bra i värmen, kakor och flaskor med dricka men också en mängd underliga saker, fortfarande inslagna i plastförpackningar kan man vinna.

«Vilka är Erik och Max av dem som sitter där med Lea», frågar Ellen nyfiket och vänder sig mot Willy.

Han studerar tjejerna och killarna en stund.

«Ja, det är den där mörkhåriga killen precis bredvid Lea. Det är Erik.»

«Hm», nickar både Ellen, Frida och jag efter att ha sträckt på halsarna för att få en bättre överblick.

«Den som inte är fullt lika mörk i håret och som sitter med armen om tjejen med röd blus är Max. Det är hans flickvän Alice han håller om.

Max har ett säljjobb. Han berättade vad det var men jag la det inte på minnet. Erik tror jag nyss gått ut gymnasiet.»

Frida och jag går ett varv runt vinstbordet. Vi rycker fem tätt ihoprullade lotter var, från de allt magrare ståltrådsringarna, som en kvinna går runt och skakar rasslande med.

När vi stöter på Elof och Ellen igen sitter de på en bänk, utanför ett runt grått hus tillsammans med Willy.

«Det här är grillhuset där man serveras korv senare», förklarar Ellen och knackar med höger hand på väggen.

Vi öppnar dörren och kliver in. En stor grill tronar i mitten och väggfasta bänkar har placerats efter samtliga väggar. Vedträn är staplade i eldstaden och elden har börjat ta sig. Det röker in. Vi backar hostande ut från rökmolnen och stänger dörren om oss.

«Oj, stången ska upp», hörs en röst och som på en given signal, börjar gruppen av människor röra sig mot grusvägen. Majstången bärs fram av idel män. Jag hinner fundera på om kvinnor inte tillåts resa majstång eller om det råkar vara endast män denna gång, innan aktiviteten börjar.

Det hojtas och jobbas hårt för att få upp stången. Toppen svajar till för varje lyft men hålls på plats med långa träkäppar för att stötta, en från varje sida. En man på varje käpp. Högre och högre upp kommer den, medan männens ansikten blir rödare och blankare för varje lyft.

«Åhej, åhej!» ropas det.

Till slut dimper den ner på sin plats, toppen gungar fram och tillbaka en stund men stillnar efter en kort stund. Som en fallossymbol reser den sig hög mot skyn och vi applåderar över bedriften att få upp stången.

Toner hörs över nejden. Det är inte ett gäng i folkdräkter med fiol och dragspel i händerna, utan en ensam äldre kvinna som spelar på en elorgel. Ringar runt stången bildas av både barn och vuxna, mest kvinnor. Frida och jag skuttar runt vi också när Ellen dragit oss med i dansen.

«Små grodorna, små grodorna», sjunger vi, sätter händerna i midjan och hoppar oss fram.

Inför nästa dans springer Lea skrattande in mellan mig och Frida, greppar varsin hand och följer sedan med i ringdansen. Hon ser betydligt gladare ut än vid middagen, full av liv igen. Ungefär som den person vi mötte vid sjön. Borta är struligheten, trotset och barnet har ersatts av en sprallig tonåring.

När det blir paus släpper hon våra händer och rusar nedför backen mot gruppen av tjejer och killar igen. De står upp och spanar ömsom upp mot majstången, ömsom är de fullt upptagna med varandra.

Lea krånglar sig fram mellan kropparna tills hon hamnar tätt intill killen med mörkt hår. Erik, enligt vad Willy berättat för oss tidigare. Han håller en ask med vitt snus i sin högra hand och efter att ha plockat upp en portion räcker han snusdosan till henne. Med ett skuldmedvetet uttryck i ansiktet sneglar hon mot oss, i avsikt att kontrollera om någon observerar vad hon är på väg att göra. Jag tittar snabbt åt ett annat håll för att inte generera henne.

När jag åter vänder ansiktet åt Leas håll är den färgglada runda asken på väg tillbaka till Erik igen. Långt ner, mellan sig och Erik, som för att gömma den för nyfikna blickar räcker hon tillbaka den, med ett förtjust uttryck i ansiktet. Tror hon att hennes mamma, Elisabeth, finns någonstans i närheten och har koll på henne? Det ser oskyldigt ut alltsamman och jag känner mig plötsligt urgammal. Det är jag också, dubbelt så gammal som hon. Det hisnar.

Kapitel 14. Skräcken

Jag vet att det kommer att vara lugnt en vecka. Vårt liv går upp och ner enligt ett bestämt schema. När han slagit mig tillräckligt kraftfullt, ber han om förlåtelse nästa dag för att sedan vara extremt snäll och vänlig resten av veckan. Han låter mig vara ifred, tvingar mig inte ens till sex som han brukar. Men det går inte heller. Jag är för trasig därnere och blöder fortfarande.

«Att älska läker alltid ett gräl», brukar han säga efter att han slagit mig och med lust i blicken börja knäppa upp sin skjorta.

Även om han inte rör mig är Skräcken ständigt närvarande. Det är en tidsfråga innan allt börjar om igen, vet jag numera av erfarenhet. Jag tänker inte längre vad jag ska göra *om* han slår mig igen. Nej, jag har slutat fantisera om en underbar tid med honom. Jag tänker på vad jag ska göra *när* han slår mig igen. För det kommer alltid ett nytt tillfälle.

Men han är frikostig, ger mig en kort läkningstid. Själv får han två-tre dagar, ibland en vecka av ånger.

Det finns inte längre hopp om ett bättre liv, ett sundare förhållande mellan oss. Vi har fastnat i våra positioner som offer och gärningsman även om jag inte är tillräckligt klarsynt för att kunna se det. Jag inser att vi, som älskar varandra mycket, sorgligt nog inte har en framtid tillsammans.

Men grindarna är låsta, stängslet för högt för att klättra över och min kropp är inte längre min kropp. Det är han som styr den, både min hjärna och mina slappa lemmar och som en robot agerar jag enligt de signaler han ger. Någon egen vilja har jag inte. Den är bortsopad, min personlighet är inte längre jag. Den är hans skapelse och jag känner inte längre igen mig.

När jag är tillbaka på jobbet fingrar jag ändå på det vita kortet med telefonnumret som lyser mot mig i röda siffror. Det är som en uppmaning att ta upp mobilen och knappa in numret. Jag håller kortet i vänster hand, kupar fingrarna runt ytterkanterna som för att skydda siffrorna från insyn även om jag är den enda som befinner mig i rummet.

Du kan ringa härifrån säger Skräcken till mig. *Han har ingen möjlighet att kolla upp samtal från jobbtelefonen.*

Men tänk om kvinnojouren vill ha mitt privata nummer och sedan hör av sig när jag är hemma. Då kommer han slå mig sönder och samman.

Det kommer han att göra ändå, säger Skräcken torrt.

Jag ringer med svettiga fingrar medan jag håller andan. Det är modigt av mig att våga ta detta steg till frigörelse, trots att mitt hjärta dunkar våldsamt. Signalerna ljuder alltför högt i örat, vilket får mig att trycka på volymknappen för att sänka ljudnivån. En evighet förlöper.

Först när en kvinna svarar klickar jag bort samtalet.

Sedan river jag sönder kortet i små, små bitar och låter lapparna regna som konfetti rakt ner i papperskorgen. Jag sliter med att få till bitarna i storlek som en sockerbit. Det tar en stund.

Med torra ögon stirrar jag på de vita pappersbitarna, som återsamlas, en efter en i den grå plastpåsen, inuti papperskorgen av stål. Städerskan kommer att ta med sig påsen imorgon.

Skräcken är stum av resignation.

När jag ska gå hem för dagen säger Skräcken i förtvivlad ton:

Du gjorde dig av med det enda som kunde rädda dig.

Ingen kan rädda mig säger jag. Ingen.

Kapitel 15. Oväder

När de flesta försvunnit hem till sig eller satt sig i grillhuset för att äta av den grillade korven och fylla på sina glas är Frida och jag på väg hem. Det har mulnat på, himlen är inte längre evigt blå utan har antagit olika grå nyanser. Hotfulla blåsvarta kullar kommer rullande in från öster och växer i omfång tills hela himlen mörknat. Ljuset försvinner när den gråsvarta himlen, som ett tak, sänker sig ner över oss. Det är underligt att efter den heta värmen de senaste veckorna, känna saknad efter en varm kofta eller jacka att svepa om sig.

Frida och jag går i raskt tempo längs grusvägen, medan vi plockar sju sorters blommor, i hopp om att hinna undan ovädret som känns i luften. Naturen har stillnat, fåglarna är tysta, allt väntar på utbrottet.

I ena handen håller Frida en elektrisk flugsmälla som hon vann på lotteriet, eller är den till för att döda myggen med? Men det finns bara enstaka myggor i år, vilket oroar Ellen, som säger att det beror på torkan.

På skoj letar vi efter blommor vid vägkanterna, växter som inte torkat i hettan för att få ihop de sju sorterna att lägga under kudden. Olika gräs-sorter får bli vår räddning, små ljusa blåklockor står och nickar på korta skaft och smörblommorna har bildat gula öar i grönskan.

Det mullrar på avstånd och allteftersom vi tar oss närmare Ellens och Elofs hus, ökar åskans ljud i styrka. Vi fryser båda två. Håret reser sig på armarna och axlarna dras ihop mot kylan.

När regndropparna börjar falla, springer vi den sista biten och tappar blomster i farten. Innan åskan brakar loss ordentligt har vi fått upp dörren till glasverandan och tagit skydd.

Innanför glasrutorna blir vi stående medan ovädret dundrar på utanför. Blixtar lyser regelbundet upp omgivningen med sicksackmönster mellan braken av åska. Jag håller andan varje gång beredd på att husen ska träffas av åsknedslag. Räknar, ett, två och tre. Det smäller till alltför nära och vi ser uppskakade på varandra. Hoppas inte att fler bränder startas av åskvädret.

Men Tor piskar på sina hästar och drar vidare med hammaren i stabsläge. Snart vräker regnet ner.

Flämtande andas jag ut efter åskans framfart och efter språngmarschen den sista biten. Genom verandans små fönsterrutor ser jag gårdsplanens torra gräs dränkas i vatten. Men ingen eld syns till och jag känner ingen röklukt.

Det brusar snart från stuprännorna som i kaskader kastar ut vattnet på gården. Det är inte måttligt vad det öser ner. Forsande vatten bildar små bäckar som rör sig bort från husets höga läge. Marken är hård efter torkan och kan säkerligen inte suga åt sig den stora mängden vatten.

Elof och Ellen är kvar vid festplatsen. De sa till oss när vi var på väg hem att de ville umgås med Willy, som är Ellens barndomskompis. Hur ska de kunna ta sig tillbaka i busvädret utan chaufför? Det är inte många som är nyktra nog att vara förare en midsommarafton.

En fyrhjuling hade inte hjälpt även om Elof antagligen önskar att han haft sin med sig. Men att köra en sådan i mörker och regn, dessutom ännu onyktrare än vid middagen, är inte speciellt lockande. Utan skydd av regnkläder, för det var ingen av dem förutseende nog att ta med.

Vi sitter länge på glasverandan, som äntligen kan användas i den svalnade luften. Luften är lättare att andas och känns som en befrielse efter all torrhet. Rummet som samlat solvärme under många veckor och varit omöjlig att vistas i på grund av hettan blir nu en skön plats att tillbringa resten av kvällen i.

Smattret mot rutorna fortsätter i oförminskad intensitet timme efter timme medan vi dricker te och ser hur omgivningen dränks i vatten. Det är som om någon samlat på sig vätska under lång tid och äntligen tömmer ut balja efter balja över oss.

Vårt värdfolk dyker inte upp trots att vi är uppe länge. Vi somnar sött i våra sängar och hör inte ens när Ellen och Elof kommer hem. Om de tar sig hem över huvud taget.

Kapitel 16. Skräcken

Sommarhuset ligger avskilt och vackert nära havet. Han visar mig bilderna på nätet. Hela dataskärmen fylls av sol, hav och sand. Det ser underbart ut men får mitt humör att dala. Det är för ensligt, för långt ifrån.

«Vi ska gå långa promenader», säger han. «Ha det mysigt och skönt tillsammans. Bara du och jag, för vi behöver inga andra. Eller hur?»

Han ler mot mig och jag vet att jag måste le tillbaka. Det gör jag också. Tvingar upp mungiporna i en grimas som jag hoppas är övertygande. Men jag ser på hans missnöjesrynka mellan ögonbrynen att han inte är nöjd med mig, att jag inte lyckats uppbåda entusiasm inför hans planer. En strimma av fruktan har slunkit ur mitt ansikte och han är inte nöjd med vad han trott sig se.

Skräcken har börjat ta över kropp och själ helt och hållet. Den sliter i bojorna och försöker hitta utvägar. Jag kan inte längre hålla Skräcken lugn med mina försäkringar om att allt kommer att bli bra. Skräcken tror inte på orden och det gör inte jag heller. Ingen av oss vågar föreställa oss vad som kan hända nästa gång. Vi vet båda att det kommer en nästa gång och att det blir värre. Jag vågar inte tänka på vad det kan innebära men Skräcken tvekar inte.

Du vet vad det betyder. Han har bokat huset för att han inte vill ha vittnen. Inga grannar som hör dina skrik. Ingen du kan rusa till för att få hjälp.

Jag gör mina försök att få ordning på Skräcken, säger att vi ska ha semester och koppla av. Han har varit snäll den sista tiden säger jag, ovanligt omtänksam och varsam med mig. Vi kommer äntligen att få det bra tillsammans som i början.

Inte ens det hjälper för att lugna ner Skräcken som skriker ut sina varningar i mitt huvud om och om igen.

Jag sitter i bilen bredvid honom på väg söderut och kan inte längre ta djupa andetag, än mindre sitta still. Fötterna byter ställning oupphörligt, trummar mot bilmattan som en maskin som hakat upp sig. Mitt hjärta uppför sig också underligt, rusar på i raketfart som om jag sprang ett elitlopp. Är det Skräcken som har fått nog och har kommandot utan att jag bett om det?

Han lyfter höger hand från ratten och lägger den på mitt lår. Fingrar sig under det tunna tyget i sommarkjolen, trots att den är nerdragen till knäna, och smeker mitt nakna skinn ända upp i skrevet, ett pekfinger lirkar sig in under troskanten. Huden rycker försvarslöst till, som i protest av beröringen. Kroppen stelnar och jag drar ofrivilligt efter andan. Han missförstår mina reaktioner.

«Har du saknat mig?» skrattar han belåtet, men utan att vänta på svar. Han vet att jag alltid säger det han vill höra ändå. Orden jag pressar fram är sådana han bett om. Det finns ingen som helst anledning för honom att lyssna på mig.

Skräcken hamrar på.

När ni kommer fram vill han ha sex med dig. Det kommer att göra ont. Värre än förra gången.

Jag vet, säger jag. Sex är för alltid förknippat med smärta och blod för mig. Själv använder han ordet älska. Han vill älska med mig säger han och tar mig oavsett om jag vill eller inte. Det är vardag och det kan inte bli värre än förra gången.

Kan det inte? fnyser Skräcken åt min envist naiva tilltro till en positiv förändring.

Skräcken fortsätter att hamra och föra oväsen och kommer inte till ro, även om jag försöker genom att andas lugna andetag, sluta ögonen och tänka på ljusa och lätta minnen. Förr tog jag fram bilderna från Paris i mitt inre men även den vackra staden är solkat och svartkantat numera, eftersom han finns med i varenda sekund av vistelsen.

Jag blundar och ser mig själv kliva in i min gamla lägenhet, innan honom, med lätt hjärta. Det är tyst och rofyllt omkring mig och jag längtar dit. Till mitt gamla liv före honom, trånar jag som vansinnig efter.

När vi är framme vid sommarhuset kliver jag ur bilen på darrande ben och fryser i den varma sommareftermiddagen. Kroppen har försatt mig i beredskap för det som komma ska och jag bävar.

«Vi kan packa ur bilen sen», säger han och föser mig framför sig in i huset. Hans högra hand på min nacke gör att jag utan motstånd rör mig mot den hyrda tortyrkammaren.

För att skjuta upp det avgörande ögonblicket går jag in i varje rum, låtsas tycka att allt är fint och hemtrevligt. Berömmer utsikten över fälten, klipporna och ropar förtjust till när jag upptäcker den blå glimten av havet längre bort. Min röst låter glad och lycklig. Det är sant och inga överdrifter. Han har hyrt ett vackert gammalt hus, som gjort för en helt perfekt semester vid havet.

Minnen av andra semestrar, innan jag träffade honom, kommer över mig. Barnens skratt och spring runt ett hyrt hus. Deras längtan att genast slänga sig i vattnet och följa med i vågornas rörelser. Sorgen av deras frånvaro kommer över mig, men jag kan inte ägna mig åt känslor. Idag måste jag se till att överleva, åtminstone tills nästa dag. Det är på det sättet min tillvaro ser ut. Stå ut. Överlev. Carpe Diem har en stor betydelse för mig. Kommer det att lyckas även denna gång?

Även om jag redan räknat ut vad som kommer att ske, vill jag att det ska dröja ytterligare en kort tid, innan allt börjar om igen. Men jag anar att han inte tänker låta sig hindras länge till. Vreden inom honom växer eftersom han inte direkt får som han planerat.

När jag vill utforska huset närmare, kontrollera att kylskåpet är på, att det lyser inuti står han bredvid mig och trampar. Det är ett fruktlöst försök från min sida att skjuta upp det oundvikliga.

Jag lyssnar på hans rörelser som blir ryckigare, otåligare. Som om han vore min dator eller min bil har jag lärt mig hur han fungerar. Det finns vissa processer eller mönster som jag inte kommer förbi.

Han lämnar mig i fem minuter för att i smyg plocka undan nycklarna ur innerdörrarna. Med misslynt min låter han senare blicken dröja vid toadörren som går att låsa inifrån med ett vred. Jag kan följa hans tankar, hur han räknar ut att han lätt kan öppna dörren med en skruvmejsel. Verktygslådan ligger som alltid i bilens bagageutrymme.

Men allt jobb han lägger ner på att förhindra att jag lyckas hitta ett skydd från honom, behövs egentligen inte. Jag har hittills inte vågat riskera att ytterligare blåsa upp hans ilska, även om tanken på en frizon är lockande. Men det får för stora konsekvenser och jag har för länge sedan gett upp sådana planer.

Huset ser precis ut som utlovats, från hemsidan han visat mig när han bokade. Trots att jag vet vad han vill och trots att jag retar upp honom ännu mer genom att skjuta upp det han den senaste timmen i bilturen sett fram emot, inspekterar jag utomhusmiljön. Det är Skräcken som uppmuntrar mig att hitta på ursäkter för att undvika det oundvikliga. Men han är mig hack i häl.

Strandängarna breder ut sig utanför. Ett naturreservat, ett skyddat område och det är därför det inte finns byggnader i närheten. Vattnet glimmar i blått bortanför sanddynor och lågväxande buskar. Det är bedårande vackert och jag vill skrika rakt ut.

Du är förlorad säger Skräcken och för en gångs skull håller jag med.

Kapitel 17. Midsommardagen

Jag vaknar till ljudet av ösande regn och av att jag fryser. Lätet utanför härbret, av vattendroppar som slår mot fönstret, regnet som rinner från tegelpannorna ner i hängrännorna och därefter med ljudlig kraft når marken, är fortfarande nytt och ovant efter de heta dagarna. Det tar sin tid innan jag i mitt yrvakna tillstånd tar in väderomslaget. De lata alltför soliga dagarna ser ut att vara över.

Klockan är redan elva på förmiddagen noterar jag när jag kollar mobilen. Uppifrån övervåningen hörs inte ett ljud från Frida. Sover hon fortfarande eller har hon klivit upp utan att jag märkt det? Inte troligt men jag måste ändå se efter.

Smygande tar jag mig uppför de få trappstegen till översta våningen i härbret. Jodå. Hon ligger på rygg och sussar sött, med täcket uppdraget till hakan och munnen lätt öppen.

Det är kyligare inomhus. Regnvädret har gjort att den varma luften försvunnit över natten och fukten krupit in i huset. Jag huttrar till. Som tidigare har jag sovit i trosor och linne omedveten om att regnet fortsatt under natten. Automatiskt korsar jag armarna framför kroppen och kryper ihop.

Jag väcker henne inte utan tar trappan ner igen, öppnar dörren och kliver ut på den smala avsatsen utanför ingången till härbret. Gårdsplanen ser ut som ett icke forcerbart hinder på den väg jag måste ta mig mot glasverandan i boningshuset mitt emot.

Längst ner i väskan hittar jag en långärmad tröja och jeans. Med kläder på kroppen och Ellens träskor på fötterna, svarta med målade kurbits på, som jag lånade igår natt, springer jag över det blöta gräset i hällregnet. Det klafsar under skorna och vätan tränger in till mina bara tår.

Gräset har återhämtat sig förvånansvärt snabbt, för gårdsplanen är grönare än igår. Vinbärsbuskarna längre bort, som ledsna hukat under torkan med slokande blad, har också piggnat till och rest på sig.

Det spöregnar och den korta stunden utomhus har gjort mig dyngsur. Någon regnjacka fanns inte med i packningen från Uppsala, eftersom jag inte tänkte på att vädret skulle kunna förändras, trots varningar från mamma.

Jag rycker upp dörren till glasverandan och går in. Förbi de rosa blommorna i sina lerkrukor som står på rad alldeles innanför fönstren. När jag sluppit undan regnet andas jag ut och klampar över brädgolvet till ytterdörren. Den är olåst på det sätt som Frida och jag lämnade huset igår.

På verandabordet står tekannan och våra urdruckna tekoppar kvar. Jag tar dem med mig in till köket.

Det är tyst inomhus. Ödsligheten känns och jag förstår, utan att behöva kontrollera faktum, att Elof och Ellen sover någon annanstans. Precis som Frida och jag spekulerade i har de inte kunnat ta sig hem i regnvädret. Jag antar att de hör av sig om de vill bli hämtade.

När jag satt på vattenkokaren för en kopp te, hör jag dörren till verandan öppnas och steg närmar sig. Stegen är för försiktiga, för tvekande för att vara Frida. Misstankarna bekräftas när en knackning hörs.

«Kom in», ropar jag, medan jag stänger kylskåpet efter att ha burit fram osten i sin plastförpackning och lagt på köksbordet.

Det är Elisabeth som sticker in sitt huvud genom dörren medan hon står kvar på tröskeln. Hon ser inte ut att ha sovit speciellt bra. Ringarna under ögonen, gör blicken trött och i motsats till gårdagen bär hon ingen makeup.

Har hon gråtit? Hon är klädd för regn i jeans och mörkblå regnjacka, med huvan uppdragen över huvudet och knälånga stövlar sitter på fötterna. Gummit blänker av vatten. Det är uppenbart att hon inte vill störa, enbart titta förbi för att säga hej, på väg till ett annat mål.

«Kom in», säger jag igen. Vill du ha kaffe eller te? Jag ska precis göra i ordning frukost.»

Det har jag lärt mig genom att umgås med Elof och Ellen i Dalarna. På landet, mer än i stan bjuder man på kaffe, när en granne eller vän visar sig.

«Nej, nej. Det behövs inte», säger hon avfärdande och står kvar, fortfarande med handen på dörrhandtaget.

«Jag ...»

«Men kom in», säger jag med högre röst denna gång. «Eller har du bråttom?»

«Nej inte alls. Jag tänkte be dig om en sak.»

«Okej. Hoppa ur stövlarna och sätt dig.»

Jag vänder mig bestämt ifrån henne och tar fram två koppar ur skåpet för att hon ska förstå att jag menar vad jag säger. När jag åter har henne i blickfånget har hon äntligen dragit av sig på fötterna och hängt upp jackan. Hon stänger köksdörren bakom sig och står kvar innanför dörren, tvekande med mobilen i sin hand.

«Sätt dig!» befaller jag henne.

Jag har aldrig tidigare träffat en person som man måste övertala till att ta sig in i ett kök. Men Ellen berättade att Elisabeth inte gärna vill umgås med varken Ellen, Elof eller med andra. Det kan vara första gången hon är inne i huset. Igår satt vi på baksidan hela eftermiddagen i det varma vädret.

Elisabeth drar ut en av de gamla leksandsstolarna med tygtryck på sitsen och sätter sig försiktigt ner. Samtidigt lägger hon mobilen på köksbordet framför sig.

Jag ställer en tom kopp framför henne. Hon stirrar ner på den som om hon inte förstår vad det är.

«Kaffe?»

Jag har en känsla av att det är kaffe hon vill ha. Inte te.

Hon kastar en blick på vattenkokaren som slutat koka. Ånga stiger från pipen upp mot taket från det varma vattnet inuti.

«Te tack. Men du behöver inte. Det är bara det att …»

Jag häller vatten i kopparna och tar fram paketen med tepåsar för att hon ska ha åtminstone två sorter att välja på och slår mig ner på stolen mitt emot henne.

«Ja?»

Hon sätter armbågarna på bordet, för händerna över ansiktet ner över kinderna och lutar sig fram medan hon blundar.

«Lea är försvunnen», säger hon när hon åter visar ansiktet.

Kapitel 18. Skräcken

Det visar sig att Skräcken har växt sig för stor för rustningen.

Vi har hamnat i sovrummet, dit han tagit mig genom att ta min hand i sin och bestämt dra mig efter sig. Baklänges och med ett förföriskt leende i ansiktet, har han visat mig vägen till sängen. Försöken att skjuta upp alltsammans genom att gå en tur utomhus är över. Vid den breda dubbelsängen, som är täckt med ett överkast av syntet i en turkos nyans, står jag med honom tätt intill.

Överkastet väger inte mycket, märker jag när han säger åt mig att ta bort det. Jag viker omsorgsfullt ihop tygsjoket innan jag lägger ifrån mig det i fotändan. För att få tyget att plattas till, att minska i volym trycker jag upprepade gånger båda mina händer över det. Samtidigt skjuter jag fram överkroppen, för att ytterligare tynga ner tyget. Han väntar otåligt på att jag ska bli klar och byter ställning från den ena foten till den andra.

Det går inte att hejda Skräcken när den säger med min ljusaste röst:

«Jag vill inte.»

Det är första gången jag någonsin sagt dessa ord till honom, förutom enstaka gånger alldeles i början på vår relation, när jag inte visste bättre. Jag ångrar mig genast och tänker att jag ska visa honom att jag skojade, genom att dra blusen över huvudet, le förföriskt och linda mjuka armar runt hans hals. Samtidigt ska jag trycka mig tätt intill och göra det skönt för honom precis som jag vet att han vill ha det. Då kan jag hoppas slippa det utdragna lidandet som han utsätter mig för.

Men jag inser att strategin inte kommer att lyckas eftersom han inte tycker om när jag tar initiativet.

Alla tankar på vad jag borde göra försvinner, när jag märker att det inte längre är jag som bestämmer. Skräcken låter kroppen stelna i de påbörjade rörelserna. Blusen blir kvar på min kropp, armarna vägrar att utföra rörelser och jag upprepar ståndaktigt orden, denna gång med högre röst.

«Nej, jag vill inte. Jag orkar inte mer.»

Han ser på mig som om han inte tror sig ha uppfattat de ord jag nyss uttalat på rätt sätt. Jag borde inte säga emot honom, borde göra det han ber mig om.

Eftersom jag inte vågar se honom i ögonen, stirrar jag ner i golvet, ett golv med träkänsla. Ordet träkänsla kommer jag ihåg att han sa till mig när han läste upp beskrivningen av huset från webbsidan. Jag bemästrar önskan att sätta mig på knä och prova känslan av trä mot handen.

Rädslan för vad jag sagt och vad det kan innebära, gör att jag inte vågar se på honom, inte möta hans mörka blick, som jag vet granskar mig. Träets ådringar böljar sig fram längs brädorna. Jag följer en av linjerna fram och tillbaka, upprepade gånger medan tiden står stilla.

Om jag ödmjukt böjer nacken neråt inser han att jag inte menar vad jag sagt. Då kan jag slippa undan straffet för att jag vågat trotsa honom?

Det spelar ingen roll, säger Skräcken. *Det blir samma resultat ändå. Fattar du inte det? Du kan inte påverka hans beteende.*

Jag skakar på huvudet åt Skräcken, men han tror att det är honom jag åter igen säger nej till och tar ett steg närmare mig, fastän det inte är möjligt. Det hotfulla molnet tornar upp sig ovanför hans huvud och hotar att kväva mig.

Spring ut ur huset säger Skräcken, men jag står kvar.

Han har förresten låst ytterdörren varför den vägen är stängd för mig. Men jag försöker inte ens agera, väntar endast på vad som ska hända, som jag alltid gjort. Sängens ram trycker mot mitt ena bara ben, som en påminnelse om vart jag är på väg. Han behöver bara ge mig en knuff för att jag ska ramla ner i den främmande sängen, bäddad med randiga påslakan, redo att ta emot mig. Det ser skönt ut.

Han har hyrt ett hus vi ska kunna ta det lugnt i utan alltför mycket hushållsarbete. Sängen står redo, men jag vill för allt i världen inte hamna under dessa rentvättade påslakan.

Han är man och han är stark. Ske det som ska ske tänker jag och blundar, fastlåst i min position mellan honom och sängen och väntar på att hans händer ska få mig dit han vill.

Kapitel 19. Midsommardagens fortsättning

«Vaddå försvunnen?»

En tonåring. Vad kan en sådan inte hitta på. Jag lutar mig tillbaka i stolen, drar fram en tepåse med svart te och låter teet färga det heta vattnet brunt. De två tepaketen med Rooibos och Earl Grey skjuter jag över till Elisabeth. Hon fingrar på det gula fyrkantiga paketet med tepåsar av sorten Earl Grey, lyfter upp det och ställer ner det på bordet igen, som om hon inte förstår varför det står framför henne.

«Hon har inte kommit hem.»

Jag känner mig som den vuxne i rummet, trots att Elisabeth är ungefär tjugo år äldre, skulle jag tippa. Samtidigt önskar jag att Elof och Ellen vore hemma. De hade vetat vad som skulle göras. Jag är på främmande mark.

Regnet trummar på. Strimmor av vatten på fönsterglaset får omgivningen utanför att bli disig grön.

«Men hon är femton år. Hon kan ha träffat en kille och sovit över hos honom. Eller en tjej för den delen.»

Jag är fortfarande ung och kommer ihåg min tonårstid. I alla fall delar av den. När jag drack mig full första gången på en tjejträff. Som tur var skulle vi alla sova över hos en av tjejerna och mamma slapp se mig i det tillståndet. Men hon fattade att jag druckit när jag kom hem. Först på eftermiddagen kunde jag stå på benen, spyfärdig och slak.

En annan händelse jag påminner mig om var den gången jag var fruktansvärt kär i en av killarna i klassen i nian, Oskar. Jag följde med honom hem efter skolan. Vi hånglade tills vi var helt slut och somnade utan att ha gjort det.

Morgonen efter väckte hans mamma oss för sent för att hinna äta frukost och vi åkte buss tillsammans till skolan med varsin kladdig smörgås i handen. Det var en underbar upplevelse. Jag kommer fortfarande ihåg varje minut av vistelsen i hans pojkrum, på vars väggar affischer på fotbollsidoler satt, bland annat en ung Zlatan. Oskar spelade själv fotboll och gör det fortfarande vad jag vet.

Mamma var hysterisk när jag äntligen kom fram till skolan. Hon är lärare och vi stötte ihop på skolgården på morgonen. Jag vägrade berätta var jag varit och skrek att jag måste ha få ha mitt privatliv i fred, utan att hon skulle lägga sig i allt.

«Jag har ringt polisen men de gör ingenting», kastar Elisabeth ur sig med indignerad röst.

Hon ser ut att kämpa med gråten. Ögonen blir blanka men hon blinkar snabbt flera gånger för att få bort tårarna som jag kan ana är på väg.

Polisen? Det är att ta i. Men jag kommer fortfarande ihåg mammas förvridna, rasande ansikte när jag återuppstod på morgonen efter Oskars och min natt. Jag hade aldrig sett henne i det tillståndet tidigare, aldrig senare heller. Hon var som ett sjunkande skepp, på väg att gå under. Då gjorde det mig ännu argare på henne. Varför behövde hon alls bry sig om mitt liv? Jag tyckte att hon överreagerade. Idag kan jag förstå hennes förtvivlan och har sedan länge insett att allt man gör, stort som smått, påverkar ens nära relationer.

«Vad sa de då?» frågar jag och lägger äntligen en tepåse i Elisabeths kopp. Hon har tappat handlingsförmågan.

«Avvakta ett dygn», utbrister Elisabeth och spärrar upp ögonen i vantro. Förstrött nyper hon med tummen och pekfingret i den lilla papperslappen i änden på tepåsens snöre och drar runt påsen i koppen som om det vore en sked hon rörde med.

«Ett dygn! Vad som helst kan hända under den tiden.»

«Men har du någon aning om var hon kan vara? Kompisar? Killar?»

Jag reser mig upp och hämtar ett fat att lägga tepåsarna på. När jag återigen sitter mitt emot Elisabeth tar jag ur min droppande påse och lägger den på fatet. Med den varma koppen i båda händerna dricker jag en klunk te. Det värmer. Jag fryser om de bara fötterna och längtar efter att gå och hämta sockor.

«Hon är inte hos mig tillräckligt ofta för att ha hunnit få kompisar. Det finns förresten inte många ungdomar som bor här permanent. Nej, hon har inga vänner här och absolut inga killar.»

Det sista säger hon med övertygelse och jag tänker att det går snabbt att skaffa kompisar i den åldern och för den delen killar. På en sekund eller två är man ihop.

Elisabeth förstår äntligen vad hon ska göra av tepåsen. Hon drar upp det blöta innehållet ur koppen, lindar snöret runt påsen och drar till, vilket gör att vätskan pressas ut. Därefter lägger hon den urvridna tepåsen på fatet bredvid min. Med båda händerna om koppen ryser hon till och dricker.

«Såg du vad Lea gjorde igår? Vilka hon umgicks med under kvällen?» säger hon med ledsamhet i ansiktet.

«Du var inte kvar själv?»

Det var som jag trott att Elisabeth släppt av sina passagerare och åkt hem igen.

«Jag kände mig inte riktigt i form», säger hon urskuldande och byter ställning i stolen.

Jag nickar och vänder blicken upp i taket för att förbättra minnet. En klunk te unnar jag mig innan jag svarar.

«Jag känner inte särskilt många som var där men jag såg att hon pratade med ett helt gäng unga personer i tjugoårsålder, gissar jag. Både killar och tjejer och jag antar att det var dem vi pratade om igår och som Lea var nyfiken på. De var med och dansade runt stången, åtminstone flera av dem. Vid lottdragningen såg jag inte till vare sig Lea eller någon av de andra.

«Det måste vara ungdomarna som Lea pratade om. Ellen har inte vaknat än? Hon känner till vilka de är och vilket hus de bor i.»

Jag reser mig för att ta fram brödet ur brödkorgen. Efter att ha skurit till ett antal skivor lägger jag dem på ett fat och ställer det mellan oss.

«Ellen och Elof har inte kommit hem än, tror jag i alla fall. Jag ska strax gå och kolla på övervåningen för att vara säker på att de inte ligger och sover. De har antagligen övernattat hos Willy och Cathrin. Ingen var förmodligen tillräckligt nykter för att skjutsa dem tillbaka igår kväll. Att promenera tillbaka i regnvädret var antagligen inget lockande alternativ. Men jag kan ringa? Eller har du försökt?»

Elisabeth skakar på huvudet.

«Nej, jag gick hit för att träffa dem. Dessutom har jag inte Ellens telefonnummer.»

«Ett ögonblick!» säger jag och tar trappan upp till övervåningen i snabba steg för att kontrollera sovrummet. Tomt, en prydligt bäddad säng är allt jag hittar.

När jag kommer ner igen skakar jag på huvudet åt Elisabeth för att understryka mina ord.

«Det var som jag trodde. De är inte tillbaka.»

Det rasslar till från ytterdörren och Frida kliver in. Regnet har skapat mörka prickiga mönster på tröjan hon fått på sig.

«Gud vad kallt och rått det blivit. Har du ätit frukost?»

Hon ser mot bordet och upptäcker Elisabeth och de hejar på varandra. Frida tittar frågande på mig.

«Lea är försvunnen», säger jag, för att uppdatera henne om läget.

«Nej! Oj!» säger Frida. «Vänta, jag måste torka mig.»

Hon går mot badrummet och kommer tillbaka med en blå handduk som hon torkar sig med i ansiktet och över det kortsnaggade håret. När hon är klar sätter hon sig bredvid Elisabeth.

«Men hon är femton år», säger jag långsamt och menande med betoning av ordet femton.

Som om hennes ålder skulle förklara att hon inte kommit hem.

Jag vänder mig mot diskbänken igen och pysslar med kaffebryggaren eftersom Frida vill ha kaffe på morgonen.

«Jo, det är sant», säger Frida eftertänksamt och flyttar koppen jag ställt på bordet närmare sig.

«Har du någon aning var hon kan vara?»

Elisabeth suckar och stirrar ner i sin fulla tekopp.

«Hon är fjorton år egentligen. Det är först om drygt en månad, femte augusti som hon fyller femton. Men hon vill alltid göra sig äldre än vad hon är. Hon har sagt till er att hon är femton antar jag.

Lea har aldrig rymt tidigare, aldrig hållit sig borta. Det sa jag till polisen också. Tänk om det hänt henne något?»

Någon gång ska vara den första. En tonåring som slår sig loss från föräldrarna. Inget ovanligt. Fjorton eller femton år. Det var Ellen som trott sig veta åldern och berättat om den femtonåriga Lea för mig och Frida. Inte konstigt om Lea sagt sig vara femton år om hon snart fyller år.

«Mobilen?» kommer jag på mig med att fråga och tar fram smörbyttan ur kylen. Den använda smörkniven av trä ligger ovanpå locket. Jag ställer allt på bordet.

«Jag har ringt minst tjugo gånger. Den kan vara avstängd för signalerna går inte fram. Det är konstigt för Lea brukar aldrig stänga av telefonen.» Elisabeth tar upp sin svarta Iphone från bordet och håller den i högra handen som ett bevis.

«Eller också är batteriet slut», säger Frida.

«Jag ringer Elof. De är kvar i Österbyn», säger jag, det sista som en förklaring till Frida och börjar söka med blicken efter min egen mobil. Den måste vara kvar i härbret och jag stegar ut på glasverandan.

«Jag lånar din regnjacka», ropar jag och slänger Elisabeths nätta jacka över axlarna. Den passar illa i storlek, men innebär ändå ett visst skydd framför allt med huvan över huvudet. Jag borde ha tagit ett paraply men det skulle förmodligen slita sig i vinden, som piskar regnet sidledes.

För andra gången denna förmiddag springer jag i de redan blöta träskorna och snubblar uppför trappan till härbret. Jeansen är prickiga av regndroppar från knäna och neråt där regnjackan inte täcker mig från vätan.

Jag är snart tillbaka och har redan fått kontakt med Elof. Medan jag sparkar av mig träskorna, pratar jag med honom. Inne i köket lägger jag mobilen på bordet med högtalaren intryckt. Strumporna, som jag tog mig tid att hämta, trär jag på de kalla fuktiga fötterna, medan Elofs röst ljuder högt i rummet.

«Ja, för helvete Elisabeth. Det är nog ingen fara. Ungdomar! Ellen går och kollar i granngården hos de där bröderna, vad fan de nu hette.»

Elisabeth drar handen genom sin mörka lugg som hela tiden faller ner i ansiktet.

«Men såg du henne i går?» frågar hon ivrigt in i mobilen.

«Hon kutade runt stången som alla andra jävla galningar.»

«Men senare på kvällen då?»

Elisabeth släpper inte telefonen med blicken. Koncentrerad håller hon ögonen på det pratande föremålet.

Elof harklar sig.

«Nja, vet inte riktigt. Tror inte det. Vi satt i grillhuset och språka med Willy och märkte inte vilka jävlar som väsnades utanför. Senare skuttade vi hem till Willy och Cathrin och blev kvar över natten. Men då syntes ingen jävel till vare sig inne eller ute. Willy bor ju alldeles nära. Gick fan inte att ta sig hem i regnvädret.»

«Du är inte säker på om hon var kvar på festplatsen under kvällen?»

«Jag ringer tillbaka när vi vet mer. Det var så jävligt med folk överallt. Aldrig varit så många, tror jag. Det är nog ingen fara Elisabeth. Hon finns säkert i granngården.»

Han lägger på och jag ser att Elisabeth får en missnöjesrynka mellan ögonbrynen. Hon suckar och lutar sig tillbaka i stolen.

«Ta en smörgås medan vi väntar», säger Frida och skjuter brödfatet med de uppskurna brödskivorna åt hennes håll, efter att själv ha försett sig med en skiva. Elisabeth svarar inte, skakar endast irriterat på huvudet.

Jag hämtar ett hårdbröd ur skafferiet och väntar på att Frida ska bli klar med smöret.

«Jag fattar inte vad som kan ha hänt», säger Elisabeth. «Tänk om hon är …»

Jag grips av dåligt samvete för att Frida och jag sitter och tuggar aningslöst som om Leas försvinnande inte är anledning att oroa sig. Men det kan hända hemska saker. Av Elisabeths oroliga ansikte kan jag läsa mig till att hon tror att Lea har råkat ut för det värsta. Tänk om det varit min dotter, om jag haft någon, som försvunnit? Vad skulle jag ha tänkt och gjort då? Det går inte att föreställa sig ett sådant scenario och jag släpper tankarna på vad ett moderskap kan innebära vad gäller oro och vånda.

«Vi väntar först och hör vad Ellen kan ha att berätta», säger jag och stryker med handen över Elisabeths smala axel till tröst. Hon rycker till vid beröringen och drar in luft i ett kort häftigt andetag. Snabbt lättar jag på handen och drar den åt mig. Elisabeth är spänd som en fiolsträng. Man kan inte peta på henne ens.

Vi dricker te och kaffe, även Elisabeth smuttar på sin dryck, medan vi väntar på att mobilen ska ringa igen. Men Elisabeths telefon ligger på bordet, tyst, med den nedsläckta skärmen vänd uppåt, trots att Elisabeth fortsätter att snegla åt det hållet hela tiden, som om hennes blickar kunde få den att vakna till liv.

«Är Lea ditt enda barn?» frågar Frida, när tystnaden blir för obekväm. Elisabeth dröjer med svaret. Med händerna om tekoppen vickar hon den fram och tillbaka.

Själv tänker jag att Lea antagligen ligger i någons säng och sover ruset av sig med en killes arm runt sin midja. Det skulle kunna vara Erik, den mörka killen som hon stod bredvid, med tanke på den beundrande blick han fick när hon gav tillbaka snusdosan. Han ser bra ut, för bra för sitt eget bästa.

Igår vid midsommarfirandet sökte sig min blick till hans gäng flera gånger när de stod längre ner i slänten. Jag noterade att det fanns en medvetenhet i hans sätt att röra sig, se sig omkring i gruppen av tjejer och killar för att kontrollera att han hade allas uppmärksamhet. Hans högljudda skratt var överdrivet, gesterna likaså när han böjde huvudet bakåt. De andra killarna nickade bekräftande när han pratade med hög röst. Tjejerna kollade in honom i smyg, medvetna om hans dominans. Alfahanen. Men utan flickvän denna kväll, i vilket fall såg jag ingen annan tjej än Lea stå nära honom. Max, den äldre brodern var mer tillbakadragen, inte alls lika hungrig på uppmärksamhet.

Det märktes att Lea var betydligt yngre än alla andra. Skillnaden mellan fjorton, eller för den delen femton, och tjugo är som olika generationer. De på väg ut i vuxenlivet, hon kvar i grundskolan.

Jag känner varken Lea eller Erik, hon eventuellt fått ihop det med i går kväll. Det var först när jag tänkte på gårdagskvällen som mina observationer blev tydliga för mig.

Ska jag berätta om det jag såg för Elisabeth? Nej, jag bestämmer mig för att låta bli.

«Jag brukar inte prata om Viktor», säger hon och först förstår jag inte vem hon menar, inne i mina tankar om gårdagen som jag är.

«Viktor är min son från ett annat förhållande. Han är äldre än Lea och de är halvsyskon. Tyvärr har han haft en del problem och jag vill ...»

Hon tittar ner i bordet och föser med handen samman enstaka brödsmulor hon lyckats hitta. De hamnar på mitten av bordet i en hög.

«att han ska få det bra.»

Vi spritter till alla tre när ljudet av en bilmotor hörs genom regnets trummande utanför. Dörrar slås igen. Tre räknar jag till och snart närmar sig steg på verandagolvet medan bilen vänder på gårdsplanen och kör bort. Willys bil startas, den som stått parkerad över natten på gården. Motorljudet tonar bort.

Fuktig kall luft sveper in tillsammans med Elof och Ellen.

Kapitel 20. Skräcken

När jag åter öppnar ögonen är han borta.

Tankar, som att det fortfarande går att prata förstånd med honom, far genom mitt huvud. Han respekterar mig och förstår att han gått för långt.

Sedan hör jag hur han drar ut lådorna i köket. Det skramlar till från alla bestick när han hastigt öppnar och stänger låda efter låda. Jag vet vad han letar efter.

Skräcken manar envist på mig, trots att jag står kvar, stel som en staty. Sedan han försvann ur rummet har jag inte rört ett finger.

Hoppa ut genom fönstret innan han är tillbaka. Du hinner.

Jag kan inte tro att det är sant och jag kan inte förklara varför men jag rycks ur min passivitet. Som om jag vore en leksak som behöver dras upp med en fjäder börjar äntligen mina lemmar röra sig och det med en hastighet jag inte trodde mig vara kapabel till.

Fönstret är en meter bort och jag får upp hakarna, en uppe, en nere, med darriga fingrar. Det är ett gammalt fint fönster med spröjs som är svårt att öppna. Först hakarna som jag krånglar med, sedan går det ändå inte. Förtvivlan är nära att övermanna mig när jag inser att flykten aldrig kommer att bli verklighet. Fönstret sitter fast och jag hör mig själv börja kvida. Det har förmodligen inte öppnats på flera år. Eller också är det nyligen målat och man har inte låtit färgen torka ordentligt innan fönstret stängdes.

Men händerna ger inte upp. De är ivriga att hjälpa till och utan att jag hinner tänka tanken, trycker jag till på nedre delen att fönstret. Som av ett under rubbas det ur sin låsta position och glider ut på gångjärnen. Luft strömmar in i rummet och näsborrarna vidgas, när jag känner löftet om frihet svepa över mig. Hela huset är gammalt och vackert och kan inte rå för att vi är här.

Jag svänger benen över karmen medan en ljusstake i gjutjärn med ett vitt stearinljus i, ramlar ner på golvet med ett brak. Ljuset går förmodligen sönder men jag stannar inte för att ta upp det.

Min kropp hamnar i en ölandstok som blommar aningslöst med knallgula blommor. Kjolen far upp, grenar river mig på låren när jag sjunker ner i busken. Men jag känner ingen smärta, är förbi sådana småskavanker.

Skräcken tar mig i hand och vi rusar från husets baksida ner mot havet. Jag väljer inte väg, någon annan gör det åt mig och utan att tveka springer jag som om jag aldrig gjort annat i hela mitt liv. Skräcken har förberett kroppen på detta. Musklerna spänns i vaderna, armarna svänger för att få fart, fötterna sätter den ena foten framför den andra och det går att ta sig framåt. Min stackars ärrade kropp vet fortfarande hur man gör.

Varför behöll jag de bekväma skorna på? Skor som dessutom är lätta att springa i och sådana som han inte tycker att jag ska ha. Han vill att jag ska gå omkring och visa upp mig för honom i skor med klack, som omöjliggör en språngmarsch.

För att vara förberedd säger Skräcken. *Det var därför du valde skorna.*

Spring långt bort från honom! skriker Skräcken i mina öron. Men Skräcken behöver inte längre säga åt mig vad jag ska göra. Vi samarbetar bra och är helt överens om vad som krävs.

Fortare! manar Skräcken desperat, när vi båda uppfattar ropen och svordomarna bakom mig och de tunga stegen som närmar sig. Då är jag nere vid stranden.

Hur kunde han hinna i kapp mig redan? Jag räknade med att det skulle ta mer tid och ge mig ett rejält försprång.

Skräcken visar mig var jag kan vika av innan jag når sandstranden. Det är stigen som jag såg på uthyrarens websida. Den som han visade mig och sa att vi ska promenera på. Den som leder till ett strandcafé där vi ska ta ett glas vin på kvällen, tycker han. Men han har fel, för det är den stigen som jag ska fly på för att hitta räddningen från mitt fängelse.

Men kommer jag ens att hinna fram till strandcaféet innan han fångar in mig? Jag sneglar bakåt och ser hans mörka gestalt lysas upp bakifrån av solen i väster. Som en demon ser han ut, om det inte vore för de färgglada shortsen som jag inte har valt till honom.

Kapitel 21. Borta

Jag hör Elof säga ord om att leta och Ellen mumla instämmande innan dörren öppnas in till köket. Rösterna tystnar när de ser Elisabeth som sitter stel som en pinne på sin stol, med en halv kopp svalnat te framför sig.

Hon måste ha hört samma sak som jag. Vad kan det innebära? Att de inte har hittat en aningslös sovande Lea i granngården?

«Fan va kallt. Vi måste elda», säger Elof, när han klivit in genom dörren. Han stegar fram till den svarta vedspisen som står i ena änden av köket.

Ellen ser bekymrad ut när hon sätter sig ner vid köksbordet. Med händerna i knät, böjer hon sig fram mot Elisabeth, som sitter bredvid. Hon i sin tur följer uppmärksamt Ellens rörelser med ängsliga, frågande ögon.

«Lugn», säger Ellen till Elisabeth, men förmodligen lika mycket till sig själv.

«Hon var inte där?» säger jag som rest mig när jag hörde bilen för att hämta fram fler rena koppar. Nu står jag med två kaffekoppar, en i varje hand.

Ellen svarar inte, tittar inte ens åt mitt håll. Hon har full fokus på Elisabeth.

Elisabeth kämpar med sig själv. Hon har redan förstått meddelandet som Ellen är på väg att förmedla. Ansiktet speglar den vånda hon tagit in.

«Vad sa de? Visste de någonting?»

«Så här ligger det till», säger Ellen och flyttar sin stol närmare Elisabeths vilket gör att de hamnar knä mot knä.

«Lea följde med ungdomarna till huset, Max och Erik håller till i, efter dansen runt majstången. Där bor ett tiotal ungdomar som firar midsommar tillsammans. De är äldre än Lea, vad jag kunde se i alla fall. Runt tjugo skulle jag tro. Både tjejer och killar.»

Elisabeth suckar uppgivet.

«Varför skulle hon dit? Jag sa till henne att gå direkt hem efter festligheterna. Ska jag hämta henne? Sa du att jag kommer?» säger hon, i en plötslig förhoppning om att orden som yttrades mellan Ellen och Elof, innan de klev in i huset aldrig uttalats. För hon kan inte ha missat deras konversation.

Jag har lust att säga emot Elisabeth. Lea är ung. Hon är inte nio år. Hon är en tonåring som vill ha kul. Men jag säger ingenting högt, nöjer mig med att spärra upp ögonen mot Frida för att få medhåll i mina tankar, men Frida rynkar ihop panna och mun och ignorerar mig. Hon håller koncentrationen och blicken på Ellen, och den information hon är på väg att lämna.

Ellen fortsätter som om hon inte hört Elisabeth.

«Erik, den ena av bröderna, sa att Lea och han gick en promenad på kvällen. Senare tog de sig ner till sjön. Det började regna och de satt inne i slogboden en stund för att vänta ut regnet. Men det slutade aldrig och ungefär halv tio på kvällen bröt de upp. Då gick Lea hemåt och Erik åt andra hållet.»

Elisabeth spärrar upp ögonen, slår ut med händerna.

«Han ljuger. Då borde hon ha varit tillbaka för länge sedan. Vad har han gjort med henne? Jag ringer polisen och ber dem pressa den där Erik på vad som hänt.»

«Polisen kommer inte att röra ett finger förrän det gått tillräckligt lång tid», säger Elof. Han har satt sig ner på en pall framför vedspisen i andra änden av köket. För att understryka sina ord, stänger han igen spisluckan med en smäll och jag hoppar till av ljudet.

Det har börjat spraka hemtrevligt från spisen. Om det inte varit för det drama som utspelar sig framför oss skulle vi njutit av att sitta i köket. Vi skulle ha småpratat om gårdagen medan vi lyssnat på eldens vinande ljud och regnets smattrande mot fönstren.

Ellen kastar en irriterad blick åt hans håll.

«Du vet Willy och Cathrin som var hos oss igår? Dem vi sov över hos?»

Elisabeth nickar och Ellen fortsätter.

«De bor ju också i byn, Österbyn, samma by som majstångsresningen var i. I vart fall är Cathrin och Willy ute och letar. De tar fyrhjulingen ner till sjön och sedan kommer de hit. De ska knacka på vid husen nära korsningen också, vid bystugan, för att se om det är någon som sett henne gå förbi. Men det spöregnade vid den tiden, ingen med självbevarelsedrift var ute i det vädret. De som bor närmast har altanen vänd åt andra hållet, bort från vägen.»

Det faktum att någon söker efter Lea gör Elisabeth lugnare. Hon lutar sig tillbaka i stolen.

«Tack, tack så mycket för hjälpen», viskar hon.

Elof hämtar kaffe och häller i åt sig själv. Med kannan högt upp i luften vickar han den fram och tillbaka för att se om någon är intresserad av innehållet men ingen nappar.

Värmen från eldstaden sprider sig i rummet, tar bort fukten som smugit sig in.

«När hade du kontakt med henne senast?» frågar Elof Elisabeth, efter att ha slagit sig ner vid bordet.

Hon tar upp sin mobil som ligger kvar på bordet och bläddrar bland meddelanden med fingrarna.

«Strax efter tio på kvällen skickade jag ett sms och frågade om hon inte skulle komma hem. Hon svarade *snart*. Jag frågade om hon behövde skjuts eftersom det regnade men fick inget svar på det.»

Elisabeth suckar igen och sjunker resignerat ihop i stolen.

«Jag borde ha åkt ändå men Lea är arg på mig för att jag hela tiden är orolig när hon är ute på kvällarna. För en gångs skull tjatade jag inte på henne. Jag skrev inte tillbaka för att säga att jag, trots att hon inte svarat, skulle hämta henne med bil, utan gick och la mig. Hennes svar, att hon skulle komma hem snart gjorde mig nöjd och jag somnade i förvissning om att hon inom någon halvtimme skulle kliva in genom dörren. Hur kunde jag vara så dum? Klockan fyra vaknade jag och upptäckte att hon inte kommit hem.»

«Men för helvete», säger Elof. «Skogsberg och Österbyn är knappast Chicago. Vi är på vischan. Det finns inga massmördare som ränner efter vägarna i jakt på offer här. Hon har väl somnat nånstans.»

Jag fyller på. Vill lugna den desperata mamman.

«Hon kan ha varit full och trött. Det regnade. Hon letade efter en torr plats och somnade.»

Elisabeth vrider överkroppen och möter min blick där jag står lutad mot diskbänken.

«Lea dricker inte», säger hon med rynkade ögonbryn, och om det inte vore sorgligt alltsammans skulle jag skratta. Dricker inte? Alla tonåringar dricker någon gång.

«Och var hittade hon en torr plats att sova på? Det finns knappast ett ställe utomhus i det här vädret. Varför gick hon inte direkt hem? Det är inte långt hem till oss från badet, bara en kilometer. Hon sa att hon skulle hem», fortsätter hon

«Vad sa Erik om alkohol?» frågar jag.

Ellen slår ut med händerna och gör en ursäktande grimas åt Elisabeths håll.

«Ja, man vet ju inte om man kan lita på det han säger men han sa att han bjöd henne på en öl. En burk öl och att hon drack upp det mesta vid sjön.

«Nej, nej», säger Elisabeth. «Det tror jag inte på. Hon är otroligt hälsomedveten. Det skulle hon aldrig göra.»

Det blir tyst men våra tankar avspeglas i bortvända ansikten för att slippa möta Elisabeths blick.

Röster hörs utifrån gården, följt av en knackning på dörren. Jag har inte uppfattat bilen som måste ha kommit med dem.

Det är Willy och Cathrin. Han går först. Innanför tröskeln kliver han ur stövlarna med visst besvär, eftersom han samtidigt håller ett tygstycke i höger hand. Cathrin blir stående vid dörren i regnkläder och stövlar, efter de vanliga hälsningsfraserna och vill ni ha kaffe med nekande svar.

«Vi hittade den här», säger Willy, pustande, och stegar i strumplästen fram till köksbordet med sin tunga kropp.

Han lägger det han hållit i handen på bordet och vecklar upp tyget, en rosablommig sjal som är virad runtom ett föremål. Jag böjer mig fram för att se bättre.

En mobiltelefon med ett skal av plast utanpå. Leopardmönstrat.

«Men nej, det är hennes», säger Elisabeth förfärad, sätter handen för munnen och sträcker sig sedan över bordet för att plocka upp mobilen.

«Hon skulle aldrig släppa telefonen ifrån sig.»

«Rör den inte», ropar Cathrin från dörröppningen och jag hoppar till av hennes ovanligt bestämda röst.

Elisabeth lyfter handen, som på kommando, rakt upp i luften, bort från mobilen precis innan den nått fram. Armen förblir orörlig i någon sekund innan hon drar den till sig. Förvirring och skräck skymtar förbi i hennes mörka ögon, likt en svart bottenlös tjärn.

«I det här läget ska vi nog inte fingra på den. Vi hittade den på stigen som går ner till sjön», förklarar Cathrin, kvar vid dörren.

«Det var det jag sa», säger Elisabeth. «Han ljuger. Varför skulle hon lämna mobilen? Det gör ingen.»

Hon fortsätter inte sitt resonemang. Med rynkad panna och ögon hårt slutna blundar hon. Jag ser fasan hon upplever avspeglas i ansiktet men noterar samtidigt hur hon behärskar sig från att inte skrika rakt ut.

«Knackade ni på hos grannarna?» frågar Ellen, rubbad ur sitt lugn och med ett märkbart oroligt uttryck i ansiktet. Hon riktar orden mot Willy som fortfarande står kvar vid köksbordet.

Med bister uppsyn, nickar Willy och de runda kinderna dallrar i takt.

«Ingen av dem har sett Lea. De som bor närmast vägen var inomhus på kvällen. Det blev kallt och rått när åskvädret och regnet kom vid åttatiden. Övriga, vi fick fatt i alla boende i de fyra husen, visste ingenting. Två av grannarna var inne i Leksand igår på majstångsresningen. De körde hem vid tiotiden men tog den kortaste vägen och inte förbi majstången i Österbyn. Ingen annan än Erik har sett henne efter att hon var på majstångsresningen.»

Det börjar kännas underligt. Elisabeth är inte den enda som tänker det värsta. Även en tonåring har alltid med sig sin mobil. Om hon inte tappat den på väg uppför backarna från sjön. Men då borde hon efter att ha upptäckt sin förlust försökt leta efter telefonen. Regnet kan naturligtvis ha hindrat henne från att göra det.

Varför dyker hon inte upp? I avsikt att undfly det intensiva regnet kan hon ha gått in i ladan vi såg när vi gick till badet. Men om hon hittat en sovplats och tillbringat natten på den platsen borde hon ha vaknat för länge sedan. Klockan närmar sig ett.

Det är dessutom kallt ute. Temperaturen har slagit om rejält. Är hon utomhus fryser hon i sina tunna kläder. Vad jag kommer ihåg bar hon fortfarande linne och shorts när hon dansade runt majstången. Men hon kan naturligtvis ha lånat varmare kläder av Erik.

Det märks att vi är fler som funderar över olika alternativ. Tystnaden är talande. Blickar som vi i möjligaste mån undviker att växla mellan varandra hamnar på golvet. Allt för att inte oroa Elisabeth.

«Har hon ett bankkort?» kommer det ur tystnaden från Cathrin, som blivit kvar vid dörren.

Elisabeth lyfter yrvaket ansiktet och ser åt Cathrins håll.

«Ja, det är klart hon har» säger hon en aning snäsigt. «Det ligger i fodralet.»

Ellen lägger ena änden av den blommönstrade sjalen mellan sin hand och mobilen och öppnar upp det leopardmönstrade höljet med tyget emellan. Mycket riktigt. Ett blått Master Card från Handelsbanken sticker upp ur en av fickorna.

Kapitel 22. Skräcken

Han närmar sig alltmer, avståndet minskar men jag har Skräcken som hjälper min trötta kropp att inte ge upp.

Du klarar det! Inte långt kvar.

Men ingen av oss har räknat ut hur lång sträckan är tills vi når fram till det glada strandcaféet på vars uteplatser människor sitter helt obekymrade i tron att det är en vanlig sommareftermiddag som snart övergår i kväll. Men Skräcken la caféet på minnet eftersom det är den enda utvägen för oss.

Jag rör benen i snabb takt framåt på stigen, försöker parera rötter och stenar som kan få mig att snubbla och falla.

Revbenen klagar. Var det flera som skadades förra gången? Skräcken skriker åt dem att hålla käften, att dra in luft, att samarbeta och de tystnar. Smärtan tonar bort. Jag är förresten förbi det som gör ont när jag springer. Den långa erfarenheten av hur min kropp, på alla tänkbara sätt, kan skadas av en annan person gör att jag inte reagerar på brutna revben.

Jag kan inte påstå att jag är någon sprinter eller joggare. Det skulle han aldrig tillåta eftersom han inte står ut med möjligheten att en manlig motionär ens får en skymt av mig när jag stretar fram klädd i löparbyxor som smiter åt om stjärten.

Mitt medlemskap på gymmet är uppsagt sedan ett år tillbaka. Innan honom var jag en aktiv kvinna på många olika sätt. Idag är jag en skugga av mitt forna jag. Jag kan endast förlita mig på att kroppen inte förråder mig när den behövs och att min goda fysik finns lagrad i muskelvävnaden redo att tas i bruk. Men kondition är dagsvara vet jag. Man måste upprätthålla den genom att träna regelbundet.

Är det min andning eller är det hans flämtande jag hör i öronen? Jag vågar inte lyssna, vågar inte tänka tanken att han är nära, vågar inte ens snegla bakåt. En kort stund lyfter jag mina spejande ögon från markens ojämnheter och blickar uppåt, längre fram. Stigen svänger till vänster, runt udden. Innan böjen finns inget café. Modet sjunker i mitt bröst.

Jo, det är han som flåsar mig i nacken, är tillräckligt nära för att jag ska känna svettlukten och ana hans vrede som når mig i pustande svep. Ilskan kommer att drabba mig med helvetisk kraft när han hunnit upp mig. Hur kunde jag tro att jag skulle hinna före honom till räddningen? Kroppen väntar på slaget som ska få mig att störta ner i avgrunden igen. Tillbaka till blod och eld, undergivenhet och passivitet. Det lönar sig inte att agera. Jag visste det.

Skräcken håller andan och har slutat mana på mig men jag tänker inte ge upp än. Så länge jag kan röra mig ska jag ta mig framåt. Steg för steg sätter jag automatiskt ner fötterna på stigen. Det går mekaniskt, som om jag vore en ostoppbar maskin. Jag tänker inga tankar längre. Tröttheten är mig övermäktig men kroppen vägrar ge upp. Buskar och stenar, vid sidan av stigen, susar förbi min blick när jag rusar fram.

Vågornas brus har sin egen rytm i det drama som utspelar sig och som ingen vet utgången av. Jag springer för mitt liv, för friheten men inser att jag kommer att misslyckas. Snart är han tillräckligt nära för att göra slut på mitt hopp. Jag kan inte mäta mina fysiska krafter med hans, är för mycket kvinna och han är för mycket man.

Det finns inte längre någon tvekan om utgången. Det har kroppen också förstått och visar det genom att inte pumpa runt lika mycket energi längre. Från att ha varit en motor som brummar på har den börjat knacka ojämnt.

Färden känns som att den går i ultrarapid och jag kommer ingen vart. Varje steg är en kamp, som att springa över en lerig åker, då fötterna sjunker ner i marken, blir tunga och svåra att röra av jorden som klibbat sig fast under sulorna.

Vad som kommer att hända när han fått fast mig vågar inte ens Skräcken tänka ut. Vi vet båda att möjligheten att i ord beskriva vad som väntar inte finns, går inte ens att uttrycka som mycket värre än vad jag tidigare varit utsatt för. Det finns ingenting som är värre, endast slutet på mitt liv.

Hur vågade jag trotsa honom? En utmaning jag kommer att plikta med livet för.

Men till det ögonblicket då min andning upphör, då allt blod runnit ur mig, då jag inte längre är en människa utan en död kropp, kan jag inte dröja vid. Det är för stort, för svart och för mycket smärta för att ens kunna tänkas ut i förväg.

Jag försökte i alla fall, tänker jag när han hejdar min rörelse framåt, genom att klämma åt min ena handled. Hans kraft och våldsamma energi drabbar mig som ett förödande slag.

Det är över.

Bojorna klickas ihop. Stängslets vassa piggar trycker sig in i min kropp och jag ropar till av smärtan från det förlorade hoppet.

Kapitel 23. Sökandet

«Vi måste åka tillbaka hem», säger Willy, efter en stund, med ursäktande röst och backar i strumplästen tillbaka till dörren. «Det kommer gäster till lunch.»

Livet går vidare för vissa. Det är fortfarande helg, midsommardagen. Folk umgås, har trevligt, firar med släkt och vänner.

Sällskapet går med ett «vi hörs senare».

«Kanske du också ska gå hem Elisabeth», föreslår Ellen, när Willy och Cathrin gått. «För att se om Lea har dykt upp.»

Elisabeth reser sig genast, lättad över det alternativet, den möjligheten som hon uteslutit. Jag kan se att hon återfått hopp vid tanken på att Lea kan befinna sig i hemmet.

«Jag ringer polisen igen om hon inte är där.»

«Frida och jag följer med», kommer jag på. «Då får vi veta direkt om Lea är i huset. Du slipper gå tillbaka för att berätta för oss om hur läget är.»

Det är djupt oroande att betrakta Elisabeth, vilket inte är underligt. Hon ser ut som ett skepp som har förlorat riktningen och inte längre håller rätt kurs. Min tanke med att följa henne tillbaka är att ge stöd om hon behöver det. För en gångs skull är det jag som reagerar först och inte Frida.

Men Frida håller med genom att nicka bekräftande.

«Ja, ja», svarar Elisabeth, utan större entusiasm.

«Jag lägger mobilen i en plastpåse», säger Ellen och stegar fram till en av kökslådorna. Prasslande får hon in den leopardmönstrade telefonen inuti plasten, utan att röra den direkt med handen, och räcker över paketet till Elisabeth. Hon rycker hungrigt den till sig, som ett barn som blivit fråntaget sin mest älskade leksak.

Vi når byvägen, halvspringande i regnet de hundra metrarna, innan vi svänger in på uppfartsvägen till Elisabeths hus. Det skulle ha varit lättare att gå rakt över gräsmattan för att sedan hoppa över diket och smita genom syrenhäcken. Men det är mindre blött att gå efter vägen.

Ellen har lånat ut stövlar och regnkläder till mig och Frida. Det ser ut som om hon har ett lager till besökare som hon plockar ifrån. De gröna stövlarna hon tyckte passade mig, klämmer över tårna men jag är glad att ha dem på. Det strömmar ner vatten från himlen, rinner längs vägen i forsar och i diket har det redan samlats stora pölar.

Vi kommer fram till Elisabeths hus och blir stående framför dörren till det gamla charmiga torpet. Hon trycker ner handtaget till ytterdörren. Suckar sedan besviket, när hon inser att den är låst och drar upp en nyckel ur fickan.

Jag tänker att hon måste vara den enda i Skogsberg som låser dörren när hon går över till grannen. Folk litar annars på varandra här.

«Lea har egen nyckel», konstaterar Frida och inväntar bekräftandet från Elisabeth, när vi står i regnet och väntar i våra färggranna regnkläder.

«Nej, hon slarvar bort allting», mumlar Elisabeth med ryggen mot oss.

«Men det ligger alltid en under fatet», förklarar hon med högre röst och drar runt nyckeln i dörrlåset. Eftersom händerna är upptagna visar hon med armbågen på en stor lerkruka, glaserad i lysande blått, med planterade vita klockliknande blommor i. Petunior tror jag att de heter.

Krukan står på ett lika blått fat på gräset, ovanpå gråa platta stenar, nedgrävda i marken. Jag vickar på krukan och fatet för att ta en titt under. Nyckeln ligger där den ska, fastsatt på ett blått vävt band.

«Men jag är alltid hemma», fortsätter Elisabeth och trycker ner handtaget till den blå dörren med rutmönster utskuret i träet.

«Ska vi gå in? föreslår Frida. «Slipper vi stå härute i regnet och vänta.»

Elisabeth tvekar framför oss och blockerar den halvöppna dörren.

«Hon är inte här», konstaterar hon. «Om hon vore hemma skulle inte nyckeln ligga kvar. Den tar hon med sig in även om hon inte låser efter sig trots att jag säger till henne att göra det när hon är ensam hemma.»

«Men ska vi inte följa med in för att veta om det du sagt stämmer», försöker Frida, samtidigt som hon tar ett steg närmare Elisabeths smala gestalt, för att visa att hon menar allvar.

Utan ett ord öppnar Elisabeth den gamla nötta dörren på vid gavel, ställer sig vid sidan om öppningen och låter oss gå före in.

Vi plockar av alla blöta ytterplagg och kliver ur stövlarna i hallen.

«Slå er ner i vardagsrummet», säger Elisabeth kort och går förbi oss vidare in i huset. Befriade från ytterplaggen sjunker Frida och jag ner i en mjuk tresitssoffa klädd i rutigt tyg i bruna toner.

Hennes vardagsrum är som en inredningsdröm. Allt matchar. Ser dyrt ut men har samtidigt en lantlig charm. Hon måste ha inredning som ett stort intresse eller kan det vara hennes yrke? Igår var det ingen som frågade henne om hennes arbete, trots att hon berättade att hon har en paus från yrkeslivet. Sysslar hon med ett konstnärligt jobb? Jag blir genuint nyfiken på henne. Men det är inte rätt tillfälle att börja prata yrke. Det får vänta.

Full av beundran ser jag mig omkring i vardagsrummet. Ett högt skåp i ek står majestätiskt och tar upp halva väggytan. Bordet, också i ek är lika kraftigt. Fåtöljer i skinn kompletterar sittgruppen. Ljusa gardiner som kontrast och helvita väggar. En stor glasskål med färgglatt mönster står på fönsterbrädet.

Det är vilsamt och trivsamt precis som jag själv skulle vilja ha det men aldrig lyckas med. Ibland gör jag halvhjärtade försök och byter ut en skraltig Ikeamöbel mot en rustikare sak men inte blir det ett dugg bättre. Någon hjälp av Peter har jag aldrig fått, eftersom han är totalt ointresserad av inredning. Han är nöjd om han har en bekväm säng att sova i, ett skrivbord att jobba vid och en soffa att slöa i.

Jag tror mig förstå att Elisabeth har pengar men det handlar inte alltid om hur stora medel man har. Hon har fått till ett varmt och välkomnande rum. Det lyckades aldrig Henrik och jag med, trots stora inkomster. Henriks idé om ett hem var aldrig att det skulle vara mysigt. Nej han ville ha ett hem att skryta med. Det var danska designmöbler på rad och en vit soffa som gav mig ångest. Jag satt aldrig i den, vågade inte riskera att det uppstod fläckar. Efter Henriks död såldes den på Tradera och inbringade en mindre förmögenhet.

Frida och jag sitter tysta i soffan samtidigt som vi kastar blickar på varandra då och då för att kolla av läget i väntan på att Elisabeth ska komma tillbaka från det inre av huset. Hennes vänliga röst ropar lockande Leas namn upprepade gånger. Ljudet hörs från olika delar av huset när hon rör sig från rum till rum. Inget svar kommer från en sömnig tonåring och det var tyvärr det jag befarade.

Elisabeth dyker upp igen i vardagsrummet och stannar till i dörröppningen framför oss, biter sig fundersamt i underläppen medan hon drar den hopplösa luggen från ansiktet. Mobilen, hon under tiden hållit i högra handen, viftar hon med.

«Jag måste ringa polisen igen. De får sätta åt den där Erik och pressa honom att avslöja var Lea är. Ni får ursäkta mig men jag vill göra det ifred. Polisen måste ta Leas försvinnande på allvar. Jag fattar inte varför de inte startar sökandet genast. Hon har inte försvunnit frivilligt.»

Elisabeth låter irriterad på rösten och vänder oss ryggen för att försvinna in i köket. Men hon är snart tillbaka med ett par läsglasögon uppsatta på huvudet.

Jag förstår henne. Hon vill att polisen tar hennes desperation på allvar. Det skulle jag också ha tänkt om det varit min dotter. Det har gått för lång tid. Hon borde ha dykt upp för länge sedan om det endast handlade om festande. Mobiltelefonen som hittades nära sjön är oroande. Tänk om hon drunknat, fått i sig för mycket alkohol för att orka simma? Men var det någon som fick lust att bada i det häftiga regnvädret som var igår kväll?

Erik? Har han mer information som han inte avslöjat för Elisabeth?

Efter att ha satt sig i en knarrande skinnfåtölj och dragit ner glasögonen på näsan börjar Elisabeth knappa på mobilen.

Frida och jag reser oss och lommar nedslagna ut i hallen där vi tar på ytterplagg och drar på stövlarna med höga skaft. Mina känns ännu trängre över tårna än när jag tog på dem förra gången. Vi hör Elisabeth börja prata med någon i mobilen, vädjande, med allt högre och enträgnare röst.

När vi säger hejdå ser vi henne, genom dörröppningen mellan vardagsrummet och hallen, lyfta en hand och vinka åt oss. Jag vill stanna för att ta reda på vad polisen svarar men Frida har redan öppnat ytterdörren och knycker med huvudet för att visa att hon tycker att jag ska komma med ut, när hon ser min tvekan. Jag har inget annat val än att gå ut i den fuktiga naturen igen.

Elisabeth hör inte av sig under eftermiddagen. Det dyker heller inte upp blåvita polisbilar. Men stämningen är tryckt. Till och med Elof sänker rösten när han luftar sina funderingar över vad som kan göras.

Vädret hjälper dessutom till att ta bort det sista av midsommarkänslan. Det öser fortfarande ner och väderprognosen lovar regn i flera dagar. Ja, varnar till och med för regn i en vecka framåt. I radion, som står på i köket, intervjuas personal från Myndigheten för samhällsskydd och beredskap, och de berättar hur organisationen förbereder samhället för väntande översvämningar. De som äger hus med strandtomt rekommenderas att kontrollera sina försäkringar om vad som gäller och att mäta de stigande vattennivåerna. Har man källare ska man dessutom vara extra försiktig och eventuellt plocka bort värdefulla föremål från golvet.

Frida och jag tar en promenad i regnet till sjön för att se om det finns fler spår efter Lea. Men ingenting ovanligt upptäcks förutom massor av ölburkar i soptunnan nere vid sjön. Inte en eller två utan elva räknar vi till. Men när de hamnade i tunnan har vi ingen aning om. Det kan ha varit tidigare under dagen eller ännu längre tillbaka.

Den bruna soppåsen fastsatt i en rund stålställning sköts av byborna i Österbyn, säger Ellen när vi kommer tillbaka. Soporna töms när det blir fullt. Willy har koll på när det senast gjordes, tillägger hon. Men varför ska vi börja undersöka vem som lagt vilken burk i soptunnan? Vi känner redan till att Lea druckit öl, antagligen en av burkarna vi räknat. Det var det Erik sa till Ellen.

Hon informerar oss om det senaste eftersom hon varit in till Elisabeth. Polisen vill avvakta tills imorgon. Lea kan ha avvikit frivilligt menar de och vill vänta för att se om hon hör av sig eller återvänder hem, innan de påbörjar sökandet. Ett uppdrag som kräver många människors insatser ska inte påbörjas, förrän man uttömt andra möjligheter till hennes försvinnande. De flesta personer som avvikit dyker upp, efter en dag eller två, var motiveringen Elisabeth fick.

«Elisabeth är rasande och sa att hon själv skulle ut för att leta. Men jag tror att hon går till ungdomsgänget för att prata med Erik. Jag skulle inte vilja vara i hans kläder.»

Sedan händer inte mycket. Ellen och Elof tar bilen till Willy och Cathrin för att höra efter om de har nyheter. Frida och jag drar oss tillbaka till härbret med varsin bok och ett elektriskt element. Under ljudet av regnets eviga droppande läser jag i boken, Små eldar överallt av Celeste Ng, en bok om allt som är värdefullt i livet men den innehåller också en fin skildring av tonårstiden. Det är skönt att ha klarat sig igenom den delen av livet och kommit ut på andra sidan, som vuxen. Eller ja, någorlunda vuxen i alla fall.

Jag tänker på Peter eftersom han varit en del av mitt liv under en lång period. Har jag lämnat honom? Jag funderar på att ringa och fråga hur han har det på midsommardagen och berätta om Leas försvinnande. Han är alltid en bra samtalspartner och jag är van att anförtro mig åt honom.

Eller ska jag gå in och kolla hans Facebook eller Instagram för att ta reda på vad han lagt in? Nej, jag ska inte frestas att återknyta kontakten som om ingenting hänt. Jag blir ledsen och får dåligt samvete för att jag gjort slut men ändå inte avslutat vår relation. Men jag skickar ett meddelande där jag berättar om Leas försvinnande och får genast ett svar: *Hoppas hon hittas snart.*

Middagen äter vi tillsammans. Elof berättar att Willy varit ute och sökt ytterligare en gång, med fyrhjulingen, på stigen längs sjön och på de närliggande stigarna i skogen, men inte hittat några spår efter Lea. Vi diskuterar hur vi ska kunna ordna en skallgångskedja. Willy tänker kontakta Missing People.

Jag ligger och lyssnar på ljudet av regnets ihärdiga smattrande, som hörs tydligt i det oisolerade härbret, innan jag somnar. En tacksam tanke sänder jag till ödet som sett till att jag ligger i en varm säng, även om den gärna kunde fått varit ett snäpp varmare.

Men var är Lea? Har hon kommit tillbaka till sin mamma? Sitter hon i Elisabeths kök och dricker varm choklad, trött och kall. Jag hoppas att hon gör det.

Kapitel 24. Skräcken

Men nej det är inte avgjort ännu. Kroppen vill inte att han rör mig längre när den fått smak för friheten och stöter honom ifrån sig. Vi är svettiga båda två. Hans händer halkar runt, utan att få fäste, när jag rycker tillbaka armen och slår honom ifrån mig med ett vrål jag aldrig trodde mig vara kapabel till.

Han tappar balansen, medan jag håller mig på benen. Med en hög svordom sätter han ner ett knä i backen. Jag kan inte fatta att det händer men jag far ur hans grepp och är fri igen. Avståndet mellan oss ökar. Skräcken som hållit andan, vaknar till och skriker:

Spring! Snart framme.

Det behöver Skräcken inte säga. Jag är fortfarande på benen och tar mig framåt. Hans grepp om min arm fick mig att vackla till men jag föll aldrig.

Skräcken har rätt. Det är inte långt kvar till en röd träbyggnad med ordet Strandcaféet lysande i vita bokstäver, som en fyr mot mig. En brygga ut mot vattnet finns utanför, där stillsamt gungande vågor och segelbåtar vajar i takt. Vita måsar skriker efter mat i luften ovanför. En idyll i semesterparadiset.

Han är snart bakom och han svär och vrålar, ursinnigare än någonsin av sitt misslyckande att få stopp på mig:

«Stanna. Annars dödar jag dig.»

Det vet jag att du kommer att göra, om du får möjlighet, vill jag skrika tillbaka, men Skräcken gör att jag tiger.

Jag är trött, vansinnigt trött. Benen är nära att vika sig, även om jag kämpar för att hålla dem kvar på stigen. Snart kommer jag att snubbla på en rot eller annat som sticker upp, av ren utmattning. Hur långt har vi sprungit? Mitt hjärta som pumpat friskt blod i systemet vill sakta ner. Skräcken tar över och manar på benen och organen att fortsätta jobba. Det fungerar. Vi tar oss närmare den röda byggnaden men det gör han också.

Jag ser inte om det finns gäster på sittplatserna på uteserveringen. Det är för långt bort och tårar skymmer blicken.

Han gör inte samma misstag igen. Denna gång kastar han sig framåt, när han är tillräckligt nära. Med hela sin muskulösa kropp drabbar han mig, trycker ner mig mot marken. Vi landar vid sidan av stigen. Han ovanpå mig, på min rygg. Jag slår pannan i en sten och tappar andan. Tillräckligt länge för att han ska ta kommandot över mig.

Skräcken får mig dessutom att stelna och inte röra mig. Det gör det lätt för honom att fatta tag om handlederna och vrida händerna bakåt upp på ryggen, medan han tungt flåsande sitter kvar på mig.

Kapitel 25. Söndag

Nästa morgon vaknar jag till röster utanför och till Fridas steg nerför trappan i härbret till våningen under, där jag sover. Med sömnig blick i tröja och mysbyxor, sätter hon sig huttrande och gäspande på sängen. Hon drar upp benen till sängen för att undvika det dragiga golvet och stryker sig över armarna, medan hon ryser till. Det är kallt. Vi stängde av elementet igår kväll, när vi tyckte att det blivit tillräckligt varmt, men Frida böjer sig fram och sätter på det igen. Ett vitt elektriskt element som står nedanför sängen och låter med ett svagt entonigt ljud, sprider snabbt värme i det lilla utrymmet.

«De är här», säger Frida.

«Vilka», frågar jag yrvaket och bökar mig upp till sittande. «Du är tidigt uppe!»

«Det är du som sovit länge. Polisen har kommit. Jag såg dem genom fönstret. Två polisbilar till och med, hos Elisabeth. Det är allvar. Lea har inte kommit hem.»

Jag nickar och vi ser bedrövade på varandra.

Det känns inte bra. Vad ska vi göra för att hjälpa till? Förhoppningsvis kan vi gå med i skallgångskedjan, om det blir någon.

Frida kryper ner under mitt täcke för att bli varm. Jag flyttar mig för att hon ska få plats, men det blir trångt. Våra kroppar hamnar höft mot höft.

«Och jag som lurade hit dig», säger jag. «Det är inte det här man vill uppleva på sin semester.»

Jag lägger armarna runt knäna med täcket under.

«Du lurade inte hit mig och du kunde heller inte veta att Lea skulle försvinna. Det händer saker som ingen kan räkna med», säger hon och petar mig i sidan med pekfingret och jag drar mig med ett halvkvävt fnittrande undan hennes händer.

Det är absolut ingenting att skratta åt men ännu vet vi inte om det är ett brott som begåtts.

«Undrar om Elisabeth kollat om hon stuckit till sin pappa», säger jag.

«Det är antagligen det första hon tänkt på. Men det är knappast troligt att Lea kunnat ta sig från Skogsberg på egen hand i regnvädret, utan mobil och bankkort. Det går minimalt med buss och tåg en sådan dag som midsommarafton. Dessutom måste hon ha fått skjuts eller gått till centrala Leksand eller Djurås.»

«Hon kan ha liftat.»

«Hm», säger Frida, tvivlande.

Det är långsökt. Det håller jag med om.

«Men hon är ung. Man gör galna saker då», argumenterar jag, mest för att jag vill att det ska finnas alternativ till Leas försvinnande. Alternativ som innebär att hon finns på ett tryggt ställe.

När vi kommer in i köket sitter Ellen vid bordet och bläddrar i mobilen, med en ostsmörgås i andra handen.

«God morgon», säger hon, mitt i en tugga.

«Det är på nyheterna. Polisen uppmanar allmänheten att höra av sig om de sett Lea.»

«Ja, jag såg att polisen är hos Elisabeth», säger Frida.

Ellen nickar och lägger ner telefonen. Ytterligare en bit av smörgåsen åker in i hennes mun.

«Det finns kaffe och kokat vatten. Ta för er.»

Hon vänder sig halvt om på stolen och pekar med höger hand mot bryggaren och vattenkokaren. Frida lyfter upp den fulla vattenkokaren och häller i åt mig och serverar sig själv kaffe. Jag tar en tepåse ur skåpet. På bordet har Ellen dukat fram inte bara smör, ost, bröd och yoghurt utan även jordgubbar. De är antagligen över från midsommaraftonen.

«Var är Elof?» frågar jag, när jag satt mig bredvid Ellen vid det repiga furubordet.

Ellen gör en nick med huvudet mot grannhuset och himlar med ögonen.

«Var ska sleven vara om inte i grytan», säger hon.

«Jag sa till honom att vi skulle avvakta tills polisen hör av sig. Men han skulle absolut dit för att prata om att organisera skallgång och Willy ligger på med sina kontakter med Missing People.»

Jag kan förstå Elof. Han är en handlingens man som vill göra nyttiga saker och inte sitta och vänta på att någon annan ska tala om vad han ska göra.

Jag är likadan och känner, trots en viss skam, spänningen stiga på tanken av att gå tillsammans med andra i bredd över markerna, för att söka av område efter område. En bild från ett tv-program, i vilket en lättad kvinna från Missing People intervjuats, och forcerat berättat om en dement man som hittats välbehållen i ett ödehus, flimrar fram på näthinnan. Ett annat inslag tränger sig på, då en medlem av organisationen, en kvinna även denna gång, berättat om upplevelsen av att efter flera dagars letande stöta på ett stelnat lik.

Det går rysningar genom mig och jag skakar till. Nej, jag vill inte hitta en död person.

«Fryser du», säger Ellen och ser forskande på mig. «Jag hämtar en varm tröja. Det är kallt härinne.»

Hon går uppför trappan med tunga steg.

«Vad är det Sara?» säger Frida, när Ellen försvunnit. «Du ser blek ut.»

«Det är ingenting. Eller jo. Tänk om hon är död?»

«Usch, säg inte så! Vi vet ingenting. Lea kan återfinnas imorgon livs levande», säger Frida och ler betryggande mot mig.

Men jag ser osäkerheten i hennes blick trots de övertygande orden. Vi vet ingenting. Det är sant. Men mycket talar för att hon inte försvunnit frivilligt.

«Ta den här!», säger Ellen, flämtande, när hon är tillbaka från övervåningen, med en grå hemstickad ylletröja i handen, som hon räcker över till mig. Jag drar tröjan, som har ränder i blått och rött, över huvudet, trots att jag inte är frusen. Det är rädsla jag känner inför vad jag kan tvingas vara med om. Ullen kliar runt halsen och jag raspar automatiskt med fingrarna under tröjan.

«Vi ska inte förhasta oss. Lea är försvunnen och ingenting tyder på ett brott», fortsätter Ellen som antagligen hört det jag sa.

Hon sätter sig tungt ner igen.

«Jag hoppas att polisen grillar Erik ordentligt. Han var ju den som såg henne sist.»

Trots att jag är livrädd för att hitta Lea våldtagen, strypt och skändad, går jag med i skallgångskedjan. Det finns ingen möjlighet att göra på annat sätt. Varje man och kvinna från Österbyn och Skogsberg har kommit för att hjälpa till, bofasta som sommargäster.

Missing People dyker upp på eftermiddagen, transporterade till orten i en mängd privatbilar, jeepar mest, som fyller upp hela bystugans parkering. Två blåvita polisbilar utmärker sig, parkerade nära ingången till bystugan. Ellen säger att poliserna håller till på övervåningen, där de genom samtal med inblandade, försöker bena ut Leas förehavanden innan hon försvann.

Klädda i gula reflexvästar som det står Missing People på, regntåliga kläder, grova kängor och visselpipor runt halsen, hänger handlingskraftiga personer över plastinslagna kartor, ivrigt pekande och diskuterande. Efter att ha lagt upp strategier inomhus kommer de ut till oss, huttrande bybor, som tålmodigt väntar på instruktioner.

Jag tycker mig känna igen ansikten från midsommaraftonens kväll när vi var på majstångsresningen i Österbyn. Då var det glada miner, skratt, musik och dans. Nu ser alla människor djupt allvarliga ut. Jag hör lågmälda samtal, noterar sammanbitna läppar och sorgsna skakningar på huvuden.

Vid sidan om Frida och mig står Erik och Max med sina kompisar. De har placerat sig under höga träd till skydd för regnet.

Erik står med händerna i byxfickorna, med uppdragna axlar och spänt ansikte, vänt mot ledaren för Missing People, som berättar hur vi ska röra oss i terrängen. Utan skydd på huvudet mot regnet och med det korta mörka håret liggande blött och slickat mot huvudet ser Erik, i likhet med sina kompisar, förväntansfull ut.

De är dåligt klädda, med sneakers på fötterna, halvt uppblötta av väta, jeans med noga utvalda hål i och kortärmade t-shirts. Tydligen har inte heller de planerat för det väderomslag som överraskande nådde oss på midsommaraftonens kväll.

Regnet vräker fortfarande ner. Ellen har berättat att grusvägen ner till Dala-Järnavägen är avstängd på grund av vattnet, som översvämmat bäckar och skapat stora hål i vägbanan. Man måste åka bakvägen över Djura, som ännu går att ta sig fram på, om man vill nå Leksand. Det blir en ordentlig omväg.

Vi dirigeras att ställa upp oss i led för att bilda lagom stora kedjor. Jag och Frida går i bredd, Elisabeth har placerat sig på min andra sida. Hon är blek och sammanbiten med avgrundsdjupa ögon och jag skymtar fläckvis det otänkbara om jag skulle våga titta in. Men jag vill inte och jag är inte den som bäst kan trösta och inge hopp.

Men det borde kännas som ett framsteg att det företas insatser för att hitta Lea. Elisabeths oro tas på allvar och många människor vill delta i sökandet. Ikväll blir det två dygn sedan hon senast sågs.

Den böljande linjen av människokroppar börjar röra sig framåt och det gäller att följa med. Vi ska först söka av området vid sidan av vägen ner mot sjön. Elisabeth är på ytterkanten, den sista i linjen, jag näst längst ut.

Det är svårt att gå i lagom takt, följa med i alla andras rörelser, för att ingen person ska komma före eller efter.

Terrängen sluttar svagt ner mot sjön. Det är inte tillräckligt brant för att man ska behöva spjärna emot med fötterna. Problemet är att marken består av fördjupningar som man behöver gå runt utan att tappa bort sig i ledet. En rotvälta spärrar plötsligt framfarten för många av oss, osynlig på avstånd i det disiga vädret. Jag slänger upp benen, det ena efter det andra, för att ta mig över stammen och undvika granens grenar som vill piska mig i ansiktet.

På andra sidan rotvältan väjer jag för en buske, de lägre grenarna sveper över stövlarna, medan jag hela tiden försöker hålla blicken på marken för att inte missa det som kan hittas. Fukten är på väg att ta sig in genom regnjackans axlar och jag fryser men slår bort alla tankar på att ge upp.

Med blicken ner i marken, som vi fått instruktioner om, studerar jag noga mossor i olika form och färg, små och större grå stenar utplacerade i landskapet, blåbärsris och höga hallonsnår, svårare att ta sig igenom. Längst ner mot marken ligger grankottar, vissa av dem ätna av ekorrar. Endast stammen längst in finns kvar. Torra grenar och en och annan uppstickande rot gör det lätt att snubbla.

Alla dna-spår spolas antagligen bort i regnet tänker jag slött allteftersom tröttheten kommer smygande. Men vi fortsätter envist men långsamt att röra oss framåt. Ett steg fram och det andra efter, kämpande oss genom terrängen.

Hundskall hörs på avstånd. Polisen spårar med schäfrar. Jag såg flera av hundarna utanför bystugan, otåligt flämtande av spänning med en halvmeter lång rosa tunga, väntade de på sin tur.

Koncentrerat fortsätter vi utföra vårt uppdrag. Tysta, utan att prata med varandra för att inte distraheras och missa någonting viktigt. Nya grupperingar bildas när vi nått sjön och vi börjar om igen, förflyttar oss till andra marker för att röra oss tillbaka mot bystugan.

Det enda som hörs är regnets strilande, ett svagt mumlande ibland från någon längre bort i kedjan. Jag kommer in i det långsamma gåendet, håller jämn takt med människorna runt mig som rör sig på exakt samma vis. Blicken måste hållas i riktning mot marken hela tiden för att inte missa någonting. Huvudet sveper från sida till sida och tillbaka igen. Samma procedur som upprepas regelbundet.

En skarp vissling bryter lugnet. Alla stannar upp som förstenade och vi vänder blickarna mot varifrån ljudet kom. Troligtvis längre ner mot sjön.

Ledaren kommer springande, lyfter benen högt för att ta sig fram i det höga riset och ropar att vi ska gå tillbaka till bystugan för nya instruktioner. Ansiktet är spänt. En ilning far igenom kroppen när jag inser allvaret.

Tänk om man hittat Leas kropp? Vad ska jag säga till Elisabeth? Men jag kommer inte på någonting. Mitt huvud är blankt, vitt.

Jag sneglar på Elisabeth som går bredvid mig. Hennes koncentrerade blick är fortfarande riktad mot marken, trots att vi är nära vägen och redan har skannat av området.

Vi går snabbt, har ökat takten. Det gnisslar och prasslar om oss när vi rör oss tillbaka mot bystugan i regnkläder, blanka av vatten.

När vi kommer upp på vägen går Elisabeth först och vi andra efter i en ostyrig grupp. Jag har skavsår av de för små gummistövlarna. Det smärtar för varje steg men vad är mitt onda mot Elisabeths?

Stämningen är på ett underligt sätt förväntansfull märker jag när vi kommer till samlingsplatsen som om vi väntade på överraskningen, vår belöning för allt slit. Det är ett mummel av upphetsade röster. När en ny grupp anslutit ökar volymen på diskussionerna. Vem sitter inne med information?

Jag är trött i musklerna och fryser. Vi har varit ute i timmar. Hoppas de hittat henne tänker jag själviskt, oavsett om hon lever eller är död. Jag vill hem och vila men främst vill jag ta av mig stövlarna. Det gör helvetes ont på båda hälarna och jag kan knappt tänka på annat än att befria mig från plågoandarna som sitter fast, alltför fast på fötterna.

Men jag skäms när blicken faller på Elisabeth. Hon ser ut som en person som inte vill vara där hon är. Jag får en känsla av att hon i vilket ögonblick som helst kommer att vända sig om och fly. Hon vill inte få information om varför vi kallats tillbaka.

Det bildas som en tom ring runt oss, Elisabeth, Frida och jag, som om Elisabeth vore pestsmittad. Ett vacuum som ingen vill beträda. Som om de som dragit sig tillbaka från oss, vill undvika att komma nära den som drabbats av olycka. De vet inte hur de ska behandla Elisabeth och vill heller inte snudda vid tanken på att det lika gärna kunde varit deras dotter.

Frida lägger armen runt Elisabeths midja, utanför regnjackan och viskar in i hennes huva. Hon är bra på att trösta och lyssna. Det är som om Fridas handlande bryter den osynliga muren och öppnar upp för andra att komma efter. Vilka flockdjur vi är!

Två medelålders kvinnor, som jag inte tror mig ha sett förut, kommer gående mot vår lilla grupp, som de första att ansluta. Allas ögon följder deras förehavanden när de rör sig mot offrets mamma. Den som det är synd om. Jag känner djup sympati för Elisabeth. Men jag är själv stum och stel, oförmögen att agera.

När de två kvinnorna kommer fram till Elisabeth, sträcker de ut varsin arm och klappar om henne, stryker över regnjackans blöta yta över Elisabeths smala axlar. Men de kommer inte nära henne med sina kroppar eftersom Frida fortfarande står tätt intill Elisabeth, som för att skydda henne, även mot andra.

«Vet ni vad de har hittat?» hör jag Elisabeth fråga med skälvande röst.

«Nej, ingen har sagt det än. Vi kan bara hoppas att det är positivt», säger en av kvinnorna med beklagande röst, som tar bort meningen med orden hon nyss uttalat. Hon har en lysande gul regnhatt på huvudet.

«Tack för att ni är här», säger Elisabeth, med gråt i stämman och gräver upp en vit pappersnäsduk ur regnjackans ficka. Näsduken blir fuktig redan innan den hunnit till näsan.

«Det är självklart att vi hjälper till», säger den gula regnhattskvinnan.

Jag ser i ögonvrån vad som är på gång. Sorlet från gruppen som väntar i regnet tystnar och vi svänger runt på stället, vilket innebär att alla till slut är vända åt samma håll. Från bystugan kommer en person emot oss med bestämda steg.

Kvinnorna runt Elisabeth tar ett steg åt sidan för att ge mannen plats. Men inte Frida. Hon backar inte utan håller fortfarande en arm om Elisabeths rygg. Båda kvinnorna rätar upp sig och skjuter bak huvorna för att se bättre när mannen nått fram.

«Du behöver följa med in», säger polisen, en äldre man som med vänliga ögon möter Elisabeths ängsliga blick.

Frida släpper äntligen greppet hon har om Elisabeths kropp.

«Är det okej? Vill du att jag följer med?» frågar hon men Elisabeth skakar på huvudet.

Kapitel 26. Skräcken

Jag vill gråta och snyfta ut min stora besvikelse över det misslyckade utbrytningsförsöket. Hur kunde jag ens för en sekund tro att jag skulle kunna ta mig ut ur mitt fängelse? Det går inte att fly från en sådan som han och varför på semestern när det inte finns människor jag känner som kan hjälpa mig? Varför ville Skräcken att min flykt skulle börja på denna plats?

Men jag gråter inte. Skräcken säger åt mig att ligga still, inte röra vare sig armar eller ben på kroppen, inte säga någonting endast andas med tysta, långsamma, ljudlösa andetag. Med ansiktet pressat mot den svala mörkgrå stenen, vått i pannan, antagligen blod, är det inte svårt att göra som Skräcken vill.

Spela död!

Det är lätt att låtsas vara död när man är dödstrött och snart kommer att vara död. Jag föregår min död med någon timme. Den kommer i verkligheten att ske i det vackra gamla huset, på golvet i köket, lagt med breda klinkerplattor av kalksten. De är ojämna på ytan, vilket innebär att han kommer att få gnugga med en skurborste för att få bort alla blodstänk. Finns det en skurborste i strandhuset? Det måste bli ordentligt rent.

Han kommer inte att låta mig dö i den bäddade sängen, i vars fotände överkastet ligger hopvikt. Det är lättare att få bort röda fläckar från ett golv än från textilier. Han vill inte få frågor om blodiga lakan av hyresvärden.

Jag önskar att jag redan låg i sängen, att jag vore den som aldrig känner någon smärta mer. Men jag vet att han inte kommer att tillåta det. Det får inte gå för snabbt. Då väntar han hellre tills i morgon när jag förväntas ha hämtat mig. Antagligen ger han mig en och annan spark i magen för att få utlopp för sitt dåliga humör, men väntar med det värsta tills nästa dag.

Ilskan är honom övermäktig, det märks på sättet han klämmer till om mina handleder. Han har svårt att kontrollera humöret, sätta det på paus. Förmodligen blir det fler sparkar och annat också som jag inte orkar tänka på.

Men eftersom jag är utmattad, är det lätt att låta huvudet falla tungt mot bröstet och göra benen slaka, när han försöker dra upp mig på fötter. Han lyckas inte, trots ansträngningarna, få mig att stå och lägger ner mig igen, denna gång på rygg. Jag sluter ögonen när han stryker bort blod från såret i pannan och inspekterar mig. Hans lätta fingrar som far över mitt ansikte känns obekanta som om de vore någon annans.

«Shit!» mumlar han, som om den skada han själv inte direkt orsakat är värre än det värsta hemska han själv gjort.

«Charlotte! Vakna!»

Han klatschar till mig på ena kinden med öppen handflata. En mild kärvänlig klapp utan minsta hot i rörelsen. En sådant lätt slag han aldrig gett mig tidigare. Möjligtvis kan det ha hänt i början av vårt förhållande och någon enstaka gång direkt efter en misshandel.

Det finns rädsla i hans röst och ursinnet har hastigt slunkit ur honom. Jag kan inte se vad han gör med ögonen slutna, men jag hör att han sätter sig bredvid mig. Ljuden som når mig från hans rörelser säger mig att han gnuggar sig i ansiktet och kliar sig i huvudet. Han behöver planera vad som ska ske härnäst. Kommer han att ta mig till ett sjukhus eller tänker han gräva ner mig i den av solen ännu varma sanden?

Skräcken och jag tiger och väntar.

Kapitel 27. Erik

Frida och jag sitter bredvid varandra i bystugan medan Cathrin gått för att hjälpa Ellen i köket. Jag dricker kaffe och äter en hembakad sockerkaka, som någon av alla tanter som rör sig i köket bakat. De plockar disk, häller upp varmt kaffe i termosar och rör sig hemvant i miljön. Jag tror det är kvinnor som bor i byarna. De ser till att alla får mat och kaffe regelbundet.

Kan det vara Ellen som gjort kakan? Hon är duktig på att laga mat och baka. Det har jag erfarenhet av. Men jag tror inte det är hon som gjort den här kakan, en toscakaka med sött ovanpå som en stel smet, det är inte Ellens stil. Jag skymtar henne genom den öppna dörren in till köket. Hon står och plockar ren disk ur diskmaskinen, fullt koncentrerad på det hon gör, med två tallrikar i ena handen.

Jag fryser i de blöta kläderna och är tacksam för kaffet som värmer i magen. Någon har tänt eld i kaminen som står i ena hörnet av rummet, i avsikt att få bort fukten och kylan. Blossande ansikten med röda kinder noterar jag, när jag ser mig omkring på andra personer ur min grupp. Antagligen är de lika trötta och frusna som jag.

Vi som gått tillsammans sitter på rad vid ett långbord och sörplar i oss kaffet. En kollektiv insats, en kollektiv trötthet. Det skapar gemenskap med personer jag inte ens vet namnet på.

Människor kommer och går. Höga röster gör att vi lystrar till. Ansikten vänds åt olika håll. Är det någon som vet mer?

Elisabeth är inte kvar. Hon har gått hem för att ta emot Leas pappa, Jonas, som ska komma hit från Stockholm. Det var Leas randiga bikini i blått och vitt som hittades i skogen och som polisen bad Elisabeth identifiera. En lättnad drog genom gruppen när vi fick information om fyndet, samtidigt som jag och säkerligen även andra, grubblar över vad det kan betyda att ett plagg från Lea, återfanns långt från sjön. Men jag är tacksam för att vi slapp få besked om att en kropp hittats.

Jag är glad att Elisabeth snart har Leas pappa hos sig. Även om de är skilda måste det vara en lättnad att vara tillsammans med någon som är i samma situation som hon själv. Samma ångest, samma smärta i ett saknat barn.

En kvinna från Missing People kommer in och säger att vi ska ut igen om en kvart. Dags att jobba igen. Ett nytt område ska genomsökas. Kvinnan delar ut varma tröjor till dem som behöver. Frida tar emot en mörkblå fleecejacka med blixtlås. Alldeles för stor för henne men vad spelar det för roll. Huvudsaken är att den ryms under regnjackan.

Men jag kan inte fortsätta med de alltför små stövlarna på fötterna. Jag sitter i strumplästen och tänker aldrig mer stoppa fötterna i dessa tortyr-redskap. Skavsåren på hälarna smärtar outhärdligt. Trots omplåstring av Ellen med skavsårsplåster över en stor äcklig blåsa på vänster fot och ett vanligt plåster över ett rejält sår på den högra hälen kan jag inte förmå mig att ta på de trånga stövlarna igen. Det får bli träningsskorna som väntar i härbret trots att jag kommer att bli blöt om fötterna.

Det innebär att jag med kalla genomblöta kläder står utanför bystugedörren. De ömma fötterna är instuckna i ett par lånade träskor. Jag ska ta mig hem och byta och är lättad av att inte ha skor som trycker mot skavsåren.

Det eviga regnande fortsätter. Ur stuprännorna forsar det oupphörligt vatten. På grusplanen nedanför bystugan, som fungerar som parkerings-plats, har det bildats vattenpölar. Små sjöar av vatten som man måste ta omvägar runt. Snart är hela grusplanen täckt av vatten.

Precis under taksprånget står han, Erik, när jag kommer ut genom dör-ren. Han har en färgglad snusdosa i handen. Den är öppen och han lägger precis in en kudde under överläppen. Han har till slut fått på sig en grön regnrock men ansiktet är vått av regn. Små, små droppar som fastnar i ansiktshåret och gör att den osynliga mustaschen framträder men även den skuggiga skäggstubben på hakan. Till och med ögonbrynen, mörka och kraftiga har små glänsande regnstänk.

Erik tittar till på mig, vänder sedan bort blicken innan han hinner möta min, som man gör när man inte har lust att inleda ett samtal. Han står ensam utan gänget av kompisar runt sig.

«Kan jag ta en?» säger jag, medan jag ler försiktigt och nickar åt den runda asken med vitt snus som han håller i handen.

Detta är en chans att få reda på vad han vet om Leas försvinnande.

Utan ett ord räcker han mig snusdosan med locket påsatt.

Samtidigt kollar han ner på mina fötter i randiga färggranna strumpor instuckna i de för stora träskorna och frustar roat till.

«Blivit av med stövlarna i skogen?»

«Nejdå, riktigt så illa är det inte. Jag fick skavsår av dem jag hade. De var lånade och alldeles för små för mig.»

«Å fy fan!»

Jag stoppar, med viss tvekan inombords, en kudde snus under överläppen. Vitt snus innehåller inte mycket nikotin har jag förstått. Det är populärt bland ungdomar, som inte längre röker i lika stor utsträckning som tidigare, men det är första gången jag testar denna nya trend.

Jag varken röker eller snusar, har aldrig gjort det, förutom enstaka bloss i tonåren, men vad gör man inte för att få kontakt?

Med stram läpp, ovanpå den vita kudden, lämnar jag tillbaka asken till Erik. Han tar emot den och stoppar den i bakfickan på sina jeans.

Vilken konstig smak? Det känns som om jag stoppat godis under läppen. Mint?

«Har du varit med och letat?»

En dum fråga för varför skulle han annars stå här. Dessutom har jag sett honom tidigare utanför bystugan. Det är heller inte omöjligt att han observerat mig när jag kollade in honom. Men det är inte självklart. Antagligen är han för upptagen med att imponera på omgivningen för att notera vad andra gör. Dessutom var vi många som samlades på gårdsplanen.

Han nickar. Tittar mot en grupp människor som kommer släntrande mot bystugan. De ser trötta och hängiga ut och närmar sig oss med släpiga långsamma steg. Tystnaden vittnar om att de inte haft någon framgång i sökandet. Antagligen är det dem som vår grupp ska ersätta snart. Vi kliver åt sidan för att låta gruppen passera in genom dörren.

«Var du med när bikinin upptäcktes?», fortsätter jag, när den siste personen stängt dörren efter sig och vi åter står ensamma.

Erik skakar avvisande på huvudet. Särskilt lättpratad är han inte.

«Kände du Lea? Själv har jag träffat henne några gånger. En glad tjej. Sara heter jag.»

Jag höjer handen som en slags hälsning.

«Erik», presenterar han sig, med en stram nick.

«Då var det du som såg henne sist?» utbrister jag och låtsas att jag inte vetat vem han är förrän i det ögonblicket.

«Det vet jag inte».

Han gillar inte mitt sällskap. Det går inte att missta sig på det. Ansiktet vrids bakåt mot dörren upprepade gånger, varje gång ljud hörs inifrån, antagligen väntar han på sina kompisar som är kvar i bystugan.

«Nej, det är klart. Men du var tillsammans med henne på midsommaraftonen, eller hur?»

De frågorna har polisen antagligen ställt till Erik flera gånger. Jag vet inte varför jag envisas med att leka förhörsledare, men jag kan inte riktigt låta bli. Hans attityd retar mig och jag vill komma under skinnet för att ta reda på om han bryr sig om Lea på riktigt. Jag minns hennes närmast hänförda blick som vilade på honom under midsommarfirandet. Var han lika kär i henne som hon i honom? Jag rättar mig i mina tankar. Är han lika kär som hon eller var hon endast en förströelse en midsommarafton, eftersom han denna dag inte hade någon flickvän?

Han nickar knappt märkbart, medan han ser ner i marken med uppdragna axlar. Det är inte många ord han har sagt hittills.

Vi står tysta en stund och det enda som hörs är regnets strilande.

«Vet du var hon är?» säger jag mest för att provocera, när han är på väg in igen, antagligen har han tröttnat på att vänta på sina kompisar.

Hans nonchalans retar mig. Om han inte är skyldig till Leas försvinnande borde han vara helt under isen. Men ingenting sådant syns i hans beteende.

Han pustar förargat till.

«Hur fan ska jag kunna veta det? Du tror som alla andra att jag våldtagit och mördat henne, eller hur? Hennes mamma är heltokig och har varit på mig flera gånger.»

«Nej, nej», säger jag och skakar frenetiskt på huvudet. «Det tror jag inte. Men jag undrar vad som hände mellan er under kvällen?»

Erik sätter händerna i regnjackans fickor. En rysning far igenom hans kropp.

«Nu får du fan ge dig. Du har ingen rätt att fråga ut mig. Det har polisen gjort flera gånger. Det räcker.

Han är precis på väg uppför trappan till ingången med ryckiga aggressiva rörelser, då dörren öppnas och den andre brodern dyker upp. Max.

Erik stannar till och backar bakåt igen med Max efter sig, tills de båda hamnar bredvid mig, precis i lä från takdroppet.

«Kommer de andra också?» frågar Erik, fortfarande en aning butter i tonen.

«Javisst, de är på väg. Alice gick på toa, Sandra också tror jag.»

«Tjena!», säger Max sedan, när hans blick fallit på mig.

«Hej! Du är Eriks bror va?»

Det syns att de är bröder. De är mörka båda två, har samma gängliga gestalt, även om Max är något längre än Erik. Snygga.

«Jepp. Vi ska ut och leta igen.»

Jag förklarar för Max att jag också gärna skulle vilja fortsätta i sökandet men att jag måste hem och byta skor. Under tiden står Erik vid sidan om med händerna i byxfickorna.

«Ska checka var de andra tog vägen», säger han och går in i bystugan.

Max nickar åt sin bror som en slags överenskommelse att han håller med.

«Konstigt att vi inte hittar henne», funderar han.

Jag suckar medkännande.

«Märkte du något särskilt på kvällen när Lea var tillsammans med dig och dina kompisar? En ledtråd till vad som hänt henne.»

Han skakar bistert på huvudet.

«Vi har snackat om det. Det var midsommarafton, massor av öl. Vi var alla mer eller mindre aspackade hela dan. Jag såg inte mycket av Lea, mest tidigare på kvällen vid stången. Då var vi tillsammans alla men sen ... Det var Erik och hon.»

Snusen under läppen börjar kännas löjlig och jag skulle helst av allt vilja spotta ut den. Mintsmaken har ersatts av nikotin som häftigt strömmar ur den lilla kudden och in i munnen.

«Men jag hörde att Erik och Lea gick till badet och att han kom hem före klockan tio på kvällen. Såg du när han kom hem?»

Max stirrar en aning misstänksamt på mig, men bestämmer sig för att svara på frågan.

«Ja för fan! Brorsan kom inrusande som en dåre, genomblöt och kall. Han hade sprungit från sjön och hem i regnet. Jag hade hunnit fundera vart han var. Alla andra var inomhus. Det var ösväder utanför och Alice, Sandra, Jocke och jag satt och hängde framför brasan som jag tänt.»

«Men hade du koll på tiden? Du sa nyss att ni var packade.»

«Vi var inte packade då. I alla fall inte mycket. Det var mer på eftermiddagen eftersom vi druckit hela dan. Men sen orkade vi inget mer, satt och slöade medan vi stirrade in i elden. De andra hade slocknat, eller i vart fall gått upp till sovrummen för att vara för sig själva.

Jag kollade mobilen precis innan och sa till Alice, var fan är brorsan. Precis då studsade han in, minuter innan tio.»

Det är inte lätt att gå i träskor en längre sträcka. Jag har ingen vana, stapplar mig fram i skorna, kliver på vassa grusbitar, kvider av smärta och förbannar mig själv för att inte ha packat med stövlar till landet. Men det var värmen som lurade mig. Den heta sommaren som känns som ett avlägset minne.

Även om hälarna är fria och jag slipper skava på mina blåsor och sår, tränger ovanlädrets kant in i mina höga vrister och gör ont.

Till slut når jag äntligen fram, tar det sista steget upp på verandans trappa och andas ut, trött, skitig och blöt. När jag sneglar mot Elisabeths hus ser jag genom regndiset en mörkblå bil stå parkerad på gården. Han har kommit alltså. Jonas, Leas pappa. För det borde vara hans bil.

Inne i huset står Elof lutad över köksbordet med en gul blyertspenna i ena handen. Bordet är täckt av en ofantlig karta som han koncentrerad granskar. En vit karta från Lantmäteriet med inslag av grönt och med inritade bruna höjdkurvor.

«Vad gör du?»

«Kollar av skogsvägarna.»

«Gör inte Missing People det?»

Jag sjunker ner i stolen alldeles innanför dörren och rullar av strumporna från fötterna, i ett försök att undvika att plåstren samtidigt åker av. Mellan tårna har brunstrimmig smuts samlats. Jag kunde lika gärna ha gått barfota hem.

«Jag hjälper dem», förklarar Elof, utan att lyfta blicken från kartan. Läsglasögonen sitter på näsan.

«Varenda jävla väg väster om sjön är genomsökt. Snart drar jag igenom de östra.»

«Du hittar ingenting misstänkt?» frågar jag, medan jag sitter kvar på stolen och försöker lista ut det lämpligaste sättet att ta sig till badrummet, utan att lämna skitiga spår från fötterna på golvet.

«En jävla bil jag inte kände igen var idiotiskt parkerad. Jag tog mig nätt och jämnt förbi, längs en av de mindre vägarna. Ingen förare satt i. Jag tog registreringsnumret men det såg ut att vara en hyrbil. Polisen får kontrollera numret. De har väl resurser.»

Det kan vara vem som helst som är ute och ska titta till sin stuga eller vill fiska. Fast det finns också nyfikna människor som vill kolla av läget. Filma med kameran om de känner till att en ung flicka är försvunnen. Jag masserar mina smutsiga ömma fötter.

«Har du ont?»

Elof lägger ner pennan på bordet efter att ha gjort en markering på kartan och sneglar till på mig.

Jag berättar om mina fotproblem och Elof reser sig och hämtar en handduk som jag kan torka fötterna på.

När jag är tillbaka efter att ha tvättat mig, säger han.

«De kommer att vilja få fatt på alla jävlar som var vid majstångsresningen förresten.»

«Polisen?»

«Ja, de har börjat med dem som bor närmast festplatsen och sjön. Willy sa att de blev jävligt misstänksamma när han förklarade att han gick hem till sig för att pissa och hämta mer öl att ta med till grillhuset. Ingen såg honom på en halvtimme. Tror han blev lite skakis, Willy. Catrin märkte inte att han var hemma och stökade. Hon låg och sov på övervåningen.»

«Ojdå! Kommer de att förhöra Frida och mig också?»

«Vet inte.»

Elof viker noga ihop kartan och stoppar den i en grön ryggsäck, som har sett sina bästa dagar.

«Jag måste ut och kolla av ett ställe. Ska du med? Du kan ju ändå inte gå nån jävla skallgång med de där obrukbara fötterna.»

Helst hade jag velat lägga mig ner och vila någon timme men det går inte. Alla behöver hjälpa till.

«Varför inte? Ska hämta något att sätta på fötterna.»

Snart sitter jag bakom Elof på hans fyrhjuling. Det stänker upp lera, grus och brunt vatten på våra regnbyxor trots att Elof håller en låg hastighet. Det är tvunget att köra lugnt eftersom det är människor överallt. De går längs vägen, iklädda färggranna regnkläder eller står med paraplyn över huvudet bredvid bilar som parkerats längs den smala grusvägen. Alla är på väg till eller från bystugan.

Elof muttrar ur sig svordomar när han har svårt att ta sig fram. Vid ett antal tillfällen höjer han handen för att hälsa men stannar inte. Slutligen är vi förbi människoströmmarna och Elof fortsätter på byvägen tills vi nått fram till en mindre väg. Han svänger in på den och fortsätter hundra meter, innan han gör ytterligare en sväng in på en nätt och jämnt farbar väg, ens med en fyrhjuling. En träskylt på en pinne nedstucken i marken pekar ut vart vi ska. Nilsbodarna står det med svartmålade, utskurna bokstäver.

Vi skumpar fram när Elof väjer för stora stenar och gropar. Han tvingas köra över vattensamlingar som får lerigt vatten att stänka upp på våra kroppar.

Regnet trummar på fordonets plåt. Jag ser granar och tallar gråa av diset svepa förbi mitt synfält. Träden står tätt, avbrutna av timmerstockar, staplade i prydliga högar längs vägkanten. Den svaga doften av timmer når näsan när vi far förbi. Vägen smalnar av, blir mer likt en stig.

Skogen öppnar sig och vi befinner oss på ett kalhygge. Inga höga träd men på marken hallonsnår som breder ut sig överallt. Nej, det är inget kalhygge upptäcker jag när vi kommer närmare och jag kollar av omgivningen.

Vi har kommit fram till fäboden. Tre timmerbyggnader, gråbruna av ålder, placerade i vinkel mot varandra på tre sidor. I mitten det som måste vara boningshuset. De övriga husen är antagligen uthus. Hundkex blommar likt smycken vid knutarna, som spetsar på en duk.

Elof kör in i öppningen mellan husen och stannar bredvid en grå platt sten, halvt nedgrävd i marken och placerad precis utanför ytterdörren till boningshuset. Jag hoppar av och ser mig förundrat omkring.

«Vad är det här för ställe?» frågar jag genom motorbruset. Elof hör inte, stänger av motorn på fyrhjulingen och jag får upprepa frågan.

«En gammal jävla fäbod, säger han. «Den brukas inte längre och husen faller ihop. Så in i helvete synd!»

Han pekar med handen mot taket på boningshuset, som i ena hörnet har rasat in.

Skulle Leas förövare, om det finns någon sådan, ha bidat sin tid här? Men då måste det ha varit planerat, vilket inget tyder på.

«Var det åt det här hållet du såg bilen?» säger jag när vi står sida vid sida framför boningshuset, som har ett fönster, indelat i fyra rutor, på varje gavel.

«Nej för fan», säger Elof. «Det var på en annan skogsväg. Hit kan ingen köra med bil.»

«Nej, jag tänkte väl det. Vägen är för smal och skumpig.»

Vi blir stående framför husets dörr. En kraftig räfflad trädörr med ett stort nyckelhål, med hamrad plåt runt hålet. En järnring sitter fastsatt på dörren. Jag drar i ringen. Inget händer.

«Det är nog låst», säger Elof. «De jävla stockholmarna tar inte hand om stället men ingen får heller bruka det. Willy har velat ta över, men fan heller att de vill sälja. Hellre ska det stå och rasa ihop.»

«Vem äger stället?» ropar jag medan jag rör mig efter ytterväggen, rundar knuten tills jag når fönstret på kortsidan. Jag ställer mig på tå och tittar in. Elof går åt motsatt håll.

«Det är väl de där ungarnas föräldrar som aldrig sätter sin jävla fot här. Samägt av flera…»

Hans röst försvinner bakom knuten och jag hör inte fortsättningen.

Max och Eriks mamma och hennes syskon är det som äger fäboden. Det berättade Willy på midsommaraftonen påminner jag mig.

Rummet är inte stort. En öppen spis tar upp ena kortväggen med en vit kåpa, ett bord, två stolar mot den ena långsidan. Ett draperi av randigt tjockt hemvävt tyg som täcker ett köksskåp vid sidan av bordet. Våningssängar längs den andra långsidan, också de täckta av draperier i samma hemvävda tyg. En stängd dörr längst bort vid kortsidan.

Jag tar blicken från fönstret, går vidare och rundar ännu ett hörn. Inga fönster på långsidan och jag fortsätter förbi de gråbruna timmerväggarna. När jag kommit till den andra gaveln ser jag Elof, halvt uppklättrad på väggen, stirra in genom fönstret.

«Jävligt trist att se», säger han, och gör en grimas mot mig.

Jag går närmare, hittar en grundsten som sticker ut som jag sätter ena foten på och höjer upp mig till fönstret. Med fingertopparna runt fönsterfodret håller jag mig kvar tillräckligt länge för att kunna se in.

Jag förstår vad Elof menar. Taket har rasat in i ytterhörnet vilket gjort att reglar och spån sjunkit ner och lagt sig som en hängmatta genom rummet. Bråte ligger på det gamla trägolvet. I övrigt är rummet tomt på möbler.

Vi går gemensamt tillbaka till gårdsplanen. Jag utforskar de andra byggnaderna, placerade i vinkel mot boningshuset. Inte heller i dessa hus går det att ta sig in, förutom till utedasset, med hasp som lätt kan hakas av. Två sitthål och en toapappersrulle i ena hörnet av sittbänken. På den andra sidan ligger en trave gamla veckotidningar, skrynkliga och gulfärgade. Toarullen ser ovanligt färsk ut, beroende på att den lyser vit i den smutsiga och brungrå träinredningen.

Jag lägger på haspen och letar upp Elof som står och väntar vid sidan av fyrhjulingen.

«Någon kommer hit ibland», säger jag. «Toarullen är inte gammal.»

«Äsch! Det kan vara några jävla vandrare som går förbi och passar på att skita», säger Elof, disträ.

«Fast de lämnar knappast en hel rulle efter sig.»

«Nej, det kan du ha rätt i», säger Elof, beredd att sätta sig på fordonet igen.

«Långt in i skogen är det också. Kommer det hit folk som inte har planerat det?»

Han rycker på axlarna som om han tappat intresset för den diskussionen.

«Elof!» säger jag.

«Ja.»

Han stannar till på väg att slänga det ena benet över sitsen på fyrhjulingen och vrider huvudet åt mitt håll medan han sätter benen i marken igen.

Jag sväljer, känner hur regnet träffar mitt ansikte, hur vattnet rinner nerför kinderna och droppar irriterande blir hängande i nästippen, tills jag stryker bort dem med handen.

Hur ska jag säga det här? Jag har ingen rätt att lägga mig i hans liv och är det rätt tillfälle? Men är det inte min skyldighet att försöka hjälpa? Ut med det bara!

«Varför är ni på det där sättet mot varandra? Du och Ellen. Är ni osams?»

Sucken är djup när han står framför mig och låter händerna falla ner utefter sidorna. Han förblir tyst med ansiktet slutet. Han vill inte diskutera den här saken med mig. Jag borde inte ha blandat mig i hans relation, hans privatliv.

«Du har blivit som en pappa för mig, trots att vi inte känt varandra länge.»

Ett visst intresse skymtar till i Elofs ögon men han säger fortfarande ingenting, nickar inte ens åt orden, även om han förblir stilla framför mig. Betyder jag lika mycket för honom som han betyder för mig? Det är sant det jag säger och inget smicker för att få honom att lyssna, även om jag aldrig har tänkt den tanken förrän precis i denna stund.

Jag blir varm i hjärtat när jag tänker på Elof. Hur jag alltid kan lita på honom, som någon att luta sig mot när livet är svårt. Som alltid vill mitt bästa och aldrig någonsin har baktankar med relationen. Föräldraskapet, när det fungerar som bäst, borde vara på det sättet och det stämmer med mammas sätt att behandla mig.

Men det är inte om mig vi ska prata utan om honom. Denna gång är det jag, som inte är hans dotter men ändå ibland känner mig som hans barn, som vill ta mitt ansvar och göra det jag kan för honom.

Jag fortsätter:

«Förlåt om jag tränger mig på men det är uppenbart att ni har problem. Det märks tydligt på er båda.»

Elof tittar undflyende åt sidan, på fyrhjulingen som står bredvid oss, som om han helst av allt skulle vilja kliva upp, maka sig på plats, starta fordonet och köra hem.

Runt oss faller regnet, droppar ner i marken från grenverken på träden i en ständig rörelse, uppifrån och neråt.

Borde jag ha lindat in orden bättre för att ge honom tid att berätta sin version. Jag har inte fått ur honom någonting. Det är jag som ställer provocerande frågor och förmodligen är det inte rätta sättet att få honom att öppna sig.

Han skulle kunna säga åt mig att jag ingenting har med saken att göra, att han inte vill diskutera sin relation med mig. Ändå kan jag inte hindra frågan som vill ut, som jag velat slunga ur mig ända sedan den kvällen när Elof grillade älgköttet och bråket hände i köket. Varken Frida eller jag såg vad som hände eftersom vi inte var med Elof och Ellen i köket. Men vi hörde upprörda röster och såg Ellen komma ut från köket med ett rött märke i ansiktet.

Sedan den kvällen har jag inte kunnat hindra mig från att granska Ellens ansikte varje morgon för att upptäcka nya skador. Men inga märken har synts till. Det betyder inte att våld inte förekommit. Under natten är Ellen och Elof ensamma i huset. Frida och jag skulle inte höra eller märka om en misshandel ägde rum i deras sovrum. Kläderna Ellen bär är numera, i och med det kyliga vädret, heltäckande. Vad som finns under tröjan ser jag inte.

«Slår du Ellen?»

Elof stirrar på mig som om jag mist förståndet.

«Vad i helvete säger du? Vad har du fått det ifrån?»

Jag sväljer och tar två hastiga steg bort från honom. Han är helsvart i ansiktet, ögonen stirrar föraktfullt tillbaka på mig. Rädslan får mig att vilja backa, att ångra mina ord men det är för sent för det. Frågan är redan ställd.

«Ja, det som hände den kvällen när du grillade älgsteken? Det lät som om hon fick en smäll när ni var i köket och gjorde klart det sista med maten», säger jag med vädjande röst.

«Hon var röd på ena kinden som av ett slag. Frida såg det också», lägger jag till med allt spakare röst.

Elof dunkar till med knuten hand på fyrhjulingens motorhuv vilket får mig att förskräckt hoppa till av ljudet och den hastiga rörelsen. Jag blir en kort stund rädd på riktigt och hinner fundera på hur jag ska ta mig härifrån. Hur jag ska fly genom skogen från Elof.

Han suckar och blänger till på mig.

«Ellen var jävligt förbannad den gången. Hon såg sig inte för. Öppnade skåpet med en hand för att ta ner en skål att hälla upp potatisen i. Den andra handen höll hon i kastrullen. Skålen ramlade ner och hon hann fan inte få grepp om den innan skålen slog i kinden. Tror du mig inte får du väl anmäla mig till polisen. De finns ju jävligt lägligt på plats. När vi är tillbaka kan du göra det.»

Han är arg och spottar ur sig orden.

«Vad vill du mer anklaga mig för när du ändå för helvete håller på?»

«Jag vill veta varför ni är ovänliga mot varandra», envisas jag, trots att jag borde hålla tyst, trots att jag skäms för frågan. Rädslan är försvunnen och har ersatts av skam för att jag ens för ett ögonblick misstänkt honom för att vara våldsam.

Han tittar sturskt förbi mig ut i gråvädret med högburet huvud och med korsade armar.

«Ska du stanna kvar eller följa med tillbaka? Inget spår av Lea här.»

Jag har mycket jag skulle vilja ta upp med Elof men han låter mig inte göra det. Smidigt svänger han ena benet över sitsen, sträcker sig sedan ner och startar fyrhjulingen. Motorljudet gör fortsätta diskussioner fruktlösa.

Jag vänder mig om när jag sitter bakom Elof på fyrhjulingen och ser tillbaka på husen. När vi svänger ut från gården, får jag gavelfönstret i blickfånget på det gamla boningshuset, med vita slitna gardiner som hänger som trasor efter fönstersidorna. Blankt svart i rutmönstret. Det är förmodligen inbillning men en vit oval skymtar långt upp i ena rutan, omgiven av spröjs. Ett ansikte, nej, det är regnet som trummar på som lurar min syn eller är det den tunna trådslitna gardinen jag misstar för ett mänskligt ansikte?

Kapitel 28. Skräcken

«Vad är det som har hänt?»

Det är en röst jag inte känner igen och hur skulle jag kunna känna igen den rösten? Jag är långt hemifrån. Här finns inga bekanta. Rösten låter upprörd och uppfordrande och är riktad till honom.

Skräcken säger åt mig att ligga stilla med slutna ögon och hålla andan.

Han blir obekväm och vet inte hur han ska reagera när det kommer andra människor. Jag hör det på hans rörelser, hur han skuffar sig runt med baken, byter ställning bredvid mig.

«Hon ramlade», säger han förklarande med spak röst. «Slog i huvudet.»

Någon böjer sig ner, jag känner värmen från en människas kropp bredvid min, när jag ligger på rygg med slutna ögon. En ivrig hand tar ett fast grepp om min ena hand och trycker en tumme mot handleden, antagligen för att kontrollera om jag har puls.

Ytterligare en röst uttalar sig:

«Ska jag ringa efter en ambulans? Sådana skador kan vara livshotande. Du har inte flyttat henne, hoppas jag?»

Det sista är sagt med skeptisk röst och jag inser att han ser det som ett hot. Ifrågasätt aldrig hans agerande vill jag ropa men jag förblir tyst och tar in vad som händer runt mig. Jag är inte säker när han sitter vid min sida.

Han säger ingenting, svarar inte på frågorna. Helst skulle han velat ta mig tillbaka till huset, även om han får bära mig dit. Jag fasar för att de andra ska låta honom göra det. De kan vara den typ av människor som inte vill lägga sig i, inte bli inblandade i jobbiga situationer som kräver agerande.

Den som gripit om min handled släpper försiktigt ner den på marken igen och säger med bestämd röst:

«Ja, det är bäst. Jag kände en svag puls i alla fall.»

Fler upprörda röster hörs på avstånd. En hel grupp med människor ställer sig runt mig medan de livligt diskuterar vad situationen kräver. Äntligen är det någon handlingskraftig person som ringer efter en ambulans och den ska komma inom tjugo minuter. Jag ska inte röras under tiden förklarar en kvinna med hög befallande röst och andra hummar instämmer.

Han är tyst, låter allt ske utan att protestera. Det är för många som sam-
lats. Situationen har glidit ur hans händer.

«Jag går till huset och hämtar plånbok och mobil», säger han spakt och
ingen frågar varför vi inget har med oss.

Det är ett fullständigt mirakel att han vågar lämna mig när jag i det
här tillståndet är tillsammans med andra människor. Men jag spelar död
tillräckligt bra, får honom tro att det är på riktigt. Han vet inte heller att
jag och Skräcken har bestämt oss. Vi måste bort från honom. Varthän
spelar mindre roll.

Jag hör mummel när han gått och människor vågar tala fritt. Någon
viskar upprört att hon upptäckte, från uteserveringen, att jag blev jagad av
honom, som nyss gått.

Då först slår jag upp ögonen.

«Jag måste härifrån innan han kommer tillbaka», säger jag och blickar
upp mot de häpna ansiktena ovanför mig. Grinden som varit halvöppen
under flykten flyttas ytterligare längre ut. Utrymmet vidgas och jag ser
frihetens skimrande gröna fält utanför. Det är en stark upplevelse och jag
flämtar till. Kan det ske? Är det möjligt?

«Har du ont?»

Jag ler åt frågan. Det är för komiskt. Jag har aldrig varit mer smärtfri
än denna dag.

«Ni måste omedelbart flytta mig. Annars kommer han att döda mig»,
säger jag och Skräcken applåderar.

Rösten är varken vädjande eller snyftande. Det finns inte tid till att sörja
det som var, eller fasan inför det som kunde bli. Endast handling gäller i
detta viktiga ögonblick.

När han är tillbaka med mobil och plånbok är jag inte kvar på stigen.
Trots att jag inte får rubbas ur mitt läge har jag tvingat människorna runt
mig att ta mig till ett säkert ställe i väntan på ambulansen. De bar mig
försiktigt bort från stranden, la mig i baksätet på en bil och körde mig
bort från faran.

Det är på det sättet jag lämnar honom. Jag har ingenting med mig för-
utom kläderna jag bär på kroppen.

När jag blivit omplåstrad på sjukhuset ringer jag för andra gången telefonnumret i rött som står på det vita kortet jag för längesedan rivit i små bitar. Jag kan siffrorna utantill.

Grindarna är helt öppna och jag kan gå ut till friheten om jag vill. Men ännu sitter bojorna kvar, väven finns fortfarande tätt intill kroppen som en andra hud. Det som binder mig är omöjligt att upptäcka och än mindre göra sig av med, tillräckligt finurligt vävda för att vara osynliga för blotta ögat. Precis som spindelväv, men dessa rep och beslag är inte tunna och skira. Det krävs hårt jobb för att bli av med dem. Jag är osäker på hur det ska gå till men jag har hittat de sega yttersta trådarna och börjat skala av mig, varv efter varv.

Kapitel 29. Söndag kväll

Vi går och lägger oss sent i det kalla härbret eftersom vi suttit uppe och diskuterat olika teorier om vad som kan ha hänt Lea. När jag äntligen ligger i sängen lyssnar jag åter på ljudboken, Små eldar överallt av Celeste Ng och fascineras av tonårslivet som skildras, visserligen ur ett amerikanskt perspektiv men ändå välbekant. Jag känner igen mig i hur livsviktiga kompisarna var i den åldern, skolan som somliga tog på stort allvar och andra inte, men framför allt skildras förälskelserna i boken. Det som tar över hela ens värld och som man kan göra allt för att få behålla.

Förälskelsen drabbade också Lea. Det kunde jag själv sluta mig till när jag såg de två, Erik och Lea. Men har det inneburit fara, hemskheter? Enligt Ellen sa Erik att Lea och han skildes åt ungefär halv tio då var och en gick hem till sig. Elisabeth fick meddelande från Lea efter tio att hon snart skulle gå hem. Men var det Lea som skickade meddelandet? Det kan ha varit någon annan som använde hennes mobil. Någon som ville ge sken av att allt var lugnt, att Lea var på väg hem till sin mamma. Men vem?

Polisen har säkerligen utrett och kontrollerat att tiden stämmer när både Max och Erik säger att han kom tillbaka hem till släktgården. Det fanns många vittnen, som måste ha intygat att han kom hem när han sa att han gjorde det. Annars skulle polisen varit mer intresserad av honom. De skulle till och med ha häktat honom. Är det inte oftast en man, en man som stod kvinnan nära som är den skyldige när en kvinna försvinner? Erik borde vara den mannen. Tänk om Eriks bror och kompisar ljuger för att säkra hans alibi?

Jag har stängt av ljudboken när tankarna på Lea invaderat min hjärna. Vem är Erik? Arrogant? Ja. Självsäker? Ja. Van att få som han vill? Ja antagligen. Men döda någon? Nej, varför skulle han ens behöva.

Oroskänslorna virvlar runt i magen. Var finns hon? Är hon mördad kan hennes kropp ligga begravd var som helst. Byn är omgiven av stora skogsområden, kärr och mossar, raviner och sjöar. Det har jag upplevt idag sittande bakom Elof på fyrhjulingen. Dagar, veckor och månader kan gå utan att hon återfinns. Den tanken gör mig ännu mer sorgsen och desperat. Jag somnar kall både om benen och om själen.

Jag förstår inte vad som väcker mig men det är av rädsla jag slår upp ögonen. Med bankande hjärta och oro i kroppen ligger jag i sängen, trots att det enda som hörs är det vanliga regnandet. Kan det ha varit en dröm som väckte mig? En mardröm som redan förflyktigats, utan att lämna minnen.

Utanför härbret låter det som vanligt när jag spetsar öronen. Ingenting annat än vatten som porlar utefter takpannor, prasslandet när droppar faller ner i löv och gräs.

Jag byter ställning, vrider mig in mot väggen, blundar för att somna om men det går inte trots att jag försöker låta tankarna flöda fritt. Alltsammans är underligt. Kan det vara en sjuk person som helt plötsligt befinner sig i Skogsberg och ser henne på väg hem en regnig midsommarafton? Det som inte får ske händer, det elaka trollet tar henne. Som den äckliga Anders Eklund som råkade få syn på Engla när hon cyklade hem. Men hur många sådana män finns det egentligen?

Media har spekulerat i om Lea fortfarande kan vara vid liv. Enbart det faktum att hennes mobil hittades vid badet gör att man kan misstänka att hon är död. Jag vill inte tro på det. Bikinifyndet behöver inte ha någon betydelse. Lea kan ha tappat den på väg hem, men det stämmer inte för den hittades i skogen, inte på stigen, men hon kan ha gått åt ett annat håll, inte hemåt.

Jag vill hett och intensivt att Lea ska få ha ett liv framför sig. Men var är hon?

Det går inte att somna om.

Jag drar mobilen till mig och ser att klockan är 2.54. Varför kollade jag? Det gör det ännu svårare att komma till ro.

Ska jag gå in i huset och koka mig en kopp örtte? Det hjälper mot sömnlöshet som jag numera vid vissa tillfällen drabbas av. Efter Henriks död har jag ibland svårt att låta hjärnan vila. Tankarna snurrar på och den ena katastrofen efter den andra målas upp i mitt inre, under vakna ångestfyllda nattimmar. Oftast när jag är ensam. Andra människors långsamma andetag, när de sover gör mig lugnare och tryggare. Men inte ens tanken på Frida som sover på övervåningen får mig att koppla av.

Te hjälper. Men det är inte roligt att rusa över gården i hällande regn. Varför tog vi inte med en termos med varmt vatten till härbret igår kväll?

Efter att ha velat en stund om de olika alternativen, som erbjuds en person som inte kan sova, kravlar jag motvilligt ur sängen. Snabbt rusar jag i regndiset över gårdsplanen in på glasverandan och tänker att jag kan slå mig ner en stund där.

Natten är över, eftersom det knappast finns natt den här tiden på året. Men någon sol syns inte till och morgonen är inte ljus utan disigt oskarp på grund av vädret.

Det är inte ett dugg upplyftande att titta ut på droppandet runtom mig, trots att jag brukar älska att sitta på ett torrt ställe och betrakta regnet, lyssna på smattret på verandatakets plåt precis det som Frida och jag njöt av på midsommaraftonen. Men det eviga regnandet har för länge sedan fört med sig en hopplöshet som tar musten ur mig. Det tar aldrig slut och är inte ett dugg mysigt som bakgrundsljud. Utan minsta uppehåll har det pågått i över två dygn. Hur länge ska det hålla på?

Jag är trött på det eviga droppandet och vädret förstärker det lönlösa i sökandet efter Lea. Men jag sitter i en knarrande korgstol, i pelargondoften och tittar ut genom fönstren, med regnet smattrande mot rutorna, trots att det varken gör mig tröttare eller gladare.

Var det inte en skugga som rörde sig efter vägen som skymtar långt borta? Vem är ute och går mitt i natten? Jag reser mig, går närmare fönstret, för att se bättre.

Jo, det är någon som rör sig på vägen. Genom det gråstrimmiga diset och björkarnas stammar skymtar jag en människa. Mörkt klädd i regnjacka och regnhatt noterar jag när han hamnar nära gatlyktans sken.

För det är en man, av längden, kroppens form och de breda skuldrorna att döma. Han förflyttar sig långsamt längs vägen och försvinner bort i regndiset, i riktning mot bystugan och kommer snart att passera förbi Elisabeths hus. Beter han sig inte konstigt? Jag får berätta för polisen imorgon.

Borde jag försöka ta ett foto på honom? Nej, han är redan för långt bort från mig. Det skulle bli en suddig skugga, eller ett streck. Dessutom ligger mobilen kvar i härbret.

När jag låter träskorna med kippande ljud sjunka ner i den mjuka marken på vägen tillbaka till sängen känner jag ensamheten och något som påminner om rädsla drabba mig med stor kraft. Jag längtar in i gemenskapen och värmen. Innanför dörren sover en annan människa sin nattsömn. Dit in vill jag. Vad är jag rädd för? Det går inte att förklara men ett obestämt svart sjok sveper över mig och får mig att längta in till tryggheten.

Innan jag lägger mig, utan te i magen, drar jag för den kraftiga regeln på dörren till härbret och försäkrar mig om att det är ordentligt låst.

Kapitel 30. Skräcken

En förfärlig tid följer när jag tvingas redogöra, om och om igen, för hur han skadat mig och var. Läkarbesöken dokumenterar vad min stackars kropp utsatts för och utgör bevis för min berättelses trovärdighet. Vid röntgenbesöken upptäcks sådant jag anat, frakturer, inte enbart på min ena arm utan också på den andra. Det blir många sidor dokument, innehållande foton av min söndriga kropp och tättskrivna observationer sida upp och sida ner.

Inför andra skäms jag för vad jag låtit honom göra.

Allt fokus på mig, på min stackars kropp och på mitt mående gör att nätets maskor tonar bort. Som dimslöjor en sommarmorgon drar de sig undan en bit. Men på natten, när jag sömnlös vänder mig om i sängen, bävar jag över styrkan i hans vrede, som når mig i upprepande stötar och får mig att flämta efter luft.

Mitt målsägarbiträde som ska hjälpa mig igenom rättegången, har antagligen varit med förr och blinkar inte ens när min historia rinner ur mig. Jag som hållit tyst i flera år går inte längre att hejdas. Gråtande och snyftande hulkar jag ur mig detalj efter detalj. Tårarna som jag hållit inombords väller fram i floder.

Det är som om allt jag varit med om finns lagrat i hjärnan. De synbara skadorna och ärren hjälper mig också att minnas.

Läkarna och sköterskorna sneglar försiktigt och snabbt på mig i smyg när de tror att jag inte märker. Jag förstår vad de tänker. Herregud! suckar de inombords. Hur kan man vara en sådan idiot att man låter sig misshandlas? Inte en utan många, många gånger lät hon sig bli slagen gul och blå. Vi lever för guds skull i ett fritt land. Varför tog hon inte handväskan och gick ut genom dörren? Hur svårt kan det vara att lämna en man? Varför anmälde hon inte honom tidigare?

Skammen förstärks när jag tar in blickarna och de outtalade frågorna. Men jag är den enda som vet hur det känns att befinna sig innanför ett stängsel, tillräckligt högt för att man inte ska våga andas fritt. De vet inte att min fria vilja togs ifrån mig. Att det enda sättet jag trodde mig kunna överleva på, var att befinna mig tätt intill honom.

Andra har kunskap. Jag är tacksam för den hjälp jag får av kvinnor med förstående ögon som torkar mina tårar, som hjälper mig till ett skyddat boende, som vakar över mig och aldrig sviker.

Jag är på väg tillbaka till honom flera gånger, eftersom jag inte tror att han klarar sig utan mig. Det går inte att förklara men det finns en rädsla inom mig att han inte kan överleva, om jag inte finns nära honom. Det är inte förnuftigt att tänka på det sättet, får jag höra.

Men det är inte heller enkelriktat, även jag tror mig inte om att ha ett fulländat liv utan hans närhet. Allt blir för smått, helt betydelselöst och vad finns det att leva för? Inte ens barnen kan fylla mitt tomrum. Jag har svårt att göra vettiga saker av min frihet. Min synbara frihet.

Skräcken finns hos mig hela tiden över att han ska hitta mitt gömställe och i ett nafs tillintetgöra det nya livet. Är det inte bättre att förekomma och be honom ta tillbaka mig? Hur stor kommer inte hans vrede vara om jag inte visar att det är det enda jag vill?

Jag vaknar kallsvettig tillsammans med Skräcken under vargtimmen och sätter mig upp i sängen när en bultning hörs från ytterdörren, förvissad om att det är han. Men jag befinner mig på ett skyddat boende dit han inte är välkommen. Den som tas emot är en sönderskuren kvinna som, med blod på händerna, framför sig föser två små barn, klädda i pyjamas och med stora förskrämda ögon. Sådana ögon som inte borde existera i en barndom.

Rättegången närmar sig och andningen blir mer ansträngd. Skräcken är på topp.

Tänk om han blir frikänd? Då ligger du illa till.

Jag ligger och våndas på nätterna men sätter upp en bestämd min på dagarna. Är den duktiga flickan igen men på ett helt nytt sätt.

Kapitel 31. Måndag

När jag vaknar är klockan redan över tio. Jag ropar ett nej när jag tittar ut genom det regnstrimmiga fönstret. Ännu en dag med flödande vatten från himlen och inget solsken i sikte. Ångrar Ellen att hon önskade sig regn tidigare? Men om klimatförändringar har hon rätt. Det har varit alltför många dagar med alldeles för kraftigt regn. Klimatet är fullständigt ur fas.

Vägar är avstängda på grund av regnet i mellersta Sverige ser jag när jag kollar nyheterna i mobilen. Ett foto på Lea dyker utan förvarning upp när jag scrollar igenom det senaste som hänt och jag flämtar till. Det är en ansiktsbild. Leende tittar hon in i kameran, solbränd med det vita håret utsläppt och böljande över axlarna. Hon har svartmålade ögonfransar och glänsande läppar, ser främmande ut, mer som en vuxen kvinna än den truliga tonåring jag träffat. Ett arrangerat foto, förmodligen fotat i en studio.

Jag klär på mig, tar de få trappstegen upp till övervåningen för att se om Frida fortfarande ligger i sin säng. Det gör hon och jag väcker henne inte. Hon brukar vilja sova länge på morgnarna medan jag tillhör den morgontidiga sorten. Peter är som jag, som tur är. Konstigt, jag har inte tänkt mycket på Peter.

När jag tar på mig träskorna och springer genom regnet till glasverandan, bestämmer jag mig för att låna en bil för att köra in till Noret i Leksand och köpa stövlar som passar. Det är vanlig vardag idag, måndag. Den första efter midsommarhelgen och affärerna borde vara öppna.

Men när jag kommer in i köket till Elof, som sitter med kartan framför sig, förstår jag att det inte kommer att bli köporgier i färggranna stövlar. Han berättar att vägen till Leksands centrum över Djura också är avstängd på flera ställen. Allt vatten som regnet förorsakat har lett till översvämningar, små vattendrag har vuxit till åar och i sin framfart har vattnet spolat bort delar av vägen. Vi sitter fast i Skogsberg och Österbyn. Polisen kommer heller inte kunna ta sig hit denna dag.

«Jag såg en sak i natt», säger jag efter att ha begrundat läget.

Elof lyfter blicken från kartan han vecklat ut över halva änden av köksbordet och väntar på fortsättningen, medan han skjuter ner läsglasögonen längre ner på näsan vilket innebär att han kan se på mig ovanför glasögonen.

«En man som gick efter vägen», säger jag. «Mitt i natten, runt tre, såg jag honom. Jag kunde inte somna om när jag vaknat och jag gick till huset och satte mig på verandan. Antar att det beror på Lea. Det känns jobbigt att vi inte hittar henne. Det var från verandan jag såg honom.»

Jag häller i kaffe från bryggkaffet som troligtvis har stått på en stund. Det smakar ljummet och beskt. Har de slutat koka kaffe? Det som var gott och hett.

Det får bli te som vanligt.

«Jaha», säger Elof skeptiskt och avvaktande medan han åter intresserar sig för kartan.

«Vad såg du mer?»

«Mannen, jag är relativt säker på att det var en man, smög sig fram efter vägen. Han stannade till och kollade upp mot huset. Sedan fortsatte han. Mitt i natten och regnet. Visst låter det en aning underligt?»

Elof kliar sig i nacken nedanför kepsen.

«Nja, det är jävligt många människor ute och spanar efter Lea. Du vet, de bor i husbilar vid bystugan. Det kan ju vara någon av dem. Folk kan fan inte sova för all stress och vissa går ut en sväng för att kolla om de upptäcker människor som gör mystiska saker. Karl du såg säger säkert samma sak som du fast omvänt. Vet du det var läskigt med det där huset. En kvinna satt och blåstirrade ut i mörkret från en veranda.»

Elof uttalar de två sista meningarna med tillgjord upphetsad röst med sådan inlevelse att han får mig att skratta.

Jag sätter mig bredvid honom och kartan och tar trots allt en klunk av det beska kaffet.

«Nej, du har rätt. Det behöver inte ha med Lea att göra.»

«Fick du reda på mer om bilen du såg förresten? Hyrbilen?»

«De jävlarna vill inte berätta för mig, fastän jag tjatat flera gånger. Av utredningstekniska skäl får de inte ge mig mer information.»

Den sista meningen uttalar han långsamt och suckar uppgivet efteråt.

Han böjer sig ner över kartan på köksbordet igen med glasögonen upp-skjutna på sin plats och följer en linje med den gula blyertspennan. Med bestämda rörelser sätter han ett kryss på papperet.

«Ska du med ut igen?» frågar Elof sedan och börjar bestämt vika ihop kartan.

«Jag ska ta en tur upp på Klotberget. Det finns en led ditut. Du har väl fortfarande inget vettigt att ha på de där jävla blåsorna du har på fötterna som tål vatten.»

«Det finns antagligen stövlar i bystugan» säger jag eftertänksamt. «Jag borde ringa Ellen och fråga. För hon är förmodligen redan där, antar jag?»

Elof nickar.

«Jo, jo. Men räkna inte med att hitta något. Vattentäta kläder och stövlar är för fan hårdvaluta och det är ont om dem. Finns inte ens inne i Noret om man skulle kunna ta sig dit. Det kommer nytt om några dagar men då hoppas man att väderhelvetet är över.»

Jag följer med eftersom jag vill hjälpa till. Det tar emot att gå ut i regnet, men regnkläder har jag fortfarande trots att det knappt finns impregnerade och plastade kläder i världen som efter en tid står emot det vatten som hälls över dem från himlen. Långsamt men säkert nöts materialet ner och vattnet tar sig in. Det blir värst över axlarna där flest regndroppar från skyn hamnar. Igår hade jag ett ok av väta på tröjan när jag tog av mig jackan.

Elof tar vägen upp på berget, denna gång. En helt annan väg än förbi fäbodarna.

Stigen är ordentligt underhållen med barkflisor som fyllnadsmaterial över gropar. Elof gasar på och vi tar oss sakta fram och uppåt. Vid sidan av stigen är det mest höga tallar med bruna kottar högt uppe i de glesa kronorna.

När Elof kört en sträcka, ser jag längre fram en ensam vandrare komma emot oss på stigen. Elof saktar inte in och personen stegar åt sidan in i skogen bort från stigen, i god tid innan vi möts, och vem det än är, försvinner snabbt ur synhåll. Jag hinner inte uppfatta om det är någon jag känner igen, allt sker snabbt och personens huva är dessutom djupt nerdragen över ansiktet.

Elisabeth? Tycker mig känna igen hennes mörkblå regnjacka. Men vad gör hon på väg ner från berget? Är hon ute och letar efter Lea på egen hand? En kvinna i vilket fall, samma späda kroppsform som Elisabeth.

Färden går vidare uppför, tills Elof stannar på en platå och stänger av motorn.

«Kolla utsikten», säger han och jag hoppar av fordonet.

Häruppe är marken fuktig men inte genomblöt, konstigt nog, trots allt regnande. Antagligen beror det på höjden, att allt rinner neråt från berget. Inga pölar på marken, inga fötter som sjunker ner i sankmark. Grå sten syns mellan vita mosstuvor.

Jag tar de få stegen fram till avsatsen. Vyn öppnar sig och jag blickar ut över landskapet nedanför. Trots tunga regnmoln är utsikten fantastisk. Gråblå fläckar, sjöar i olika storlekar, bryter av den skogsklädda gröna vyn. De ser ut som vattenpölar uppifrån höjden. Jag tror mig veta i vilken av dem jag badat redan innan Elof pekar ut den med ett knotigt pekfinger.

«Vad är det du vill titta på här uppe», frågar jag, när jag sett mig mätt på den fantastiska utsikten som skulle ha varit ännu finare i klart väder.

«Nja, vet inte. Men alla jävla stigar behöver betas av och jag har hört att ungdomarna som nån slags tradition stretar upp på berget på midsommarnatten för att se solen gå upp. Ellen sa det.»

«Fast då regnade det som värst. Men jag antar att det är bra att kolla häruppe», säger jag, låter blicken falla ner på vita lavar och mossa som växer på berget.

Vi går åt varsitt håll. Det är snabbt gjort att leta efter eventuella spår eftersom avsatsen inte är stor. En grönmålad bänk finns att sitta på och jag lägger mig på knä i regnet, känner den hårda berggrunden kyla underifrån över underbenen. Under bänken ligger två cigarettfimpar, med de gula munstyckena fortfarande hela. Fimparna kommer att ligga här i evigheters evighet och vara ett bevis på vår tids dumhet. Jag tar upp det som är kvar av cigaretterna och lägger dem i regnjackans ficka. Tobakssmulorna som fastnar på mina blöta fingrar borstar jag av mig.

Fimparna är inte färska och har ingenting med Lea att göra. Hon röker inte men vitt snus nyttjar hon, åtminstone ibland och när hennes mamma inte är med. Det såg jag på midsommaraftonen när hon blev bjuden av Erik.

När jag ska resa mig upp, ser jag bakom bänken en vit kudde lysa upp den gröna omgivningen. Den kan inte ha legat på platsen länge.

Underligt! Jag som nyss tänkte på snus.

«Elof? Någon har slängt en kudde snus här nyligen. Det kan vara värt att ta med.»

Snuset ser ut som Eriks vita snus. Men det behöver inte vara han eller Lea som lämnat påsen efter sig. Det kan vara vem som helst i kompisgänget. Förmodligen snusar flertalet av tjejerna och killarna.

Elof hör mig inte genom regnets bakgrundsstril. Jag ser hans ryggtavla, med den mörkgröna regnjackan, framåtböjd peta i marken med en lång käpp.

Jag går dit och ställer mig bredvid honom.

Den vita mossan har stänk av rött. Stora och små fläckar breder ut sig på en yta av ungefär tjugo centimeter.

«Ojdå», utbrister jag.

«Det kan man jävlar i mig säga.»

Han tar upp en plastpåse ur fickan och tar med handen i påsen upp en bit mossa och vänder påsen, med mossan i, ut och in. Precis som om han plockade upp hundbajs från sitt älsklingshusdjur. Sedan knyter han ihop påsen och stoppar den i fickan.

«Det behöver inte vara blod», säger Elof. «Kan vara ketchup eller vad fan som helst. Finns ju en grillplats längre bort, även om jag inte tror att nån försökte sig på att grilla sent på midsommaraftonen. Då regnade det så in i helvete. Men tidigare på kvällen gick det. Det ser färskt ut även om en del kan ha regnat bort.»

«Men kolla där! Är det en använd kondom?»

Jag går närmare den ihoprullade gråvita gummisaken som ligger på marken till höger om Elof. Han kastar en blick åt det håll jag pekar.

«Visst fan är det en kondom», frustar han. «Några har haft kul häruppe.»

«Eller inte», säger jag med allvarsam blick. «Ge mig en plastpåse tar jag med den», säger jag.

Elof blir stående med ett betänksamt uttryck i ansiktet.

«Det är långt från sjön där Lea var. Lämnar vi ifrån oss det här får polisen lov att reda ut hela byns sexliv.»

«För säkerhets skull. Polisen får avgöra hur de hanterar våra fynd.»

Elof suckar uppgivet, men accepterar mitt resonemang genom att dra upp en påse ur fickan.

«Ge mig en till snuset jag hittade också. Den är nyligen slängd här. Vi får tydligen leka polis eftersom de inte kan ta sig hit.»

Elof hejdar mig med en hand på min axel när vi är klara och jag är på väg att hoppa upp på fyrhjulingen igen.

«Jag har en dotter», säger han och drar ut på varje stavelse när han uttalar meningen.

«Förlåt?»

«Jag har en dotter», upprepar Elof i snabbare tempo.

«Du skojar!»

Han skakar på huvudet men möter inte min blick.

«Det är jävligt komplicerat.»

Jag förstår ingenting. Elof, har aldrig med ett ord berättat att han har barn. Han har låtit mig tro att han är barnlös. Jag vet att Ellen har tre vuxna barn som bor i Stockholm, varifrån hon också ursprungligen kommer. Hon suckar ibland och säger att de ses alltför sällan.

«Ellen och jag är oftast jävligt ense om det mesta. Men det här är nåt som har hänt för länge sen och hon vill komma in och styra och ställa. Jag låter henne för det mesta göra det eftersom det gör henne nöjd.

Hon tycker att jag ska reda ut den här skiten innan det är för sent. Men jag har fan inte gjort fel.»

Vad menar han? Vad då gjort fel?

Han lutar ryggen mot fordonet och sätter händerna i kors över bröstet, som en markering att han har tid att prata. Jag ställer mig bredvid honom och känner plåten från fyrhjulingen kyla ner baksidan av kroppen. Vatten fortsätter ihärdigt att droppa ner runtom oss, ljudet av regn har blivit hemvant, som en ventilationsfläkt. Ett ständigt surrande.

Jag väntar tålmodigt på att han ska fortsätta och förklara sina ord nyss.

«Gerd hette min fru och vi har en dotter tillsammans, som nu har fyllt fyrtio år, Lena.»

«Men varför har du aldrig berättat?»

Jag kastar en blick på hans outgrundliga profil. Han ser inte ut att ha noterat frågan och stirrar rakt fram.

«Jag har inte sett henne på många år», säger han och sparkar upp mossa i en klump med den högra stövelklädda foten. Mossan vänds upp och ner och den svarta undersidan med rottrådarna blir synliga. Elof sätter stöveln rakt över den uppfläkta mossbiten och trampar ner den i marken igen, upp och ner.

«Varför inte det?»

Elof stillnar, suckar och stirrar ut i det tröstlösa regnandet.

«Skilsmässan var en jävla katastrof. Vi bråkade om vårdnaden och det blev domstolen som fick sista ordet. Gerd vann. Hon var förbannat religiös, i alla fall på den tiden. Lena var elva år. Gerd tyckte att det var helt fel att skiljas när man en gång gift sig. Tills döden skiljer oss åt, du vet. Såna jävla floskler.

Det var jag som tvingade fram separationen, jag hittade en annan kvinna, som passade mig bättre. Det var långt innan Ellen och jag blev ihop.»

«Det kan jag tänka mig. Religiös? Det stämmer inte med den Elof jag känner», säger jag.

«Trot eller ej, men jag är för fan född in i Pingstkyrkan, kan man säga. Mina föräldrar var djupt kristna. Det har satt sina jävla spår.»

«Hoppsan!»

«Men jag ville bort från alla helvetesregler. En vacker dag insåg jag att jag inte alls trodde på det jag var lärd sedan barnsben.

Jag ville lämna Gerd men självklart fortsätta att träffa Lena. Men Gerd pratade skit om mig inför Lena och krånglade alltid jävligt mycket när jag skulle ha en helg med kullan. Anklagade mig för incest och gud vet vad. Jag orkar inte ens tänka på all jävelskap hon öste över mig. Det var ett rent helvete kan jag säga dig. Det slutade med att Lena vägrade träffa mig och jag gav till slut upp med att försöka.

Du kanske tycker att jag är ett hopplöst jävla fall, att jag borde ha kämpat men det är inte alltid lätt att få vara pappa när mamman inte vill. Kristna människor som i skydd av sin jävla tro försvarar att man gör idiotiska saker. Hur man säger sig handla rätt i religionens namn.

Lena som är vuxen sedan länge har hört av sig och vill träffa mig. Hon bor i Mora.»

Det var det längsta anförande jag någonsin hört från Elof. Han tystnar och stryker bort en droppe snor från näsan.

«Det är inte långt bort?»

«Nej, det är väl fyra, fem mil dit.»

«Spännande! När ska ni ses?»

Elof suckar.

«Det är för sent», säger han.

«Vad då för sent?»

«Du låter precis som Ellen. Så jävla positiv när allt egentligen är förstört sedan länge. Det är en jävligt dålig idé att ses efter alla år. River upp en massa sår. Hon kommer att anklaga mig för vad vet jag.»

Han slår ut med händerna i en uppgiven gest och ser plötsligt gammal och hopsjunken ut.

Jag är stum och kommer inte på vad jag ska säga. Elof som medlem i Pingströrelsen och som pappa. Han har aldrig berättat om sin dotter och det har inte heller Ellen gjort. Jag kan förstå varför.

«Men du kan få en bra relation med Lena. Det är inte för sent. Fattar du inte det? Om hon vill träffa dig är det förmodligen inte för att ställa dig till svars.»

«Nu vet du», säger han. «Vi åker tillbaka.»

«Det är inte sunt att inte ha kontakt med sin egen dotter. Du beter dig lika dumt som din före detta fru. Har du barnbarn också?»

Men Elof vägrar diskutera mer och sätter sig på plats i fordonet för att starta motorn.

Under hela färden tillbaka sitter jag och bearbetar vad Elof berättat för mig. Det är som om han blivit en helt annan person.

Lena är i samma situation som jag. Ett liv utan sin pappa, med den skillnaden att hon har en pappa i livet. Jag känner mig avundsjuk på henne. Elof, hur kan du vara så dum? En sådan jävla idiot, för att uttrycka sig på Elofs vis.

Elof ringer till en polisman som heter Andreas, tydligen den som leder utredningen och berättar vad vi hittat när vi är tillbaka i köket igen. Andreas är måttligt imponerad av våra fynd och Elof medger för mig, när han återger samtalet, att polisen kan ha rätt.

«Alla som snusat den senaste tiden kan inte bli misstänkt för barnarov. Det där röda kan vara nån smetig helvetes ketchup sa han. Mest troligt att det röda är ketchup som någon burit med sig upp på höjden för att sätta en sträng på en grillad korv. Tyckte det luktade tomat.»

«Kondomen då?»

«Ja kondomen blev de genast intresserade av. Bara vi inte ställt till med elände och alla jävla bybor får lov att lämna dna.»

Han ser ner i golvet med ett bedrövat uttryck i ansiktet.

«Äsch, vi kan inte påverka hur polisen hanterar våra fynd», säger jag. «Det kan inte vi anklagas för. Det enda vi gör är att hjälpa till i utredningen. Allt kan vara av intresse. Vem vet?»

«Det här gör mig jävligt orolig i alla fall, medger Elof och stirrar dystert tillbaka på mig.

På kvällen hos Ellen och Elof, pratar vi om fallet. Elisabeth är inbjuden till middagen, men även Jonas, Elisabeths exman, en stillsam smal man med sorg i blicken.

«Men var kan Lea vara?» frågar jag när jag sitter med de andra och äter spagetti och köttfärssås. «Vad tror du, Jonas? Har Lea hört av sig till dig?» fortsätter jag utfrågningen.

Det är idiotiskt att som första samtalsämne ta upp Leas försvinnande vid matbordet. Antagligen vill de pressade föräldrarna få en stunds ro medan de äter. Dessutom är frågan inte ens relevant. Om Leas pappa visste var Lea finns skulle han knappast sitta här. Jag inser det men kan inte låta bli att peta i såret och låtsas inte om Ellen som rynkar ihop ögonbrynen och ger mig en blick som hon annars sparar för Elof. Minen som säger mig att jag ska lägga av. Men det är för sent.

Jonas ruskar på huvudet och koncentrerar sig på att snurra runt spagettitrådarna på gaffeln.

«Nej, tyvärr», svarar han tålmodigt som om han pratade med ett barn. «Vi skickade meddelanden mellan oss på midsommaraftonen, mitt på dagen. Jag önskade henne trevlig midsommar och fick en tumme upp som svar. Men nu har hon inte mobilen och kan inte meddela sig.»

Suckande släpper han gaffeln, som om det vore för ansträngande att få i sig maten, lutar ryggen bakåt och låter armarna hänga efter sidorna.

Elisabeth är mer samlad. Man kan antagligen inte gå omkring och oroa sig för jämnan. Vänjer man sig vid den ständiga fasan som vilar över ens huvud? Svärdet som när som helst kan falla ner över en.

«Men har det hänt förut? Har hon stuckit tidigare?»

Elisabeth skakar på huvudet med munnen full av mat och tuggar klart innan hon svarar:

«Nej, aldrig någonsin. Men hon är inte hos mig ofta, bara vissa helger.»

«Hon bor vanligtvis hos mig i Nacka när hon går i skolan men jag har aldrig varit med om att hon har rymt», svarar Jonas med sin lågmälda röst och ser bedrövad ut.

«Vad säger polisen? Har de någon teori?» frågar Frida. «Jag antar att de diskuterar med er om vad de tror har hänt.»

«Nej, de famlar i blindo. Vi hittar henne inte trots att alla är snälla och letar», säger Elisabeth och lägger ner gaffeln även hon, med blänk av tårar i ögonen. Hon är inte alls lika samlad som jag trodde.

Ellen, som sitter bredvid Elisabeth, klappar henne tröstande över ryggen.

«Du ska se att hon kommer till rätta», säger hon, men orden ekar ihåligt.

Elisabeth skakar halvt omärkligt till på kroppen och Ellen flyttar automatiskt bort handen med ett förbryllat uttryck i ansiktet.

Innan vi åkte från berget bestämde Elof och jag oss för att inte berätta om våra fynd för Elisabeth och Jonas, framför allt tänkte vi på de röda stänken i mossan. Det är onödigt att skrämma upp föräldrarna mer än nödvändigt. Dessutom har antagligen våra upptäckter ingen som helst betydelse för Leas försvinnande.

Det är svårt att få upp värmen i härbret, trots att vi har elementet på dygnet runt. Vi diskuterar problemet efter middagen. Elisabeth och Jonas har gått hem till Elisabeths hus där Jonas ska sova över natten.

Elof bestämmer att han ska sätta in en kamin till hösten.

«Men inte fan trodde jag att jag skulle behöva värme på sommaren. Det är helt otroligt väder. Först hett som i helvetet, sedan faller skyn ner över oss. Säg för fan ingenting om att det beror på miljöförstöringen.»

Det sista är riktat mot Ellen, som ruskar på huvudet:

«Ja, ja, ja. Till och med du börjar inse allvaret. Men om ni vill tjejer, kan ni flytta in i huset. Det finns lediga och varmare rum på övervåningen.»

Elof öppnar munnen som för att säga något men stänger den igen. Han ser ut som en fisk som kippar efter luft.

Frida tittar på mig som ruskar på huvudet.

Jag trivs bra i härbret och det är skönt med ett eget krypin för Frida och mig.

«Vi stannar i härbret om det är okej för er?»

«Visst.»

Det är i köket som diskussionerna pågår. Jag plockar bort tallrikar från bordet och ställer in dem i diskmaskinen. När jag torkat av det tomma matbordet med disktrasan, kan jag inte hindra en gäspning. Det är dags att sova.

Ellen går runt och pysslar med de rosa pelargonerna på glasverandan när vi ska gå tillbaka till härbret. Det knastrar när hon nyper av vissna blad och kramar ihop dem i handen. Jag känner den speciella doften av pelargon sprida sig i luften.

«Herregud, blommorna börjar ge upp», säger hon. «De klarar inte fukten och kylan. Pelargoner vill ha värme.»

Tillbaka i härbret sitter Frida och jag på sängen, på nedre våningen och dricker te. Den här gången har vi med oss en termos med varmt vatten. Jag berättar för Frida vad Elof sagt till mig uppe på Klotberget. Om dottern Lena, om sitt förflutna inom Pingströrelsen och att han inte vill träffa dottern eftersom han är orolig för vad hon vill med mötet.

«Han kan ändra sig», säger Frida. «Sådant tar tid att bearbeta.»

«Ja, det får man hoppas.»

Frida är tyst medan hon dricker klunkar av teet, uppkrupen i sängen.

«Men hur mår du Sara? Det har gått knappt ett år sedan Henrik dog. Jag antar att Leas försvinnande påverkar dig mer, efter det du varit med om.

Vi trodde båda två att det var någon slags tonårsgrej, att hon skulle komma tillbaka inom någon dag. Men det har hon inte gjort. Det är oroande, eller hur?»

Den här gången är det jag som blir svarslös. Hur mår jag? Som, antagligen hos de flesta människor har jag en inre skvalpig sida. Inombords kan det ibland vara kaos, finnas en oro som kommer och går, som det yttre inte speglar. Mot andra människor vill jag framstå som stabil och trygg, återhämtad efter Henriks hastiga död.

Han blev mördad. Allt det är överspelat säger jag till mig själv när tankarna på honom dyker upp. Jag vill inte tänka bort honom men i mina minnen vill jag frammana Henriks avslappnade gestalt sittande i den vita soffan med ett ben uppdraget under sig. Hur han ler mot mig när jag kommer emot honom, hur han drar ner mig i soffan vilket får mig att hamna i hans knä, medan han omfamnar mig och skrattar mjukt. Minnesbilder från våra få år tillsammans dras fram i ljuset och granskas i detalj. Sådant jag inte såg när vi bodde tillsammans.

Hjärnan skyggar inför den bild som etsat sig fast inuti pannbenet av det allra sista minnet av Henrik. Kroppen jag upptäckte på hallmattan och den fasansfulla kniven instucken i ryggen. Han låg på en matta där nya mönster bildats av blodet som runnit från såret. Min största fasa är att upptäcka ännu en kropp, Leas.

Jag kan inte säga det till Frida, min allra bästa vän. Det går inte. Hon skulle tro att jag åter är den nervösa varelsen som jag en gång var när Henrik dog.

«Det är okej med mig», säger jag därför.

Frida nickar eftertänksamt medan hon stadigt ser på mig en stund. Jag viker inte ner blicken, lyfter i stället upp hakan för att se mer bestämd ut.

«Död eller levande», säger hon prövande, som om hon kunde läsa mina tankar. «För hon kan vara död, även om Elisabeth och Jonas konstigt nog inte tror det.»

«De vill förmodligen inte tro det värsta. Men det ser inte bra ut. Många dagar har gått.»

Jag gör mig av med den tomma muggen genom att ställa den på golvet.

«Om hon är ordentligt gömd kanske kroppen aldrig återfinns.»

Naturen runt byarna ger intryck av att vara oändlig, skogarna milsvida och sjöarna djupa. Allt detta såg jag från Klotberget. Det måste vara enkelt att gömma en kropp i naturen utan större möjlighet för någon att någonsin hitta den. Är inte det den värsta fasan av alla, den att hon aldrig kommer tillbaka levande och att inte heller en kropp upptäcks? Jag hoppas att hon snart går omkring bland oss levande igen men om hon är död vill inte jag vara den som upptäcker kroppen.

«Polisen borde ta sig hit på något sätt och kolla upp mossan», fortsätter jag. «Vi behöver få veta om det är blod och vems blod det kan vara. Men de verkade ointresserade av det Elof hittat.»

Jag har berättat för Frida om våra fynd och hon reagerade som Andreas, polismannen. Vem som helst kan ha varit på berget under midsommaren, sa hon. Särskilt om det är en tradition att gå upp dit för ungdomarna.

«De kan inte kolla upp allt som slängs i skogen. Eller alla röda stänk och kondomer», säger Frida.

Hon kan ha rätt. Vi letar i blindo efter Lea och jag byter ämne.

«Men vem är det som smyger omkring på natten? Mannen jag såg betedde sig som om han inte ville bli upptäckt.»

Frida har fått en rapport om vad jag såg förra natten när jag inte kunde sova.

«Ju mer jag tänker på det desto underligare blir det. Om jag inte suttit ute på verandan tror jag att han gått upp mot huset. Han kan ha upptäckt mig även om jag inte tände lampan på verandan och det var i det fallet min närvaro som hindrade honom från att ta sig vidare.»

«Det kan vara någon som är nyfiken av sig. En journalist gör vad som helst för att komma nära och få en bra bild.»

«Men vem kan fota mitt i natten i hällande regn?», säger jag.

«Det måste vara Elisabeth han var intresserad av, antagligen var han på väg till hennes hus. Du har inte kollat om det finns inslag på nyheterna som visar en bild från natten?»

«Nej, det finns inget nytt. Inte dem jag har kollat på nätet i alla fall. Inget som har koppling till mannen jag såg. Inga nattliga bilder, inga spekulationer.»

Tills natten blir dag fortsätter våra funderingar. Då äntligen är vi tillräckligt trötta för att lägga oss.

Men jag har svårt att somna och ligger och tänker på Lea. Finns hon någonstans i djupa skogen? Inlåst i ett utrymme ingen ännu hittat eller ligger hennes döda kropp på marken med regndroppar som faller och faller, i strid ström, tills hennes blonda hår mörknat av väta?

Kapitel 32. Kärleken

Jag fattade inte hur hon kunde göra mig detta. Det var som en mardröm alltsammans som jag trodde att jag skulle vakna ur varje morgon. Vi som älskade varandra och hade ett bra liv tillsammans. Vad fick henne att hitta på alla dessa lögner om mig?

I häktet var jag övertygad om att jag skulle bli frikänd. Jag avgudade henne, det borde hela världen kunna se. I vårt förhållande hade jag haft hennes bästa i tankarna, väglett henne, hjälpt henne till ett bra liv med mig.

Det var som ett skämt alltsammans, att jag var inlåst och inte fick träffa henne. Jag frågade min försvarsadvokat, en helt värdelös nervös man med långt nackhår, om varför hon inte besökte mig i häktet. Hon måste sakna mig lika mycket som jag saknade henne. Advokaten stelnade till och svarade inte. Jag upprepade frågan.

«Du ska inte tänka på henne nu. Vi ska koncentrera oss på att mildra straffpåföljden i möjligaste mån.»

«Straff? Jag har inte gjort något fel. Det är hon som ska straffas för att hon låter mig gå igenom det här.» svarade jag och slog ut med högerarmen för att visa på det orättvisa i situationen.

Då suckade den stackaren och jag funderade allvarligt på om det var möjligt att byta försvarsadvokat.

Nästa gång vi sågs var det få dagar kvar tills rättegången skulle starta.

«Har du pratat med henne som jag bad dig? Berättade du hur mycket jag saknar henne?» frågade jag den värdelösa människan när han dök upp i dyr kostym och bakåtkammat hår.

«Den möjligheten finns inte i nuläget», svarade han på sitt juristspråk och jag hade en enorm lust att klappa till honom rakt över det självbelåtna ansiktet.

«Idag ska vi gå igenom rättegångens turer för att göra dig ordentligt beredd.»

Jag tvingades bita ihop och lyssna till hans torra stämma när han berättade om vad som väntade. Det var på det sättet det gick till i det här landet. Man blev oskyldigt anklagad för misshandel och hamnade bakom lås och bom. Jag var säker på att det skulle bli ett frikännande men min advokat som borde veta bättre trodde inte på det. Han menade att den långa häktningen pekade på att det fanns mycket som visade på att jag var skyldig.

Skyldig? Till vad? Till att ha älskat en kvinna över allt förstånd? Okej, jag smällde till henne en och annan gång men det var hon som provocerade mig till det. Vid vissa tillfällen gick det inte att prata förstånd med henne, få henne att göra det jag ville. Då fanns det ingen annan utväg än att slå. Det måste ändå domstolen förstå.

Kapitel 33. Tisdag efter midsommar

Det regnar fortfarande. Det är underligt hur man anpassar sig till naturens krafter. Jag tycker inte längre att det är det minsta underligt att allt är fuktigt, rått och kallt. Byn har blivit annorlunda än när jag första gången såg den i brännande solsken. Baden i sjön är ett minne blott. Hur obekymrat och enkelt var inte livet för några dagar sedan, då det enda målet var att för en stund svalka sin heta kropp i vatten.

Även klimatångesten som växte sig ännu starkare när värmen låg på dag efter dag har tonat bort i fjärran. Inte för att det inte längre finns anledning att oroa sig, för det gör det naturligtvis. Regn, dag efter dag, millimeter efter millimeter fylls på i vattenmätaren som Ellen tömmer och noterar varje morgon. Men hon nämner i förbifarten dygnets resultat, utan kommentarer. Vi har helt enkelt inte ork att engagera oss i annat än att söka efter Lea.

När vi och andra bybor inte är med i letandet håller vi oss inomhus. Eldar i öppna spisar, vedspisar eller kaminer. Ute är vi iklädda dessa blanka färggranna regnkläder och stövlar. Röda, gula, gröna eller blå som låter när vi rör oss med gnisslande, prasslande ljud. Man blir svettig innanför det vattentäta tyget när man rör sig i terrängen.

Men det är svalt både ute och inne och vi drar in lera och smuts i huset. Elof eldar och det elektriska elementet går för fullt i härbret.

Vägarna ut från byarna är fortfarande avspärrade från motortrafik. Det kommer att ta tid säger en representant från Leksands kommun på nyheterna och bekräftar att ännu fler vägar i området inte går att köra på.

Men polisen har bestämt sig för att ta sig till Skogsberg med terrängfordon får vi höra. Fordon som tar sig förbi hinder i form av vattendrag och myrar.

«Det kan gå», säger Elof. «Willy har tipsat polisen om hur de bäst tar sig uppför de jävla backarna.»

Det känns tryggt att de är på väg. Vi är som i ett laglöst land, annars.

Missing People ger inte upp. Oförtrutet letas det vidare efter Lea. Elisabeth är med, Leas pappa, Jonas också.

Jag har äntligen fått låna ett par stövlar som passar mina läkande skavsår. Det är Cathrin som letat fram ett par i min storlek. Hon har inventerat Willys förråd, säger hon när hon kommer till bystugan och räcker mig de röda stövlarna. Jag blir överlycklig och kan äntligen göra nytta i sökandet.

«Ska du med själv?» frågar jag Catrin, när vi gått ut igen för att fortsätta sökandet, med huvorna på som skydd för regnet.

«En stund hinner jag nog», säger hon, och följer med vår grupp när vi går till samlingsplatsen. «Sedan måste jag hem och hämta mer torra matvaror. Det är slut på pasta i bystugans kök men vi har massor hemma.»

Ellen hjälper fortfarande till med att laga mat till alla som ställer upp i sökandet. Hon brer mackor och står ofta vid spisen i bystugan. De som är ute och söker efter Lea från Missing People, sover över i bystugan eller hos någon bybo som har sovplats över. De har inget val, kan inte ta sig från Skogsberg.

Det är en stämning i byn av gemenskap som känns fint. Alla behöver hjälpas åt och de flesta bidrar på sitt sätt.

Elof söker av stig efter stig, skogsväg efter skogsväg. Men det känns tröstlöst alltsammans. Ingenting händer och ingenting nytt kommer fram om Lea.

Media spekulerar i om det är positivt att inga spår efter henne upptäcks, att hon kan vara vid liv men sedan kommer en lång beskrivning av det motsatta. Men hon kan vara någon pervers typs leksak. Det alternativet vill jag inte läsa om, inte tänka på.

Jag skyndar med huvud sänkt förbi journalisterna som flockas på gårdsplanen utanför bystugan, hur de nu kunnat ta sig hit på vägar som det inte går att köra på. Men de låter sig tydligen inte hindras av översvämmade bäckar. Det gör det antagligen ännu mer spännande att höra livereportage från en by, isolerad från omvärlden.

En och annan gång haffar en journalist någon från sökteamet för att höra vår åsikt om Leas försvinnande. Men det är inte mig de jagar denna gång utan det är i första hand Elisabeth och Jonas de vill intervjua. Jag ser inslaget på nyheterna senare på kvällen och hör Elisabeth vädja till den som sitter inne med upplysningar om Lea att höra av sig.

När Frida och jag på tisdagens eftermiddag är i bystugan och äter soppa, ser jag hur Erik vid bordet bredvid med hungrig min slevar i sig sked efter sked.

Han märker min blick men låtsas inte om den och är snart på väg mot utgången. Tydligen ska hans grupp ut igen och leta.

Jag genskjuter honom i min iver att få kontakt. Med den tomma tallriken i hand, låtsas jag som om jag ska fylla på soppa, och stöter avsiktligt in i honom på hans väg mot dörren.

«Oj, ursäkta», säger jag.

«Ingen fara», rabblar han utan att stanna upp.

«Har du kommit på något mer om Lea», frågar jag efter hans undflyende rygg.

Han svänger runt, som om han först nu noterar vem jag är, mitt i raden av människor på väg ut genom dörren. Ansiktet är slutet, avvisande.

«Men kan du ge dig! Jag har berättat allt för polisen. Det finns inget mer att komma ihåg.»

«Det är en sak jag vill fråga dig. Du använder vitt snus eller hur?»

Jag ser genast att han blir på sin vakt, men att jag väckt hans intresse.

«Kom», säger jag. «Vi kan prata här.»

Med handen visar jag till ett tomt hörn av matsalen. Motvilligt följer han med mig när jag drar ut en stol och sätter mig ner. I en utdragen rörelse gör han samma sak som om han genom att fördröja sittandet visar att han inte gör detta frivilligt.

«Varför frågar du om snuset? Vad handlar det om?»

«Har du varit uppe på Klotberget? Jag hittade nämligen en kudde vitt snus längst upp på berget. Det såg färskt ut. Jag ska lämna den till polisen när de kommer hit.»

Han skrattar, närmast road och jag skymtar en lättnad i ansiktet.

«Och? Är det förbjudet att gå upp på berget?»

«När var du där?»

«Det har inte du med att göra. Alla går upp dit på midsommar.»

«Du var alltså på berget på midsommarafton? Har du berättat det för polisen.»

Med en häftig rörelse reser han sig upp.

«Vad i helvete har du med det att göra?»

Men jag ger mig inte. Jag ska ta reda på sanningen. Eriks sätt att reagera visar tydligt att han vet mer än vad han har sagt om Lea.

«Var Lea med dig?»

«Jag har inte varit där. Vad får du det ifrån.»

«Men nyss sa du...»

Erik står fortfarande kvar, även om jag är beredd på att han när som helst ska rusa ut.

Det jag vill avslöja för honom ska inte noteras av någon annan i rummet, även om risken är minimal. eftersom alla är fullt upptagna med varandra och med att äta. Men jag reser mig upp för att komma närmare Erik och böjer mig fram mot hans ansikte. Rörelsen får honom automatiskt att rygga bakåt.

«Vi tog med en använd kondom från berget. Är den också din?» viskar jag.

Då springer han ut genom dörren och innan jag hunnit reagera är han försvunnen. Borde jag rusa efter och be honom förklara sitt beteende och fråga honom vad kondomen innebär?

Men hans sätt kan inte missförstås. Det är troligtvis han som slängt snuset uppe på berget, vilket han inte medgav men heller inte förnekade, eller möjligtvis kan det vara Lea.

Vad mer har de haft för sig? Sex? Inte alls underligt och det behöver inte innebära att Erik har med Leas försvinnande att göra. Men frågan är om han har informerat polisen om vad han haft för sig på berget?

Allt sker inom mindre än en minut och jag står kvar och ser mot dörren när Frida dyker upp, med två ångande kaffekoppar i händerna.

«Vad är det?» säger hon. «Du ser ut som om du sett ett spöke.»

Jag berättar om mötet med Erik.

När jag är klar och våra kaffekoppar är urdruckna, hörs ett ljudligt brummande utifrån. Polisens bandvagnar. En lättnad breder ut sig inom mig. Polisen måste få reda på mitt möte med Erik och hur han reagerade när jag berättade om sakerna vi hittat uppe på berget. Jag ska inte agera på egen hand.

Var har de hittat dessa konstiga fordon? Finns de i ett förråd att ta fram när kriget kommer eller är det militärens fordon som sällan används eftersom få gör militärtjänst numera? Det hörs ett muller på avstånd och vi väntar medan oljudet ökar i styrka. Människor reser sig från sina stolar, går fram till fönstren och tittar ut.

De grönfärgade fordonen stannar på parkeringen vid bystugan och vi går ut tillsammans med de andra i vår grupp, ställer oss i ring runt de två fordonen.

Ur hoppar fyra män klädda i polisuniform. De ser sig omkring tills två ledare för Missing People går fram till dem.

Finns det tillräckligt många poliser i lilla Leksand eller har de beordrat in flera från andra ställen i Dalarna? I söndags såg jag bara två uniformsklädda poliser.

«Är det någon som heter Andreas här?» frågar jag medan jag närmar mig cirkeln av människor, bestående av poliser och ledare från Missing People.

En kille ser upp, ropar ett här och viftar med ena armen mot mig. Jag stegar fram till honom, ser att han är i min ålder.

«Jag behöver diskutera en sak med dig och lämna över vissa saker vi hämtat från berget. Elof har ringt till dig om det. Det vi hittat finns i närheten, i Elofs och Ellens hus. Ska jag hämta sakerna och ge till dig?»

Han ser ut att fundera en stund.

«Om du väntar en timme kan jag följa med dig och hämta sakerna. Du kan berätta det du vill ta upp samtidigt.»

Jag nickar, säger att Elofs och Ellens hus ligger nära bystugan.

«Då följer jag med mitt gäng och söker i terrängen under tiden», säger jag.

«Okej», nickar han. «Vi ses om en timme.»

När jag är tillbaka efter att ha deltagit i sökandet letar jag upp Andreas igen. Poliserna håller till på övervåningen, berättar man för mig och jag går uppför trappan i bystugan. Flera polisklädda män sitter vid ett bord där datorer och papper trängs.

Andreas nickar igenkännande åt mig.

«Visa vägen. Jag följer dig», säger han.

Jag går före och han efter på grusvägen mot Elofs och Ellens hus. Det går inte att gå i bredd eftersom fordon hela tiden passerar oss.

Han ser imponerande ut, både vad gäller längd och bredd men det är mest kläder tror jag. Tjock jacka, vindtäta byxor, kraftiga kängor som säkerligen tål vatten.

När vi kommer ut på infartsvägen och närmar oss gården går vi i bredd. «Var det svårt att ta sig hit?» frågar jag.

«Nejdå. Det gick ganska bra», svarar han, med ett leende som dröjer sig kvar vid mitt ansikte som om jag vore utsatt för ett prov, en granskning endast han känner till.

Känslan av att jag borde fly från den här mannen kommer över mig från ingenstans, som om jag var på väg att gå rakt i en fälla. Du är inte riktigt klok, säger jag till mig själv, men kan inte hindra att rodnaden sprider sig över mina hettande kinder.

Hans sätt får mig att bli medveten om varje steg jag tar, varje uttryck i ansikte och en osäkerhet kommer över mig hur jag ska bete mig, som om jag vore tonåring igen, öga mot öga med klassens favoritkille.

«Men jag har aldrig varit med om att behöva ta fram specialfordon under den tid jag jobbat som polis. Berätta nu!»

Men du lär inte ha jobbat som polis länge, tänker jag säga men gör det inte. Jag får känslan av att han är tankeläsare när han lägger till:

«Inte Stefan heller och han har varit med länge.»

När vi kommer fram till huset, har jag redogjort för mitt möte med Erik, hur jag konfronterat honom med fynden från berget. Andreas lyssnar till min berättelse men kommenterar inte. Med lugn och stabil röst får han höra mig berätta om snuset som kan vara Eriks och den använda kondomen, som också kan vara hans. Jag lyckas låta vettig och sansad när jag håller mig till ämnet.

«Vi har fått hans redogörelse tidigare», säger han när jag öppnar dörren till huset.

«Men jag fattade det som om han sagt att han varit vid sjön hela kvällen», säger jag. «Inte uppe på berget.

«Jag ska uppdatera mig om vad han tidigare berättat för oss», säger Andreas. «Eventuellt får vi prata med honom igen.»

Andreas kastar en blick på påsarna med bevisföremål och stoppar sedan ner dem i en av sina stora fickor. Vi förblir stående i köket. Han alldeles innanför köksdörren, fullt utrustad med kängorna på och jag längre in i köket, i strumplästen.

«Ja, men bra», säger jag. «Ni kollar upp dna och sådant eller hur? Erik agerade som sagt konstigt.»

Redan när orden kommer ut känner jag hur dumt det låter och säger idiot tyst till mig själv. Det är klart att de ska kontrollera eventuellt dna. Vad ska de annars ha sakerna till? Men den här mannen får mig ur balans.

Är det hans sätt att se på mig? Det speciella leendet som hela tiden finns i mungiporna, beredd att sprida sig över hela ansiktet. Ett leende jag inte kan tyda. Han är här som polis, för att söka efter en ung tjej som försvunnit. Det är inte det minsta roligt.

Han är solbränd, vilket kan tyda på att han turistat i ett varmare land än Sverige, eller att han vistats utomhus under värmeböljan. Den del av sommaren som bleknat bort och försvunnit.

Han nickar i alla fall åt mina patetiska ord.

«Det tar tid», säger han. «Tyvärr är det inte gjort i en handvändning och det är ett problem i sig att vi tvingas vänta på resultat.»

«Vill du ha kaffe?» kommer jag mig för att fråga, eftersom han lugnt står kvar innanför köksdörren.

Han har inte bråttom tillbaka, för att fråga ut Erik och kolla upp bevisen jag lämnat. Bevis som kan innebära att Erik är mer skyldig än vad han låtit polisen förstå.

Andreas lutar sig till och med mot den tapetklädda väggen, som om han hade all tid i världen och vinklar ena knät ut från kroppen.

«Tack gärna», säger han. «En kort paus går bra. Sedan måste jag jobba vidare. Ruggigt väder, eller hur», fortsätter han. «Fattade det som om du är i Skogsberg på semester. Han som ringde om fynden berättade det. Synd att vädret blev som det blev.»

Den näst sista meningen lägger han till, antagligen som ett svar på mitt frågande ansiktsuttryck.

«Ja, jo», säger jag, sköljer ur kaffekannan och tar nytt vatten ur kranen. «Men det har varit konstigt väder hittills under sommaren.»

Jag häller vatten i kaffebryggaren från kannan men är ostadig på handen. En del av vattnet hamnar utanför. Fan också! Med disktrasan torkar jag snabbt upp pölen. Jag missar i alla fall inte den lilla komposthinken som Ellen har på diskbänken, för det använda filtret. Den är full och borde tömmas men jag trycker ner filtret, med kaffesumpen ovanpå halvruttna salladsblad. Ellen har en egen kompost ute som ska bli fin jord. Jag har lärt mig rutinerna sedan jag kom hit.

När jag hällt i nytt kaffepulver, knäpper jag på bryggaren och vänder mig om. Andreas har satt sig på en köksstol med kängorna kvar på fötterna. Det kan inte hjälpas. Man kan inte begära att en polis tar av sig skorna. Den blöta jackan har han i vilket fall lämnat på glasverandan, snyggt upphängd på en hängare.

«Vad tror du om Leas försvinnande?» frågar jag som hunnit bli mig själv under tiden jag pysslat med kaffet. Andreas strålglans kan inte nå mig med full kraft med ryggen vänd från honom.

«Det finns ingenting som tyder på att ett brott har begåtts», säger Andreas mekaniskt, som om han rabblade en ramsa.

«Hon kan ha försvunnit frivilligt. Det som är en aning underligt är att hon lämnat kvar mobilen.»

«Mm, och bankkortet», kompletterar jag.

Bryggaren börjar droppa kaffe i kannan. Jag sätter mig mitt emot Andreas medan doften av kaffe sprider sig i köket.

«Jag kan inte avslöja detaljer om utredningen. Men i nuläget vet vi tyvärr inte tillräckligt. Vi har inga spår, inga bevis för varken det ena eller det andra.»

Hans ord rabblas fram som om han vill påminna sig själv om att inte prata för mycket. Glittret i ögonen dämpas och han anlägger en allvarlig min när han ser på mig.

«Nej, det är klart», säger jag medan jag vänder mig om för att se hur långt kaffet kommit. Det är inte färdigt än.

«Men vi är självklart tacksamma för alla tips. Från dig, och vad heter han som bor här?»

«Elof», fyller jag i.

«Ja, Elofs fynd, är vi tacksamma för. Självklart ska vi ta en pratstund med Erik igen om hans agerande inte stämmer med den tidigare redogörelsen.»

Han fingrar på den tomma muggen som jag placerat framför honom. En hand håller han om handtaget och den andra om koppen samtidigt som han vickar den tomma koppen fram och tillbaka med ett tankfullt uttryck i ansiktet.

«Ska du inget ha?» frågar han när han upptäcker att jag själv inte har någon mugg.

«Nej, jag har fått nog med kaffe för i dag», säger jag.

«Man letar efter Lea i regnet, när man gjort sitt pass kommer man in i bystugan för att värma sig och dricka kaffe. Sedan är det dags igen. När man är tillräckligt genomfrusen kommer man tillbaka för att äta mat och dricka kaffe. Mycket kaffe blir det.»

Han skrattar och ler stort mot mig, lättad över det mer allmänna ämnet kaffedrickande. Jag måste värja mig mot kraften som riktas mot mig. Den generösa munnen med mjuka läppar. Under tre sekunder stirrar jag fascinerat på dessa inbjudande läppar, med handen höjd, beredd att låta pekfingret leta sig dit för att känna.

Med en kraftansträngning lyckas jag ta mig samman och resa mig upp för att se om Ellen har en hembakad kaka jag kan bjuda på. När jag greppar händerna om en rund plåtburk för att öppna, flyger locket skramlande ner på golvet. Jag granskar innehållet. Doften av vanilj når mina näsborrar. Det ligger en halv sockerkaka i burken.

«Vill du ha?» frågar jag och håller fram för att han ska kunna se innehållet.

«Gärna», säger han och plockar upp det runda locket från golvet och räcker det till mig.

Jag tar ur den gyllengula sockerkakan och skär upp en lagom bit till honom på skärbrädan. Inte för liten och inte för stor tänker jag och räcker över den i handen. I stressen glömmer jag bort att jag borde lägga den på en assiett. Han förvirrar mig, gör mig oförmögen att utföra normala sysslor.

Mycket långsamt, för att förhindra att kakan faller isär i smulor, plockar han det jag erbjuder ur min hand. Jag känner hans varma fingrar snudda vid min handflata och stötar går rakt genom kroppen ända ner i underlivet. Det är tur att jag har ansiktet naturligt nerböjt över våra händers möten, för om jag skulle tvingas se rakt in i hans ögon, skulle jag avslöja mig direkt. Men jag håller andan och blundar för att ta in varje sekund.

Allt sker i ultrarapid, som om världen saktat ner, som om dyrbara minnen ska få tillfälle att lagras. Jag sväljer, förvirrad över min reaktion och med ryggen mot honom, gnuggar jag handflatorna mot varandra för att få ner smulorna från sockerkakan i diskhon. Det är förvånande att jag fortfarande kan stå på de darrande benen.

Andreas slukar kakan och jag följer honom med blicken när han äter och önskar att jag kunde vara en sockerkaksbit i hans stora trygga hand.

Vad är det som händer? Håller jag på att falla för en man jag knappt har träffat? En polis dessutom. Skärp dig! säger jag till mig själv.

Peter då? Du har ett ansvar för Peter. Men har jag det? Jag känner inte ett uns av samvetskval när jag tänker dessa tankar. Jo, det snärtar till i mitt inre av skuld men den lilla snärten förminskar inte glädjen som hotar att spränga mitt bröst vid åsynen av Andreas.

Jag tycker om att ha honom nära.

Det som sker i köket kan jag omöjligt styra över. Andreas äter kaka och sörplar kaffe på ett sätt som gör mig matt. Hela jag reagerar som en solros som vänder sig mot solen. Den vill ha mer.

Hans telefon ringer och han ursäktar sig. När han svarat går han ut på verandan, jag hör honom mumla medan stegen vandrar fram och tillbaka över trägolvet.

Obeslutsamt blir jag kvar i köket, men trycker sedan av kaffebryggaren. Koppen har Andreas med sig ut. Ska jag vänta på att han blir klar med sitt samtal eller ska jag gå tillbaka till bystugan?

Andreas fortsätter att vanka runt på verandan medan han pratar i mobilen och jag passar på att gå på toa.

I spegeln stirrar ögon emot mig, som helt uppenbart vill ha en man de inte borde vilja ha. För att dämpa de blossande kinderna, skvätter jag kallt vatten på dem. Som om det skulle behövas. Det går lika bra att låta regnet kyla ner ansiktet. När jag kommer ut från toaletten står han alldeles utanför dörren, med blicken i sin mobil. Jag går in i honom och fattar om hans arm för att inte ramla.

Han greppar min armbåge för att stötta upp mig.

«Oj, förlåt», säger jag. «Jag visste inte …»

Att du stod där tänker jag säga men hejdar mig.

«Jag måste tillbaka», säger han. «Ska du med?»

«Nej, jag behöver byta om», ljuger jag, för jag kan inte tillbringa mer tid med honom. Att gå sida vid sida med honom och ha honom nära är mer än jag klarar. Jag måste smälta alltsamman, förstå vad det är som pågår mellan oss eller åtminstone inom mig. Allt kan förresten vara inbillning och jag måste komma till sans.

När han stängt dörren efter sig, sjunker jag ner på en stol och kippar efter andan.

Jag är inte mig själv. Letar jag omedvetet efter någon att hålla mig i när Peter och jag inte är tillsammans längre? En polis vore ett utmärkt val, en man att lita på.

Nej, jag kan stå på egna ben intalar jag mig men mina rörelser avslöjar mig. Medan jag andas djupa andetag håller jag hårt med båda händerna om den mugg han druckit ur. Det finns en aning kaffe kvar i botten och jag suger i mig det som om det var lustgas. Jag är förlorad men vill inte erkänna det ens för mig själv. Det har ingenting hänt, intalar jag mig, i ett försök att slå bort de tydliga signaler som hans närvaro skickar rakt in i min kropp.

Kapitel 34. Skräcken

Jag ser honom sitta och titta ner i bordet under tiden åklagaren med tydlig röst läser upp det han anklagas för. Trycket över bröstet lättar när jag häpen upptäcker att han är fråntagen sin auktoritet. Precis i den stunden är jag inte rädd för honom men jag vet att det kommer andra dagar. Det finns människor som skyddar och hjälper mig. Han kommer inte åt mig i rättssalen. Tanken svindlar, är för otrolig för att riktigt gå in, att det är han som gjort det otillåtna och inte jag.

Trots Skräcken som vill vråla högt och rusa ut från salen, när hans ögons strålar skapar brännmärken på mig, vågar jag svara med normalt röstläge på frågorna om vårt förhållande. Kuvad i systemet reser han sig inte ens upp för att protestera.

Det finns en mängd bevis och många vittnen, sådana som åklagaren och mitt målsägarbiträde hjälpt mig att ta fram. Människor runt mig som sett och hört men inte förmått, eller tillåtits agera.

Mina arbetskamrater är här. De säger sig ha varit oroliga under en lång tid, försökt prata med mig, medan jag viftat bort deras försök. Mamma och min syster vittnar om att kontakten brutits på mitt initiativ.

«Eller egentligen hans», säger mamma och ser på mig med en blick jag aldrig kommer att glömma.

«Det var han som styrde henne.»

Min bästa väninna gråter över min olycka och över våra missade möten.

Jag häpnar över alla de resurser som hela tiden funnits runt mig och som jag aldrig sett, aldrig förstått att jag kunnat ta hjälp av. Varför var det i strandhuset som jag fattade mitt beslut om att äntligen säga nej till honom? Jag kunde ha flytt långt tidigare, utan att spränga lungorna ur mig på en öde strand.

Det är svårt att förstå sig på mig och mitt agerande, inser jag när jag lyssnar på alla vittnesmål. Hur kunde jag låta honom göra mig detta, orsaka sådana skador på kropp och själ? Jag gråter över den människa jag blivit under tiden med honom.

Vacklande rör jag mig fram och tillbaka mellan hans makt över mig och min nya fria vilja. Än är jag stark som en oxe som ska ta mig igenom det här och komma ut på andra sidan stolt och helad, än är jag en havreåker efter en hagelstorm, krossad och bruten. Bojorna runt kroppen försvinner inte trots att jag kämpar som en furie för att bli hel.

Vi får vänta på domen, en kort nagelbitande tid innan det skoningslösa utslaget kommer. Under tiden sitter han häktad, ett gott tecken, säger advokaten.

Med svarta bokstäver på vitt papper visar hon mig vad straffet innebär för honom och för mig. Denna gång är det han som ska sitta bakom lås och bom. Jag har fått respit i två år och under den tiden hoppas jag att jag ska kunna botas från mitt beroende av smärta och elände.

Kapitel 35. Tisdag kväll

Jag sitter nyduschad, fortfarande omtumlad, efter mitt möte med Andreas och äter ugnsbakad ekologisk kyckling, som Ellen tinat upp från någon av de två frysarna som finns i huset. Ris serveras till.

«Elof får annan mat när han kommer», förklarar Ellen.

«Kyckling gillar han inte. Han kommer att gnälla om maten när han satt foten innanför dörren. Helst vill han ha vilt, men jag kan tycka att det är skönt att bryta av ibland. Det är tur att vi har en massa mat i frysen och en fulltankad bil. Plus en fyrhjuling. Det är den som används mest», lägger hon till och tar mer av riset.

Ja än räcker den mjölk som finns hos Ellen och Elof men det är inte mycket kvar. Vi hjälps åt att ransonera och jag har slutat ta mjölk i kaffet. Det finns en bonde i Skogsberg men de har inga mjölkkor. Mjölk och annan färskmat kommer att bli en bristvara när man inte kan ta sig till affären.

Polisen har sagt till Ellen att det ska transporteras mat till bystugan med bandvagn, till dem som letar efter Lea. Om det dröjer innan vägarna repareras kommer Coop och Ica att köra fram butiksbussar till Dala Järna-vägen, för att göra det möjligt för folk i Skogsberg och Österbyn att ta sig ner dit för att handla. Det går att köra ner till den större vägen med fyrhjuling, via omvägar i terrängen runt de översvämmade bäckarna, men inte med en vanlig personbil.

Två av grannarna har problem med vattnet. Det har regnat i flera dagar och den stora vattenmängden har gjort att avloppen har svämmat över och förorenat vattentäkterna. Som tur är finns naturliga källor i skogen, men därifrån måste vattnet transporteras långa sträckor. Det gäller att vara sparsam med det rena vattnet. Det finns inget kommunalt vatten i Skogsberg och Österbyn. Varje hushåll har egen brunn och eget avlopp.

Röster hörs utanför och Elof dyker upp i köket. Men han kommer inte ensam. Redan när jag hörde stegen på verandagolvet, insåg jag med bestörtning att det är Andreas han har med sig.

«Oj fan», säger Elof. «Har ni redan ätit? Jag som har med mig en gäst.»

Han går i strumplästen fram till järngrytan på spisen och lyfter på locket. Ellen himlar med ögonen åt oss för att visa att hon vet vad som ska komma.

«Men jävlar! Är det här det enda som finns?»

Ellen nickar som om hon fått bekräftat det hon visste skulle hända.

Andreas står avvaktande och en aning road kvar strax innanför dörren.

Jag vågar knappt titta åt hans håll och är tacksam för att jag sitter med ryggen åt dörröppningen. Jag är spänd som en fiolsträng. På en sekund intar jag någon slags försvarsställning, beredd på vad? Som en soldat mitt i stridslinjen, som väntat på signalen, rätar jag på ryggen och knyter händerna som ligger i knät. Kniven och gaffeln har jag redan släppt ifrån mig på tallriken.

«Det är klart att det finns annat», säger Ellen, som lugnt sitter kvar på sin stol, utan att rusa upp och ställa saker och ting till rätta.

«Det ligger älgfärsbiffar på ett fat i kylen. Värm på dem om du vill ha.» Elof går vidare till kylskåpet och öppnar dörren.

«Men du kanske vill ha kyckling?» frågar Ellen vänd mot Andreas.

«Allt går ner en sådan här dag», svarar han och ler tacksamt mot henne. «Skönt att vara inomhus.»

«Kom och sätt dig!» fortsätter Ellen, reser sig upp och klämmer in en stol vid bordet mellan mig och Frida.

Andreas böjer sig ner och tar av sig skorna denna gång. Med stort besvär snör han av sig kängorna och går i strumplästen fram till bordet. Frida och jag flyttar automatiskt våra stolar åt varsitt håll, för att ge honom plats. Jag känner hans kropp avge ångande värme bredvid mig. Jag står inte ut och skulle vilja rusa härifrån. Men jag förmår inte röra mig.

«Är det okej att Andreas sover över här?» frustar Elof ur sig vänd till Ellen, efter att ljudligt snutit ur snor i näsan på ett papper har ryckt från hushållsrullen. Han tar sedan fram biffarna ur kylen, sätter på plattan och ställer en stekpanna ovanpå.

Å nej! Jag känner förtjusningen sprida sig, samtidigt som rädslan hoppar runt i lemmarna. Ödet föser mig fram på den upptrampade stigen. Det är inte jag som styr.

«Men självklart» säger Ellen, som satt sig ner igen, utan att förstå vilket stort beslut detta är.

«Jag ska bara göra i ordning, men vi har ju gott om plats. Om tjejerna fortfarande sover i härbret trots vädret går det bra?»

Hon tittar frågande från Frida till mig och vi nickar hummande. Visst kan vi fortsätta sova i härbret. Elof tar fram en tallrik till Andreas som han ställer framför honom.

«Varsågod!»

Andreas reser sig, går fram till spisen och tar kyckling ur grytan. När han åter satt sig vid bordet, öser han upp ris på tallriken från kastrullen som står på bordet. Tallriken är rågad när han lägger tillbaka skeden. Jag får liv i högerarmen och skjuter salladsskålen åt hans håll och han plockar åt sig av grönsakerna med en tacksam nick åt mitt håll.

«Vad vill du dricka?» frågar Elof. «Vill du ha en öl?»

Han viftar med en brunfärgad flaska av den lokala sorten, som han nyss plockat ur kylskåpet.

«Vad dricker du?» frågar Andreas mig och greppar ölflaskan för att vrida etiketten åt sitt håll.

«Det är samma som den här», säger Elof och räcker över flaskan han hållit i handen till Andreas.

Jag sväljer, men lyckas nicka.

«Den är god», klämmer jag ur mig.

«Ni blir kvar i byn antar jag?» frågar Frida med oskyldig röst. Hon har inte fattat vilken man hon sitter bredvid.

Andreas vänder sin strålglans mot henne och jag gnisslar i tysthet tänderna. Hoppas att Frida inte är mottaglig. Hon har sin nya kärlek i Göteborg, Kristoffer och borde inte falla för Andreas. Men vem kan motstå honom? Tanken på alla tjejer som faller som käglor gör mig yr.

Jag fryser när han är vänd bort från mig. Med en kraftansträngning brottar jag ner förbjudna tankar om honom. Ambivalensen jag känner i att vilja vara nära men samtidigt rädda mig från den underliga makt han har över mig, får mig att vilja störta upp från matbordet och rusa ut i regnet.

Men ingenting av det gör jag. Stel och seg förblir jag sittande. Förmågan att röra mig och att få ur mig sansade ord är starkt begränsad.

«Det är krångligt att ta sig fram och tillbaka mellan Skogsberg och Leksand, därför bestämde vi att jag stannar för att det alltid ska finnas en polis på plats om det skulle hända någonting dramatiskt. De andra åkte tillbaka. Tanken var att jag skulle sova i bystugan på golvet tillsammans med folk från Missing People. Vissa har också husbilar som tur är. Men när Elof erbjöd sig …»

Han slår ut med händerna.

«Skönt att sova i en säng.»

«Jo det förstår jag. Men vad tror ni? Har det kommit fram något nytt var hon kan vara?»

Frida ställer samma frågor som jag gjorde tidigare idag.

«Vi undersöker olika möjligheter men ingenting konkret har vi ännu», svarar Andreas, och börjar stoppa in den ena kycklingbiten efter den andra i munnen utan att titta upp. Han är hungrig, för alltsammans sker i högt tempo.

«Har du pratat med Erik igen? Frågat honom vad han gjorde på berget?» fortsätter Frida sin utfrågning.

«Tyvärr inte. Vi har inte fått kontakt med honom än», hörs Andreas röst medan han koncentrerar sig på tallriken, vars innehåll minskar märkbart för varje tugga.

«Vad då? Är han försvunnen?» får jag ur mig i en förvånad utandning.

Ellen, Frida och jag ser häpet på varandra med höjda ögonbryn och där-efter på Andreas, som nickar medan han fortsätter att skyffla in mat i den omättliga munnen. Den enda som missat informationen om Erik är Elof, isolerad som han är från våra diskussioner, av fläktens höga brus.

«Herregud! Tänk om det ändå är han!»

Ellen uttrycker den åsikt som vi andra tänker.

Andreas tar en paus från ätandet. På tallriken finns det kvar enstaka riskorn, svåra att få upp, eftersom de är utspridda över porslinsytan. Han sträcker sig fram för att greppa ölöppnaren med pekfingret. Kapsylen på ölflaskan ramlar ner på bordet med ett klirr och Andreas klunkar i sig av vätskan.

«Vi ska lysa honom imorgon», meddelar Andreas efter att ha släppt ut ett rapande läte. Han ser med ens osäker ut, inte alls lik den polis jag mötte tidigare idag.

Elof stänger av fläkten och går fram till bordet med ett belåtet leende i ansiktet medan han tittar ner på tallriken.

«Här ska ätas jävligt go mat», utbrister han, sneglande på Ellen, beredd på mothugg.

När han inte får någon uppmärksamhet från någon av oss ser han sig förvirrat omkring.

«Erik har stuckit», säger Ellen förklarande.

Jag inser med ens att det är mitt fel. Varför berättade jag om fynden på berget för honom? Det var inte speciellt smart av mig. Den hemligheten borde jag ha hållit för mig själv och gett polisen möjlighet att agera. Jag är någon slags hybrid, ett mellanting mellan snokande privatperson och glappkäftad skvallrare. Polisen borde ha fått tid på sig att undersöka fynden men innan dess gav jag Erik möjlighet att fly.

«Men Max då? Hans bror. Vet han var Erik finns?» frågar Ellen.

Andreas ruskar på huvudet.

«Jag ska nog inte ge er mer information i nuläget», säger han på ett irriterande sätt, lutande sig tillbaka i stolen med den halvfulla ölflaskan i handen. Mer polis igen, tillbaka i rollen.

«Det kan vara värt att kolla upp fäboden», säger jag eftertänksamt och noterar Elofs förvånade min.

«Nilsbodarna? Men det fanns för helvete inga tecken på att någon varit där?»

Jag skruvar på mig. Elof har antagligen rätt. Men jag är fundersam över den vita toarullen som såg ut att ha satts in på dasset senast igår. Ansiktet i fönstret eller det som kunde ha varit ett ansikte gör mig också förbryllad.

«Man skulle behöva ta sig in för att kolla ordentligt», envisas jag. «Vi kunde inte öppna dörren eftersom vi inte hade någon nyckel.»

«Fast vi glodde ju för fan in genom fönstren. Vad såg du som inte jag såg?» säger Elof skeptiskt.

Jag berättar om toarullen och om ansiktet i fönstret.

«Och det säger du först nu?» utbrister Elof som helt övergett sina älgbiffar och i stället slår ut med händerna mot mig.

«Äsch! Jag är inte säker, mer en känsla bara, men det är någonting som skaver med det stället. Alla förhängen var noga fördragna över sängarna och framför diskbänken vilket innebar att det inte gick att se minsta glimt av vad som fanns innanför. Jag vet inte …», avslutar jag med en suck.

Andreas lyssnar med en fundersam rynka mellan de mörka ögonbrynen och tar ytterligare en klunk av ölen.

«Vem äger stället?»

«Det är Eriks och Max mamma och hennes syskon», informerar Ellen. «En hel drös med folk som samäger men som sällan vistas i fäboden. Om de gick dit skulle de fatta hur illa det är ställt med stället. Ja ni såg ju själva», fortsätter hon och tittar menande på Elof och mig.

«Det håller på att falla ihop tyvärr», säger jag.

«Hm. Det låter intressant», säger Anderas fundersamt.

«Vi får åka dit imorgon bitti», bestämmer han och ställer ner den tomma ölflaskan med en lätt duns. «Vi väntar på förstärkning först.»

«Sara, du får hänga med och visa var det ligger. Vi tar vår fyrhjuling som vi transporterat hit.»

Ett stort beslut tas och jag ryser inombords. Inte nog med att han ska sova femtio meter ifrån mig i natt. Imorgon kommer jag att befinna mig ensam med honom på en fyrhjuling och förmodligen sitta tätt bakom hans rygg. Tänk om vi också tillsammans finner lösningen på Leas försvinnande.

Kapitel 36. Skräcken

Det tar tid att vänja mig vid ett liv utan honom. Jag skulle behöva fråga om vilken sorts jacka jag behöver köpa när hösten närmar sig och om jag borde begära löneförhöjning. Små och stora beslut måste fattas, flera per dag och jag vet inte längre hur man gör. Det var han som visste. Jag har glömt hur livet är när man själv har ansvar för det. Som ett förvirrat barn utan föräldrar känner jag mig. Utan riktning och mål i mitt liv.

Han sitter bakom lås och bom och han ska absolut inte få besök även om en del av mig ännu vill vara nära honom, längtar efter honom, som han en gång var. Jag tränar mig på att bli självständig och under tiden retar sig människor i min omgivning på att jag för undfallande och att jag går med på allt de föreslår. Jag har aldrig en bestämd åsikt om någonting, oavsett ämne.

De tror att jag är som förr, att det är lätt att plocka upp mitt gamla liv innan honom och fortsätta framåt. Men enkelt är det inte. Han har stuvat om mitt inre, vilket innebär att osäkerhet råder över vad som är rätt och fel. Förr tog jag politisk ställning i allvarliga debattämnen, läste på och kunde övertyga meningsmotståndare med rimliga argument. Det är ingenting som intresserar mig idag och jag ids inte tycka någonting alls. Svart och vitt existerar inte i min värld, enbart grått. Jag har blivit likgiltig inför allt.

Konsekvensen blir att jag drar mig undan sociala sammanhang och håller mig för mig själv. När barnen hälsar på försöker jag gottgöra allt ont de varit med om. Det fungerar inte speciellt bra. Livet med honom har fortplantat sig och även drabbat dem. Jag våndas av samvetskval över att jag som mamma inte kunnat ta hand om dem, inte skyddat dem bättre.

Barnen är inte nöjda med mig trots att jag anstränger mig, gör deras älsklingsrätter och köper presenter, vackert inslagna med krullade band. Gåvor som de borde ha fått för flera år sedan på sina födelsedagar, men som han inte tillät mig att överräcka.

Ingenting hjälper. Alla ansträngningar möts med misstänksamhet. Jag har förlorat deras förtroende för alltid.

På kvällarna gråter jag över allt som blev fel men bestämmer mig för att jag ska bli en bättre människa imorgon. Men den morgondagen kommer aldrig. Nästa dag är lika grå och seg som den igår. Nej värre, eftersom den energi jag vaknar med förtvinar och förminskar för varje dag som går. Hur ska jag orka leva?

Jag försöker att vara lycklig men misslyckas. Alla är glada över att jag äntligen kom bort från honom och att jag kan leva mitt liv som jag vill. Men det finns ett problem kvar. Jag har ingen vilja längre. Den är utsuddad. De osynliga, de tätt vävda trådarna stramar för varje steg jag tar, begränsar mig och gör mitt liv svårt.

Han håller mig fortfarande fängslad och kontrollerad trots att vi inte har någon kontakt alls. Varje gång jag måste bestämma någonting är min första tanke vad han skulle ha velat att jag gjorde.

Hur ska jag någonsin mer kunna lita på mig själv? Jag som frivilligt försatt mig i en situation som var ett fängelse för själen. Som jag älskat honom, nej älskar honom, över allt förstånd, allt förnuft, ända upp till himlen, ett uttryck som används flitigt i alla Facebook-inlägg jag inte läser. Nej, jag är ingen person jag kan luta axeln emot när benen skakar.

Kapitel 37. Onsdag

Nästa dag vid frukosten gör Andreas och jag upp planer för fäbodturen. Men det blir inte jag som sitter bakom honom, eftersom den fyrhjuling som polisen transporterat med till byn är upptagen med annat. Jag antar att den används till att leta efter Erik på andra ställen än fäboden. Vi tar Elofs fordon och det är jag som kör.

Andreas finner sig i det. Jag trodde att han skulle övertala mig att ge styret till honom, men han försöker inte ens. Utan att komma med andra förslag sätter han sig snällt bakom mig, och håller sig fast genom att greppa i fordonet på sidan av sitsen.

Jag försökte komma undan färden tillsammans med Andreas. Varför inte Elof? Han kan trakten bättre. Men Elof har annat för sig, oklart vad och dessutom var det mitt förslag att kontrollera fäboden.

«Det är bra om du är med och visar vad du såg förra gången», säger Andreas.

Jag resignerar och kör ut i skogen med oss båda. Jag har vissa problem att komma ihåg vägen och tvekar om jag ska svänga höger när skogen tätnar. Men Elof har repeterat hur jag ska köra och med det i minnet kommer jag rätt. Förbi timmervältorna med cirklar av årsringar, markerade i varje träd. Trots fukten i luften går det att känna doften av färskt trä.

Om det finns minsta tecken på att Erik och Lea kan befinna sig vid fäboden ska vi avvakta, har Andreas försäkrat mig. Utan att fråga förstår jag att Andreas inte tror att vi kommer att träffa på Erik och Lea vid fäboden. Det är av den anledningen vi kör dit ensamma. Hur vi ska ta oss in har han inte berättat för mig, men jag utgår ifrån att han fått nyckeln av Max, Eriks bror. Man kan inte vara säker på att Max inte varnat sin bror, om Erik har fäboden som gömställe. Men telefonsamtal går att kontrollera senare antar jag.

Vi når fram till husen, placerade i vinkel och jag saktar ner och stannar fordonet framför ytterdörren på boningshuset, precis som Andreas bestämt att jag ska göra när vi i förväg planerade färden.

Andreas hoppar av fyrhjulingen och sträcker sin långa kropp upp mot taket bredvid ytterdörren.

Aha! Tänk om Elof och jag vetat det.

Han håller fram nyckeln, ungefär en decimeter lång, som var inkilad under taket och får in den i nyckelhålet. När han fått den i rätt läge vrider han runt och dörren är öppen.

Jag tittar nyfiket in i rummet medan jag trängs bredvid Andreas, vars kropp täcker större delen av dörröppningen. Men rummet är tomt. Ingen Lea och ingen Erik.

«Du får visa vad du såg förra gången», instruerar Andreas innan vi kliver över den höga tröskeln som har urgröpningar från tidigare slitage av fötter som gått in och ut i århundraden. Det är lågt i tak och Andreas huvud snuddar innertaket.

«Ser det likadant ut idag? Tänk igenom och berätta högt för mig. Det är bäst att vi står kvar alldeles innanför dörren för att inte riskera att kontaminera eventuella bevis.»

Jag låter blicken glida från höger till vänster genom rummet.

«Som jag sa var draperierna längs sängarna helt fördragna. Man kunde inte se rakt in i den nedre sängen som nu. Någon har varit inne i huset och dragit isär förhänget.»

Täcket i den undre bädden har ett påslakan i blommigt tyg över sig. Det är vikt åt sidan som om någon nyss klivit upp. Kudden i samma material ligger på sin plats i ena änden, som en kudde ska. Lakanen ser fräscha ut, som om det bäddats rent nyligen.

«Något annat?» säger Andreas som står precis bakom mig. Jag kan känna hans varma andedräkt träffa mitt bakhuvud och får svårt att koncentrera mig.

Jag blundar och försöker tänka. Varför tog jag inte upp mobilen och fotade rummet förra gången? Viktiga bevis kan ha förstörts på grund av min tanklöshet.

«Nej», säger jag. Men jag undrar vad som finns bakom förhänget vid diskbänken? Det ser likadant ut som förra gången. Helt fördraget.»

Andreas tränger sig förbi mig, tar de få stegen fram till köksbänken vid den andra väggen. Han har fått på sig blåa plasthandskar, utan att jag märkt det. Med en bestämd rörelse böjer han sig ner och drar isär förhängena under bänken, gjorda av grovt linnetyg.

Hinken har lämnat ett tomrum efter sig på de gamla golvbrädorna. Man kan se en rund fuktfläck från spillt vatten.

«Inget här», säger han.

«Men någon har varit här tidigare och ställt en vattenhink precis på den platsen», säger jag och känner spänningen av upptäckten ila genom blodet.

Andreas studerar fuktfläcken, tittar på hyllorna som innehåller gamla spruckna kaffekoppar utan fat, ett antal repiga dricksglas och tallrikar av äldre årgång.

«Det vore bra om vi kan hitta dna», säger Andreas. «Jag ska se till att det tas prover.»

Jag är glad att jag kan vara med om att lösa gåtan med Leas försvinnande. Har hon vistats här borde det gå att få fram.

«Det tar sån helvetes tid bara», säger Andreas och låter som Elof. «Med att få fram resultaten av dna menar jag. Men vi kan eventuellt få förtur. Det här är ett prioriterat fall.»

Han vrider huvudet från ena sidan till den andra för att skanna av rummet och går sedan till den öppna spisen, med gråsvart aska samlat i en hög tillsammans med ett svartnad vedträ. Med askrakan, som han tar ner från en krok vid sidan av den öppna spisen drar Andreas fram och tillbaka i askan. Det virvlar upp små gråa moln av stoftet.

Sedan vänder han sig om och granskar bordsskivan, sätter sig ner på huk och tittar igen.

Vad är det han letar efter? Jag följer hans blick och upptäcker samma sak som han. Smulor. Små rester från mat. Dessa smulor, som vi oftast vill ha bort från bänkar och bord i köket. Någon har inte varit lika ordentlig i detta rum. Brödsmulor, osynliga på den gropiga bordsskivan om man inte granskar den noga.

«Vi går ut», säger han, lägger en hand på min axel och föser mig ut genom den öppna dörren.

Jag lyder, trots att det inte känns skönt att gå ut i regnet igen, men vi ställer oss under takutsprånget alldeles utanför ytterdörren och slipper på det sätter droppande vattnet. Först då tar han bort handen, som värmde rakt igenom regnjackan.

«Det måste ändå vara Erik som varit här?» påstår jag. «Han är den mest troliga eftersom han vet var nyckeln finns.»

Andreas rycker på axlarna, tar upp mobilen ur fickan.

«I en by kan många känna till var nyckeln finns», säger han sedan och knappar in ett nummer.

Jag hör honom be någon komma för att samla in bevis. Han bryr sig inte om att jag står nära och hör vad han säger.

När han avslutat frågar jag:

«Men visst är det misstänkt, i synnerhet nu när Erik försvunnit? För ni har inte hittat andra spår efter honom?»

Andreas sätter upp händerna framför sig.

«Du är en intelligent person och förstår att jag som polis inte kan berätta för dig vad jag vet eller inte vet. Det vore tjänstefel.»

Det hejdar mig inte från att ställa fler frågor till Andreas.

«Men tror du att Erik är skyldig till Leas försvinnande? Kan Lea och Erik ha varit uppe på berget tillsammans?»

Jag får inget svar från Andreas som vänder sig bort från mig för att se ut i regnet som prasslande faller ner i grönskan, på träden och buskarna. Vi är ensamma, långt ifrån andra människor. Skogen står tät runt om oss. Det är enbart den lilla gläntan runt husen som inte är skogbevuxen.

«Du kan åka hem», säger han till mig.

Det känns som ett avvisande, fastän det förmodligen inte är tänkt att vara det, utan ett sätt för honom att meddela att jag har fullgjort mitt uppdrag.

«Jag stannar här och väntar tills mina kollegor kommer.»

Det skulle jag också vilja göra. Inte enbart för att vara tillsammans med Andreas utan också för att jag gärna vill se hur polisen arbetar. Finns det saliv kvar på brödresterna som det går att få dna från? Eller är det porslinet, det gamla uttjänta som ska kontrolleras? Jag skulle också vilja fråga Andreas om polisen tänker bevaka fäbodstället, för att se om den som vistats i huset kommer tillbaka. Men jag inser det meningslösa. Han kommer inte att svara.

«Jag kan vänta tills de andra kommer», säger jag, som om Andreas vore otrygg här i skogen, fastän det är jag som inte kan slita mig från honom. Men vem vet, om en mördare eller en kidnappare går fri kan vad som helst hända. Vi kan i denna stund befinna oss i fara.

Han ler, som om det jag sagt var roligt och släpper den professionella blicken.

Vi står sida vid sida under takutsprånget. Det droppar runt omkring, men inte på oss för tillfället.

«Synd att det är sådant uselt väder», säger jag.

Andreas nickar.

«Ja, verkligen! Om det varit torrt ute hade det varit lättare att säkra spår.»

«Kan hundarna inte hitta dofter när det regnar?» frågar jag av nyfikenhet.

«Det är svårare i alla fall. Men vi får inte fram vart Lea tagit vägen. Det kan bero på att hon frivilligt stigit eller tvingats in i en bil till exempel men det kan också vara helt andra orsaker till att vi inte hittar spår efter henne.»

«Bil?»

Är det trots allt en dåre som av en tillfällighet kört förbi henne på vägen, tvärbromsat, efter att ha sett den smala, ensamma tjejen i regnet och erbjudit henne skjuts, som hon tacksamt accepterat, trots att hon inte var långt hemifrån, säker på att ingen velat skada henne ute på landet? Men varför hittades mobilen på stigen ner mot sjön där man inte kan köra bil? Sedan är det hennes bikini som återfanns i skogen, långt från stigar och bilvägar. Vad betyder det? Varför ta hennes bikini med sig från sjön?

Det blir tyst. Andreas svarar i mobilen två gånger och när han avslutat det sista samtalet börjar jag känna mig obekväm. Som om jag avlyssnar någons hemliga möten.

«Det är bäst att jag kör tillbaka. Du har mycket att göra», säger jag, beredd att gå till fyrhjulingen som hela tiden översköljs av trummande regn mot plåt.

Han tittar upp på mig från mobilen, stoppar den i fickan igen, ler och trampar upp och ner. Jag ser tvekan i hans blick. Sedan kommer det.

«Är du ledig i kväll?»

Kapitel 38. Skräcken

Skräcken håller sig lugn efter domen, är tillräckligt stillsam. Jag märker knappt av den. Det är över åtminstone för en tid. Blundande manar jag fram bilden av honom. Det skulle jag inte ha gjort. I det ögonblicket börjar Skräcken sträcka på sina lemmar och jag inser att jag inte borde tänka på honom, hur han har det i fängelset. Men jag kan inte hejda mig.

Han sitter på en bäddad säng i ett trångt avlångt utrymme. Förutom sängen finns skrivbord och en stol med rak rygg. Men han använder inte stolen utan sängen, lutar sig framåt med de starka händerna placerade på var sida om huvudet. Blicken är riktad ner i det inte helt dammfria golvet. Han blir kvar i samma position en lång stund medan han försöker koncentrera sig.

Har han sina egna kläder på sig? Jag är osäker på vilka regler som gäller i fängelset. Tvingas alla interner ha på sig grå mysbyxor och en vid tröja i fel storlek? Ser alla likadana ut när de går omkring på rastgården? Om detta är fallet, att han inte ens får ha sina privata byxor, är hans makt bruten. Han är en man med stort intresse för kläder och har en egen säker smak.

Vilande en stund på sängen i det lilla rummet med övervakningsluckan i dörren, suckar han när han släpper ner händerna från ansiktet. Han kan inte begripa hur han hamnade i ett rum, låst utifrån. Med en ogillande min stryker han med händerna över de grå byxornas mjuka tyg. Ja, jag ser att han har samma kläder som alla andra.

Vilka alternativ finns det för honom att komma åt mig? För det är mig han har i tankarna trots att vi är många mil ifrån varandra. Det är min förskyllan att han är inlåst. Vreden strålar ut från honom, vidare genom fängelsebyggnadens väggar och ut i luften tills det når ända fram till mig som ringar på vattnet. Jag känner av hans rastlösa energi, hur han smider sina planer.

Det är lättare att dra in syre i lungorna där jag befinner mig, utanför grindarna som tidigare låste in mig, luften är renare men jag är inte fri, känner mig inte som en vinnare. De skira trådarna runt kroppen är starka och sammanflätade och håller mig kvar i sitt grepp.

Kapitel 39. Onsdag fortsättning

«Va?» säger jag.

Andreas ser ner på sina grova kängor. Med en skämtsam glimt i de bruna ögonen möter han min förvånade blick.

«Jag tänkte att vi kunde dricka en öl tillsammans.»

Orden uttalas mer som en fråga än som ett påstående och inte utan en viss osäkerhet i tonen.

Dricka öl? Det gör vi ändå vid middagen om du fortsätter att sova över hos Ellen och Elof säger jag inte. Han vill ha en dejt med mig mitt i allt elände, mitt i regnet, mitt i Leas försvinnande, mitt i hans viktiga arbete. Är det ens tillåtet? Han är polis och jag är ett vittne i ett fall som inte är löst.

Mitt hjärta börjar ändå rusa. Ansiktet blir varmt och jag känner hur jag rodnar.

«Hur ska det gå till?» frågar jag skeptiskt.

Är det ett skämt? Det måste det vara för hur ska vi kunna ha ett möte på tu man hand. Vi kan inte träffas ute. Det kalla och fuktiga vädret kommer att fortsätta enligt meteorologerna. Ska vi åka runt på en fyrhjuling i regnkläder och ha det mysigt? Tända levande ljus i härbret med Frida antingen snarkande eller lyssnande ovanför oss. Det finns ingen dörr mellan över- och undervåning och allt vi säger kommer att höras upp till henne.

Vi kan knappast stämma träff på en pub. Inne i centrala Leksand finns det ställen att gå på men hur skulle vi ta oss dit och hem? Med bandvagn?

«Och förresten har du förmodligen inga öl med dig», säger jag, för att sammanfatta tankarna i praktiska problem.

Andreas skrattar och ögonen ler varmt mot mig. Han skulle kunna lysa upp ett helt köpcentrum.

«Jodå, en av mina kollegor har handlat åt mig. Jag ringer dig om det är okej?»

Jag protesterar inte och kan därför anses ha accepterat arrangemanget. För trots att jag borde säga nej, förmår jag inte göra det. Det finns ingen som helst möjlighet, allt motstånd är borta. Innan vi skils utväxlar vi mobilnummer med varandra.

Resten av dagen är jag nervös. Funderar på att skicka ett sms till honom och säga att det är omöjligt att träffas. Hur skulle det gå till utan att hela byn vet vad vi gör?

Men jag sparar hans mobilnummer i adressboken för att jag ska upptäcka om det är han som ringer, om han gör det. Han kan ha insett att det är galenskap och ångrat sig.

All oro blandad med förväntningar håller jag för mig själv. Frida borde vara den jag anförtror mig till och vanligtvis gör jag alltid det. Hon vet allt om mig. Men om hon anade de nyväckta känslorna för Andreas och förväntningarna på det eventuella framtida mötet, skulle jag göra henne besviken.

Hennes största önskan är att jag och Peter hittar tillbaka till varandra. Peter är också hennes vän sedan gymnasieåren och under tiden jag var tillsammans med Peter, före och efter Henrik, umgicks vi alla tre. Men tiden med Peter är förbi för alltid. Varför skulle jag annars bli förälskad i en annan man?

Peter och jag har en paus från varandra. Vi är inte tillsammans och ingen kan begära att jag ska gå och längta efter honom. Det är en gammal kärlek, en gammal Sara. Peter är den perfekta pojkvännen, tycker alla andra, men vad hjälper det. Lugn och stabil men han är inte längre min stora kärlek.

Jag är rädd och nervös. En eld har börjat brinna i mig, en känsla som får mig att bete mig ryckigt och spattigt. Under lunchen, petar jag i maten. Frida frågar hur det gick i fäboden och jag berättar att polisen håller på att säkra spår. Men vi vet inte om det är någon som har med Leas försvinnande att göra som varit i fäboden. Det kan vara betydelselöst i sammanhanget och vi kommer i vilket fall att få vänta på svaret.

«Men jag har tänkt på en annan sak», säger Frida, och stoppar min färd framåt genom att lägga en hand på min axel.

Vi är på väg till bystugan för att delta i sökandet igen.

«Ja, vad då?»

«Erik kan ha försvunnit eftersom han är rädd för att bli anklagad för sexuellt utnyttjande av minderårig eller till och med för våldtäkt.»

«Nu hänger jag inte riktigt med.»

«Kondomen som hittades på berget. När du berättade om den försvann

Erik från byn. Tänk om han och Lea haft sex, frivilligt eller inte, men det spelar mindre roll eftersom hon är fjorton år och han betydligt äldre, nitton tror jag. Man får inte ha sex med en person som är under fjorton år om man själv är över femton.

«Men har ungdomar koll på det? Alltså hur lagstiftningen fungerar?

Frida rycker på axlarna.

«Någon som vet, kan ha upplyst honom om vad som gäller.»

Det går inget vidare med skallgången. Frida har varit med i sökandet tillsammans med Missing People på förmiddagen. Alla stigar närmast sjön är kontrollerade. Inga föremål plockas upp från marken för att presenteras som bevis för att Lea varit på platsen.

Hur länge ska vi hålla på? Det märks att det finns en misströstan i gänget, som också glesnat betydligt. En del har fått hjälp att ta sig från byn och lämnat sina fordon kvar. Parkeringen vid bystugan är full av bilar och husbilarna som blivit stående i väntan på att vägarna ska bli farbara igen.

Kvart i fyra ringer Andreas. Jag hade hunnit hoppas att han inte skulle höra av sig, att han ångrat sitt förslag. Han kan vara gift, eller nej. Det finns ingen ring på hans finger, men sambo kan han vara. Jag vet inte, har inte kollat upp honom, eftersom jag inte ska göra det. Vi är inget par, ska heller inte bli ett par. Den här dejten ska inte leda vidare. Jag är på väg in i händelser som jag inte borde gå in i men än har ingenting hänt, försvarar jag mig med.

Jag kan knappt andas när jag svarar på hans signal. Som tur är går jag ensam i regnet på väg från dasset, när mobilen vibrerar i regnjacksfickan.

Även Ellens och Elofs avloppssystem fungerar dåligt i och med regnvädret. För säkerhets skull går alla i huset på utedasset i stället för att använda vattentoaletten.

«Ja», säger jag och sätter kurs mot härbret.

Frida är inne i huset för att förbereda middagen. Vi två ska laga maten ikväll eftersom Ellen är upptagen i bystugan. Elof är som vanligt ute och kontrollerar vägar och stigar. I härbret kan jag vara ifred med mitt telefonsamtal.

«Hej, det är jag. Andreas», säger han, som om jag inte visste det.

Hjärtat pickar på medan jag håller andan.

«Hej», säger jag, efter en alltför lång paus då jag måste lugna ner mig själv.

Inne i härbret stänger jag omsorgsfullt dörren efter mig genom att skjuta för den tunga regeln. Försiktigt andas jag ut och in för att låta normal på rösten, inte forcerad.

Jag hoppas att Frida inte kommer för att se vart jag tog vägen. Men hon är nog fullt upptagen med att göra i ordning pizzadegen vi bestämt oss för.

«Ska vi ses ikväll då?» frågar Andreas.

Jag fattar fortfarande inte hur vi ska kunna vara tillsammans och dricka öl, han och jag i avskildhet och det säger jag.

«Hur då?»

«Jag vet ett torrt ställe.»

Han skrattar till och fortsätter.

«Vi ses vid vägkorsningen klockan nio.»

«Okej», säger jag, kan inte annat. Det finns ingen som helst möjlighet för mig att säga nej.

Resten av dagen grubblar jag på hur jag ska kunna smita från de andra. Dasset går alltid att ta till men man kan inte låtsas vara på dass i flera timmar, max en halvtimme kan jag vara borta innan någon reagerar. Jag kan säga att jag ska ringa till Peter och gå ifrån en stund, men det känns som ett svek både mot Peter och mot Andreas. Det är problemet med att bo tillsammans med andra. Man har alltid koll på var varje person befinner sig. Det går inte att ha hemligheter.

Vi äter den hemmagjorda pizzan som vi fått bra smak på genom att lägga på kryddiga korvar skurna i mindre bitar. Till och med Elof smakar, även om han inte tycker att det är någon riktig mat. Jag sitter på min vanliga plats med Andreas på ena sidan och Frida på den andra.

Elof skojar och blir helt klart upplivad av att ha en man att prata med. De kommer fint överens, han och Andreas.

Ellen ser trött ut, men jag är för uppskruvad för att fästa avseende vid det. Det är flera än hon som är missmodiga och som misströstar inför att återfinna Lea. Många dagar har förflutit sedan hon försvann. Ellen har tillbringat långa slitsamma dagar i bystugan och orken börjar säkerligen ta slut. Hon är trots allt snart pensionär.

Frida försöker få mig att engagera mig i en konversation om gemensamma vänner, som hört av sig till oss med anledning av Leas försvinnande, men eftersom jag svarar enstavigt ger hon snart upp.

Signalen jag väntat på, kommer när Andreas säger att han måste gå till bystugan för att planera morgondagen med dem av kollegorna, som fortfarande är kvar. Klockan är kvart i nio. Jag bryter upp strax efter, säger att jag är trött och ska lägga mig. Det är inget ovanligt. Jag är kvällstrött. Frida kommer inte att lägga sig ännu på drygt två timmar och när hon sent på kvällen gör det, ska jag se till att ligga i sängen i härbret.

Rustad med regnkläder och stövlar går jag ut i regnet, förväntansfull och nervös på samma gång, inför vad som väntar.

Vägkorsningen?

Det måste vara infartsvägen in till oss från den större vägen och jag går i den riktningen. På långt håll ser jag den mörka långa gestalten. Han håller en plastkasse i handen. Öl? Inte direkt det jag längtar efter precis. Dessutom har jag redan druckit en halv flaska till middagen. Varmt te hade varit ett bättre alternativ.

«Hej», säger han, när jag kommit närmare. Det är en systempåse han har i handen. Regnet vräker ner över hans långa kropp, rinner över kanten på regnhatten med breda brätten.

«Hej», säger jag, och möter hans intensiva och roade blick som om han dagligen stämmer träff med en kvinna i regnet. Vad ser han i mina ögon? Oro och misstänksamhet?

Vi följer byvägen och är snart framme vid vägkorsningen som leder till bystugan. Om vi går dit, kommer vi att träffa människor som känner Andreas, som vet vem jag är och de kommer att fundera på vad vi gör tillsammans sent på kvällen. Jag vill inte att folk i byn och de andra poliserna ska börja prata. Skvaller som snart når Elofs, Ellens och Fridas öron. Det är för tidigt, ingen av oss vet vad kvällen leder till.

Ska jag avbryta allt, säga att jag måste tillbaka hem, att jag är trött och behöver sova? Det finns fortfarande tid att låta allt sluta innan det ens börjat.

Men jag gör ingenting av det jag funderar på för innan vi når bystugan viker Andreas av in på en stig som löper vidare in i skogen. Tveksamt följer jag efter honom men stannar sedan tvärt. Vart är vi på väg? Jag känner honom inte, tänk om han försöker någonting med mig? En polis, vad kan jag sätta emot?

Han märker att jag blir efter och ser sig om över axeln för att fatta tag om en gren som hotar att slå tillbaka mot mitt ansikte, efter att han trängt sig förbi den.

«Torrt ställe?» säger jag ironiskt.

«Jag lovar. Det finns och det är inte långt kvar.»

«Okej.»

Jag är inte övertygad, men följer ändå dröjande efter hans långa mörka gestalt när han banar sig fram genom löv och grenar. Avståndet mellan oss ökar genom min tveksamhet. Men han låter sig inte hejdas utan drar ivrigt vidare framför mig.

Stigen är smal, björksly växer på var sida. De låga grenarna sveper över våra huvuden innan vi hinner få undan dem och släpper sitt vatten över oss. Men jag är härdad efter många dagars regn. Noterar knappt det blöta över och runt mig längre. Droppar tar sig ner på halsen och smiter ner över den bara ryggen vilket får skulderbladen att dra ihop sig av obehag.

Efter att vi gått en stund kommer vi till ett älgpass. En fristående koja byggd uppe i luften på stolpar, dit man tar sig genom att klättra lodrätt uppför en stege, gjord av träpinnar.

Han stannar och tittar förväntansfullt på mig.

«Allvarligt?» säger jag och skrattar.

Han nickar bestämt och börjar klättra upp mot den lilla buren. Halvvägs uppe stannar han till och vänder ansiktet ner mot mig.

«Kommer du?»

När jag tagit mig upp, sitter han på en väggfast bänk och klappar inbjudande på platsen bredvid sig.

Regnets brus på plåttaket ovanför oss är öronbedövande.

«Kom och sätt dig! Jag ska öppna ölen.»

Han prasslar upp två ölflaskor ur påsen, tar upp en flasköppnare och med ett klick har han öppnat flaskan. Jag tar emot flaskan stående men sätter mig sedan ner.

Vi klirrar ihop våra flaskor och dricker. Det är inte speciellt gott.

Jag känner mig obekväm, tror att han gör likadant. Samtidigt är situationen komisk och jag fnissar till.

«Jaha», säger jag, mer som ett konstaterande än som en fråga och tittar på hans långa ben som korsade sträcker ut sig från bänken.

«Ja», säger han och ser på mig med allvar i blicken.

Hur kunde det bli annat än det här. Det var redan förutbestämt av stjärnorna. Jag kan inte stå emot och när vi ser på varandra slappnar jag av.

«Berätta varför vi är här», säger jag och det gör han.

Kapitel 40. Skräcken

Tiden närmar sig hans frigivning och Skräcken har flyttat in hos mig igen. Skräcken har skymtat fram under hans fängelsetid också. När han fick permission och jag satt inlåst hela helgen. Det var knappt att jag vågade titta ut genom fönstret i lägenheten och Skräcken hetsade mig.

Lås dörren med båda låsen! Gå inte nära fönstren. Han kan få syn på dig från gatan. Ring polisen och kolla när han ska vara tillbaka i fängelset. Ring måndag igen för att förvissa dig om att han inte rymt under permissionen.

Jag darrar, min hjärna rusar när han inte är inlåst och jag tänker att det måste få ett slut. Jag måste vara bättre förberedd inför hans frigivning.

För att komma undan hans radar, flyttar jag ut på landet, långt bort där jag kan vara ifred och på ett ställe han har svårare att hitta mig på. Jag, som är en storstadsmänniska, inbillar mig att det måste vara det mest perfekta gömstället.

Han kommer aldrig att lista ut att jag frivilligt bor utanför huvudstadens portar. Eftersom han känner mig vet han att jag är en stadsmänniska, ingen som vill bo som jag gör nu. Jag avskyr dessa grannar som knackar på när som helst på dygnet, förväntar sig ett välkomnande och en kopp kaffe. Skvaller blandat med förtroenden slängs åt mig som offergåvor och de sitter vid mitt köksbord i timmar i förväntan om att få lika mycket tillbaka.

Allt skulle ha varit perfekt om det inte vore för alla snokande människor. Jag ger dem ingenting av det de vill ha och blir betraktad som konstig. En underlig typ som vill hålla sig för sig själv. Men det är priset jag måste betala även om ryktet sprids att jag är en enstöring. Jag ska helst inte märkas, inte stå ut. I min iver att inte synas har jag ansträngt mig för mycket, vilket innebär att jag märks på ett negativt sätt.

Ingenting får sippra ut om min bakgrund. Det finns alltid en människa i närheten som känner någon annan. Till slut når det hans öron.

Men varför skulle han leta efter dig, när flera år gått, säger mitt förnuft till mig. Han borde kommit över det som hänt och riktat in sig på någon annan stackars kvinna som kontaktat honom när han suttit fängslad. Någon naiv varelse som kommer för att besöka honom var fjortonde dag. En som skriver kladdiga kärleksbrev, i tron att hans oskyldiga sätt att framställa sig själv är hans sanna jag.

Nej det kommer inte att hända, eftersom han förlorade förra gången och det gillar han inte, säger Skräcken.

Han kommer att hitta dig förr eller senare.

Jag vet att Skräcken har rätt.

Därför förbereder jag mig på alla sätt jag kan för att klara striden när den kommer. Det är hjärnan som måste bearbetas. Dag efter dag tränar jag min självständighet, för att stå emot hans kärleksförklaringar. Hans rosafluffiga framtidsslott måste jag sänka i havet.

Det hjälper inte om han tar till våld säger Skräcken förbluffad över att jag tror mig kunna besegra honom.

Han vågar inte slå innan han snärjt mig i bojorna igen, säger jag. Det är av den anledningen intellektet är viktig i kampen mellan oss. Motståndet måste vara hårt och kompakt. Pålitligt.

Jag darrar inombords när jag tänker på den framtida striden mellan oss som är oundviklig.

Kapitel 41. Torsdag

Jag låtsas sova när Frida i långsamma, väl avvägda rörelser kliver in genom dörren och tyst skjuter till den bakom sig. Alla försiktighetsåtgärder gör hon för att inte väcka mig. Klockan är snart elva, långt efter min normala sovtid. Det är, skrämmande nog, enbart en kort stund som jag legat under täcket.

Vad skulle jag ha sagt till Frida om hon klivit in i härbret, sett den tomma sängen och jag dykt upp långt senare?

Jag ryser vid tanken på upptäckt. Frida känner mig alltför väl för att jag ska kunna ljuga trovärdigt för henne.

Men jag far redan med osanning. Även om jag inte uttalat avgörande lögner har jag hemligheter för mig, hemligheter jag i normala fall skulle ha berättat för min bästa vän. Jag förtiger sanningen men jag kan inte göra annat. Hon skulle bli ledsen och besviken på mig om hon visste, eftersom hon är Peters vän. Det gör mitt liv komplicerat och försvårar relationen med Andreas. Jag vill anförtro mig till Frida men kommer hon att förstå? Nej. Jag vet redan svaret.

På väg hem försökte jag hitta undanflykter om var jag hållit hus om jag skulle hitta Frida i härbret. En promenad i regnet för att jag inte kunnat sova är det enda vettiga jag kommer på. Men det låter inte förnuftigt för varför skulle jag inte snarare valt att läsa en bok eller gått till stora huset för sällskaps skull och framför allt valt ett alternativ som inneburit vistelse på ett torrt ställe. Gå promenader i regnet tvingas vi göra varje dag och det är ingenting man frivilligt utsätter sig för.

Sömnen vill inte komma. Kroppen är i uppror och hjärnan tickar på med argument för och emot det som definitivt är startat.

Andreas blick, hans varma händer om min midja, innanför regnkläderna, när vi skildes med en lång kyss. Doften av hans hud, det jag kände när jag tog på honom. Det som nyss hänt rullar fram som en film i mitt huvud. Han har berättat att han har två bröder boende i Stockholm, den ene äldre, den andre yngre. Den äldre brodern är också polis. Föräldrarna bor kvar i Linköping, hans uppväxtort.

Han har jobbat i Dalarna sedan ett antal år, eftersom det fanns lediga jobb här och han trivs bra. Först jobbade han i Borlänge men sedan blev det Leksand.

Han bor i en tvårumslägenhet och valde Leksand eftersom hans stora intresse är att åka längdskidor på vintern och att cykla på sommaren. Dessutom gillar han att se hockey. Jag vet inte varför vi kom in på mat men vi frågade ut varandra om allt vi ville veta, som en slags kortversion av att lära känna varandra. Hans älsklingsrätt är plättar med jordgubbar. Inte särskilt originellt och snudd på barnmat.

«Tunna, välstekta eller tjocka bleka?» frågade jag och han svarade oförstående:

«Plättar.»

Efter Leas försvinnande jobbar han övertid, semestern får vänta. Han skulle egentligen varit ledig och åkt till föräldrarnas sommarstuga på den svenska östkusten, i närheten av Linköping. Jag har glömt det exakta ortsnamnet. På grund av Leas försvinnande fick semestern ställas in.

Han dricker te på kvällen men kaffe på morgonen och är varken morgonmänniska eller kvällsmänniska, sa han, hur det är möjligt. När han förklarade gjorde han uppehåll, tänkte efter, började om ibland. Han är 28 år gammal, fyllde år i maj. I fem år har han haft sällskap med en tjej från Stockholm, Ylva, men det tog slut för ett halvår sedan. Det var avståndet, säger han som en förklaring till uppbrottet.

Ylva och han träffades när han gick polishögskolan i Stockholm. Sedan han flyttat till Dalarna har de haft svårt att träffas på helgerna. Polisjobbet gör att inte många helger är lediga. Ylva har bott kvar i Stockholm hela tiden de varit tillsammans och ville inte flytta från stan.

Jag ansträngde mig för att inte fråga om Ylva, även om jag blev nyfiken, och det behövdes inte. Hans berättelse om den gamla flickvännen var noggrann och lagom lång.

Elementet brummar i rummet och ljudet blandas med smattrandet av regn utanför, medan jag med glädje i bröstet tänker på Andreas. En och annan tanke vill tränga sig på, om jag borde fortsätta träffa honom. Hur dumdristigt är det inte att ge sig in i ett nytt förhållande, efter att knappt ha avslutat ett gammalt?

Andreas blev svartsjuk när jag berättade om Peter. Jag kunde höra det på hans röst och märkte det på avståndet han skapade mellan oss, hur han flyttade sig en bit ifrån mig på bänken, när jag pratade om mitt och Peters långa förhållande. Men jag ville vara öppen med allt jag varit med om, ville inte att relationen med Andreas skulle börja med hemligheter.

«Men vi är inte ihop längre», försäkrade jag Andreas. «Jag har sagt att jag behöver ha tid för mig själv. Tid att tänka. Fundera.»

Andreas frågade ingenting, men jag såg på honom att han inte var tillfreds med att jag har en kille som jag inte riktigt gjort slut med. Jag ville försäkra Andreas om att förhållandet är avslutat, att ljuga, men jag hejdade mig i sista sekunden. Om vår relation börjar med att jag inte säger sanningen hur kommer det då att sluta?

I sängen ligger jag och vrider mig, medan Frida somnar in med lugna regelbundna andetag, ovanför mig, och jag funderar jag på vad jag ställt till med.

När sömnen inte vill komma bestämmer jag mig för att gå på dass för att kissa. Efter det tänker jag gå in i huset och koka en kopp te.

Försiktigt tar jag på mig mjukisbyxor ovanpå tightsen jag sover i, lägger till tröja under regnjackan och går med stövlar på fötterna mot den gamla byggnaden. Det är inte mörkt ute, natten finns knappt, kan anas någon timme mellan tolv och ett, men regnandet gör ändå sikten suddig.

När jag närmar mig det lilla huset som ligger för sig självt, upptäcker jag att jag inte är ensam. En gestalt skymtar framför mig ett tjugotal meter längre bort nära gränsen mot Elisabeths hus. Personen står framför syrenhäcken, med de sedan länge bruna utblommade klasarna, som skymmer en del av hennes tomt.

Han, för det är en man, vet jag bestämt, har inte upptäckt mig ännu och jag står blickstilla för att inte avslöja mig. Men hans fokus är inte riktat bakåt mot mig. Han vänder sig inte om, rör sig inte och har antagligen inte hört mina steg.

Det kan vara någon nyfiken journalist eller privatperson som bestämt sig för att spana på Elisabeth, ute i samma ärende som jag misstänkte att den förra mannen jag såg var. Regnvädrets ljud, vattnets strilande bakgrundsbrus, har gjort att han inte hört mig.

Med huva över huvudet, regnklädd i jacka och byxor av mörkt material står han stilla framför mig. Jag lägger in hans gestalt i minnet om jag skulle behöva ge ett signalement. Ordinär längd men jag kan inte se ansiktet eftersom det är vänt ifrån mig.

Kan det vara Erik? Men varför skulle han vara här? Han borde gömma sig på en helt annan plats.

Det konstiga är att jag inte känner rädsla, enbart hur fruktansvärt kissnödig jag är, när jag inser att jag inte kan gå på dass, eftersom han då kommer att upptäcka mig. Ölen gör sig påmind, det tränger på och jag försöker andas med djupa andetag för att hålla mig. Trycket i kissblåsan lägger sig, befriande nog, att vila efter en stund.

Jag sjunker ner på huk, sätter ner ett knä i marken för att göra mig mindre synlig. Om han skulle få för sig att vända sig om hoppas jag att han uppfattar mig som en buske i regndiset.

Att han kan vara farlig slår mig inte ens. Ingenting har hänt. Ingen är mördad. Lea är försvunnen men vi vet inte om ett brott har begåtts. Nej, jag är inte orolig för min egen säkerhet. Men jag är nyfiken på vem mannen är.

Är detta samma man som jag såg tidigare? Jag tror det men är inte säker. Den man jag såg gå efter vägen, iakttog jag från alltför långt avstånd för att kunna ge ett pålitligt signalement. Den här andra gången är jag nära, alltför nära.

Jag kan inte avgöra ålder. Ung eller medelålders är svårt att avgöra. Det kan vara någon nyfiken människa som vill spana på Elisabeth. Folk gör konstiga saker ibland precis som Frida och Elof påpekade när vi diskuterade mannen jag såg tidigare.

Vätan tränger igenom mjukisbyxorna på knät, när jag sitter på huk i gräset, det blir kallt, men jag får absolut inte röra mig. Koncentrerat följer jag mannen med blicken genom det strilande regnet som inte är lika ihärdigt längre. Inom någon dag kommer det att bli torrare väder har de hårt ansatta meteorologerna på nyheterna lovat. Jag längtar tills dess.

Mannen rör sig framåt mot syrenhäcken, kliver över diket, genom häcken och försvinner i halvmörkret in på Elisabeths tomt. Borde jag ringa Andreas eller Elof? Varna Elisabeth? Tänk om det är någon som vill henne ont?

Men jag har ingen mobil med mig. För att hämta den måste jag gå tillbaka till härbret och då har jag inte kontroll över vad mannen företar sig under tiden. Dessutom är jag rädd för upptäckt om jag börjar röra mig från den nerhukade position jag intagit. Ska jag gå på offensiven och ropa vad han har här att göra?

Nej, jag måste följa hans steg. Jag går fram mot häcken och spanar genom det glesa stället han tagit sig igenom, mot Elisabeths lilla torp. Jag greppar om en gren av syrenhäcken och föser den åt sidan för att se bättre. Den enda rörelsen får vattendroppar att kastas mot mitt ansikte från bladen. Jag torkar automatiskt av ansiktet med högra handen medan jag spanar mot huset.

Gestalten har stannat till framför Elisabeths hus. Jag håller andan medan jag står och trycker bakom häcken. Hans ansikte är vänt mot den blå dörren som han studerar.

Jag tänker på nyckeln under krukan och hoppas att Elisabeth tagit in den. Men varför skulle den här personen känna till att det ligger en nyckel under krukan? Ändå är det nervöst att vänta. Jag vet att Elisabeth sover ensam i huset eftersom Jonas, Leas pappa, fått hjälp att ta sig från byn. Han har tagit in på hotell i Tällberg tillsammans med sin nya familj, fru och barn, Leas halvsyskon.

Mannen gör ingen ansats att leta efter nyckeln under krukan utan trampar med fötterna på stället, fryser antagligen, som jag också gör. Sedan kliver han upp på den lilla träklädda farstukvisten med tak över.

Jag får panik, oförmögen att agera. Men vad kan jag göra? Skrika, skrämma honom innan han lyckas ta sig in i huset?

Men han försöker inte öppna dörren, utan sätter ner handen i högra fickan på regnjackan för att ta upp något därifrån. Jag kan inte se vad det är, eftersom han står vänd från mig men han böjer nacken ner mot föremålet och studerar det.

Snart måste jag göra någonting men vad? Tar han sig in i huset är det bråttom att hjälpa Elisabeth.

Jag flämtar till när han för båda händerna mot dörrhandtaget. Tänker han försöka öppna? Har han redan en nyckel eller är dörren olåst? Jag står som förstenad i väntan på vad som ska ske.

Kapitel 42. Skräcken

Det är farligt att slappna av för mycket. Att vara en vanlig människa som tillbringar midsommaraftonen tillsammans med vänner, äter god mat, pratar och skrattar. Jag vet att det inte är för mig, ändå låter jag mig övertalas att göra som alla andra.

Det känns utmanande och osäkert att visa sig ute bland folk och jag är hela tiden på min vakt. Ögon som betraktar mig kan vara farliga. Men vem skulle känna igen mig långt från huvudstaden?

Många har sommarstugor här, svarar Skräcken.

Sommarboende som kommer från Stockholm. Av säkerhetsskäl ska du inte prata med okända, fortsätter Skräcken, som om han vore min livvakt.

Det är fruktansvärt att betrakta alla glada och trevliga människor runt mig som eventuella hot. Men jag måste fortfarande agera som om faran finns runt hörnet, som om friheten när som helst skulle kunna tas ifrån mig.

Samtidigt får jag inte synas, inte märkas för mycket, varken på ett negativt eller positivt sätt, inte sticka ut och orsaka nyfikna ögonkast. Jag sätter upp många förbud för mig själv, inte dricka för mycket, inte skratta för högt, och inte prata med för många.

Det ska inte finnas ett lager av minnen av mig, minnen som bevaras och tas med hem för att diskuteras vid köksbordet. Hon den där kvinnan, vad vet du om henne, ska inte uttalas. Helst ska jag dölja mig bland skuggorna, absolut inte vara någon stjärna som gnistrar i natten.

Jag kan skådespela, har lärt mig det under åren med honom. Därför skrattar jag tillsammans med andra åt ett skämt, skålar med ett leende på läpparna och låter mig väl smaka av maten. Men Skräcken finns alltid hos mig.

Rädslan styr mig, vaksamheten mot omgivningen är inlärd, glädjen finns enbart på ytan. Innerst inne darrar jag och skyddar mig själv, genom att för säkerhets skull gå hem till tryggheten när maten är uppäten.

Väven finns. Jag är inte av med den även om den inte ger mig skavsår längre.

«Hur skulle han kunna hitta dig här?» säger de få som vet vem jag är.

För att han vill. För att han måste, tänker jag, men säger ingenting högt. Rycker på axlarna som om jag inte brydde mig. Det får min omgivning att slappna av, tro att jag mår bra och att det inte finns anledning att oroa sig.

Förberedelserna måste ske i tysthet. Den sista striden ska vara mellan fyra ögon. Utgången kan jag aldrig vara säker på, hur bra mina planer än är.

Kapitel 43. Torsdagen, fortsättning

Men nej, ingenting sådant händer. Mannen försöker inte ens öppna dörren utan hänger det han tog upp ur fickan runt dörrhandtaget.

På ett ögonblick vänder han sig om och är på väg tillbaka mot mig. Det är jag inte beredd på och jag inser med fasa att han snart kommer att upptäcka mig. Jag måste gömma mig, innan han kommer fram, men var? Det finns ingen möjlighet för mig att springa tillbaka till härbret. Avståndet är för långt, dessutom är risken att han kommer efter mig för stor.

Regnets smattrande döljer förhoppningsvis ljudet av mina hastiga steg och häcken skymmer mig från hans blickar när jag hukande rusar mot dasset, får upp haspen och skyndar in. Darrande sätter jag knäna mot golvet samtidigt som jag försöker uppfatta mannens rörelser utanför. Prasslandet i lövverken och bakgrundsbruset är regnets ljud och trots att jag spetsar öronen hör jag ingenting annat. I ultrarapid för jag den högra handen upp mot haspen, får fatt i den och trycker ner den i öglan. Låst. Jag blåser lättad ut luft genom munnen.

Har han sett min flykt? Vet han var jag är? Om han sett mig kommer haspen att skydda mig från att han genast tar sig in till mig. Det går att få upp dörren genom att föra in ett smalt föremål i dörrspringan, som en kniv till exempel, och haka av haspen. Men det skulle ta lång tid.

Skrik och väck hela byn om han gör ett försök, säger jag till mig själv. Du får inte bli skräckslagen och sitta som en rädd råtta i ett hörn. Jag lägger upp en strategi, medan jag väntar, i ovisshet var han befinner sig.

Sekunder blir till minuter och inget händer. Då vågar jag äntligen resa mig upp och spana ut genom det lilla fönstret med sin vita virkade gardin, som jag för åt sidan för att få en bättre överblick.

I den regntunga natten framträder husen som grå klossar. Boningshuset med glasverandan ser jag från sidan, mörkt och tyst tronar det på sin höjd. Härbret bredvid är betydligt mindre och bilarna som står parkerade längre bort vid infarten till gården, blänker till i lacken från gatlyktans sken. Ingen gestalt rör sig över scenen. Han har gått.

Jag väntar ytterligare en stund innan jag går samma väg som han tog, genom häcken och fram till Elisabeths ytterdörr.

Han har bundit ett snöre omkring en genomskinlig plastpåse och fäst snöret på handtaget. Inuti påsen syns en vit hopvikt papperslapp. Omöjligt att missa för Elisabeth när hon vaknar på morgonen och kliver ut genom dörren.

Vad ska jag göra? Knyta upp knuten och ta in paketet i huset? Men om det är ett framtida bevis ska jag helst inte röra det utan handskar, varken snöret eller paketet. Det står någonting utanpå men det är för skumt för att jag ska se vad.

Obeslutsamt böjer jag mig ner för att titta närmare. Jag följer bokstäverna med ögonen och kan läsa:

Elisabeth. Någon vill vara extra tydlig trots att det knappast kan finnas tvivel om vem paketet är riktat till.

Kan det vara viktiga bevis om vad som hänt Lea?

Jag knyter upp snöret och håller fundersamt plastpåsen i handen.

Borde jag väcka Andreas som sover i övervåningen hos Ellen och Elof? Nej, bestämmer jag. Elisabeth får avgöra vad som behövs. Det kan vara privat, handla om saker som inte har med Lea att göra och Elisabeth borde se det först.

Jag bankar med knytnäven på dörren, fem hårda slag men ingenting händer. Inte ett ljud, inte en rörelse märks inifrån huset och ingen lampa tänds. Jag bultar igen och ropar:

«Det är jag, Sara. Jag behöver prata med dig.»

Hon kommer att tro det värsta. Varför skulle jag annars väcka upp henne mitt i natten? Men det kan inte hjälpas. Jag måste visa vad jag hittat för henne.

Efter en lång stund, när jag är på väg att ge upp, hörs steg och ett svagt ljus syns genom köksfönstret. Hon har tänt i hallen. Skönt då är hon vaken. Jag vill inte stå här och skrika i natten. Mannen kan vara inom hörhåll och jag vill in i hennes hus.

Lättnaden är stor när nyckeln vrids om inifrån. Elisabeth sticker fram huvudet genom dörröppningen, med en hand fortfarande kvar på dörr-handtaget som en spärr för att ta sig in. Det är klokt. Man vet aldrig vem som bultar på dörren en regnig natt. Men ändå gör det mig irriterad. Jag har bråttom, vill in i värmen.

Det röda nagellacket lyser rött på tårna, i kontrast till den bleka huden på fötterna, som ser ut att frysa i det svaga morgonljuset. På kroppen är hon svept i en morgonrock, en grå sak i frotté, hårt åtdragen och knuten runt midjan med ett kraftigt skärp i samma material. Yrvakna, oroliga ögon stirrar på mig samtidigt som hon sveper med blicken bakom mig ut i natten, som om hon visste vad jag varit med om och är rädd för att mannen snart dyker upp igen. Jag hejdar en impuls att vända mig om, för att försäkra mig om att jag står ensam utanför hennes dörr.

«Vad är det som har hänt?»

«Vi går in», säger jag.

«Det är bäst du låser dörren», fortsätter jag mina instruktioner, när hon släppt in mig i huset och vi står i hallen mitt emot varandra. Med upphissade ögonbryn, inväntar hon den förklaring till besöket hon tror snart ska komma, men när jag säger åt henne att låsa, stelnar hon till.

Händerna darrar en aning när hon vrider om nyckeln i låset.

Efter att alla lämpliga säkerhetsåtgärder är avklarade stegar jag in i köket för att lägga ifrån mig det inplastade tunna paketet på bordet. Elisabeth kommer efter och ställer sig med ryggen mot diskbänken, blicken far från bordet till mitt ansikte. Rädslan har ersatts av ett förbryllat uttryck i ansiktet.

«Vad är det där? Har det med Lea att göra?» säger hon och sneglar mot bordet där föremålet jag tog med ligger, täckt av regndroppar ovanpå plasten.

«Jag vet inte», svarar jag ärligt och berättar sedan vad jag nyss varit med om.

Elisabeth avbryter mig inte. Luggen som är ännu ostyrigare i otyglat tillstånd, föser hon undan, när hon fundersamt böjer sig över bordsytan och betraktar paketet. Tänker hon som jag på flera alternativ till varför någon kommit i natten med ett paket?

«Det bästa är att kontakta polisen innan det öppnas eller åtminstone fråga dem om råd. Andreas, du vet han som leder utredningen sover hos Ellen och Elof, i brist på sovplatser i byn. Jag kan ringa honom om du vill, om vi tar din mobil.»

Elisabeth har inte tagit in mina ord, för jag får ingen reaktion. Hon är fullt koncentrerad på att vrida och vända på plastpåsen med papperslappen inuti.

«Du ska inte öppna det utan handskar», lägger jag till och Elisabeth avbryter sig och tittar förvånat upp på mig. Med plastpåsen i handen stirrar hon fundersamt rakt ut i luften.

«Jag hämtar engångshandskar», säger hon och släpper ner paketet på bordet igen.

Jag hör henne rumstera om ute i hallen, öppna skåpdörrar för att sedan stänga dem. Hon är snart tillbaka med ett par tunna gummihandskar i handen. Ett svagt pruttande ljud hörs från luft som pyser ut när hon trär på sig handskarna över fingrarna.

Under väntetiden har jag satt mig ner vid köksbordet. Med de vita handskbeklädda spretande händerna uppsträckta framför sig, står Elisabeth böjd över bordet, som om hon vore en kirurg beredd att sätta snittet i en patient. Intrycket förstärks eftersom hon även kavlat upp de vida ärmarna på morgonrocken upp till armbågarna.

Hon drar in luft i lungorna, som inför en oerhört svår uppgift, innan hon lossar snöret runt paketet med stort besvär. Hon har svårt att få grepp om knuten med de handskklädda fingrarna.

Till slut får hon bort snöret, ett glatt presentpapperssnöre i gult, och hon låter det singla ner på bordet vid sidan om påsen. När det är gjort för hon in handen i plastpåsen och drar fram papperslappen. Jag följer fascinerat förehavandet och beundrar hennes lugn och metodik. Från att ha sett uppskrämd och rädd ut, uppträder hon nu som om hon dagligdags får små paket levererade till dörren.

Det tar tid att veckla ut papperslappen, som är vikt flera gånger. När det äntligen är gjort kan vi båda läsa vad som är skrivet. Samma blyertsskrift, små bokstäver utan stor bokstav och utan punkt mellan de båda satserna.

jag har Lea sjön klockan åtta fredag kväll ensam.

Ingen lösensumma. Ingenting om att Lea mår bra.

«Jag har Lea. Sjön klockan åtta på fredag kväll. Kom ensam!» förtydligar jag högt.

Elisabeth flämtar till, sjunker ihop på stolen med lappen i handen, drar in luft, åter skärrad.

«Jag visste det», säger hon och torkar bort tårarna som börjat rinna nerför kinderna, efter att hon ha lagt ifrån sig papperet på bordet. Plasthandskarna på händerna får vätan att smetas ut över kinderna men hon är omedveten om vad hon gör.

«Vad då?»

Hon reser sig upp och hämtar en pappersnäsduk ur en förpackning. När hon upptäcker att hon fortfarande har plasthandskarna på sliter hon av sig dem med irriterade rörelser. De faller med ett klatschigt ljud ner på golvet och hon torkar sig om både händer och kinder med näsduken.

«Vad vet du? Vet du vem det är som skrivit lappen?»

Elisabeth frigör pannan genom att fösa tillbaka den förtretliga luggen och låter sedan handen följa huvudets form ända ner till nacken.

«Nej, men jag visste att någon har henne», säger hon med gråt i rösten.

«Att hon inte försvunnit frivilligt. Mobilen, bikinin ...»

«Erik. Du tror att det är han eller hur? Ska jag ta det med mig och visa för polisen? Andreas sover ju i huset.»

«Jag vågar inte blanda in polisen», säger hon med gråt i rösten. «Tänk om ...»

Hon avslutar inte meningen men jag förstår hur hon tänker. Kidnapparna kan ta död på Lea innan polisen hinner hitta henne. *Ensam,* står det på lappen.

«Men ...», försöker jag. «Du kan inte klara det själv. Menar du att du ska träffa en kidnappare utan hjälp av polis?»

Elisabeth tar ett djupt andetag och blåser ut luft som för att lugna ner sig. Hon har satt sig ner längst ut på stolen.

«Han kommer aldrig att dyka upp om polisen finns i närheten.»

Jag fattar inte hur hon tänker. Ska hon inte ta emot hjälp? Det står ingenting om någon lösensumma. Hon vet inte vad kidnapparen vill och varför säger hon han som om hon visste vem det var? Fast det var en man som lämnade budskapet. Det har jag själv nyss berättat för henne och det är antagligen därför hon säger han.

Men det kan inte missförstås. *Sjön klockan åtta fredag kväll ensam.* Med det menas att Elisabeth inte ska gå till polisen. Fast har det inte alltid visat sig att det inte spelar någon roll för utgången när det gäller kidnappningar?

De som i tidigare fall varit för rädda för att ta kontakt med polis, i tron att det skulle försämra läget, har oftast blivit lurade. Den kidnappade har varit död sedan länge, dödades redan samma dag som personen försvann.

Väggklockan i Elisabeths lantliga kök visar att tiden är halv tre på natten.

«Det är lika bra att vi försöker sova. Imorgon kan du ta kontakt med Andreas. Antar att han vet hur man gör. Med bevakning och sådant vid sjön», försöker jag låta förnuftig för att övertala henne.

Måste hon inte inse att hon behöver hjälp av dem som vet hur man ska agera i situationer med kidnappade personer?

Elisabeth spärrar upp sina mörkblå ögon i protest.

«Aldrig i livet att jag drar in polisen. Enda chansen att få tillbaka Lea är om jag går dit ensam. Han kommer att lista ut att jag dragit in polisen. Då får jag aldrig se henne igen.»

«Hur då? Polisen har säkerligen kunskap om hur de ska agera för att inte synas. Förresten vet vi ingenting om vem eller vilka som har tagit Lea? Det kan vara en grupp av personer som samarbetar. Du går till sjön och får reda på att du ska betala en massa pengar. Lea får du inte tillbaka.

Polisen har möjlighet att spåra upp vilka det är som tagit henne. De kan granska meddelandet och eventuellt hitta dna. Du kan inte göra det själv.»

Jag svamlar. Ämnet kidnappning har jag ingen aning om, men vill till varje pris få henne att ta hjälp av polisen.

Elisabeth suckar igen som om jag vore ett olydigt barn som hon inte kan hantera. Sedan reser hon sig upp med ett bestämt uttryck i ansiktet. Stående framför mig rättar hon till morgonrockens tyg vilket får glipan fram att minska och det vita spetsnattlinnet under syns inte mer. Med en snabb rörelse drar hon åt skärpet.

«Gå hem och sov du Sara!»

Jag sitter kvar på stolen i hennes mysiga kök, osäker på vad jag ska göra härnäst. Det enda jag vet är att det inte ska gå till som Elisabeth vill.

«Men förstår du inte att de får precis som de vill? Du kommer inte att kunna göra någonting mot dem, antagligen inte ens rädda Lea», vädjar jag.

Elisabeth svarar inte. I stället går hon med bestämda steg, trots de bara fötterna, mot ytterdörren. Snabbt vrider hon runt nyckeln och knuffar till dörren med handen vilket får den att svänga runt och visa upp morgondiset utanför. Sedan böjer hon sig ut i öppningen för att granska omgivningen. Huvudet vrider sig åt höger, sedan tillbaka mot mitten för att därefter titta åt vänster.

«Det ser lugnt ut», konstaterar hon.

Stönande i mitt inre över hennes brist på insikt följer jag efter henne mot utgången. Med korsade armar lutar hon sig mot den uppslagna dörren. Tigande får jag på mig regnjackan och stövlarna. Varför gick jag direkt till henne? Jag borde ha kontaktat Andreas först.

«Sov på saken i alla fall. Bestäm inget», säger jag vädjande när jag går förbi henne på väg ut.

Hon tar ett förvånansvärt hårt grepp om mig, för att vara denna späda varelse. Med varsin hand om mina överarmar trycker hon till, vilket får mig att skrika ett aj.

«Du får inte berätta om meddelandet för någon! Vem vet vad som kan hända med Lea om du gör det?» väser hon hotande innan jag kliver ut i regnet.

Kapitel 44. Skräcken

Han är tillbaka. Hur han hittat mig vet jag inte men jag kan ana. Det har gått över två år sedan han sattes bakom lås och bom men de åren är avtjänade. Eller inte riktigt två år eftersom han fick förkortning av sitt straff på grund av gott uppförande. Den förmånen tillföll inte mig, trots att även jag uppfört mig mycket väl.

Hans fängelse var synligare och försvann helt och hållet, då han blev en fri man. Det finns ingenting som begränsar honom längre. Han kan göra som han vill, jobba med det han tycker om, umgås med vänner, träffa sin släkt. Jag vågar ingenting av allt det han kan göra.

Inför hans frigivande har jag tvingats ge upp alla vänner, slutat träffa min syster och föräldrarna och snålat med besök från barnen, guldkornen i tillvaron.

Jag trodde att flytten skulle göra det oerhört svårt för honom att få fram uppgifter på var jag bor. Mitt namn är nytt, min sanna identitet hemlig.

Hur kunde jag tro att det skulle hindra honom? Han får alltid som han vill med mig. Det skulle ha varit bättre om han lyckats döda mig på stranden eller i sommarhuset. Jag ångrar bittert att ja sa nej till honom den gången.

Mitt lidande skulle ha förkortats om jag lagt mig ner i den säng jag aldrig sovit i. Efter att ha tagit bort det turkosa överkastet, som inte vägde någonting, borde jag med ett förföriskt leende glidit ner ovanpå de randiga nytvättade lakanen som doftade av tvättmedel och sträckt armarna upp emot honom. Då skulle han förhoppningsvis slängt ifrån sig kniven och fått den att studsa över golvet. Golvet med träkänsla.

Jag vill inte, jag orkar inte bli manipulerad igen.

På en gång förstod jag att det var han. Hur kunde han hitta mig så snabbt? Jag räknade med att han skulle få anstränga sig, att det skulle ta tid innan han förstod var jag befinner mig. Det som förvånar mig och samtidigt gör mig djupt orolig är vad han väntar på. Hur lätt skulle det inte vara för honom att ge sig till känna för att sedan i mitt skräckslagna tillstånd manipulera mig tillbaka till sig och vårt gamla liv. Tryggheten skulle försvinna i fjärran, hatet och våldet skulle drabba mig med förödande kraft igen. Bojorna skulle åter göra mig passiv och helt i hans våld.

Skräcken tror att han inväntar rätt tillfälle då han ska pina mig först och sedan slå ihjäl mig. Hans agerande gör mig vacklande, osäker och det är antagligen det han vill uppnå med sitt sätt att som en gädda lura i vassen.

Hans fokus i livet är jag och jag inser att det inte går att bli fri från bojorna han spänner runt mig igen.

Skräcken är tillbaka. Vi klarade det tillsammans förra gången. Men hur ska vi agera rationellt utan att blanda in känslorna? Hur ska jag inte gripas av panik? Jag vet inte om jag orkar mer. Det känns som om ödet hunnit i kapp mig och kräver det som inte hände för två år sedan. Blod och ångest i offergåvor.

Kapitel 45. Avslöjandet

Jag vill inte att Elisabeth går ner till sjön ensam, utan polisen som bevakar att hon inte kommer till skada. Men jag har ännu inget sagt till Andreas trots att jag träffat honom som hastigast vid frukosten.

Elisabeth sa aldrig vem hon trodde skrivit brevet, men jag fick ändå känslan av att hon visste vem det var. Även om hon kunde säga han med visst fog eftersom jag beskrev gestalten i natten som en man. Men hon sa inte den där mannen eller den där personen utan han. Det får mig att tro att hon vet mer om honom. Vem är det hon har i tankarna? Hon har tydligt gjort klart att hon misstänkt Erik och det är inte omöjligt att hon håller fast vid honom.

Men Erik, med sin stekarstilen, skulle aldrig ge sig in i utstuderat kriminella handlingar. Nej honom misstänker jag själv för våldtäkt. En våldtäkt, han inte själv ansett vara en våldtäkt, som slutat i mord eftersom Lea hotade att polisanmäla honom. Eller var han för hårdhänt, van att få det han brukade få frivilligt? Hon kämpade emot och han tystade henne med en sten eller annat tillhygge. Vi borde leta efter en blodig sten uppe på berget. Nej, nej, det är polisens sak, säger jag till mig själv.

Logiken stämmer inte, för om Lea är död, dödad av Erik, skulle det inte dyka upp ett utpressningsbrev.

Det är ett dygn kvar till fredag kväll och jag grubblar på vad jag kan göra, vad jag borde göra. Jag måste anförtro mig åt någon och det blir Frida.

När vi på kvällen klafsar hemåt, trötta och frusna, efter ännu en dags sökande utan resultat, berättar jag om brevet jag hittade på natten.

«Vad ska jag göra», frågar jag vädjande Frida, som om hon vore ett orakel, för att hon är jurist och dessutom min bästa vän.

Vi går i bredd och det enda jag ser av hennes ansikte från sidan är nästippen som sticker ut från kapuschongen.

«Polisen», säger hon utan att tveka och vänder sitt bleka ansikte åt mitt håll. Med bestämd röst fortsätter hon:

«Hon är chanslös annars.»

Jag känner en enorm lättnad när jag avbördar mig det jag vet till Andreas senare på kvällen.

Vi träffas i härbret, Andreas, Frida och jag för att avgränsa antalet personer som får kännedom om meddelandet.

«Vad kommer ni göra?» frågar jag när jag är klar med att berätta om papperslappen med meddelandet och Elisabeths häftiga reaktion om att jag inte skulle få berätta.

Jag och Andreas har hamnat bredvid varandra sittande på min obäddade säng. Frida slår sig ner i den enda stol som finns i härbret. Elementet surrar på för att hålla fukten ute men det är ändå kallt och rått.

«Vi får se. Jag måste diskutera med andra som varit med om liknande händelser. Men jag kontaktar Elisabeth för att höra hennes version.»

Nej, det är klart. I lilla Leksand är brottsligheten inte hög. Antagligen har det aldrig inträffat en kidnappning i detta lugna samhälle.

«Tänk om Elisabeth inte vill samarbeta», säger jag. «Om hon säger nej till beskydd från poliser i buskarna.»

Andreas höjer en aning på ögonbrynen och jag kan se att han inte riktigt gillar uttrycket «poliser i buskarna».

«Det är inte hennes sak att avgöra», säger han.

«Det bestämmer vi. Lea behöver hittas och det är polisens skyldighet att leta rätt på henne. Med eller utan hjälp av hennes mamma.»

«Jag fick en känsla av att Elisabeth vet vem det är som skrivit brevet. Hon säger *han* hela tiden. Det är konstigt för det skulle kunna vara en liga, bestående av fler personer, som tagit Lea, även om jag är helt säker på att det var en man, och inte en kvinna menar jag, som lämnade meddelandet på dörren. Hon kan eventuellt ha känt igen handstilen.»

Andreas nickar eftertänksamt och är på väg att svara men hejdar sig med en blick på Frida. Vet han mer än han vill berätta för oss och tvekar om han ska dela med sig av informationen till oss båda?

«Eller är det Erik som gjort det? Är det han som tagit Lea?» försöker jag trycka på.

Med händerna högt upp i luften, handflatorna riktade mot mig, försöker Andreas få stopp på mina frågor.

«Vi har nyligen haft kontakt med Erik och han är inte misstänkt för någonting i nuläget.»

«Men var hittade ni honom? Vad då inte misstänkt? Varför stack han om han är oskyldig?»

«Jag kan inte svara på det men jag kan försäkra dig om att han har ett alibi. Ett alibi som vi kontrollerat.»

«Men dna från kondomen då?» säger jag och vänder mig mot Andreas. «Vems är det?»

Han skakar på huvudet.

«Du vet att jag inte kan kommentera utredningen», säger han. «Men Erik har lämnat delvis nya uppgifter. Så mycket kan jag säga.»

Jag blir frustrerad över att jag inte får reda på mer. Varför kan Andreas inte berätta hur det ligger till? Åtminstone för mig som hela tiden försett honom med ny information och nya bevisföremål.

Som om han är tankeläsare fortsätter han:

«Okej. Eftersom det var du som gjorde fynden uppe på berget, ska du få veta en sak. Håll det här för er själva. Det var Eriks dna på kondomen.»

«Det här bevisar ännu mer att han är skyldig till att tagit Lea, eller vad sjutton han gjort», säger jag. «Ska du inte häkta honom? Han kan ha dödat henne efter våldtäkten.»

«Det andra dna:et som fanns på kondomen är inte från Lea.»

Det blir knäpptyst i härbret medan Frida och jag tittar på varandra.

Andreas ler tålmodigt mot mig med huvudet på sned, sittandes bredvid mig på sängen. Det dova bruset av droppande vatten har minskat i styrka men fortfarande hörs regnets väg ut från hängrännan och ner i grönskan.

«Vems är det då?»

«Det tänker jag inte svara på. Nu får du ge dig Sara.»

«Ska han anses oskyldig för att han haft ihop det med någon annan tjej. Han var tillsammans med Lea hela midsommarkvällen, eller hur? Det var han som såg hennes sist. Han uppför sig dessutom som en skyldig person genom att dra härifrån och göra sig okontaktbar. Varför stack han om han är oskyldig?»

«Han försvann för att han räknade ut att dna på kondomen skulle inne-bära problem för honom. Inte hans dna utan hennes.

Erik har ett vattentätt alibi. Han var tillbaka i sommarhuset på midsommaraftonens kväll redan klockan tio. I huset fanns flera personer som såg honom komma tillbaka och som kan intyga att han inte lämnade gården efter tio. Fem olika vittnen har sagt exakt samma sak och som, är jag relativt säker på, inte ljuger.

Vad vi vet levde Lea kvart över tio när hon skickade ett sms till sin mamma att hon snart skulle komma hem. Nej, det är inte han som är skyldig till Leas försvinnande. Det finns mycket annat också som talar till hans fördel som jag inte kan gå in på.»

«Men man kan skicka fördröjda sms. Har ni kollat det? Att det inte var Erik som såg till att ett sms skickades till Leas mamma kvart över tio?»

Andreas lägger ansiktet en aning på sned och ser tålmodigt men en aning irriterat på mig.

«Tro mig! Det finns inget som visar på annat än att det var Lea som svarade med ett ord, *snart*, när Elisabeth frågade om hon inte skulle komma hem.

Det måste dessutom vara svårt att i förväg räkna ut att man ska skicka ett svar till Elisabeth med ordet *snart*, som ett svar på en fråga, för att hon ska tro att det är hennes dotter som svarar. Det mest logiska hade varit att skriva: *jag blir sen*, för att Elisabeth inte skulle oroa sig.

Det finns heller inga tekniska bevis för att någon annan lagt beslag på hennes mobiltelefon innan den hittades»,

«Dna, menar du? Ingen annans dna finns på mobilen. Men han eller hon hade förmodligen handskar.»

Andreas skakar på huvudet men kniper samtidigt irriterande nog ihop sina läppar. Han tänker inte avslöja mer. Jag försöker ett annat spår. Andreas sa att han vet var Erik finns.

«Det var inte Erik jag såg i natt?»

Andreas rycker på axlarna.

«Inte troligt i alla fall. Han befann sig i Stockholm igår kväll och hans mobil har inte lämnat staden sedan dess.»

Självklart har de span på honom. Om det inte var Erik vem var det då jag såg på natten?

Andreas har ett pappersblock i handen och antecknar medan jag berättar om nattens händelser. När vi är klara ber han mig följa med ut i regnet för att visa exakt vilken väg, mannen som lämnade meddelandet tog till Elisabeths hus och var jag själv befann mig när jag spanade på honom.

Det syns fortfarande en fördjupning i ängen på platsen mina knän sjunkit ner. Svårare är det att komma ihåg var mannen stod när jag första gången upptäckte honom. Nära syrenhäcken men inte alldeles nära de glesare grenarna, stället man kan ta sig över till Elisabeths tomt.

«Ta den tid du behöver», säger Andreas pedagogiskt, när jag tveksamt rör mig fram och tillbaka i trädgården, förbi dasset och tillbaka igen. Vi ser båda ner i marken för att upptäcka eventuella avtryck från stövelklädda fötter.

Jag blundar, försöker koncentrera mig, tänka på natten som var. Men Andreas närvaro påverkar mig, tankarna följer andra spår, när vi är ensamma. Hans ansikte kommer nära mitt, våra kinder nuddar varandra för ett ögonblick, när vi tillsammans granskar gräsytan och jag känner hans doft, den speciella som jag tycker om.

Allvaret av det som händer runt om mig, tar inte bort min känsla för honom. Den finns hela tiden som en underton i allt jag gör. Det pirrar i magen när jag ser på honom, när han rör sig bredvid mig, när jag känner hans närvaro. Hela Andreas, allt som är han, suger jag in i mig som näring för min själ.

Jag vet inte om han känner likadant. Det märks i alla fall ingenting av det. Han är här för att lösa uppgiften, för att formulera frågor till mig och han antecknar svaren, stående under takutsprånget på dasset för att undvika regnet.

Men när vi är klara och ska gå in och äta middag drar jag honom till mig, efter att ha försäkrat mig om att vi inte nås av nyfikna blickar. Men det är lugnt. Ingen kan se oss från vägen eller från ett fönster.

Han följer med tätt intill och drar upp min regnhatt för att komma åt att kyssa mig.

Kapitel 46. Skräcken

Skräcken tycker att det är obehagligt, ja näst intill outhärdligt, att han finns i närheten och stryker runt mitt hus, spanar in genom fönstren på natten.

«Du måste fly!» säger Skräcken.

Men han agerar inte, ingenting ont drabbar mig trots att jag varje minut tror att han står och lurar bakom närmaste träd när jag går utanför huset.

Dagarna går och jag inser att han inte kommer att handla förrän han är säker på att få vara ifred med mig.

Dessutom, vart ska jag fly? Han kommer att hitta mig var jag än befinner mig, för att avsluta det som han aldrig hann göra på semestern, som aldrig blev någon semester för oss. Sängen jag aldrig sovit i finns i det gamla vackra huset nära havet. Den säng som spökar i mina mardrömmar och som jag vet kommer att bli min död.

Efter den första chocken och hysterin hos Skräcken, har jag bestämt mig för att inte låta mig skrämmas till att handla i panik. Men beslutsamheten vacklar fram och tillbaka dag för dag, eller egentligen varje sömnlös natt. Jag ligger i sängen och grubblar för att strax efter resa mig upp och, utan att tända lamporna, spana genom fönsterrutorna på trädgårdens skuggor.

Står han under det knotiga trädets grenar, där äppelkarten börjat synas, små och gröna, och betraktar mig? Möts våra blickar som av en tillfällighet, får honom att känna längtans tillfredsställelse av att planerna, inom en alltför kort tid, kommer att gå i lås? Den plan som han utarbetat i sin hjärna och som ska utgöra slutet för mig. Slutet på alla drömmar jag en gång hade om ett underbart liv utan honom.

Vilken triumf han måste ha känt när han fann mig. Hans hämndbegär växer i denna stund, blåser upp sig, när han inser att han har oändliga möjligheter att få utlopp för sin vrede och straffa mig för min upproriskhet.

Jag darrar i mitt tunna nattlinne i natten och sveper med blicken över de hotande skuggorna utanför mitt fort. Fladdrande, som en fågels vingar när den lyfter, är mina hjärtslag, när jag tänker på det som väntar och jag inser med skärpt tydlighet att jag snart, mycket snart står inför mitt livs värsta mardröm, som ingen kan rädda mig från. Repen skaver mot min bara hud och jag huttrar till. Väven växer sig tätare runt mig. Snart, mycket snart kommer andningen enbart att bestå av ytliga pustar.

Kapitel 47. Fredag

Det blir morgon även denna dag och när jag vaknar vet jag att allt är annorlunda. Det är tystnaden jag uppfattar först av allt. Egentligen är det inte helt tyst eftersom mängder av läten hörs utifrån. Fåglarna kvittrar, även om det är efter midsommar, sjunger de. Jag har lärt mig av morfar som gillade allt som har med natur att göra att fåglarna sjunger till midsommarhelgen, för att sedan ha fullt upp med att mata sina ungar eller ruva sitt bo. Då har de redan visat upp sig tillräckligt för sin partner och behöver inte längre bevisa att de är starka och vackra. De har fått ihop det.

Undrar om det är någon som blir utan och får sitta och titta på när hona och hane svischar omkring i luften och samlar insekter till sin avkomma. Som, sorgligt nog, får svälja förtreten och sitta på en gren och deppa. Jag har ingen aning, men det är en vecka efter midsommar och fåglarna är glada. De får fortfarande ur sig kvittrande läten och flyger högt upp i luften för att visa upp sig inför solen. Antagligen håller de inte riktigt koll på almanackan, litar mer på vädret och är lika glatt överraskade som jag över att världen blivit annorlunda denna morgon.

Jag ser allt detta när jag öppnar dörren till härbret ut mot naturen. Svalorna är inte höjdrädda, de klyver himlen med små snärtiga ljud, kommer uppifrån de få molntappar som finns i den för övrigt djupblå himlen, jagande insekter i flygande fläng och landar slutligen på hängrännan under tegelpannorna med ett skrapande ljud från klorna. Pipandet från ungarna, när de matas, hörs ner till mig.

Ja, solen skiner igen och hjärtat tar ett skutt i bröstet när jag ser den sprittande glädjen i naturen. Allt kommer att ordna sig. Lea finns någonstans och Andreas har intagit mig. Idag är en lätt dag att tycka om världen.

Jag vill visa hur fin morgonen är för Frida. Hur lätt det är att andas och hur fri jag känner mig utan det eviga förtvivlade regnandet som har sänkt sig som ett blygrått tak över byn de senaste dagarna.

Frida får inte sova bort morgonen. Som ett glatt barn skuttar jag uppför de få trappstegen till övervåningen och ruskar liv i henne.

«Det har slutat regna Frida. Kom och titta.»

Men Frida är ingen morgonpigg människa och jag har glömt att kolla vad klockan är, vilket hon alltid vill veta innan hon ens funderar på att öppna ögonen.

Hon mumlar ett antal svårförståeliga ord och vänder sig om i sängen. Därefter borrar hon ner ansiktet i kudden och viftar slött bort min hand när jag ivrigt ruskar hennes axel.

Det är ingen idé att försöka ens. Frida har genast somnat om, om hon över huvud taget vaknade, och jag går ner igen och ut i solen.

Åh, så skönt det är! De senaste dygnens ihärdigt regnande har stannat kvar i glittrande droppar, påminnande om pärlhalsband virade runt träd och buskar. Djupa vattensamlingar på gräsmattan och grusvägen ut mot byvägen, vittnar också om mängden regn, trakten fått alltför mycket av.

Byn kommer att överleva denna sommars underliga väderfenomen. Men det har antagligen aldrig varit någon risk för Sverige, det stabila landet i norr. För vad är ett antal dagars regnande i Dalarna mot vatten-samlingar och översvämningar på andra platser i världen. Bangladesh med klimatflyktingar som inte längre kan bo kvar på platser de bott i generationer. Andra länder har också liknande problem som Pakistan och Kenya.

Men jag vill inte tänka på det idag. De nakna fötterna hittar träskorna och jag springer över den blöta ängen till glasverandan, öppnar in till köket och dansar en soldans men blir stående mitt på golvet.

Det finns ingen här.

Hur mycket är klockan egentligen? Jag har ingen mobil med mig men Ellen och Elof har en köksklocka som tyst tickar sig mot framtiden med en smal lång visare, sekund för sekund. Den hänger på väggen ovanför dörren och är gjord av glas och porslin. Små blå blommor är målade på den vita bakgrunden.

«Jag har ärvt den av mamma», har Ellen sagt till mig tidigare. «En aning för gullig men jag har inte hjärta att göra mig av med den.»

Kvart i sju. Jag är uppe med tuppen, om det stämmer att tuppar gal klockan sju. Det är en familj i byn som har höns och en tupp. Ellen bru-kar köpa ägg därifrån men det har varit sådan åtgång att det inte finns att handla längre. Hon har fått skriva upp sig på en kölista. Alla är utan mat och alla vill ha ägg. Förhoppningsvis kommer jag att höra tuppens läte snart om han har lärt sig klockan.

Det är tyst inomhus. På övervåningen sover Andreas i gästrummet. Det faktum att han finns nära mig gör att jag blir varm i hela kroppen. Helst skulle jag vilja gå uppför de knarrande trappstegen, stanna till utanför hans dörr för att klämma ner handtaget och skjuta upp en springa till sovrummet, en springa stor nog för mig att smyga in genom. Med en belåten suck skulle jag krypa ner intill honom och borra in kroppen tätt intill hans.

Nej, det gör jag inte. Även om tanken får mig att blunda, svindla av lycka inför det otänkbara, kan jag inte ta ett steg uppför den lockande trappan. En aning hyfs och anständighet har jag kvar, trots att jag blir varm av tanken på hans nakna kropp intill min. Men det kan vänta tills vi är ensamma, på en helt annan plats. Inte här, inte i det här huset. Det blir fel, känns helt och hållet förbjudet.

Sover han naken förresten? Nej, inte helt naken. Sover naken gör man om man har en partner i sängen. Kalsonger har han men absolut ingen konstig pyjamas. Eller tänker jag fel? Det är en aning kyligt även inomhus efter allt regnande. Han har troligtvis dragit en t-shirt över huvudet för att slippa frysa.

Varför vet jag inte allt om honom? Hur många dagar eller månader kommer att passera, innan jag känner honom på djupet och har koll på hans vanor och olater? Jag vill att det ska ske idag. Det tar för lång tid och jag orkar inte vänta. Otåligheten kryper i mig inför alla hinder jag måste ta mig förbi.

Nej, jag går inte uppför trappan även om den lockar mig, utan jag sätter mig vid bordet och dricker mitt te. För att ha sysselsättning hämtar jag mobilen från härbret och bläddrar i den, kollar nyheterna, inget nytt om Lea. Vädret ska bli vanligt svenskt sommarväder någon vecka framåt.

Peter har skickat ett meddelande i natt.

Svårt att sova. Tänker på dig och hur det går för den unga tjejen. Hoppas ni hittar henne. Kram Peter.

Ett stort hjärta tillagt.

Åh, varför måste han höra av sig i en stund när jag kände mig fri och glad. Mitt dåliga samvete gör sig påmint, fast egentligen borde jag inte ha det, säger jag till mig själv. Peter och jag har uppehåll. Jag gör vad jag vill. Eller gör jag det? Vilka regler finns det för sådant. Får man gå in i en ny relation eller ska man sitta på vänt en tid tills man bestämt sig definitivt? En slags karantän. Hur lång tid måste man vänta?

Peter vet vem jag är och förstår mig alltid. Han har skickat meddelandet för att han vet att jag är engagerad i Leas försvinnande.

Sms:et får mig att inse att jag måste berätta för Peter om Andreas. Jag behöver inte göra det idag men om Andreas och jag fortsätter träffas måste Peter få veta. Än har det stannat vid kyssar och smek. Men hur länge till? Jag vill mer, kan inte hejda åtrån när jag har honom nära. Det är enbart platsen vi är på och regnet som hindrar oss från att gå vidare.

Men jag kan inte vänta för länge att berätta för Peter, även om Andreas och jag inte diskuterat en gemensam framtid. Det är för tidigt för sådana samtal. Jag vet ingenting om hur det blir imorgon, bara att jag längtar efter honom och vill vara med honom.

Igår kväll träffades vi uppe i älgpasset igen. Pratade och kysstes. Ingen öl denna gång men våra känslor gjorde oss berusade ändå.

Men Andreas blev en aning sur på mig, eftersom jag inte kunde låta bli att ställa frågor om de fått fram dna från smulorna på köksbordet och papperslappen med meddelandet.

«Vi prioriterar inte det nu», sa han och jag höjde förvånat ögonbrynen.

«Jag hoppas få reda på det senast måndag fortsatte han förklarande. Men vi fokuserar i första hand på att få Lea fri och ta fast den eller dem som tagit henne.»

«Vem eller vilka kan det vara?»

Andreas skakade bistert på huvudet och avlägsnade sig miltals från mig. Tillbaka i sin yrkesroll fortsatte han med en helt annorlunda röst:

«Du får absolut inte lämna ut information om kidnappningen till media, Sara!»

Det var min tur att bli stött.

«Herregud vem tror du att jag är!»

Vi blängde på varandra och jag flyttade mig bort från honom, utåt kanten på bänken i älgpasset, för att markera mitt missnöje. Regnet träffade mig med all kraft på vänstra axeln och låret. Det blev kallare och fuktigare men framför allt obehagligt. Är det här den verklige Andreas? Kylig och kall. Avståndstagande. Känner jag honom alls?

Det blev tyst en halv minut, när vi båda studerade golvet som bestod av slarvigt ihopsatta plankor med spikhuvudena synliga. Sedan tittade vi på varandra under lugg. Det var hans mungipor som först åkte upp och vi började skratta hysteriskt, som om vi aldrig haft det roligare.

«Förlåt!» sa vi båda samtidigt och jag hann tänka innan vi kysstes att han inte är någon långsint person.

Strax innan vi skildes, vid stigens slut mot byvägen, kunde jag inte hålla mig från att ställa ännu fler frågor.

«Måste inte Lea ha stämt träff med någon vid badet? Någon som skickade sms till henne om att mötas? Hur kunde annars kidnapparen hitta henne? Jag menar, hon befann sig på olika ställen under kvällens lopp. Först efter tio fick hon sms från Elisabeth som frågade när Lea skulle komma hem.

Erik kan man inte lita på. Han har tydligen ändrat sin version enligt dig», tillade jag när jag såg att Andreas otåligt himlade med ögonen.

«Älskling», sa han och mitt hjärta hoppade till av ordet han använde. Med honom vid min sida rusade jag in i framtiden. Var jag redo för det?

Andreas tog om mina axlar och såg på mig med den härliga blicken som jag inte kan få nog av.

«Jag är polis och det är inte du. Det går inte an för mig att diskutera utredningen med dig. Men du kan få veta att hon inte fick ett enda meddelande på kvällen förutom från Elisabeth efter klockan tio. Det har vi naturligtvis kontrollerat för länge sedan.

«Vi ses i morgon. Inte ett ord om det här heller», var det sista han sa innan vi skildes.

Med en lätt knuff på axeln puffade han mig ut i regnet. Irriterad över att behandlas som ett barn gick jag surmulen hemåt.

Det var en strategi vi tänkt ut, att inte gå tillsammans tillbaka hem. För tänk om vi skulle möta någon efter vägen? Hur skulle vi förklara att vi var ute sent tillsammans i regnvädret? Varken Andreas eller jag är intresserade av att mitt i Leas försvinnande, visa omgivningen att vi blivit ett par. Underförstått utan att ens diskutera saken, är vi överens om att hålla våra träffar hemliga, åtminstone för stunden.

Tillbaka i härbret kunde jag höra Andreas tio minuter senare gå uppför trappan till stora huset.

Jag dricker mitt te vid köksbordet medan den silverglänsande sekundvisaren tickar sig fram runt den vita urtavlan. Tankarna på Andreas får mig att belåtet sucka och känna mig som en spinnande katt framför brasan.

Tjugo över sju hör jag ljud från övervåningen, steg och en dörr som stängs. En stund senare spolas toaletten ren.

Jag har dukat fram bröd, smör och ost och sitter till bords tuggande på en hårdmacka när jag hör ljud uppifrån. I ett försök att leta efter kokkaffepannan öppnar jag skåplucka efter lucka men lyckas inte hitta pannan. Har de lagt undan den över sommaren?

Till slut resignerar jag och laddar i stället bryggaren med vatten och kaffe. Elof vill ha kaffe på morgonen och är oftast den som först är på plats i köket. Denna morgon vill jag överraska honom med nybryggt kaffe när han kommer.

Fotsteg som hörs från trappan i hallen får mig att lyfta blicken från köksbestyren men det är inte Elof utan Andreas, som kommer emot mig med ett konspiratoriskt leende. Händerna virar han runt min midja.

Med kropparna tätt sammanpressade upptäcker vi båda samtidigt att vi inte är ensamma i köket. Som om någon slitit oss isär, flyger vi ifrån varandra, och blir stående sida vid sida invid diskbänken.

Elof säger ingenting men jag hann uttyda i hans undvikande blick att han har sett och förstått. Han sätter sig vid bordet utan att slänga ur sig ett hurtigt god morgon som han brukar göra.

«Det har slutat regna», säger jag, nervöst, eftersom det blir för tyst och obekvämt. För att slippa stå sysslolös, i stämningen man kan skära i med kniv, hämtar jag den fulla kaffekannan och häller i till Elof.

«Du vill också ha va?» säger jag till Andreas, utan att titta rakt på honom. Han har slagit sig ner på andra sidan bordet.

Jag anstränger mig för att göra rösten normal, som om han vore vem som helst som jag serverade kaffe en morgon i Leksand. Som om han inte alls vore en man jag håller på att bli kär i.

«Ja tack!»

Andreas låter också konstig på rösten, tillgjord, som om vi låtsas vara andra personer än vi är.

Elof förblir tyst, medan han plockar en skiva mjukt bröd från fatet och brer tjockt med smör på den. Sedan reser han sig och går de få metrarna till kylskåpet. Med öppen dörr studerar han innehållet i det upplysta skåpet, medan Andreas och jag i smyg växlar en blick med varandra.

Hans ögon säger att jag inte ska oroa mig, allt kommer att lösa sig. För att understryka andemeningen i budskapet böjer han sina läppar i ett knappt märkbart leende. Jag försöker å min sida, utan att uttala ett enda ord, förmedla att jag inte tycker om att vi avslöjats.

Linjen mellan våra ögon bryts när Elof är tillbaka vid bordet med en decimeter lång korv och våra blickar faller naturligt på honom.

Han tar ur den rödbruna korven ur plastpåsen, lägger korven över ett fat och skär upp två runda cirklar som han klämmer ner i det tjocka smörlagret på smörgåsen.

«Det blir lättare att leta när det här jävla skvättandet är över», säger Elof efter att ha harklat sig och den konstiga stämningen försvinner som en vindpust, även om rösten är en aning vresig i tonen. Han gillar inte det han sett.

«När alla jävlar slipper gå omkring och bli blöta och man kan se längre fram än tio meter», förtydligar han.

«Men var fan kan hon vara? Har du räknat ut vad som kan ha hänt?» fortsätter Elof, trots att han borde förstå att svar kommer han inte att få. Inte ens jag får annat än smulor från Andreas.

Vi två, Andreas och jag, men även Frida, sitter inne med ny information om händelseförloppet i historien med Lea, som tagit en ny riktning i och med det skrivna meddelandet som Elisabeth fick i natt.

Elisabeth kommer att gå till sjön ikväll och förhoppningsvis få tillbaka Lea. Om inte det sker får hon åtminstone information om hur Lea mår och eventuellt var hon kan befinna sig. Vem det än är som tagit henne, har antagligen haft henne gömd i fäboden under en tid. Kidnapparen kan ha fått reda på var nyckeln finns av en bybo och lätt tagit sig in i huset.

Jag är fortfarande misstänksam mot Erik med anledning av att han är den som haft tillgång till stugan och det är hans släkt som äger fäboden.

Hur kan Andreas vara säker på att Eriks alibi håller? Kompisar till honom men även hans bror har intygat att han varit tillbaka från badet klockan tio på kvällen. Mannen jag såg i natt, påminde han inte om Erik? Men Erik finns i Stockholm säger Andreas. Vem är det Erik haft sex med uppe på berget? Inte Leas dna sa Andreas. Men vems?

Jag vet inte vad jag ska tro och det är ingen idé att grubbla vidare. Gåtans lösning är nära och polisen kommer att finnas på plats för att säkra upp att ingen människa skadas. Ikväll är förhoppningsvis kidnapparen inlåst och häktad i väntan på rättegång.

Om allt det vet Elof ingenting.

«Jag kan inte berätta, det vet du», svarar Andreas.

Elof kastar en misstänksam blick på honom för att därefter snegla på mig med samma granskande halvt ogillande min. Andreas har avslöjat sig genom att säga att han inte kan berätta. Det låter, också i mina öron, som om han sitter inne med information. Han borde ha ljugit och sagt att det inte finns någon ny information.

«Men du ska ha stort tack för all hjälp med att kontrollera vägarna. För bevisen som du och Sara spårat också, naturligtvis», tillägger Andreas, för att blidka Elof.

«Har ni fått fram det där jävla dnat än?» frågar Elof.

«Ja, det har vi men tyvärr kan jag inte berätta mer om det. Men det röda, det var blod.»

Elof och jag stirrar ömsom på varandra, stelnade i våra positioner, ömsom på Andreas som lugnt lyfter kaffekoppen för att ta en klunk. Varför sa han inget om det igår?

«Blod?» säger Elof.

«Ja, grisblod, förmodligen från en fläskkotlett, dränkt i ketchup.»

Andreas kan inte avhålla sig från ett lurigt leende.

Elof ser stukad ut, skruvar på sig på stolen, men säger ingenting på en stund. Jag funderar på varför ingen av oss smakade på det röda. Då skulle vi ha upptäckt att det var blod och inte enbart ketchup. Men tänk om det varit blod från en människa? Antagligen var det den tanken som höll oss tillbaka från att med pekfingret ta upp en klick från mossan och stoppa i munnen.

Fastän det egentligen är goda nyheter, förstår jag att Elof känner sig en aning dum. Grisblod var inte vad vi förväntade oss.

Andreas äter med god aptit en smörgås. En tugga i sekunden. Hur hinner han svälja? Han har ett lager av smör och en korvskiva parkerad på toppen precis som Elofs nyss. Härmar han Elof? Jag vet att det är hästkött i korven som Elof gillar men som varken Frida eller jag kan förmå oss att smaka på.

Mycket smör, kan det vara nyttigt? Och hästkött? I mitt inre hör jag Fridas röst, att jag inte kan ha en kille som gillar kött från dessa vackra djur.

Frida har ridit mycket i sin ungdom. På gymnasiet när vi lärde känna varandra, hade hon en egen häst, som hon skötte om och tog ut på ridturer flera gånger i veckan. Jag följde med henne till stallet ibland och trivdes. Lukten av hästskit, varma starka blanka kroppar som mest bestod av muskler, deras frustande och stampande var en ovanlig värld. En värld för tjejer. Med samma intensiva känsla både avgudade vi hästarna och gnällde på dem.

Stallets ägare, Camilla, som gick omkring klädd i slitna urtvättade jeans och en bylsig tröja, spred sina visdomsord omkring sig om hästskötsel och om livet. Vi sög i oss allt som svampar och jag letade i alla butiker i Uppsala efter precis den snodden, tygklädd i rutigt blått, som hon hade i håret.

Jag skulle vilja rycka mackan ur Andreas stora hand och be honom sköta sig, för min skull. Han försöker möta min blick men jag tittar ner i bordet, för att undvika att han ser avsmaken i mitt ansikte. Suckande inombords brer jag mig en hård ostsmörgås till.

«Det var tur det», säger Elof äntligen.

Hjärnan följer andra tankebanor. Vad kan Andreas ha planerat för kvällen? Hur mycket bevakning kommer det att finnas nere vid sjön? Förhoppningsvis tillräckligt många poliser för att det inte ska finnas någon risk för att kidnapparna smiter. Jag inser att det inte är någon idé att fråga honom om förberedelserna. Egentligen vill jag inte visa mig nyfiken. Det tjänar ändå inget till eftersom han inte delger mig information. Det har jag förstått från igår kväll.

Andreas försvinner efter att ha försökt få till en stund på tu man hand, men jag nappar inte på det. Det luktar hästkorv i hela köket och jag måste ut.

Elof säger att han ska ta fyrhjulingen för att kontrollera hur reparationerna av vägarna fortlöper och frågar om jag vill följa med, men jag avböjer.

I stället bestämmer jag mig för att ta en promenad till sjön för att skapa mig en bild av miljön inför kvällens möte.

Jag promenerar i rask takt på grusvägen till Österbyn, där jag går rakt fram förbi de få husen och följer gräsvägen som leder neråt mot vattnet. Det är för tidigt på morgonen för att någon annan ska vara ute ännu. Inte ens en morgonpigg motionär eller en hundägare som rastar hunden rör sig utomhus ännu.

Det är stillsamt och vackert vid sjön. Ingen vind, sjöns yta glittrar i solen och träden, längs motsatta sidan av sjön, speglar sin gröna lummighet i vattnet. Ingenting i detta paradis tyder på att ett drama kommer att utspela sig på denna plats i kväll.

Vattennivån har stigit på grund av allt regnande och når längre upp på land än när vi badade här, innan midsommar. Det som tidigare var strand har försvunnit under ytan. En roddbåt, bunden vid en björk, befinner sig någon meter ut i vattnet. För att kliva i ekan måste man vada ut till den. Men jag antar att ingen tänkt på att fiska mitt i det hemska vi befinner oss i.

Hur tänker Andreas lägga upp strategin för kvällens möte? Var kommer poliserna att gömma sig? Jag ser mig omkring längs stranden. Det finns buskar och träd längre bort från badplatsen. Kan det bli det perfekta stället att spana ifrån? Jag kommer inte att veta i förväg hur upplägget blir. Det är polisens sak och jag kan enbart passivt vänta på att kidnappningen klaras upp.

Men kommer Lea att överlämnas utan vidare? Antagligen inte. De vill ha pengar även om det inte stod i meddelandet och Elisabeth ser ut att ha en del, om man utgår från hennes inredning. Kommer det att bli ännu ett möte, efter kvällens, ett möte med pengar som utväxlas mot Lea? Det innebär ytterligare nervpirrande väntan. Badet är ett underligt ställe att stämma träff på. Det kan komma folk ner till sjön för att bada men förmodligen sker inte utväxlingen här.

När jag ändå är i Österbyn går jag förbi det nymålade gamla timmerhuset, med ett portlider, som leder till Willy och Cathrin. I solskenet kan man lättare se den vackra trädgården, med frodiga buskar och rabatter.

Vattenmassorna har troligtvis förstört pionerna. Stora vita blad har fallit av och ligger i drivor på marken.

Två bilar står parkerade utanför huset men jag ser ingen människa. Det är för tidigt på dagen antagligen. Silvriga sädesärlor hoppar omkring med viftande stjärtar, noga med att undvika robotgräsklipparen som sakta rör sig över gräsmattan.

Strax intill ligger huset som Eriks och Max släkt äger. Jag kan alltid säga hej om Max är kvar i huset och höra hur allt är med Erik. Ja, jag är helt enkelt nyfiken och kan inte riktigt släppa Erik som den skyldige.

En vit Bmw står parkerad utanför.

När jag kommer fram till huset ser jag att ytterdörren är öppen och jag går fram, knackar på dörrkarmen och ropar in i huset.

«Hallå!»

Max står i köket, ser eller hör inget annat än det som kommer in genom hörlurarna han stoppat i öronen. Han ser djupt koncentrerad ut, i sin egen värld, medan han rör i en kastrull. Gröt? Doften av kokta havregryn når mig.

Visst är Max den äldre av bröderna? Smal i kroppen, samtidigt muskulös och absolut inte tanig, påminner han om en dansare när han rör sig i köket för att sträcka ena handen efter saltet. Han ser inte ut som säljartypen men visst sa Willy att Max jobbar som säljare?

Han stelnar till när jag hamnar i hans blickfång, släpper sleven vilket får den att snurra runt ett halvt varv i kastrullen och han rycker med en samordnad gest de stora svarta lurarna ur öronen. Ögonen vänds mot mig.

«Förlåt om jag skrämde dig», säger jag urskuldande.

«Ingen fara. Jag var inne i ljudboken jag lyssnar på. Ville du något?»

Ljudbok? Det var det sista jag trodde han hade i lurarna.

«Är Erik här?»

Jag granskar det stökiga köket med sitt överfulla bord och uppfattar skymten av tomma ölflaskor tillsammans med kladdiga tallrikar, koppar och glas. En kastrull med en stelnat pastaliknande kaka i botten står mitt på bordet på en virkad grytlapp i vitt och brunt.

«Vi går ut! Det ser för jävligt ut här.»

Han stänger av spisen, drar kastrullen åt sidan och förmår mig att backa ut från dörröppningen. Med bestämda rörelser drar han igen ytterdörren efter oss och hänvisar mig till en utegrupp, fyra vita stolar och ett runt bord, i närheten av en vildvuxen rosenhäck. Själv sjunker han ner i en av stolarna efter att ha föst bort vatten från sitsen. Det är en typ av trädgårdsmöbel med möjlighet att gunga på sitsen. Max sätter sitsen i rörelse.

Fastän jag har fått veta från Andreas att Erik befinner sig i Stockholm kan jag inte låta bli att åtminstone försöka få reda på mer från Max. Jag litar inte riktigt på den information jag fått från Andreas.

«Varför frågar du efter Erik? Han är inte kvar.»

«Du vet inte var han är?»

«Jodå, han gömmer sig antagligen hemma hos våra föräldrar i Stockholm. Vad vill du honom?» frågar han igen, och granskar mig en aning nyfiket.

«Tänker han inte vara med och leta efter Lea mer?»

Han rycker på axlarna som om han inte bryr sig.

«Jag måste in och äta frukost innan gröten kallnar.»

Samtidigt som han uttalar orden reser han sig upp och går mot husets ytterdörr.

«Är du ensam här. Är inte din flickvän kvar hos dig?»

Han fnyser till, som svar på frågan.

«Knappast. Hon har bättre saker för sig», säger han med bitterhet i rösten medan han avvaktande står framför den stängda dörren.

Har han gjort slut med sin flickvän? Vad var det hon hette nu igen? Alice var det ja, hon med den röda blusen och det långa bruna håret, som satt intill honom på midsommaraftonen. Jag ska inte gräva mer i det såret.

«Hör du av dig om Erik dyker upp?» säger jag, som inte kan göra annat än resa mig upp även jag.

«Det tror jag knappast att han gör.»

Är allt det här spelat för att jag inte ska rycka upp dörren, gå från rum till rum för att se om Erik ligger och trycker någonstans, som en grävling i sitt gryt? Jag är inte helt övertygad om att han inte finns här i huset. Syftar Max beteende till att jag ska tro att han är arg på sin bror eller vad är det han menar med sina ord?

«Varför inte?»

«Du, jag tror vi är klara. Jag behöver som sagt gå in. Hejdå!» säger han kort och öppnar dörren och går in i huset.

Han stänger efter sig, inte med ett brak, men tydligt och bestämt, efter att ha nickat bekräftande mot mig.

Tiden står stilla denna dag, i väntan på kvällen när allt ska ske. Efter lunchen tar jag mig igenom syrenhäcken till Elisabeth hus. Jag är nyfiken på hur hon förbereder sig inför mötet vid sjön.

Med ett hopp tar jag mig över diket och snirklar mig sedan igenom växtligheten där den är som glesast, samma väg jag tog den natten.

Vattnet som samlats på blad och grenar faller över mig. En stråle tar sig ner i halsringningen på min t-shirt och rinner över huden på ryggen. Jag spänner kroppen, ryser till och stryker handen över tyget för att förmå plagget att suga upp vattnet. Hu! Jag är innerligt trött på vatten men det dröjer sig kvar överallt. Hela naturen är genomdränkt.

Jag knackar lätt på dörren. Medan jag väntar kontrollerar jag under blomkrukans fat om nyckeln finns, men nej, det är tomt.

Själva blomman är i förruttnelse. Det är vatten på fatet och inne i själva krukan, ända upp till kanten.

Ingen öppnar och jag trummar återigen med knogarna tre gånger på den gamla dörren. Precis när jag bestämt mig för att ge upp och återkomma senare, hör jag ljud inifrån och dörren går upp.

Elisabeth ser jäktad och överraskad ut när hon ser mig. Hon håller höger hand på dörrhandtaget, släpper det inte, som om hon har för avsikt att dra igen dörren när hon blivit av med mig. Exakt på samma sätt som hon gjorde den natten jag väckte henne, med anledning av meddelandet jag hittat.

«Åh, är det du», säger hon, oförskämt för att vara den som alltid ser ut att tänka på hur hon framställer sig själv.

Men hon släpper handtaget och tar ett kliv ut i solskenet, klädd i slitna ljusblå jeans och en stor tröja. Om huvudet har hon virat en bländvit handduk.

«Jag var i duschen», säger hon förklarande. «Vad vill du?»

Sådana ord uttalas aldrig på landet, har jag lärt mig av Elof och Ellen. Man öppnar dörren, sätter på kaffe och pratar med sin gäst. Finns det ett ärende, kommer det fram. Vill gästen umgås, det vanligaste, gör man det.

Elisabeth har inte läst på reglerna. Hon blockerar ingången, en tydlig signal om att hon inte vill ha in mig i huset. Antagligen är hon arg på mig för att jag skvallrade för polisen.

Jag har en mängd frågor på tungan som om hon är nervös inför kvällen och om hon fått fler meddelanden men jag känner på mig att hon inte är på humör att bli utfrågad av mig.

«Hoppas allt går bra ikväll», säger jag i stället en aning krystat och byter ställning, obenägen att gå därifrån, fastän jag anar att jag borde ge upp.

Hon gör en konstig min med munnen och höjer på ögonbrynen. Definitivt är hon irriterad på mig.

«Var det något speciellt?» säger hon sedan.

Det är hur tydligt som helst att hon vill bli av med mig och det går inte att missförstå när hon börjar dra dörren mot sig.

«Har du fått mer information? Nya instruktioner?»

Elisabets blick är undanglidande och hon svarar inte genast.

«Nej, nej», säger hon sedan med kraft.

Hon ljuger. Det är något hon inte vill säga till mig.

«Jag har saker att uträtta om du ursäktar.»

Innan jag hinner reagera står jag snopen kvar utanför och hör Elisabeths steg avlägsna sig inne i huset.

Hon är arg för att jag berättade för Andreas. Men de ska skydda henne, få fast kidnapparen. Fattar hon inte det?

Jag vill vara hennes vän, hennes förtrogna. Borde hon inte hålla sig väl med mig och alla dem som letat efter Lea tillsammans med henne? Borde hon inte vara mer rädd om vänskapen med grannen? Fast jag räknas knappast som en granne, eftersom jag inte bor här.

Ska jag gå vidare till bystugan? Men det är knappast någon idé för sökandet har upphört. Antagligen beroende på vad som ska hända i kväll, men polisen har inte avslöjat den verkliga orsaken, i stället har man förklarat det med att allt närområde är avkammat och att en ny strategi ska läggas upp imorgon.

Jag ger upp och tar mig igenom syrenhäcken från andra hållet men stannar till vid dasset. När jag ändå är vid dasset kan jag passa på att kissa.

Med min nakna bak över hålet, ser jag ut genom den öppna dörren. Om jag sträcker mig kan jag genom syrenhäcken skymta baksidan av Elisabeths hus.

Fåglarna kvittrar, insekter surrar, en citronfjäril fladdrar förbi i solljuset utanför dörröppningen efter att ha gjort en nyfiken flygtur åt mitt håll. Jag försjunker i tankar på Andreas. Kommer det att bli vi?

När jag tittar upp igen ser jag en skymt av Elisabeth. Hon är redan på väg in i skogen, bakom husen. På armen bär hon en stor korg.

Trots att hon inte har en röd mössa på sig kommer jag ändå att tänka på rödluvan och vargen. Ska hon plocka svamp? Nej det måste vara för tidigt för svampsäsong om inte allt regn gjort att kantarellerna snabbt växt sig stora.

Kapitel 48. Skräcken

Jag lyckas smita hemifrån när ingen ser mig. Det är inte lätt i en by be-stående av människor som har ögonen på varandra och det inte finns en hemlighet kvar att avslöja, förutom min.

Polisen vet naturligtvis om hans existens, men de tror sig ha information att han är på en helt annan plats. Jag tänker inte upplysa dem om att de har fel. Det skulle göra det omöjligt för mig att agera.

Det måste ske snabbt och utan förvarning. Helt oförutsett för hans del eftersom han vet vilken roll jag haft genom åren. Offret, den misshand-lade, den passivt väntande kvinnan. Den som böjer huvudet redan innan nästa slag kommer, håller igen på skriken, för att grannarna inte ska börja skruva på sig och börja fundera på om någon borde ringa polisen. Jag har varit den som tagit hänsyn till alla för att inte skapa dålig stämning men tänkt på mig själv i sista hand. Rollen jag haft i vårt förhållande måste jag bryta mig loss ifrån.

Hur ska jag lyckas ta bort de sista spända repen? Med kraft måste jag riva sönder den täta väven, klippa av trådarna med den starkaste sax jag kan finna. Men det är inte lätt att bli av med bojorna som aldrig slutat växa. Genast jag fått bort en invasiv art växer en annan till sig. Som om jag inte kan hålla ihop utan denna väv runt mig. Som om själen och huden är bortskrapad, försvunnen av tiden med honom. Det är inne i den täta väven viljan och mitt jag finns. Som om bojorna alltid varit förbunden med kroppen, ja i själva verket är en del av den. Väven är jag och jag måste döda mig själv för att bli mig själv som jag en gång var, eller spillrorna av det som var jag.

Vi går uppför backarna jag och Skräcken, förbi ett stort område av soliga hallonsnår. Bären är inte mogna ännu men det finns massor av knölig kart, trots sommarens underliga väder. Jag längtar efter att gå uppför samma backe i augusti med lugn i själen och en hink svängande i handen, längtar efter den tiden då jag kan dra av de rödrosa bären från mittendelen och försiktigt lägga dem i den allt tyngre hinken. Med granskande ögon vill jag först syna hallonen, hålla dem nära för att upptäcka de små slingrande maskarna. Men jag kan inte vara säker på att få uppleva den dagen.

Det kommer att gå bra, säger jag till Skräcken, som ser tvivlande ut när han hör mina tankar.

Skräcken har varit med förr och vet vad som kan hända. Under tiden han suttit i fängelset har Skräcken avvaktande funnits vid min sida men vuxit i styrka när han släpptes fri.

Men mitt lugna sätt för med sig att även Skräcken kör på låg växel. En utflykt på egen hand är däremot ingenting Skräcken rekommenderar.

Det bästa för dig är att stanna hemma, säger Skräcken, men jag viftar bort hans råd.

Hur länge ska jag gömma mig, göra mig osynlig? Vilken nytta har det gjort?

När jag kommit halvvägs stannar jag till och ser mig omkring. Skogarna breder ut sig under mig. Han skulle kunna överraska mig och då är jag definitivt förlorad. Även om jag numera är vältränad är han man och skulle kunna brotta ner mig utan svårighet.

Har han passat på att träna på gym i fängelset? Gratis, det är antagligen gratis för de intagna konstaterar jag, inte utan en viss bitterhet. Själv har jag lagt ner en förmögenhet på att bygga upp mig till att bli en vanlig fungerande människa.

Ingen gestalt gömmer sig bakom träden, ingen kommer springande mot mig i en skrämselattack, ingen ropar mitt namn. Susen från tallarnas grenar, när de sakta rör sig högt uppe, nära himlen, och fåglarnas stillsamma kvitter är de enda ljud jag hör.

Efter att ha pustat ut en stund går jag vidare. Det blir brantare, mer ansträngande och jag drar ut på stegen. Jag tänker inte vara helt utpumpad när jag når utsiktspunkten. Klockan på armen visar halv tolv. Det är ingen brådska.

Snart kommer det att vara över säger jag inom mig och läpparna rör sig runt orden utan ljud. Men jag är inte sentimental och känslig. Det har jag inte råd att vara. Jag är botad från naivitet och romantik. Det enda som hjälper mot honom är beslutsamhet och kylig hjärnkapacitet. Jag är medveten om, ja kalkylerar kallt med, att jag trött och svettig går mot min egen död.

Kapitel 49. Senare på fredagen

Frida sitter på en trädgårdsstol utanför härbret när jag är tillbaka från dasset. Hon lyfter blicken från sin mobil när hon ser mig komma.

«Ikväll händer det.»

«Ja, hoppas allt löser sig.»

Det hörs röster från Elisabeths hus när jag satt mig ner bredvid Frida. Jag tycker mig känna igen Andreas röst och reser mig upp för att gå tillbaka varifrån jag kom, till syrenhäckens grönska. Är det förberedelserna inför kvällen? Spänningen stiger inom mig.

Tre steg närmare häcken ger mig bättre överblick över Elisabeths hus. Frida är mig hack i häl och går in i min rygg, när jag stannar.

Andreas och en annan polis, en äldre man som jag tror heter Stefan, står utanför Elisabeths hus. Andreas knackar hårt på dörren.

«Elisabeth! Vi är här nu.»

Inget händer och när jag vänder mig om och ser Fridas spända ansikte förstår jag att hon, i likhet med mig, följer skeendet i granngården och funderar över vad det kan betyda att Elisabeth inte är hemma.

Bultandet och ropandet sker ännu en gång, men när ingen öppnar dörren går Andreas ett varv runt huset, medan Stefan tålmodigt står kvar väntande utanför ytterdörren.

Andreas dyker upp igen från andra hållet av huset. Han ser missmodig ut, ruskar på huvudet och säger:

«Vi frågar hos Elof och Ellen om de sett henne.»

De går ner mot vägen och tar riktning mot vårt håll. Det är allvar i luften men Frida och jag kan inte låta bli att le mot varandra, när vi skyndsamt springer tillbaka till våra platser vid fikabordet och slänger oss ner på stolarna vi nyss satt i.

När poliserna kommer fram till oss, ser det ut som om vi suttit och slappat länge. Andreas frågar om vi sett till Elisabeth.

Frida skakar på huvudet.

«Men jag såg henne gå in på stigen bakom huset alldeles efter jag pratat med henne», säger jag och pekar med en hand in i skogen.

Med ett vaksamt uttryck i ögonen frågar Andreas:

«Hur länge sedan var det?»

Jag ser frågande på Frida.

Hon rycker på axlarna.

«Du kom hit för en kvart sedan ungefär.»

Andreas slår sig ner i en stol, trummar nervöst på handtagen med fingrarna och stirrar ut i luften. Stefan blir stående bredvid.

«Är allting klart inför kvällen?» frågar jag.

Båda poliserna nickar med allvarsamma miner.

«Men vi måste få kontakt med henne. Det är ett antal detaljer vi behöver diskutera», säger Andreas och reser sig snabbt upp igen, som om han insåg att han inte kan slappa här.

«Säg åt henne att komma till bystugan om hon dyker upp. Eller ringa. Hon svarar inte i sin mobil.»

Vi lovar att göra det och de båda polismännen går missmodigt sin väg.

«Ska vi gå till hennes hus och vänta tills hon dyker upp?», frågar Frida.

«Det är bättre att vi delar på oss. Jag följer stigen hon gick på.»

Kapitel 50. Skräcken

Med korgen placerad vid mina fötter, sätter jag mig på den gröna bänken och blickar ut över bygden nedanför. Det är den bästa dagen sedan jag flyttade hit. Den bästa dagen för att beundra utsikten framför mig. Jag har varit uppe på berget en gång tidigare och den gången längtade jag hem under hela vistelsen. Det gick inte att tänka bort risken för att han skulle kunna dyka upp, även om han vid den tiden inte alls räknat ut var jag fanns.

Jag kunde inte slappna av. Aldrig vid andra tillfällen heller, när jag vågade mig hemifrån. Att visa upp mig för andra gjorde mig skräckslagen, eftersom jag visste att han fanns någonstans.

Allra minst idag kan jag slappna av men vill ändå insupa den vackra sommardagen, som om den vore min sista. Solen strålar ovanför mitt huvud. Himlen är djupblå. Aldrig någonsin tidigare har jag upplevt en himmel blåare än denna.

Varm och svettig, efter att ha kämpat mig upp för stigningen, torkar jag svett från pannan och nacken och stryker av handens fukt på det tunna klänningstyget, som döljer knäna. Med båda händerna puffar jag sedan till håret. Frisyren har fallerat, fallit ihop under färden, trots att jag ansträngt mig med hårspray. Svetten från hårbotten har fortblandat sig ut i hårstråna och fått frisyren att återgå till sitt normala tillstånd. Det finns ingen möjlighet att förbättra den, men jag gör vad jag kan genom att känna på håret och rufsa till det. Jag borde ha tagit med en spegel.

Trots att det kryper nervöst längs ryggraden, sitter jag med ansiktet bortvänd från stigen och utsikten över byarna framför mig. Skräcken frågar om jag vågar utmana ödet på detta sätt.

Han kan överraska dig bakifrån, säger Skräcken.

Orden får hjärtat att slå extraslag. Tänk om han i denna stund finns i närheten, kall och beräknande, betraktande min försvarslösa gestalt, i väntan på att smyga närmare? Planen kan gå om intet. Jag kommer inte att ha en chans att försvara mig.

Ansträngningarna att inte vända mig om, får pulsen att gå upp och svett bryter återigen ut på panna och i armhålor.

Nej, det skulle vara för enkelt för honom. Jag lugnar mig snabbt och skakar på huvudet åt Skräcken. Han vill leka med mig som katten med råttan och tänker inte hoppa över minsta steg i det spel han är mästare i.

Jag kommer aldrig att lära mig vad som gäller eftersom spelplanen ändras efter hans vilja, hans nycker. Det är dödsdömt från början att tro att det finns något rätt eller fel i hans värld. Alltid finns det anledningar att anmärka, ett misstag jag ska straffas för, oavsett hur mycket jag kämpat för att anpassa mig.

Men idag tänker jag inte låta honom flytta runt mig som en schackpjäs. Jag har redan gett upp innan kampen börjar. Han vinner.

Väven tätnar, som ormar slingrar den sig runt armar, fyller ut ihåligheter och svaga länkar. Nya hållfasta trådar knyts runt bröstet, gör andningen ytlig och ansträngd.

Skräcken mumlar varnande att det är för osäkert att sitta kvar men jag har slutat lyssna på varningsropen. Jag har frivilligt gått rakt in i mitt forna fängelse och det finns ingen återvändo längre.

Armbandsuret visar tio minuter innan utsatt tid.

Jag ser ut över grönskan nedanför mig, vägen som slingrar sig fram mellan husen, den lilla runda sjön dit jag inte vågat gå för att svalka min läkta kropp och förstörda själ. Bryggan jag inte haft mod att sätta en naken fot på, för att inte riskera att någon fört berättelsen vidare om kvinnan som badat. Oskyldigt skvaller som för mig kan betyda liv eller död. Alla foton som tas när man möter en annan människa gör inte saken bättre. Jag kan inte riskera att hamna på någons Instagram.

Men all försiktighet visade sig inte spela någon som helst roll. Han har hittat mig ändå.

Drömmen jag fortfarande har är att jag ska ta den dammiga byvägen till sjön och stanna till när någon vill prata med mig. Inte skynda vidare, flacka med blicken av otålighet åt en vänlig själ.

Jag försöker att inte tänka på det jag önskar när jag sitter overksam på bänken. Det är för smärtsamt och ouppnåeligt. En underbar dröm. De torra ögonen tar in skönheten runt mig och jag suger in grönskan, skogarna, sjöarna, fåglarnas kvitter, och insekternas svaga surr i en djup inandning eftersom det blir det sista mina ögon kommer att se.

Ljudet bakom mig får mig att blunda hårt, tvingar mig att inte rusa upp och fly. Prassel när ben nuddar en kvist eller höga grässtrån. Fötter som trampar sig ner i marken med en lätt duns, alltför nära mina egna skor. Någon saktar in vid min högra sida och skymmer solen.

Jag får inte spritta till och därför tvingar jag ner Skräcken på marken, sätter den högra handen över nacken.

Håll dig lugn, säger jag med fast röst.

Vi får inte visa att vi är rädda innerst inne. Jag är redan förlorad och har varit det ända sedan jag träffade honom.

Kapitel 51. Skogen

Jag har garderat mig med stövlar på fötterna och behöver inte undvika vattensamlingar och pölar som ligger i min väg. Den första biten plaskar jag mig fram, för att en stund senare nå ett ställe där stigen delar sig i två. Den ena stigen ser ut att vara genvägen till Klotberget, av stigningen att döma, och jag väljer den. Inte för att jag vet om Elisabeth valde det alternativet men jag chansar på det.

Solen lyser oftast med varm glöd men gömmer sig ibland bakom molntapparna. Jag glömde berätta om korgen Elisabeth bar med sig för Andreas. Varför hade hon en korg med sig? Den var inte tom, en blank termos stack upp ovanför kanten, det kunde jag se innan hon försvann in i skogen. Ingen svamp skulle plockas alltså. Men vem skulle hon fika med en viktig dag som denna?

Var kan hon ha tagit vägen? Har hon råkat ut för en olycka? Konstigt att Andreas inte når Elisabeth på mobilen. Varför svarar hon inte? Men hon lämnade förmodligen telefonen hemma, eftersom hon tänkt sig en kort skogstur.

Alla förklaringar känns konstruerade. Borde hon inte vara på helspänn inför kvällen och inte göra sig okontaktbar? Hennes agerande känns ologiskt ur många aspekter.

Det har gått en lång stund sedan jag såg henne gå hemifrån. En halvtimme eller tre kvart. Antagligen befinner hon just nu på en helt annan plats än i skogen. Det är det troligaste. Frida hittar henne antagligen i sitt hus. Elisabeth ger intryck av att vara en person som inte är hemifrån särskilt långa stunder. Jag tänker på midsommaraftonen när hon inte deltog vid festligheterna. Ellen har också nämnt att Elisabeth inte umgås med andra. Det finns antagligen en helt naturlig förklaring till hennes beteende även om jag inte förstår den.

Tankarna pendlar från det ena alternativet till det andra om var Elisabeth kan befinna sig. Men när jag tagit mig längre upp på berget, stiger oron inom mig. Det beror på att mötet ska ske i kväll. Ingenting får äventyra det och även om jag inte har ansvar för att Elisabeth ska få tillbaka Lea, är jag ändå drabbad av stundens allvar. Det var jag som upptäckte meddelandet och jag är angelägen om att allt blir som det var tänkt.

Svettig och andfådd når jag platån och upptäcker att utsikten över trakten är magnifik i solskenet. Är det två korpar som olycksbådande kraxar till högt uppe i luften, svarta och ouppnåeliga?

Jag stannar till för att kontrollera omgivningen och försäkra mig om att ingen Elisabeth ligger med stukad fot någonstans. Sedan går jag vidare, förbi den gröna bänken vid utsiktsplatsen. Detta är inte stunden för att beundra vyn över trakten nedanför mig.

Skogen kryper närmare mig när stigen knappt är framkomlig längre. Grenarna från träden växer tillräckligt nära för att ta varandra i hand över mitt huvud. Ibland måste jag huka mig under en gren för att komma förbi. Men det finns streck på träden i orange färg, målade med jämna mellanrum, för att man ska hitta, stigen är en del av en utmärkt led. Jag fortsätter i snabbt tempo, trots att jag då och då måste stanna till för att ta reda på åt vilket håll leden tar mig.

Borde jag vända om? Elisabeth kan ha tagit den andra sträckningen av stigen när den delade sig, en mer framkomlig väg och inte lika brant som den jag går på. Hon har inte gett intryck av att vara typen som tar en motionsrunda upp på ett brant berg. Men jag kan lika gärna fortsätta en kort sträcka till, innan jag vänder tillbaka, när jag kommit ända hit.

Jag drar upp mobilen ur fickan för att kontrollera med Frida om Elisabeth är återfunnen.

Har Elisabeth kommit tillbaka? skriver jag till Frida.

Jag får en ledsen emoji till svar.

Fasen också. Var är hon?

Det plingar till igen.

Stefan står utanför hennes dörr igen och knackar på. Var är du?

Uppe på berget och letar. Strax tillbaka.

Med oro i magen tar jag mig med svårighet fram på den halvt igenväxta stigen.

Sedan går det inte längre. Leden, som varit svår att följa den sista sträckan, har helt upplösts och de färgade markeringarna syns inte längre till. Hur är det möjligt att det plötsligt tar stopp, mitt i en skog?

Jag blir tveksam om i vilken riktning leden fortsätter och snurrar runt för att spana efter tecken på röd markering på en trädstam.

Ingen Elisabeth. Det börjar kännas löjligt. Varför har jag envist fortsatt långt upp på berget? Det är dags att vända om och gå tillbaka.

När jag tvärvänt och satt den ena röda stöveln framför den andra, på väg tillbaka i mina egna fotspår, uppfattar jag svagt lätet. Ett djur? Det låter som om någon kvider. Jag försöker lokalisera ljudet och tar mig trevande åt det håll det kommer ifrån, viker av från stigen och in i skogen.

Borde jag gå närmare? Det kan vara ett rådjur eller annat djurbarn som fötts under våren och som ligger och trycker i väntan på sin mamma. Eller har de växt sig självständiga runt midsommar? Hur snabbt går det i djurvärlden?

Det behöver inte vara ett rådjur som gömt sig under ett träds grenar eller i en grop. Björn, älg, lodjur, räv och harar finns också samt andra alternativ jag inte kommer på. Jag hoppas att det inte är en björnunge, för jag gillar inte risken att en fullvuxen rasande hona finns i närheten. Vad jag känner till är det riskabelt att hamna mellan ungar och mamma. En ilsken björn skulle jag inte vilja möta mitt i skogen, utan möjlighet att fly. Med stövlar på fötterna är jag chanslös. Björnar är inte bara starka, de är snabba också.

Det behöver inte komma från ett djur. En gren som skrapar mot trä i den knappt märkbara vinden kan, kusligt nog, påminna om ett läte från en levande varelse. Träd kan ha fallit över ett annat träd och då uppstår ljudet i blåsten. Men det blåser ingenting och jag ser inga kullfallna träd, trots att jag snor runt för att granska omgivningen noga. Mina röda stövlar trampar runt i blåbärsriset på marken, granar och tallar avtecknar sig i svarta siluetter mot solen när jag blickar upp mot himlen, i ett försök att lokalisera lätets ursprung.

Det märkliga klagandet är plötsligt tillbaka med högre toner och jag fryser till mitt i en rörelse. Med spänd hörsel försöker jag tolka ljudet. Det går inte att missförstå. Jag har tagit mig närmare det som låter. Ett djur som har mycket ont, som lider finns någonstans nära mig. Det kan vara en hare eller ett rådjur som fastnat i taggtråd eller annat vasst. Ingen björn intalar jag mig, för en björn vågar jag inte hjälpa. Ljudet från en björn borde dessutom vara högre, som ett vrål.

Hjärnan tar beslutet åt mig och jag fortsätter långsamt att gå i riktning mot kvidandet, som nu återkommer regelbundet gång på gång. Hjärtat bankar av rädsla för vad jag kommer att upptäcka. Blod och smärta jag inte kan lindra. Jag vill inte befinna mig mitt i skogen ensam och skulle helst vilja vända, för att rusa tillbaka samma väg som jag kom på. Men att fly för att jag tycker det är obehagligt får jag inte ens fundera på.

Stönandet ökar i styrka och jag rör mig mot ljudet. Jag kliver ner i blöt mossa när jag kryssar mig fram mellan träden samtidigt som jag går runt de mossbevuxna stenarna som begränsar framfarten. En stund tappar jag riktningen. Ljudet blir svagare och tystnar till slut helt.

Avvaktande blir jag stående med huvudet sträckt upp i luften för att inte missa lätet. Har jag gått åt fel håll? Det är enbart skogens svaga sus som hörs och en och annan fågels kvitter.

«Lilla vän», säger jag med låg, om än en aning osäker röst, för att inte skrämma det djur som finns någonstans nära mig och som är skadat.

«Jag ska hjälpa dig.»

Då kommer ett skrik som får blodet att stelna i ådrorna och håret på armarna att resa sig som i protest. Ropet får mig att stanna mitt i en rörelse, mitt i ett kliv. Men det är egentligen inte ett vanligt skrik. Det är ett desperat rop som utstöts.

Men det finns ingen tvekan längre. Det är en människa, en som är förtvivlad och desperat. Skadad.

Jag springer, klumpig i gummistövlarna längre in i skogen, mot ljudet. Då ser jag henne.

Kapitel 52. Skräcken

«Hej», säger jag glatt, när han slår sig ner till höger om mig på den grön-målade träbänken, som slitits hårt av väder och vind. I handen håller han fram en papperslapp som jag leende tar ur hans hand när han sträcker den mot mig med ett ironiskt flin. Den har blivit blöt av att sitta ute i regnet. Nu är den torr men texten har flutit ut och är knappt läsbar längre.

Jag har lärt mig skådespelets konst, under den tid vi bodde tillsammans, och vet när man ska låtsas vara lycklig och glad. Leendet måste tas fram med bred mun, utan snåla mungipor. Glittret i ögonen, har jag efter lång träning också lyckats med. Det har varit det allra svåraste, men jag lockar det till mig genom att tänka på barnen som små. Då bryter en störtflod av sprakande ljus fram ur min blick, ett ljus som kan övertyga vem som helst. Andas lugnt, säger jag till mig själv, när jag känner bojorna runt kroppen sluta sig tätare.

En flämtning är nära att slippa ut från läpparna när piggarna tränger genom huden och för att inte avslöja mitt lidande, sluter jag ögonen som om jag skyddar dem mot solens strålar. Jag får inte avslöja mig. En kort stund för återhämtning, innan jag med handen på pannan som solskydd, gnistrar lyckligt mot honom igen. Det är ansträngande men måste gå. Varje steg tar på krafterna, försvagar mig för varje sekund som går och ökar på hans styrka.

«Hej Charlotte», säger han inte fullt lika glädjefullt.

Charlotte. Mitt hjärta hoppar till av hans röst och av hur han uttalar mitt riktiga namn. Ett namn, som ingen i min omgivning längre använder. Jag känner hur mycket jag saknat den rösten och min hand söker hans och kramar den. Allt det gamla kommer tillbaka, känns vant och tryggt.

Han ser oförstående på mig och hans breda hand ligger passiv i min. Hur ska jag få honom att förstå att jag älskar honom och alltid har gjort det, trots allt som hänt?

Han ser lika bra ut som förr. Det mörka håret har fått fler grå strimmor och han har odlat skägg. Ett välansat gråsvart skägg, som klär honom och får honom att se seriösare ut. Förmodligen en förklädnad för att undvika att bli igenkänd.

«Vad jag har saknat dig!» fortsätter jag och trycker till hårdare om hans hand. Båda mina händer omsluter hans nu. Förstår han ändå inte att jag menar det jag säger?

Han gör en grimas med munnen, sliter sig hastigt loss och slår ut med händerna, för att visa att han är förvirrad.

«Jag vet», säger jag, för att visa medkänsla med hans reaktion.

«Men det var många som bevakade mina minsta steg och gjorde det näst intill omöjligt att ta kontakt med dig. De tvingade mig att byta namn också för att du inte skulle kunna hitta mig. Ja, allting blev fel. Jag lät mig påverkas. Förlåt mig, men det var inte mitt fel att vi kom ifrån varandra. Har du inte själv alltid sagt att jag är lättpåverkad.»

Hastigt reser han sig från bänken och går fram och tillbaka framför mig medan han stryker sig över håret. Det är alltid på det sättet han visar sin osäkerhet. Skräcken säger åt mig att passa på innan det är för sent.

Res dig och gå!

Men jag kan inte lyssna på Skräcken.

«Det ska gudarna veta!» svarar han, men orden ekar en aning ihåligt, som om han inte hittat tillbaka till den föraktfulla ton han alltid använt mot mig.

Tvekande står han kvar på samma plats en stund, för att efter det vända ansiktet mot mig och ogenerat granska mig uppifrån och ner med kisande blick.

«Fan va snygg du är. Jag blir kåt när jag ser på dig.»

Jag ler blygt och böjer sedan ansiktet ner i knät för att visa ödmjukhet men innerst inne gör hans ord mig jublande glad.

Självklart har jag klätt mig ljuvt och kvinnligt, precis som han vill ha mig. Absolut inte den röda. Den skulle ha provocerat honom.

Nej, en blå klänning som jag köpt enkom för detta tillfälle, inte för sexig och inte för tantig sluter sig runt kroppen. Den är blommig med en volang längst ner. Jag är från början en jeanstjej som tycker kjolar och klänningar är opraktiska. Det var han som fick mig att ändra stil och bli traditionellt mer kvinnlig.

För att få honom att förstå att jag gjort mig till för honom, har jag valt klänningen med omsorg och negligerat det faktum att det knappast är sådant som passar att gå klädd i, högt uppe på ett skogklätt berg.

Allt annat hos mig är förändrat mot för två år sedan. Håret är kort och inte blont. Det har han inte kommenterat ens, antagligen har han spanat på mig och sett hur jag ser ut numera.

«Nej, men ...» säger han dröjande.

«Ska vi gå till tältet», fortsätter han och pekar mot stigen som leder djupare in i skogen.

Tältet. Det är alltså i tältet han hållit sig gömd. Eller inte gömd precis. Han behöver inte gömma sig, men vill antagligen undvika uppmärksamhet och vad passar då inte bättre än att tälta i storskogen.

För allt i världen vill jag inte hamna i tältet, som jag känner till alltför väl, innanför vars väggar jag kommer att vara helt chanslös. I ett utrymme som han har sovit och ruvat i medan han planerat sin hämnd på mig. Han tänker ta mig till sitt lilla bo, dit inga bybor dyker upp. I tältet kan han ha mig för sig själv och göra vad han vill. För till utsikten kan det komma folk. Inte ofta men det finns en risk och den risken kommer han inte att ta. Jag är inte säker här men inte heller helt chanslös.

«Ah, fint att du tältar», säger jag och ler förtjust över möjligheten att hamna tätt intill honom i ett tält. I alla fall är det vad jag hoppas att jag förmedlar.

Skräcken vill ha besked om hur länge jag vågar vänta tillsammans med honom.

Sådana frågor kan jag inte ställa mig. Han skulle skratta åt mig om jag med förtvivlan i rösten sa att jag måste gå. Skräcken kan inte få ta över, då skulle jag vara illa ute.

«Hur långt är det dit?»

Han ser ut att fundera en stund medan han stirrar rakt ut i det tomma intet vi har framför oss, med höjda ögonbryn.

«Ja, vad kan det vara? Ungefär en kilometer. Ska vi gå?»

Jag lyfter upp korgen på bänken.

«Nej, först ska vi ha det mysigt, eller hur? Vi ska passa på att fira att vi är tillsammans igen.»

Hans förbryllade ansiktsuttryck är obetalbart när jag ger honom den kylda mousserande vinflaskan som jag halat upp ur korgen.

«Du brukar vara bäst på att öppna», säger jag flickaktigt.

Utan att protestera tar han emot och börjar genast mekaniskt pilla bort metallpapperet runt öppningen.

«Ja det är ingen brådska», säger han och sätter sig igen medan han lossar metallen och börjar vrida runt korken.

«Även om det är väl tidigt på dagen för alkoholhaltiga drycker.»

Pang!

Jag står beredd med två höga glas och han häller i. Drycken bubblar uppmuntrande mot oss.

Minnesbilder kommer blixtrande tillbaka till mig i kaskader. Alla dessa tillfällen när vi firat med mousserande vin. Hur bittert, hur fullt av minnen, är inte de alkoholhaltiga dryckerna för mig idag att jag aldrig smakar vin numera.

Men jag tvingar mig att skåla med honom och låter tungan fuktas. Jag vill att han ska förstå att jag fortfarande älskar honom och vill vara med honom.

Kapitel 53. Upptäckten

Hon ligger framstupa på knä med ansiktet i marken och gråter förtvivlat. Bakom henne skymtar ett gult tält genom tallarnas stammar. Vem tältar här? Har det med Lea att göra?

Men jag får undersöka tältet senare. Först måste jag se efter var hon är skadad. Jag sjunker ner bredvid henne, försöker vara rationell. Noterar att hon har en korg placerad på marken fylld med en termoskanna och flera plastburkar med innehåll jag inte kan se under de blå locken.

Försiktigt börjar jag undersöka hennes kropp med darrande fingrar. Hon är passiv, rör sig inte, lyfter inte ens upp huvudet men kvider medan jag famlar och stryker för att förstå var hon gjort sig illa. Hon noterar knappast att jag finns och jag får inget svar när jag om och om igen frågar henne vad som hänt.

Jag undersöker hennes armar för att upptäcka om hon brutit sig och trycker på vissa punkter. Är hon skadad borde hon skrika till, säga åt mig att sluta men hon fortsätter gråta och jämra sig. Det går inte att avgöra hur hon är skadad.

Men äntligen ser hon ut att ha tagit in min närvaro och trycker till med förvånansvärd styrka om min ena handled.

«Jag trodde att jag skulle hitta henne men hon är inte här», viskar hon.

Ansiktet är grått och sammanbitet. Hon sitter mitt i blåbärsriset och pekar åt tältet till.

Jag tvekar när jag reser mig upp för att ta mig fram till det gula tältet. Tänk om det finns någon i närheten som är farlig, som tagit Lea? Eller ännu värre, mördat henne. Både Elisabeth och jag kan vara i fara och jag borde se till att ta oss härifrån genast.

Men jag går vidare och noterar i ögonvrån en blå- och vitrandig handduk som slarvigt hänger över en lågt hängande gren från en gran. Den vita plastdunken som står halvt gömd under granen visar, genom den mörkare nedre delen, att den består till hälften av vatten.

Dragkedjan är uppdragen på tältet och jag sätter mig på knä och viker undan fliken för att kunna se in i tältet. En sovsäck ovanpå en luftmadrass tar upp halva ytan. Ur den öppna svarta necessären som står på golvet sticker en tandborste upp och kläder väller ur en öppnad grön ryggsäck. Manskläder noterar jag, på knä i tältöppningen, när jag ser ett par randiga boxerkalsonger. Polisen behöver ta sig hit för att undersöka vem tältet tillhör.

Jag backar ut och går tillbaka till Elisabeth som passivt sitter kvar i samma position med armarna runt de uppdragna knäna och huvudet nedböjt.

«Jag ska hjälpa dig hem. Du kan stödja dig på mig.»

Hon skakar på huvudet och kommer till sans, med ens samarbetsvillig.

«Jag kan gå själv. Det är ingen fara med mig», säger hon och torkar sig med båda händerna om ögonen.

Jag ringer till Andreas, ber honom möta oss och berättar att jag hittat Elisabeth.

«Något har hänt henne som jag inte förstår. Jag får inte ur henne vad.»

Sakta reser jag mig upp och lägger armen under hennes ena armhåla för att ge henne stöd. Den lilla nätta kroppen är underligt nog tung som bly. Hon stönar när vi börjar vår färd tillbaka mot utsiktsplatsen, dit poliserna ska komma. Ett psykiskt sammanbrott måste det vara, som gör att hennes kropp behöver hjälp för att ta sig fram. Fysiskt har hon inte tagit skada.

När jag med stor möda tagit oss till den gröna bänken vid utsiktsplatsen, sätter jag ner henne, genomsvettig av färden genom skogen. Hon ramlar ihop som en trasdocka och blir liggande medan hon kvider högt. Hennes tillstånd gör mig nervös. Jag vet inte hur jag ska kunna lindra hennes plåga och jag ringer igen, en aning skärrad, till Andreas, för att höra hur långt borta de är.

«Strax framme Sara! Sätt dig ner bredvid henne och vänta. Håll henne varm! Det är antagligen någon form av chock.»

Hur ska det gå till att hålla henne varm? Jag har ingen filt med mig, ingen jacka men jag gör som han säger och sätter mig tätt intill hennes huvud på bänken, stryker henne över ryggen och mumlar deltagande ord. Det är inte min bästa gren, att trösta människor, men jag improviserar. Svagt nerifrån hör jag motorljud och lättnaden sprider sig inom mig.

Jag blickar ut över omgivningen. Solen lyser nu från en molnfri himmel och gör utsikten rättvisa.

När jag återigen vrider huvudet åt stigen till, varifrån motorljudet ökat i styrka, är det något som får mig att vända tillbaka blicken till avgrunden framför mig. Vad är det som stör? Det tar en stund för hjärnan att registrera att linjen är bruten.

Mekaniskt reser jag mig upp och utan att fundera på varför går jag fram mot stupet. Stenarna som ligger på rad, precis nära branten, utgör inte en obruten rad. Lösa stenar har fallit över kanten och jag måste utforska vad det kan innebära. Kan Lea ligga nedanför? Har någon dumpat henne, slängt ner henne för att göra sig av med ett lik? Är det vad som får Elisabeth att gråta av förtvivlan? Är det orsaken till hennes förvirring?

Med små steg går jag sakta längre ut, trots att jag intalar mig att det antagligen är inbillning. Stenarna behöver inte betyda någonting. De kan ha ramlat ner för länge sedan. När jag böjer mig ner över kanten och spanar mot marken, förstår jag först inte vad jag ser ligga långt nedanför mig. Jag måste ta ett steg tillbaka, andas in för att sedan tvinga överkroppen ut över stupet igen.

Det ligger en kropp nedanför stupet och jag vill inte vara den som hittar en död person. Men det är för sent att välja vad man vill se. Det går inte att backa.

Innan jag flämtande drar mig tillbaka, noterar jag att personen ligger på rygg med ansiktet uppåt. Ögon är vidöppna och det är knappast någon tvekan om vad det innebär. Jag sjunker ner på bänken bredvid Elisabeth och andas ut och in i kvidande andetag. Försöken att få andningen att fungera går inte särskilt bra.

När Andreas och Stefan kommer upp med varsin fyrhjuling, är vi två förtvivlade kvinnor som väntar på räddningen. Jag har svårt att vara mitt vanliga rationella jag och vill bort härifrån. Det syntes blod överallt nedanför mig. Allt flyter ihop och jag får tvinga mig att inte hacka tänder för mycket, inte svamla utan få ur mig vad jag sett. Det går om jag tar allt i korta meningar, tror jag i alla fall, men Andreas stirrar oförstående på mig tills jag tyst pekar ut över branten.

Tältet tänker jag. Jag måste berätta om tältet också.

Kapitel 54. Skräcken

Han dricker. Jag häller i smyg ut vinet ur mitt glas, när jag med den andra handen smeker honom över armen. Han märker inte att vätskan sakta sipprar ut i gräset. Den ena handens agerande döljer den andras. Hur länge vågar jag hålla på? Hur länge kan jag fresta hans tålamod innan han vill ha mer än vin?

«Vi har hela dagen på oss», säger jag full av tillförsikt, när han ger antydningar igen om att vi ska gå till tältet och lockar mig med att vi kan vara helt ensamma, inte riskera att någon kommer och stör oss.

«Vill du inte samma sak som jag?»

«Det är klart att jag vill. Snart», säger jag, med övertygelse.

Efter den första förvåningen av mitt sätt att vara har han hämtat sig och blir allteftersom tiden går mer lik sig själv. Han berättar om kvinnor, som jag inte känner, kvinnor han påstår är intresserade av honom. Jag lyssnar med ett halvt öra medan jag planerar nästa steg. Men hans skryt har den effekt han vill att den ska ha. Jag blir svartsjuk av att andra trånar efter honom. Vi är tillbaka i våra gamla roller, allt är tryggt och välbekant och jag har smidigt glidit in i min.

Det han påstår är sant, även om jag skulle önska att han inte ständigt tog upp ämnet. Kvinnor faller för honom. Han har någonting som gör att kvinnor yrvaket stannar upp när han går på gatan. De kan inte slita blicken från hans gestalt och jag ser längtan i deras ögon, som om de gärna skulle vilja gå fram och ta kontakt. Det är enbart det faktum att jag finns vid hans sida som gör att de avstår från att öppet flirta med honom. Jag avskydde hur han solade sig i glansen av alla möjligheter han missade.

Vad det är han har vet jag inte. Men det är lättast att beskriva som närvaro i nuet och att ta in den människa som finns bredvid. Jag älskar hans sätt att se på mig, men jag räknade dumt nog inte med att en man med en sådan blick till slut kom att bränna ner mig.

Självsäkerheten i hur han rör sig påverkar också hur andra människor ser på honom. Utseendet gör sitt till men jag tror inte att det är avgörande. Det är vansinnigt smickrande att vara föremål för hans uppvaktning, att ha strålkastaren riktad mot sig. Jag inser att jag saknat det.

«Du tänker inte överge mig, hoppas jag?» säger jag i spefull ton.

«Nej, nej, absolut inte», svarar han och lägger sin arm runt min rygg.

Det är mer än min stackars kropp klarar av. Stängslet rasslar till och flyttar sig närmare. Skräcken vaknar till liv och vill rusa bort från hans händer runt axlarna. De är smala och oskyldiga, dessa axlar som varit med om mycket. Jag får kämpa för att kroppen, som minns smärtsamma ögonblick, inte ska skaka honom av sig.

Gör inte bort mig, säger jag till Skräcken. Men jag kan inte andas under hans kropps tyngd och reser mig hastigt upp och går några steg ifrån honom. Han försöker hålla kvar min hand men jag drar den leende åt mig.

Det är dags. Jag klarar inte mer. Denna korta dos har tagit all kraft ur mig. Mitt leende känns alltmer ansträngt, som en dödsmask har det stelnat och försatt mina normala anletsdrag ur funktion.

Jag tar glaset med mig när jag går ut till kanten av stupet och stannar för att betrakta de gigantiska hårda stenbumlingarna som ligger staplade på varandra nedanför branten. Grantopparna syns längre bort. Jag är glad att det inte finns någon räddning, ingen möjlighet att komma undan. Vi har nått vägs ände i vår svarta dans.

«Har du kollat in utsikten?» frågar jag. «Den är känd i byn.»

Han reser sig för att gå till mig och jag drar mig längre ut mot stupet för att han inte ska nå fram.

«Det är fint», säger han pliktskyldigt efter att ha kastat en hastig blick ut över skogarna och sjöarna. Det vackra landskapet med granskogen närmast horisonten har en mörkblå ton.

«Är det inte farligt att stå nära? Ska du inte komma tillbaka hit», frågar han sedan, rynkar ihop ögonbrynen och räcker ut handen mot mig.

Men jag är för långt ut på kanten, balanserar på randen till stupet och kan när som helst störta rakt ner i avgrunden. Hans utsträckta hand når mig inte och jag rör fötterna längre ut, bort från honom. Stenar rasslar utför berget och studsande ljud hörs nerifrån när de når marken långt nedanför.

«Det är slut Jens», säger jag lugnt och ser på honom. «Du ska aldrig mer kunna skada mig. Det är över.»

«Charlotte! Gör det inte!»

Han ser rädd ut. Men även andra känslor syns i ansiktet. Kärlek, ånger, längtan. Bojorna ser jag klart också. Även han är fjättrad och förstelnad i sitt fängelse. Det är det sista jag kommer att se av honom och jag är tacksam för att vi äntligen är jämbördiga. Det kommer att bli ett lyckligt slut.

«Kom tillbaka! Ta min hand! Jag ska aldrig skada dig mer. Aldrig någonsin», ropar han, med en förtvivlan i sin röst jag inte tidigare hört, förutom för länge sedan.

I denna stund är det sant. Han menar vad han säger men enbart här och nu.

Med korta, osäkra, försiktiga steg, halvt hukande, sätter han ner höger fot i marken, sedan vänster, trycker till för att prova stabiliteten. Samtidigt svajar han med armarna långt ut från kroppen för att hålla balansen.

Vi ser båda två ner på hans fötter klädda i mörkblå träningsskor med vita snören. Nya. Jag har aldrig sett dem tidigare. Det är skor för män, breda och stabila och med ordentlig sula. Skor som gör det lätt att ta sig fram i en sådan terräng som denna.

Mina fötter med målade röda tånaglar är fångade i ett par lätta sandaler med en platt tunn sula. Jag bytte om när jag kommit halvvägs upp.

De mörkblåa skorna rör sig i ultrarapid mot mig. När han tror att han kommit tillräckligt nära sträcker han på nytt ut högra handen för att dra mig tillbaka till livet. Han tänker rädda mig med sin styrka och sitt mod. Det är inget tvivel om den saken.

Jag böjer mig bakåt ut över stupet för att undkomma hans räddande hand, tillräckligt långt ut att få honom att hastigt flämta till och skrika:

«Nej!»

Glaset släpper jag ner på marken. Det går inte ens sönder utan rullar runt ett varv för att sedan stoppas upp av vitmossan, fortfarande med vätska kvar inuti den smala kupan.

Kapitel 55. Oklarheter

Jag är skakad i mitt innersta. När jag kommer hem till Ellen och Elofs hus är jag inte mig själv. Jag skäms inte ens inför Andreas, som är uppenbart bekymrad att tvingas överge mig för polisiära sysslor, i det tillstånd jag är i. Helst skulle jag vilja stanna hos honom men det går naturligtvis inte. Han har fullt upp med att ringa samtal för att hämta kroppen jag upptäckt, för att ta sig till tältet som jag äntligen lyckades stamma fram information om, när jag med svajiga ben stod på gårdsplanen utanför Elof och Ellens hus.

Det finns mängder av arbete för Andreas att ta itu med. Jag inser det. Den chockade Elisabeth, som knappt sagt ett vettigt ord sedan jag hittade henne, behöver tas om hand och frågas ut.

«Jag ringer», viskar han tätt intill mitt huvud när han borstar bort ett barr från min axel. Med sammanbitna läppar nickar jag åt hans ord, uppvisande en styrka jag inte alls äger.

Sedan är han borta och jag är ensam.

Nej, jag inte alls ensam, fastän att det känns som om jag är det. Andreas måste ha meddelat huset om att jag är på väg och snart har jag Elof på min högra sida och Frida på min andra. De följer mig in i huset till soffan i vardagsrummet, ett rum jag aldrig varit i förut. En beige Ikeasoffa med bulliga mjuka armstöd som jag vilar mitt urspårade huvud på.

«En kopp te?» frågar Frida men vänder mot köket innan jag reagerar, förväntar sig inget svar.

Jag nickar åt hennes rygg, förmår inte få fram ett ljud. När jag blundar dyker synen av kroppen upp bakom stängda ögonlock. De utsträckta armarna, blodet, tillsammans med andra vätskor som måste ha forsat från kroppen efter fallet, färgat de grå stenarna inte enbart med röda strimmor och prickar, utan även i andra nyanser. Högra handen var vriden upp i en konstig vinkel som om den inte längre satt ihop i handleden. Jag vill inte äga kunskapen om hur en kropp ser ut efter att ha fallit från hög höjd.

När Frida kommer med teet sätter jag mig upp och tar emot den varma koppen med båda händerna.

«Vem är det? Jag kunde inte se … Men inte Lea väl?»

Frida sjunker ner bredvid mig, tätt intill, som bara hon kan göra. Våra kroppar nuddar vid varandra och jag är glad åt värmen från de jeansklädda benen. Själv har jag börjat skaka som om jag drabbats av frossa. En filt läggs över mina axlar.

«Jag vet inte? Vi får vänta tills poliserna tar reda på det.»

Teet är för varmt och koppen het att hålla i. Jag ställer ner den på bordet bredvid.

«Vill du prata om det? Berätta vad som hände?»

Jag nickar och hasplar ur mig alltsammans i flämtande meningar. Det känns som en befrielse, en lättnad att få bort upplevelsen. Den har klibbat sig fast inuti mig och jag vill inte ha den kvar. Den har inte med mig att göra. Inte den här gången. Inte den här kroppen.

Frida sitter nära, stryker mig över ryggen med händerna under filten när jag tystnar och börjar hulka, säger ingenting men nickar för att få mig att komma vidare i berättelsen.

Ellen har satt sig i fåtöljen mitt emot, med trygg blick frågar hon om jag vill ha mer te. Men jag skakar på huvudet eftersom den kopp jag fick av Frida fortfarande är full. Jag har glömt bort teet och när jag lyfter den svalnade drycken har jag svårt att få i mig vätskan. Kroppen vill inte hjälpa till. Det är som om den glömt hur man sväljer.

Elof stryker omkring och visar sig i dörröppningen till vardagsrummet med jämna mellanrum. En och annan svordom hörs innan han vänder och går mot köket.

«Var är Elisabeth?» frågar jag, när ett utmattande lugn börjar sprida sig i mitt inre och jag inte längre ser den döda kroppen ligga utsträckt på marken, med vidöppna stirrande ögon upp i skyn.

«Poliserna frågar ut henne», svarar Ellen från fåtöljen. «Hon är hemma hos sig. Jag följde med henne dit men fick inte vara kvar. Hon såg helt förstörd ut.»

Då dyker Stefan, polismannen, upp i dörröppningen.

Frågorna haglar över honom innan han ens hunnit öppna munnen. Han kommer in i vardagsrummet, sätter upp båda händerna som ett skydd mot skuren av röster och slår sig med bekymrad och stressad min ned ytterst på kanten av en fåtölj.

«Nej, tack», svarar han, när han erbjuds kaffe. «Vi håller på att identifiera den döde men jag kan inte med säkerhet berätta vem det är ännu», fortsätter han.

«Men det är inte Lea?»

Jag vill vara säker. Kroppen påminde inte alls om Lea men vad vet jag om hur en död kropp ser ut som krossats från hög höjd.

«Nej, det är definitivt inte Lea.»

«Har ni hittat henne?»

Det är Frida som frågar och Stefan skakar bekymrat på huvudet.

«Det är vad jag kan berätta i nuläget», fortsätter han.

«Men jag behöver höra din version av händelseförloppet idag. Kan du tänka dig att komma till bystugan?»

«Absolut», säger jag samtidigt som jag reser mig upp.

Filten som jag svept om mig faller ner på golvet. Ellen försöker protestera och säger att jag behöver återhämta mig.

Men jag inser att det är viktigt att få ur mig allt i en lugnare version, än den jag berättat för Andreas och Stefan tidigare, när Elisabeth och jag hämtades från berget.

Någon kvart senare befinner jag mig i bystugan, på övervåningen. Det är Stefan och jag.

Han har inga svar, ger intryck av osäkerhet om var Lea kan befinna sig när jag frågar. Det är nedslående, när jag inser att han famlar efter ledtrådar som kan leda till var hon finns. Det är det som är det viktiga med mig och min berättelse. Den ska leda till Lea.

Men jag sitter inte inne med ny information om Lea. Eftersom jag frågas ut ingående, förstår jag också att Elisabeth ingenting vet om Lea.

Det kan vara den döde som tältat i närheten av Klotberget och det är konstigt att ingen har upptäckt tältet. Men det var långt inne i skogen, bortom leden och stigarna och utanför området som genomsöktes. Dessutom kan tältet ha flyttats från ställe till ställe för att undvika upptäckt.

Samtidigt som jag svarar på frågorna, skriver Stefan ner vissa saker på sin dator, trots att samtalet också spelas in. Alla detaljer är viktiga och det är det som gör mig en aning ledsen. Om personen inte fallit ner från berget och dött skulle vi fått veta var Lea finns. Mötet vid sjön skulle blivit av. Allt detta är antagligen avblåst.

Stefan låter mig ta tid på mig och hetsar mig inte. Med det ena jeansklädda benet över det andra, knäpper han händerna över bröstkorgen och lutar sig tryggt tillbaka i stolen. Jag får den tid jag behöver för att förklara vad jag varit med om i lugn takt.

Faktum är att jag är glad att det är han. Om det varit Andreas som suttit mitt emot mig skulle jag inte kunnat vara lika samlad. Men jag är ändå förvånad över att Andreas inte ger sig till känna och förhör sig om att allt är bra med mig. Han sa att han skulle ringa och jag sneglar emellanåt på den tystlåtna mobilen som ligger på bordet framför mig. Men han har antagligen fullt upp med att ta hand om den döda kroppen.

Övervåningen i bystugan är museum och har varit lärarinnebostad längre tillbaka har Ellen berättat. Allt är uppbyggt som om lärarinnan fortfarande bor här. Det finns till och med en docka i naturlig storlek, klädd i en lång kjol.

Ett virkat överkast ligger över den smala sängen i sovrummet. Skrivbordet står framför fönstret. Vid skrivbordet satt hon förmodligen för hundra år sedan och rättade skrivningar med en penna som hon doppade i bläckhornet med jämna mellanrum.

Jag ser allt genom den öppna dörren in till sovrummet, eller det som var hennes sovrum för länge sedan.

Kapitel 56. Kärleken

Hon sträckte ut båda armarna mot mig och jag gjorde likadant. Lättnaden drog igenom mig när jag såg in i hennes ögon. Det här var bara ett sätt att skrämmas och jag blev ordentligt rädd. Under ett kort ögonblick trodde jag att hon ville göra slut på sig själv.

«Charlotte! Jag älskar dig», sa jag, för att ännu mer hålla henne kvar hos mig.

Jag var djupt olycklig precis i den stunden. Djupt olycklig över att hon ens tänkte tanken att ta livet av sig. Var det mitt fel? Alla smällar jag låtit hagla över hennes kropp. Var det på grund av mig hon inte ville leva längre? Samtidigt var jag oerhört lycklig över att hon inte menade allvar. Aldrig mer skulle jag göra henne illa. Det lovade jag mig själv.

Jag sträckte ut händerna mot henne men hon var för långt ifrån mig. Faran var inte över, insåg jag när hon snabbt rörde på sig igen. Jag höll andan. Skulle hon ändå ta det sista steget över kanten? Jag kunde inte hjälpa henne om hon inte drog sig närmare mig. Avståndet var för långt och jag vågade inte gå längre ut mot branten.

Men hon hade tagit sig till säkrare mark genom ett långt kliv åt vänster, bort från faran. Jag andades ut och log mot henne för att försäkra henne om att jag alltid skulle finnas till för henne. Att det skulle bli vi två igen mot världen.

Men innan jag fattade vad hon hade i tankarna stötte hennes händer mot mig. Jag hade inte en chans. Hur lätt som helst rasade jag över kanten medan jag fäktade med armarna för att få fatt i henne, den enda som kunde rädda mig, men hon var utom räckhåll. Hon stod på fast mark och såg mig falla, utan att reagera.

Jag förstod ingenting. Varifrån fick hon kraften och modet till att göra mig detta?

«Vad i helvete!»

Det var de sista orden jag uttalade i den gamla världen. Om det som hände inte överraskat mig fullständigt skulle jag ropat vackra avskedsord eller skickat hälsningar till mamma. Men färden ner gick snabbt.

Sedan dunsade jag i marken och det gjorde mycket ont. Kroppen tog emot smällen mot de hårda stenblocken, men det kändes mest i huvudet och ryggraden.

Det var över på några sekunder när mitt liv rann ur mig och försvann upp i det blå. Jag hann se den svaga slöjan som steg upp mot himlen och kände ett svep av lycka att allt var över. Jag skulle inte längre behöva kämpa för att behålla henne. All skyddsutrustning som jag övat fram genom åren rasade av mig och jag stod som ett naket barn igen. Hel och ren. Pånyttfödd.

Jag såg mig själv utifrån, som om jag varit en annan, ligga på rygg nedanför berget som ett kryss. Stilla. Det enda som rörde sig var den korta luggen som fladdrade till i vinden. Jag var död och kunde betrakta min tomma kropp, utan själ, ovanifrån.

En mörk fläck hade bildats runt huvudet och på sidorna av kroppen, bredde ut sig mer och mer över de grå hårda stenblocken jag låg på. Ögonen var öppna men de kunde ingenting se mer.

Jag iakttog mig själv en stund och såg att hon gjorde detsamma. Vi förenades i vår minnesstund över mig. Hon stod på knä, framåtlutad över kanten och jag var tacksam för att hon gav mig den tiden.

Sedan verkade hon få bråttom. Hon reste sig upp, borstade av sig jorden och de mörkgröna mosstrådarna som fastnat på hennes vackra, bara knän och sprang snart på stigen som ledde tillbaka till byn.

Först rensade hon upp efter sig. De höga glasen tog hon upp från marken och la i korgen. Papperslappen, på vilken hon skrev var vi skulle träffas och som jag hade med mig och visade upp för henne vid bänken, hamnade på samma ställe. Med korgen under armen gick hon sedan nerför branten.

Jag kände brådskan i henne, hur kall och beräknande hon var. Det förvånade mig, för aldrig tidigare hade hon lyckats med det. Men jag förstod att hon var rädd för att någon skulle komma och fråga sig vad hon gjorde här. Hon ville undvika att efteråt konfronteras med ett tillförlitligt vittne.

Jag följde henne en bit på stigen, såg att hon hejdade sig och stannade till. Hon funderade antagligen på tältet, om hon borde söka igenom det. Tänk om jag lämnat efter mig sådant som visade att vi haft kontakt? Men hon behövde inte vara orolig. Papperslappen hade hon redan och det fanns inget mer. Vi hade inte kommunicerat på annat sätt.

Hon måste ha känt igen min svarta bil, som jag ställt på bystugans parkering. Inbjudan till mötet på berget placerade hon innanför vindrutetorkarna på bilen. Det överraskade mig, att det var hon som tog initiativet. Men jag kunde inte låta det hindra mig från att träffa henne. Jag visste att om jag fick ha henne för mig själv skulle hon falla till föga och älska mig igen. Det gjorde hon också men på sitt sätt.

När hon kommit en bit ner för berget kunde jag inte följa henne längre. Det var dags att ta farväl. Min tid på jorden var över. Jag studerade uppifrån hennes flyende gestalt när hon hastade nerför branterna med korgen på armen. Jag älskar henne för evigt.

Kapitel 57. Besök

«Jag och Peter kommer till dig», säger mamma nästa dag på telefon. Hon ringer tidigt, innan jag klivit upp efter en sömnlös natt.

Peter? Jag vill inte att han ska vara hos mig och jag behöver honom inte nu. Varför kommer han? Han är inte min pojkvän längre och jag kan inte riskera att Andreas och han träffas. Det jag mest är nervös för är att Andreas ska tro att Peter och jag fortfarande är ett par.

«Har du ringt till Peter?»

Att kontakta honom utan att fråga mig, tycker jag är att gå över en viss gräns.

«Nej, han hörde av sig. Du skickade ett sms om vad som hänt och när han försökte ringa dig, kom han inte fram och blev orolig. Jag och Peter åker upp med bil ikväll.»

«Men det är ingen fara med mig. Det har aldrig varit det heller. Han som tog Lea är död mamma. Det finns ingenting att vara rädd för. Förresten vet jag inte om det går att ta sig hit. Vägarna har spolats sönder av regnet.»

«Peter har pratat med Elof. Det går tydligen att köra via vägen från Leksand till Dala-Järna. Den sista sträckan fram till byn är reparerad.»

Jag tittar ner i täckets skrynklor och försöker räkna till tio. Ja, jag är arg. Allt blir så komplicerat med Peter. Jag vet inte hur jag ska behandla honom som före detta pojkvän. Vi har för mycket gemensam historia, för att han enbart ska kunna vara vän. För mycket intimitet, för mycket kropp och begär. För mycket av allting.

Elof. Är han inblandad för att få ihop Peter och mig igen? *Peter har pratat med Elof.* Jag skulle bra gärna vilja veta vem som ringt till vem. Elof som såg mig med Andreas i köket igår morse, kan ha tänkt ut att han ska ta saken i egna händer, för att jag ska förstå vilken bra karl Peter är? Vad det inte det Elof sa när jag bestämde mig för att komma hit på semestern? Vilka ord var det han använde? *Världens bästa karl.*

Men jag kan inte annat än hålla med. Peter är en fin person och en pojkvän jag självviskt nog lagt på hyllan men inte definitivt gjort slut med.

Det beror på att jag inte vill såra honom. I stället för att snabbt lägga snittet, ta bort det som skaver och gör ont, har jag skjutit upp alltsammans. Vad har blivit bättre av det? Ingenting. Han går och hoppas, medan jag fegt inväntar bästa tillfället att definitivt göra slut. Tänk om han tror att vi kan bli tillsammans igen när jag försvagad av den upplevelse jag varit med om, behöver tröst? Peter känner inte till Andreas och mitt begynnande förhållande. Måste jag berätta om oss för Peter? Det blir antagligen oundvikligt om han kommer hit.

Jag suckar inombords åt det såriga samtal jag ser framför mig.

«Dessutom fyller du år imorgon», fortsätter mamma och jag bryts ur grubblerierna. Mamma har hittat ett superbra argument för resan hit och dessutom lyckats byta samtalsämne.

Det har jag underligt nog glömt av. Födelsedagen har fallit i glömska av dramatiken jag deltagit i. Den 3 juli fyller jag trettioett år. Herregud! Jag närmar mig fyrtio.

«Men var kan hon finnas? Lea.»

Eller hennes döda kropp, tänker jag automatiskt.

«Du har ingen aning heller?»

«Nej, jag vet ingenting. Polisen jobbar vidare för att försöka hitta platser där den döde mannen varit, men jag tror inte de vet var. De misstänker att det finns en koppling till Lea, tror jag. Men polisen berättar ändå ingenting för oss, även om de skulle veta. Inte ens Elisabeth, Leas mamma, får någon information av större värde.»

Mamma kommer instörtande i köket, när vi på kvällen sitter och hänger över en kopp te. Det är bara Frida och jag i köket. De andra är i vardagsrummet och tittar på nyheterna i förhoppning om att få reda på mer om den döda mannen.

Innan jag hinner hejda mamma, trycker hon mig mot sitt bröst som om jag var fyra år. Tårarna gör hennes ögon blanka. Det berör även mig som brister i gråt och hulkar över mammas axel.

Men jag är inget småbarn och mamma och jag är ungefär lika långa. Den tiden är förbi när jag kunde gråta ut mot hennes bröst. Varför strilar tårarna nerför mina kinder? För att Lea är förlorad, för en död man eller är det över mig själv? Inget ont har drabbat mig personligen som kan förklara varför jag är ledsen.

Är det en förvarning av vad som ska komma? Anar jag inom mig att allt inte står rätt till och tar ut sorgen i förväg? En oro gnager inuti mig och den växer till en djupare känsla för varje minut som går.

«Tänk att du skulle envisas med att resa hit. Du borde ha kommit till mig på Öland i stället. Där har vi det lugnt», mumlar hon med en röst som är ovanligt mild.

«Det är nog inte platsens fel», säger Frida lågt bakom min rygg.

«Och förresten är inte Öland en särskilt trevlig ö att vistas på mitt i sommaren. Massor av turister», säger jag och gör mig fri från mamma.

Där står han framför mig. Peter. Obekväm med situationen, väntar han på att upptäckas av mig. Egentligen har jag under en kort tid, innanför mammas mjuka armar, stirrat ner på hans jeansklädda ben och bruna tår instuckna i bekväma sandaler.

Det blir självklart att jag slänger mig om hans hals. Han stryker mig om ryggen och drar mitt långa hår bakåt, bort från mina kinder. Vana och vilsamma rörelser.

Han är min trygghet och min ryggrad och jag är tacksam för att han finns hos mig. Varför fortsätter jag hela tiden att förneka honom? Jag skäms över mig själv.

Elof står i nästa sekund vid sidan om mamma och viftar med mobilen.

«Det är Andreas. Han vill att du kommer in till polisstationen i Leksand.»

Trots att jag är nära Peter, med mina bröst vilande mot hans bröstkorg, känner jag att hjärtat tar ett skutt.

Andreas! Äntligen får jag träffa honom igen.

Jag tar bort armarna från Peters hals, backar bort från närheten, som om Andreas befunnit sig i samma rum och kunnat se oss. Mitt hjärta fylls av Andreas gestalt, hans röst, hans händer och Peter, som nyss var min trygghet, känns avig och fel.

«Får jag låna din bil, mamma, kan jag ta mig in själv.»

«Kommer aldrig på fråga. Jag kör dig», säger mamma. «Då hinner vi prata i bilen.»

«Men du har nyss kommit», säger jag. «Är du inte trött på bilkörning efter att ha kört långt?»

Mamma fnyser och säger att hon innan vi åker behöver gå på toa. Det utbryter en diskussion mellan mamma, Ellen, Elof och Frida som alla argumenterar för att ta hand om ratten, men mamma är envis. Hon ska köra mig. Det märks att hon är lärare och van att bestämma.

Peter nöjer sig med att tyst följa debatten. Han har inget körkort och tycker dessutom att det är egoistiskt att äga sin egen bil. Helst väljer han kollektivtrafik men det finns ingen tunnelbana eller ens en buss på kvällen, här långt utanför tätorten. Det är lätt att vara miljösmart i storstaden men betydligt svårare på landet.

När vi går ut på gården till mammas ljusgrå bil, som hon haft i alla tider, kastar jag en blick in på grannens tomt. Elisabeths bil står parkerad utanför huset. Det hugger till i magen. Vilka våndor måste hon inte ha om Lea, om vad som kan ha hänt?

Kapitel 58. Skräcken

Det finns ett jubel i mitt bröst, när jag tänker att han inte finns mera. Att han aldrig kan plåga mig mer, göra att jag måste vara i förbund med Skräcken varje sekund. Jag behöver inte oroas för att han ska hitta mig.

Det var rätt, det som jag planerade, rätt beslut att döda honom.

Jag känner mig säker och trygg som mördare. Ingenting finns kvar på berget. Till och med korken som flög ur vinflaskan letade jag upp och tog med. Det får vara min hemlighet, allt som hände vid utsiktsplatsen, vid den gröna bänken.

Ingen ser mig när jag går nerför berget. Jag har lärt mig hur man obemärkt tar sig fram i skogen på stigar endast jag känner till. Innan en endaste person hunnit sakna mig är jag tillbaka i hemmet i väntan på att hans döda kropp ska upptäckas.

Jag vill inte tänka på mig själv som en mördare, även om jag rent tekniskt har gjort mig av med honom. Det fanns ingen njutning i handlingen, av att utföra dödandet fast det är säkerligen inte unikt för mig. Jag är förmodligen inte en ovanlig mördare. Den enes död, den andres bröd. Befrielsen som jag gav mig själv genom att ta bort honom från jorden kan gälla för andra våldsdåd.

Våldsdåd? Kan det kallas våldsdåd? Det var en nödvändig utplåning för att inte själv gå under, med minimalt inslag av våld. En knuff, inte särskilt hård, på en mans bröstkorg som innebär att han vacklar till och faller. Skulle det kunna anses vara mord?

Kan jag inte till och med hävda att det var nödvärn? Att det fanns en stor risk att han, snart efter vi möts, skulle ha tvingat mig med sig till det gula tältet.

Nej, jag slutar med försöken att låtsas vara någon annan än den jag blivit. En mördare.

Denna sista gång blev vårt möte annorlunda. Ett underligt möte, med dödlig utgång. Jag var inte längre offret utan förövaren. Men det kunde lika gärna ha varit jag som hoppat över kanten. Otaliga gånger har min enda utväg, den jag klarast sett, varit att ta vägen ut i tomma intet.

Mitt hopp är att han får vila på platsen han dog, alldeles nedanför stupet under en lång tid, bortglömd av alla, förutom av mig. Människor ska komma till utsiktsplatsen under sommarveckorna som följer på denna dag, sätta sig ner på bänken, samma gröna bänk, med målarfärgen halvt avskavd, som jag och han suttit på, se med förundran ut över skogarna och sjöarna nedanför berget och säga till varandra att det är vackert häruppe. Utan att förstå att det vilar ond bråd död alldeles nära idyllen.

Kapitel 59. Slutet

«Berätta!», säger mamma, när hon satt sig bakom ratten och vi kört ut på grusvägen som leder mot Leksand. Nerför alla backarna kör hon, över den lagade vägen med nya cementrör som leder det forsande vattnet från bäckarna under vägen. Det är fortsatt högt vattenstånd överallt efter allt regnande.

Solens strålar når oss från väster och mamma fäller ner solskyddet. Jag gör samma sak, följer hennes rörelser som en skugga.

«Jag vill höra allt från dig med dina egna ord. En man som tidigare blivit dömd för misshandel har hittats död. Det var honom du hittade eller hur?»

«Ja», säger jag och börjar återigen dra min historia hur jag råkade se mannens döda kropp ligga nedanför berget när jag böjde mig ut över stupet och tittade ner. Det har hon redan hört från mig när vi pratat i telefon med varandra men i en kortare version.

Anledningen till att jag befann mig uppe på Klotberget var att jag letade efter Elisabeth och jag berättar för mamma hur jag hittade henne, uppriven och förtvivlad över att inte lyckats återfinna Lea, som jag förstod det.

När vi kommer fram till centrala Leksand är mamma uppdaterad om händelseförloppet från en tillförlitlig källa.

Hon parkerar på torget framför blomsterhandeln. Det är inte många bilar kvar på parkeringen. Klockan är över sex och de flesta affärer har stängt men fortfarande lockar livsmedelsaffärerna kunder. Utanför Mårtas Livs står jordgubbsförsäljaren, en ung kvinna med svart långt hår, envist kvar och bjuder ut sina sista röda bär i pappkartonger. Bären ser inte fräscha ut längre. De är hopsjunkna med tydliga tecken på förruttnelse. Men det ser ut att ha varit en bra dag för det är inte många pappkartonger med jordgubbar kvar på bordet.

Vi korsar gatan och letar oss in i kommunhuset som även är polisstation. Här råder en febril aktivitet, i motsats till den sömniga semesteratmosfären utanför på gatan. Dörrarna är öppna in till rummen och jag skymtar personer som pratar i telefon och skriver på datorer. Personalförstärkning antar jag. Jag ser mig omkring men kan inte upptäcka Andreas.

En man jag aldrig sett tidigare tar emot oss och vi får sitta ner och vänta i en väntsal med hårda bänkar.

Andreas långa gestalt dyker snart upp. Han kommer emot oss med bestämda steg.

På en gång upptäcker jag att han inte är som vanligt. Inga ögon som visar glädje över att se mig. Inget leende som inte kan kontrolleras. I själva verket gör jag allt för att möta hans blick, se signalerna i dem medan han envist undviker mina sökande ögon. Andreas tittar på en punkt till vänster om mitt ansikte när han stannar framför oss.

Han sträcker fram sin högra hand, som är välbekant för mig, en hand som för någon dag sedan ömt smekt mitt hår och mina kinder, ivrigt sökt sig innanför kläderna i jakt på mer intima delar av min kropp, och jag stirrar på den innan jag tar den. Har jag någonsin hälsat på honom förut genom en handskakning? Gör han det för att mamma är med? Ihärdigt försöker jag hitta ljusglimtar, bortförklaringar, men det finns egentligen inga.

Mamma, som rest sig upp, sneglar till på mig, men tittar hastigt åt andra hållet när jag vänder ansiktet mot henne. Hon vill inte bli ertappad med att lukta sig till min oro, men jag förstår att hon anar oråd. Det märks på hennes kropp, hur hon tystnar och säkerligen begrundar det hon nyss upplevt.

Andreas erbjuder mamma en kopp kaffe men hon tackar nej. Samtidigt som hon sätter sig ner igen, drar hon upp en pocketbok ur väskan, med ett bokmärke som sticker ut från en av sidorna, placerat mitt i.

Jag klamrar mig fortfarande fast vid att det är vi två. Trots att jag redan nu, ja i ärlighetens namn för flera timmar sedan börjat tvivla. Eftersom han inte hört av sig till mig, inte ens med ett kort meddelande och jag har förklarat det med att han har fullt upp. En ursäkt som känns allt svårare att försvara.

«Följ med», säger han till mig och går före mig genom korridoren. Rösten är neutral, som om jag vore en främling.

Dörren öppnas till ett tomt rum, ett sammanträdesrum möblerat med ett avlångt bord i mitten och åtta stolar runtom. Han låter mig gå före in, stänger efter oss och trycker på en knapp vid dörren. Antingen luftkonditioneringen eller «vi är upptagna lampa» som lyser röd utanför. Han gör alltsammans i ett svep som om det är rutiner han gör varje dag, utan att tänka på det.

«Vi får ta det här rummet. Alla andra är upptagna eftersom vi har fått förstärkning från Stockholm och det är svårt att få plats för alla i vårt lilla kontor. Det beror på kroppen som hittades. Förstärkningen alltså.»

Han pratar med mig som om jag var vem som helst. Utstöter orden informativt, utan att se på mig. Jag skiter i vilket jävla rum vi är i!

Varför säger han ingenting om oss när dörren äntligen är stängd? Vi befinner oss i ett rum med kala vita väggar utan fönster. Ingen kan utifrån iaktta oss. Vi är ensamma och han skulle kunna krama om mig och fråga hur jag mår. Varför får jag inte det jag vill ha?

Man kan undra varför jag själv inte agerar. Varför jag väntar på att han ska ta första steget. Men hans stela sätt att förhålla sig till mig, hejdar alla instinkter. Han beter sig som om vi aldrig har kysst varandra, som om vi aldrig varit ensamma och utforskat varandras kroppar. Andreas förnekar mig på samma sätt som jag förnekat Peter.

När vi satt oss ner med bordet mellan oss har jag möjlighet att studera honom närmare. Hans professionella sätt som inte sviker. Hur han hela tiden fortsätter att undvika min blick, för att slippa se förvirringen som lyser mot honom som en stoppsignal. De korrekta frågorna, som han läser fram ur en dator som ligger på bordet. Använder han sig av datorn för att slippa se på mig? Inte en antydan, inte en min om att vi någonsin varit annat än polis och ett vittne.

Men jag andas också in luften mellan oss som är full av ångest. Han har det svårt, han trivs inte och längtar efter att avsluta samtalet. Helst skulle han sluppit sitta mitt emot en kvinna, han inlett ett förhållande med. En relation som han vill backa ifrån av någon anledning.

Jag anar att samtalet inte blir längre än nödvändigt. Han har en ljudinspelare med sig, spelar in allt vi säger. Efter en halvtimme är han nöjd. Trycker på stopp och reser sig snabbt upp från stolen, som på kommando.

Det hektiska arbetstempot når oss, när han öppnar dörren ut mot korridoren, en blandning av ivriga röster, hastiga steg över golv och en kopiator som spottar ur sig papper, medan jag säger:

«Andreas!»

Han låtsas inte höra uppmaningen, fortsätter bara gå och stannar först när han hamnat utanför rummet, i korridoren. Där inväntar han att jag ska göra detsamma, komma efter honom. Med höger hand gör han en svepande rörelse framför kroppen, som för att hejda mig från att fortsätta säga det jag tänkt säga.

«Vi tar det sen.»

Med stelt ansikte och spikrak rygg vänder han sedan på klacken och går innan jag hinner reagera.

Kvar står jag med gapande mun och ser hans gestalt bli mindre och mindre. Han flyr. Jag gör ingenting, kräver inte ens en förklaring till hans uppträdande, eller skriker efter honom att han ska stanna. Hans sätt mot mig hindrar mig från att göra allt det som jag skulle vilja.

Dessutom vill jag inte ha ett uppträde, inte på en polisstation. Ryktet skulle spridas snabbt med vinden. Alla skulle förstå och prata om oss.

Men det hindrar inte att jag känner mig sviken, arg och ledsen. Budskapet har gått fram. Utan att säga det med ord, har han förmedlat allt till mig. Det är slut innan det ens började. Varför? Den frågan kommer jag att grubbla på i dagar framåt. Han har inte förmått sig, eller tagit sig tid till att ge mig ett svar.

«Är du klar?»

Det är mamma som, utan att jag märkt det, står bredvid mig och rundar handen runt min armbåge. Hon ser frågande efter Andreas långa gestalt, som med snabba steg tar sig mot utgången, vänder sedan ansiktet mot mig, en passiv, väntande, ledsen kvinna.

Jag nickar som svar. Det är omöjligt att pressa fram ett enda ord för rösten kommer inte att bära. Jag är förkrossad.

Kapitel 60. Skräcken

Det dröjer inte länge innan polisen hör av sig. Redan nästa dag ringer Andreas, en av poliserna jag lärt känna och säger att de hittat ett tält, troligtvis hans och av en händelse hans döda kropp. Orden «som av en händelse» hakar fast i mig. Någon har gått nära branten och tittat ner och upptäckt honom.

Först långt senare får jag reda på att det var Sara som hittade honom. Det gör mig ledsen att det var hon och inte någon äldre mer erfaren person.

Polisen är säker på att det är han, säger de, eftersom hans körkort fanns i tältet. Det gula tältet med det underliga ljuset som färgade allt i en smutsbeige nyans. Hans näste som han pratade om att vi skulle gå till, men som jag aldrig någonsin behöver tvingas in i igen.

En anhörig måste identifiera kroppen för att man med säkerhet ska veta att det är han. I en stund av ovisshet är jag rädd att de ska be mig göra det. Men hans mamma ska komma.

Stackars kvinna! Vi kom alltid bra överens även om jag tror att även hon var en smula rädd för honom. Jag borde ha pratat mer med henne, då i början av vårt förhållande, när allt sådant var möjligt. Bett henne berätta om hans barndom, lyssnat på alla undertoner, som gått att upptäcka i hennes stämma. Men hur skulle jag ha vetat vad jag letat efter vid den tidpunkten då allt var rosafluffigt i vårt luftslott?

Som tur är blir jag inte utsatt för intensiva, halvt utmattande förhör av polisen om hur hans död gick till. Ingen av dem frågar var jag befann mig under dagen och om jag haft någon kontakt med honom. Jag behöver inte ljuga, enbart undvika att säga sanningen. Papperslappen, som jag tog ur hans hand på bänken, har jag för säkerhets skull bränt upp i öppna spisen och med den gjort mig av med alla bevis på att vi träffats. Det finns ingenting som pekar på att jag var med när han dog.

Poliserna nöjer sig med att det var en olyckshändelse och är glada över att en kvinnomisshandlare får sitt straff till slut. De misstänker ingenting annat. Jag är tillräckligt mycket offer i deras ögon att de inte upptäcker den andra personen som också lever sitt liv inom mig. Denna person jag tvingats bli för att få leva. Inte bara leva förresten utan få ha ett liv, vara levande.

Poliserna, speciellt den långe mörke som heter Andreas, är beskyddande och förstående när de berättar om hans död.

«Vi vill informera dig om att han är död», säger Andreas. «Han var antagligen här på grund av dig. Med stor säkerhet spionerade han på dig. Vi vet ingenting mer i nuläget men vi ska gå igenom hans tillhörigheter för att se vad vi får fram.»

Jag nickar, medan jag spelar både förkrossad och lättad över nyheten om hans död.

«Det verkade som om han druckit alkohol», fortsätter Andreas. «Det kändes en svag doft från hans mun. Men vi får mer information när obduktionen är klar.»

Kapitel 61. Födelsedagen

Jag hoppas att jag aldrig någonsin kommer att uppleva en liknande födelsedag. Inte för att det är fel på firandet, på mina vänners och mammas insatser. Nej, inte alls. De har gjort stora ansträngningar för att hitta den rätta presenten, trots att det under regnandet varit omöjligt att ta sig till en affär, mamma och Peter undantagna.

Det är ingen rolig födelsedag för mig eftersom jag är låg, förfärligt långt ner i den grå bunkern. Kärleken som gav mig ny energi, ny livskraft har som genom ett trollslag försvunnit och förintats.

Mamma och Frida styr upp alltsammans och jag spelar med för att få det överstökat, utan minsta antydan till gnissel, även om jag har svårt att se glad ut. Men jag gör mitt bästa, ligger otåligt kvar i sängen även om klockan går mot åtta. Inget ljud hörs utifrån av någon levande varelse.

För att inte irritera mig på mina närmaste och för att lugna ner mig, lyssnar jag på ljudboken och lyckas dåsa till. Jag uppfattar, långt i fjärran, som i en dröm, att Frida tassar nerför trappan och drar ifrån regeln på härbrets dörr.

Först när sången hörs utanför, en splittrad variant med olika stämmor av «ja må hon leva», sätter jag mig upp i sängen och säger till mig själv; Håll nu masken och se glad ut! Du fyller 31 år och ska tycka att det är fantastiskt roligt även om du inte fått ett endaste grattis från Andreas. Inte ens det lilla ordet har han skickat till mig på mobilen. Jag har ständig koll på telefonen sedan igår, för att få en förklaring till vad som gått snett mellan oss.

Skrattande kommer hela gänget in och trängs i det trånga utrymmet på nedre plan. Frida balanserar brickan där det står en brun tekanna tillsammans med den hårda mackan på ett fat. En rosa ros har stuckits ned i ett dricksglas.

Jag får kramar och paket samlas i en hög på sängen. Även om mitt hjärta blöder, blir jag glatt överraskad av anstormningen av gratulanter. Det var längesedan en lika stor skara samlades tidigt på morgonen, runt sängen en födelsedag.

Peters blick söker efter min, där han sitter vid fotändan. Jag inser att han befinner sig här för att han vill göra det bra mellan oss. Mamma kan ha ett finger med i spelet och misstänker jag starkt, Elof. Både Elof och mamma anser att de vet vad som är bäst för mig. Mamma vill att jag ska slå mig till ro, skaffa barnbarn till henne och aldrig hamna på löpsedlarna. Peter är del i den lösningen.

«Grattis Sara!» säger han, och föser ett fyrkantigt paket mot mitt bröst.

Det är klumpigt inslaget med brunt omslagspapper, tejpbitarna på kortsidorna har släppt och innehållet, en bok, är på väg att hitta ut själv. Jag tar upp paketet i handen.

«Hoppas att du sovit ut. Du var trött igår och gick och la dig direkt efter att du och din mamma kom tillbaka från Leksand. Vi har knappt sett varandra sedan jag kom igår.»

Det är sant. Jag orkade inte möta varken Peter, Elof eller Ellen igår. Skyllde på huvudvärk och trötthet, fick te och macka av Frida och drog mig tillbaka till härbret, där jag vilsamt nog, fick vara ifred och kunde samla mig, efter det hopplösa mötet med Andreas.

«Ah! En av dina översättningar!»

Peter översätter böcker från engelska till svenska. När han gjort klar ett jobb, får han alltid ett antal exemplar av boken från förlaget. Den jag håller i handen har nyligen kommit ut. Det är en amerikansk författare som skrivit memoarer om sin tid i New York. Jag har hört talas om den och Peter har räknat ut att jag kan vara intresserad av att läsa boken.

«Tack!»

Jag öppnar bokens första sidor för att läsa dedikationen Peter skrivit med sin halvt oläsliga stil.

Till Sara från Peter, står det och jag kan inte låta bli att le. Peter är ingen man av stora känslouttryck. Han skulle aldrig komma på tanken att skriva; till min älskade. Det är en lättnad att han är som han är.

Elof, som avvaktande stått längst bak, tränger sig fram till sängen och lägger ett tungt avlångt paket på min mage. Det är proffsigt inslaget, antagligen av ett butiksbiträde som vet hur man får till ett snyggt paket.

Jag river upp förpackningen med visst besvär, det är noggrant tejpat. Inuti ligger en kniv, med rött trähandtag instucken i ett knivfodral av skinn.

«Du kan jävlar i mig behöva en sån nästa gång du ränner omkring i skogen», säger Elof med ett snett leende.

«Men Elof!» säger Ellen bestört. «Du kan inte ge bort en kniv. Det för med sig osämja mellan er. Du behöver betala för kniven Sara, en symbolisk summa. En krona räcker.»

«Äsch sånt jävla skrock.»

Elof höjer ögonbrynen mot mig och gör en grimas.

«Inte blir det nån vajsing mellan oss?»

Jag skakar på huvudet. Även om jag anser att Elof borde ta chansen att umgås med sin vuxna dotter är vi inte osams om det. Nej, Elof och jag ska aldrig bli oense på riktigt. Aldrig någonsin.

«Det är en Morakniv. Nu drar jag till ett ställe jag inte kollat av ännu. Hejdå Sara!»

«Men ska du inte dricka kaffe med oss?»

Ellen håller fram en korg, som stått vid hennes fötter, i den finns termos och muggar.

«Nix.»

Jag vägen kniven i handen, vrider runt den och känner på den lena träytan och den vassa eggen men stoppar sedan tillbaka kniven in i behållaren igen medan Elof står bredvid sängen och myser åt mina glada utrop. Typiskt Elof att ge mig en praktisk present.

«Fantastiskt!» säger jag. «Den blir perfekt att ha i ryggsäcken.»

Kapitel 62. Skräcken

Jag häpnar över hur fel det kan bli, när jag förstår att polisen tror att det finns ett samband mellan honom och Leas försvinnande. Han dödade henne, förmodligen redan på midsommaraftonen, säger Andreas, eller också har han gömt henne på ett avlägset ställe ingen hittat ännu.

Det låter inte det minsta likt honom.

Jag berättar om mina farhågor om att de kan ha tagit miste, att det kan finnas en annan kidnappare, men får inget gehör för det.

«Men vad är hans motiv», frågar jag. «Och varför skulle han mörda Lea? Det är mig han vill åt.»

Han är ingen man som tänder på unga flickor, ingen pedofil. Sådana tendenser upptäckte jag inte under vår tid tillsammans, inte innan dess heller att döma av de berättelser jag tagit del av om hans förflutna. Vad skulle han ha vunnit på att röva bort en ung flicka han aldrig någonsin träffat?

«Jag gillar inte slumpen», säger Andreas, som ett eko av Leif G W Perssons liknande mumlande uttalanden.

Men eftersom ordet slump finns borde det ibland hända att vissa händelser är en slump.

Jag känner mig förvirrad. Är bilden av honom inte längre sann? Har tiden i fängelset gjort honom till en annan person, styrt honom i en annan riktning?

Sekund för sekund går jag igenom mötet vi hade uppe på berget. Nämnde han Lea över huvud taget? Nej. Använde han ord som kunde betytt annat än vad jag trott om jag lyssnat, ord som förde mig till Lea? Nej.

De två kvinnorna han berättade om, som han sa var intresserade av honom, vilken ålder var det på dem? Han nämnde en bar i Stockholm, dit vi också brukade gå, då i början. En av kvinnorna blev han bekant med på den baren. Mötet ledde till nya dejter med kvinnan för att sedan upphöra.

«Jag gillade inte att hon var påstridig», sa han.

Till den baren går vuxna kvinnor, inte tonåringar.

Vad sa han om den andra kvinnan? Jag kommer inte ihåg. Det maniska svamlandet, har enbart en funktion, att göra mig svartsjuk. Därför lyssnade jag inte speciellt noggrant vilket jag nu förebrår mig.

Jag letar i minnet efter detaljerna, ord för ord, men hittar ingenting som leder till att han kände Lea.

Han nämnde inte henne, inte heller den omfattande sökinsatsen efter henne, som slagits upp stort på all media. Det fick mig att tro att inget av det angick honom, inte berörde honom personligen. Var det i stället tvärtom? Anledningen till att samtalsämnet Lea inte kom upp var på grund av att han själv var djupt inblandad?

Ändå var Leas försvinnande anledningen till att han hittade mig, har jag utgått ifrån. Han såg fotot, en gruppbild publicerad på nätet i Dagens Nyheter, när jag tillsammans med andra bybor deltar i sökandet. Det kan inte ha varit svårt för honom att räkna ut att jag finns i trakten.

Jag har ingen jag kan diskutera mina tvivel om polisens teori med. Det skulle innebära att jag avslöjade mitt möte med honom. Det får aldrig någonsin ske.

Kapitel 63. Det som inte blev

Det går ett antal dagar när Peter, Frida och jag går till sjön och badar, äter god mat tillsammans med mamma, Ellen och Elof och tar en och annan öl.

En kväll inser jag att jag inte kan skjuta upp kontakten med Andreas längre. Till saken hör att mamma åkt tillbaka till Öland. Hon har försökt övertala mig att följa med, men jag står inte ut med hennes Gösta någon längre tid.

Vi pratar aldrig om det. Mamma har gjort sitt val, jag behöver anpassa mig till det, även om jag inte kan förstå vad hon ser hos en man som tänker högt hela tiden och som alltid låtsas vara överförtjust över att se mig, trots att han oftast glömmer bort att jag finns i närheten. En man som hela tiden har fokus på mamma, oavsett var hon är och vad hon gör. Eller vem hon umgås med.

Jag väljer inte Öland och inte Uppsala heller. Senare men det är ingen brådska. Jag har semesterdagar kvar och vill stanna i Skogsberg.

Peters närvaro komplicerar tillvaron, samtidigt som vi alla tre, Frida, Peter och jag faller in i våra gamla roller, kompisgänget från förr. Vi känner varandra sedan skoltiden och trivs tillsammans, vilket gör det lätt att umgås.

Det är en lyx att ha Frida hos mig. Även om hon inte förstår varför jag går omkring som ett åskmoln, kan jag vara mig själv med henne. Samtidigt är hon ett hinder för Peter att ta upp mitt och hans trassliga förhållande som nu är på sparlåga, eller på paus. Han kommer inte att börja prata med mig när hon finns i närheten. Jag är rädd för vad jag kan tvingas säga till honom, rädd för att stöta bort honom från mitt liv om han skulle fråga vad jag vill med oss.

Peter har fått en sängplats i huset, antagligen i samma sovrum som Andreas sov i för någon vecka sedan. Han syns inte längre till hemma hos oss, vilket är förståeligt eftersom det sedan länge går att köra fram och tillbaka till Leksands centrum. Men ändå. Han tittar inte ens förbi för att prata med Elof och ta en kopp kaffe.

Med svettiga händer och bävande hjärta ringer jag Andreas. Efter att Peter och Frida gått till badet och jag påstått att jag behöver vila, tar jag mod till mig.

Han svarar inte även om det är kväll och arbetsdagen borde vara över. Lättad, över att slippa stamma fram mitt budskap, skickar jag ett sms och föreslår att vi ska träffas nästa dag i Leksand för att ta en öl. Det med ölen är ett sätt för mig att knyta dåtid till nutid. Patetiskt, javisst.

Det dröjer alltför länge innan det kommer ett svar. Jag får vänta ända till morgonen därpå då det äntligen plingar till i mobilen. Det är efter frukosten som vi alla tre, Peter, Frida och jag, slött drar ut på, sittande i köket. Då har jag redan gett upp hoppet och går och retar mig på att han inte hör av sig.

Planen är att låna en bil och köra till polisstationen för att ställa Andreas till svars. Alla frågor som gnager i mig under sömnlösa nätter, vill jag anklagande slunga fram. Vad håller han på med? Varför beter han sig på det här sättet? I ett desperat hopp om att jag misstagit mig, att jag övertolkat hans tydliga signaler, senast vi sågs. Han måste vara stressad över utredningen, över Leas försvinnande och att hon inte återfinns. Det är mycket att göra, han kan knappast ägna sig åt sitt kärleksliv med full energi. Men det stämmer inte alls eftersom han tog sig tid att träffa mig tidigare när han hade det som mest körigt.

Jag är arg men mest ledsen och är ingen blåögd idiot. Man kan inte påverka en annan människas känslor. Men jag måste ta reda på varför Andreas gör som han gör.

När Frida gått för att borsta tänderna efter frukosten och Peter försvunnit ut för att springa öppnar jag mobilen och läser meddelandet.

Klockan sex på Gårdscaféet, står det. Inget frågetecken ens, som om det är han som bestämmer tid och plats. Jag hinner reta mig på det men svarar ändå bara med ett ord, *Ok*.

Jag ber att få låna Ellens bil för att köra in till Noret.

«Det är saker jag behöver handla», säger jag och frågar inte ens om någon vill följa med. Mitt reserverade sätt gör att varken Frida eller Peter ber om att få hänga på.

Lättad tar jag den lilla bilen och kör ensam in till Leksands centrum. Vädret har mulnat på. Tunga moln drar över himmelen. Väderprognosen visade regnskurar till kvällen, enligt Ellen, som bad mig ta in tvätten innan jag åkte.

Jag parkerar på torget, på samma plats som mamma ställde sin bil senast jag var här och letar mig fram till Gårdscaféet på gågatan.

Uteplatsen är fylld av människor som sitter med vin och ölglas framför sig, trots att vädret precis blivit svalare. Jag upptäcker inte Andreas och sneglar på mobilen för att kolla tiden och för att se om han skickat ytterligare meddelande. Fem minuter i och inget sms.

Nervöst trampande går jag in en sväng. Sitter han inomhus? Men jag hittar honom inte och vänder ut igen. Ett ungt par har rest sig från sitt bord och jag ställer mig nära, för att ta över platserna när de plockat ihop sina kassar och brickor.

När jag precis satt mig ner dyker han upp. Utan att jag sett honom komma har han tagit sig ända till mitt bord.

«Hej!» säger han och böjer sig ner för en snabb hälsningskram.

Skönt att jag slapp handskakningen denna gång.

Jag granskar hans ansikte, för att tyda vad det utstrålar. Definitivt avstånd, konstaterar jag och inom mig sjunker hoppet. Inget bra tecken.

«Ska jag gå och köpa två öl till oss?»

«Gärna men ta en alkoholfri till mig. Jag kör.»

«Såklart.»

Han vänder och går in i restaurangen.

Jag får inte det jag vill ha. Det är uppenbart. Med en flirtig glimt i ögat skulle han ha sagt; du kan sova över hos mig och väntat på mitt svar. Jag, varm i kroppen vid tanken på att vara nära hans nakna kropp, skulle ha nickat förtjust, som om han delat ut en present till mig.

Men jag vet inte ens var han bor i Leksand, bara att han har en lägenhet centralt.

Det tar en stund innan han är tillbaka med ett stort immigt ölglas till sig och en mörkbrun flaska till mig. Under tiden jag väntar, planerar jag upplägget för vårt samtal. Jag ska ställa honom mot väggen. Det är ingen idé att dra ut på det. Lika bra att riva av plåstret snabbt trots att det gör ont.

Men det blir inte alls som jag tänkt och jag har inte kraft nog att styra om samtalet till det jag vill diskutera; våra känslor för varandra och varför hans har förändrats. Han börjar snabbt och forcerat prata om utredningen, av hur frustrerande det är att inte Lea återfunnits. Det är de ord han använder trots att alla borde inse att hon är död. Att det är en kropp som ska hittas inte en levande människa. Det har gått för lång tid.

Andreas frågar om jag kommit på mer som kan ha betydelse från tillfället när jag upptäckte Elisabeth i skogen och den döde mannen. Om jag såg någon person när jag gick för att leta, om jag hörde andra röster. Jag har gått igenom hela förloppet i mitt eget huvud flera gånger för att upptäcka den allra minsta detalj som kan ge en ledtråd till vad som hänt, men utan resultat. Dessutom har jag berättat för polisen, för både Stefan och Andreas, om vad jag varit med om. De har till och med spelat in min berättelse. Det finns inget mer att krama ur den futtiga tiden jag var i händelsernas centrum.

«Det måste ha varit förfärligt det du var med om», säger han, antagligen för att få mig att beklaga mig.

«Visst.»

Men det är för helvete inte därför vi är här! Jag tänker inte lockas in i ett ämne som jag inte vill diskutera. Det är vår relation vi ska koncentrera oss på.

Det retar mig också att han ser förbaskat avspänd ut när han inte ser på mig, men på andra människor han uppenbarligen känner. Med ett leende och ett «tjena» hejar han på en kille som är på väg in i restaurangen. Killen har skägg, ett välansat kort skägg och ser uppskattande på Andreas, när han går förbi oss. Han kastar en nyfiken blick på mig. Om Andreas och jag fortfarande hade haft en begynnande relation hade han stoppat killen och leende sagt att det här är min flickvän Sara. Jag undrar hur de känner varandra. Från jobbet eller fritiden?

Jag får intrycket av att Andreas är oberörd av att ha avslutat vår nätt och jämnt påbörjade relation. Det skulle inte påverka honom ens om jag var död. Han skulle antagligen ryckt på axlarna om det var jag som legat med krossad kropp nedanför utsiktsplatsen. Tanken får mig att känna mig hisnande ensam i min kärlek.

Men han har rätt. Det var outhärdligt och synen av den döde mannen liggande ovanpå stenbumlingarna, kommer upp i hjärnan, när jag tänker tanken. Jag vill inte prata mer om honom. Han ska begravas under andra vackrare minnen. Men det fungerar inte som jag vill att det ska göra. Jag kan inte styra vad jag minns och det gör mig rädd. Ska jag aldrig bli av med synen av en död kropp?

Själviskt nog, ångrar jag att jag gick fram mot stupet och tittade ner. Jag har sett en död människa tidigare och hade hoppats slippa vara med om det igen. Men om Andreas tror att det var förfärligt för mig, varför hörde han inte av sig senare under kvällen? Han såg hur upprörd jag var efteråt, ändå lämnade han mig. Det förlåter jag honom aldrig för.

Media har gjort stort väsen av sättet den misstänkte mannen dog på. Foton på Klotberget på webbsidorna och i Elofs papperstidning, Falu-Kuriren och ett rött kryss markerar platsen mannen hittades på.

Journalister har försökt kontakta mig också. De har ringt upprepade gånger på mobilen för att få min version av upptäckten av kroppen och till och med erbjudit mig pengar för en intervju. Men jag har hållit mig undan, värjt mig för alla frågor och drevet har fortsatt åt ett annat håll.

Till slut, när vi suttit i en halvtimme och gått igenom allt som hänt, men inte med ett ord berört vårt förhållande, står jag inte ut. Ölen är snart urdrucken. Jag vill härifrån och tänker inte ödsla mer tid på mötet, men först måste jag få veta.

«Är det inte längre vi?»

Jag ställer frågan tyst och vågar inte titta på honom. I stället ser jag ut över gågatan och noterar att affärerna stängt för dagen. Mängden av sommarklädda människor som strövar förbi har märkbart minskat.

«Va?»

«Du hörde mig. Är det slut?»

Han harklar sig och tar en klunk ur ölglaset. Det är tomt och jag undrar om han kommer att vilja ta ett glas till med mig eller om detta är vad han unnar sig, när han gör slut med en flickvän.

«Kommer du ihåg Ylva?»

Blicken är riktad ner i glaset som han håller fast i med sin högra hand. Jag noterar de vita knogarna, rodnaden på örsnibbarna.

«Ylva?»

Jag förstår inte vad han pratar om. Vilken Ylva?

Sedan inser jag vem det är. Den gången det regnade och vi satt uppkrupna i ett jakttorn, med vattnet smattrande mot plåttaket över våra huvuden, berättade han om Ylva, sin före detta flickvän. Hon ville bo i Stockholm och han i Dalarna. Det tog slut.

«Är ni tillsammans igen?»

«Ja, hon har ångrat sig. Hon kom till mig på sin semester. Vi har rett ut en del mellan oss.»

Han kliar sig i det mörka håret, ser äntligen upp, försiktigt och skyggt. Det är första gången våra blickar möts och i hans upptäcker jag ingen smärta, ingen sorg men jag förstår att mina ögon avspeglar det och han släpper snabbt. Jag noterar att butiken mitt emot, har blommiga sommarklänningar på skyltdockorna i fönstren. Sådana man ska ha på sig när man går med sin pojkvän på livfulla fester med rosévin och grillat.

Ska jag inte resa mig upp och gå? Ölen är urdrucken. Jag har inte gett honom pengar för den men han betalar med all säkerhet, i utbyte mot att slippa sitta tillsammans med mig längre än nödvändigt.

Nej, jag är ingen dramaqueen. Har aldrig varit. Men jag vill veta varför.

«Jag trodde att det var slut mellan er. Annars hade jag aldrig …»

Meningen blir hängande mellan oss. Vad jag vill säga är att jag känner mig lurad. Om man säger att det är slut borde det gälla. Andreas har farit med falska löften om en framtid med mig, när han i själva verket gick och längtade efter den där Ylva.

Vem är hon egentligen? Jag har inte ägnat henne en tanke, aldrig trott att hon skulle vara en rival. Borde jag ha kollat upp henne? Åtminstone fått fram ett foto för att avgöra om hon ser bra ut.

Nej, jag ska inte in på det spåret. Det är Andreas som väljer henne och ratar mig. Det är han som inte vet vad han vill. Vad är det för en man som tar tillbaka sin gamla tjej, när han påbörjat en ny relation? Har han suttit och vägt för och emot mellan oss? Ylva eller Sara, vem ska jag ta? Vad är det som har tippat över till hennes fördel? Hur kär han är, eller utseendet? Eller är Ylva den som kan lyssna bäst? En het våg av ilska sköljer över mig. Är detta den sanne Andreas jag möter? Vacklande och obeslutsam. Fan ta dig!

Det värsta är att jag gått och inbillat mig, i alla fall en aning, att Andreas blivit svartsjuk för att Peter kommit till byn. Att Andreas fått för sig att Peter och jag är tillsammans igen. Det är skrattretande att jag för ett fåtal dagar sedan, tvekade inför möjligheten att springa sida vid sida med Peter eftersom jag var rädd för att vi skulle möta Andreas eller någon annan från polisen på vår träningsrunda.

«Nej, jag vet», säger Andreas. «Jag trodde att det var slut men om hon vill ...»

Han slår ut med armarna, rycker på axlarna.

Försöker han lägga ansvaret på henne? Låtsas som om han inte har ett val. Ylva vet förmodligen inte ens om att jag existerar. Vad skulle hon göra om hon visste?

Det är dags att gå. Jag ska inte förödmjuka mig mer, inte gå längre. Inte tvinga honom att säga saker som inte är sanna. Snart kommer jag att ha pressat fram orden från honom: *jag tycker mycket om dig men vi är för olika.* Det är det vanligaste argumentet när man gör slut har jag hört från vänner. Själv har jag konstigt nog aldrig tidigare blivit dumpad av en kille. Eller egentligen är det inte förvånande. Jag har helt enkelt inte haft tillräckligt många pojkvänner. Det har varit Peter under större delen av mitt liv. Efter Peter blev det Henrik och därefter Peter igen.

«Okej», säger jag kort som om allt är avgjort, som om vi precis bestämt hur vi ska göra.

Äntligen kommer jag på fötter, det är bråttom nu. Jag vill bort från honom, från detta nesliga möte. Med ett artigt hejdå hastar jag ut från caféet med högburet huvud. Det funkar naturligtvis inte. Jag är förloraren och alla som möter mig på gatan förstår det. Det går att läsa i mitt ansikte. Men jag lyckas ändå hålla huvudet högt, även om nacken spänner stelt.

När jag är framme vid bilen öppnar sig himmelen och regnet strömmar ner över bilens plåttak, tvättar vindrutan ren från fågelskit och insekter, dränker mig på ett fåtal sekunder. Det känns som en rening, det enda logiska när vattnet snabbt tränger igenom kläderna och får kroppen att frysa.

Ovädret var det enda som fattades för att få avslutningen på en vacker kärlekssaga att bli ännu mer patetisk.

När jag parkerat på gårdsplanen i Skogsberg och stiger ur bilen hör jag, trots det stillsamma regnets strilande, morkullans knirkande läte ovanför mig. Det är hannen som flyger mellan honorna. Jag vänder ansiktet upp mot himlen.

«Din svekfulla jävla fågel!» skriker jag.

Kapitel 64. Skräcken

Andreas kommer hem till mig, när det gått ytterligare några dagar efter hans död. Det är en underlig tid för mig. Allt fokus hamnar på Leas försvinnande, vilket innebär att polisen inte funderar nämnvärt över varför han dog och hur han dog. Han är en kidnappare och kan även gjort sig skyldig till mord säger polisen.

Jag kan inte i min vildaste fantasi föreställa mig att han har med Lea att göra.

Han befann sig i Skogsberg för att spionera på mig, inte för att röva bort en ung kvinna. Nej, det kan inte vara sant.

Men om … Då har jag gjort mig skyldig till två mord. För har han kidnappat Lea för att få ut pengar och gömt henne under tiden, lär hon nu ha gått under. Dött, lämnat åt sitt öde i en lada långt inne i skogen, för i tältet fanns inga spår efter henne. Det har Andreas berättat för mig. Jag har också fått höra att ett möte arrangerats av honom med Elisabeth på kvällen samma dag som han dog.

Han är inte fattig precis. Jag tvivlar på att han skulle gjort sig sådant besvär.

Jag har helt slutat känna efter hur jag själv mår, vad jag tänker, hur kroppen värker. Hela mitt fokus har riktats mot det underliga med Leas försvinnande som inte löser sig. Löser sig, varför tänker jag på det sättet? Jag menar, får sin förklaring.

En kropp eller en levande människa men hon behöver hittas, för att upplösningen av detta förfärliga drama ska ske.

Det är precis efter det att jag druckit mitt morgonkaffe som Andreas dyker upp, andfådd och ivrig att få delge mig information. Jag sitter ensam vid köksbordet, fortfarande klädd i mitt nattlinne när han bankar på dörren. Snabbt slänger jag på mig morgonrocken och släpper in honom i köket.

«Har ni hittat henne», utbrister jag, redan innan han kommit innanför dörren.

«Ska vi slå oss ner?», föreslår han, utan att svara på frågan.

Vad tänker han berätta för mig? Att de hittat Leas kropp utmärglad, svulten till döds, inlåst i ett skjul? Kommer jag för alltid att få bära med mig hennes död på mitt samvete?

När jag förblir tyst, som paralyserad i min position, upprepar han sig:

«Ska vi sätta oss?»

Utan ett ord visar jag med handen på stolen mitt emot mig. På svaga ben sjunker jag ner med den halvfulla kaffekoppen framför mig.

Antagligen borde jag bjuda även Andreas på en kopp men det har jag inte krafter till.

Jag ser på hans ivriga framåtlutade gestalt att han kommer med viktig information. Han han slängt det ena långa benet över det andra och vippar upp och ner med sin högra fot.

Vad är det han vet som gör honom lika nervös som jag? Jag skulle vilja resa mig upp och rusa därifrån för att aldrig komma tillbaka till denna plats, denna by som visat sig vara i alltför hög grad dramatisk.

Men jag har lärt mig att tåla mycket och sitter kvar, frågar till slut också om han vill ha kaffe, för att distrahera mig med något annat.

De har hittat Lea död. Det är därför Andreas är spänd som en fiolsträng, samtidig ivrig att få ur sig den viktiga information som enbart jag har tillgång till.

Jag skulle vilja skrika att jag inte vill få detaljer om Leas är död och hur länge hon led. Men jag måste. Detta är mitt straff för att jag tagit ett liv.

Redan innan jag fyllt kaffe i Andreas kopp, ploppar upplysningen ur honom.

«Du vet redan att vi inte hittat spår av Lea i Jens Larssons tält?»

«Det gula?»

Andreas ser förvirrad på mig, avbruten mitt i sitt viktiga delgivande.

«Finns det fler än ett?»

«Nej, nej. Fortsätt! Förlåt!»

«Det intressanta är att det inte finns minsta spår av Jens i fäboden. Däremot har de hittat en hel del från Lea. Vi har fått dna resultatet från det vi lämnade för analys. Äntligen! Det tog sin tid. Men ingenting alls från Jens, vilket innebär att vi inte längre kopplar ihop de båda. Jens och Lea.»

«Det var det jag sa», ropar jag med ett uns av triumf i tonen.

«Han är ingen kidnappare».

Andreas ser på mig med en medlidsam blick och jag inser generad att jag sitter och försvarar honom.

Snabbt sänker jag händerna jag höjde i protest och suckar.

«Jag vet. Det är idiotiskt att tala för den man som gjort mig mycket ont men rätt ska vara rätt. Han är en misshandlare men ingen kidnappare.»

«Japp», säger Andreas med en bekymmersrynka mellan ögonbrynen.

«Vilket gör att vi är tillbaka till ruta noll.»

Först när Andreas sedan länge gått ifrån mig, funderar jag på djupet vad det han sagt innebär. Om det inte var hans dna från fäboden, fanns det då någon annans dna där?

Kapitel 65. Utpressning

Mitt hjärta är ett blödande sår som värker men som ingen känner till. Att jag går omkring med ett sorgset uttryck i ansiktet, suckande över tillvaron kan ändå förklaras av allt som hänt i Skogsberg. Den döde mannen och dessutom Leas kropp som ännu inte återfunnits. Jag ser sorgen spegla sig i mångas ansikten jag möter och resignationen inför att det inte längre finns ett lyckligt slut.

«Vi får hoppas på det bästa», säger Ellen, när hon lyfter huvudet från papperstidningen och möter min blick, vid frukosten dagen därpå.

Men varken Frida, Peter eller Elof ser ett dugg gladare ut för det. Ingen av oss ids ens nicka åt floskterna.

«Att jag missade det där jävla tältet», säger Elof och lägger in en snus vilket genast får överläppen att puta ut. «Det var för jävligt.»

«Fast du har varit på många andra platser och letat», säger Frida. «Det är stora områden. Hur skulle du ha kunnat köra överallt», fortsätter hon.

«Det var inte lätt att ta sig dit. Till fots gick det men absolut inte med en fyrhjuling», säger jag.

Elof vickar på huvudet fram och tillbaka. Rätar ut benen och snor fötterna om varandra på golvet.

«Men ändå. Fan också!»

Ellen viker ihop tidningen och lägger ner den på bordet. Sätter handen ovanpå den med en klapp.

«Men tänk om det inte är han», säger hon.

Frida rynkar ögonbrynen och rätar på ryggen.

«Vem? Den döde mannen? Är det honom du pratar om?»

Ellen nickar.

«Det är inte helt klart att det är han som tagit Lea.»

«Vet du mer än vi?» frågar jag, som har väckts ur mitt personliga drama.

Ellen sväljer märkbart, sittande på kortsidan.

«Nej, nej. Det är bara en tanke jag har», svarar hon defensivt.

«Men vad gjorde han då i skogen?» frågar Peter.

Ellen tittar ner i bordet och förblir tyst. Elof rätar till snusen under läppen med pekfingret.

«Men varför tror du inte att det var han?» frågar jag enträget men Ellen rycker på axlarna. Hon ser ut att ångra det hon nyss sagt.

«Bara en tanke jag har», upprepar hon.

Ellen brukar inte vara den som spekulerar. Hon är den mest jordnära person jag känner.

Innan någon av oss hunnit förhöra oss ytterligare om hennes åsikt hör vi att någon kommer uppför trappan till huset, stegar över verandan och närmar sig köksdörren. Tre försiktiga knackningar.

«Kom in!» ryter Elof och redan innan jag ser Elisabeth har jag gissat att det är hon. Ingen annan rör sig med sådan försiktighet och med ljudlösa rörelser.

Hon kliver, onödigt nog, ur sandalerna hon har på fötterna och går med ovanligt bestämda steg fram till oss, sittande vid bordet. Hakan är lyft, huvudet högt, ryggen rak. Hon ser inte längre grå ut i hyn, som sist jag såg henne, kinderna glöder rosa.

Ett vitt kuvert landar på köksbordet bland porslin, brödfat, smör och ost. Det får mig att tänka på den papperslapp jag upptäckte fastsatt på dörr-handtaget, utanför hennes hus om natten för någon vecka sedan. Förutom att detta kuvert inte är inslaget i plast och utanpå syns inga spår av regn.

«Hej», säger hon. «Jag fick brevet i natt. Eller ja, jag upptäckte det i morse.»

«Ett till», säger jag förvånat och böjer mig fram för att se på det lilla kuvertet. *Elisabeth* står det med blyerts utanpå. Från min amatörnivå ser det ut att vara skrivet på samma sätt som det förra meddelandet. Med blyerts och små bokstäver, förutom E med versaler för den första bokstaven i namnet Elisabeth.

«Har du öppnat det?» fortsätter jag utfrågningen men Elisabeth bevärdigar mig inte med en blick, inte heller ett svar.

Varför kommer hon till oss med meddelandet denna gång? Vad är det som gör att hon vill dela med sig av information när hon absolut inte ville det förra gången? Har hon insett att kidnappare inte är att leka med? Inte går att ta hand om på egen hand.

«Sätt dig», säger Ellen och drar ut en stol till henne.

Det är tyst runt bordet när vi följer hennes rörelser under tiden hon omständligt sätter sig ner och rätar till kjolen.

«Jag vet inte vad jag ska tro. Tänk om han hade en medhjälpare, den där Jens Larsson?», säger hon när hon är klar.

Jag sneglar på Ellen som nyss sagt till oss att hon tror att mannen, som tydligen hette Jens Larsson, inte var den skyldige till att Lea är borta.

«De kan ha blivit osams. En person knuffas eller faller över kanten. Det finns en kvar som fortsätter utpressningen. Hon lever. Det är jag säker på. Annars skulle jag inte ha fått ett nytt meddelande.»

Hon pekar på kuvertet som lyser vit på bordsskivan. Ett avlångt kuvert av tjockare papper. Det är inte igenklistrat och har aldrig varit det heller.

«Eller också är det någon helt annan», säger Ellen äntligen. «Någon som inte samarbetat med Jens. Någon helt fristående.»

«Har du öppnat och läst?» frågar jag igen.

Elisabeth suckar.

«Ja, med handskar på. Du behöver inte vara orolig. Det står att jag ska ta med mig 50 000 kronor till sjön i morgon kväll.»

«50 000! I kontanter? Hur får man ut det från banken?»

«Så lite?», säger Frida. «Jag trodde lösensummor brukade vara betydligt högre.»

«Men kan det vara någon som härmar honom?» säger jag.

Elisabeth skakar på huvudet åt våra frågor och suspekta ansikten.

«Nej, det är samma tillvägagångssätt, ett brev på mitt dörrhandtag. Budskapet är skrivet på samma sätt som förra gången med enbart små bokstäver, ingen punkt, inget kommatecken. Det känner få personer till, alla detaljer. Jag ska ge honom pengarna imorgon kväll vid sjön.

Jag har självklart ringt Andreas.»

Hon sneglar till på mig.

«Han säger att de kan vilja ha en mindre summa pengar först och sedan höjer de insatsen. Möjliggör tid för att få fram de stora beloppen, genom nya instruktioner gång efter gång. Jag kommer troligtvis inte få se Lea ännu, säger Andreas. Om polisen inte lyckas fånga dem direkt imorgon kväll.»

Hur kan Andreas veta allt helt plötsligt? Han som skulle konsultera andra mer erfarna förra gången när jag hittade meddelandet. Men det kan vara det han har gjort.

«Polisen är på väg!» fortsätter Elisabeth. «Jag tänkte att jag ville dela med mig till er som letat och hjälpt till. Det finns fortfarande ett visst hopp.»

Hon ler och när jag ser henne vill jag gärna tro att det är sant det hon säger. Att Lea finns någonstans. Inlåst, förmodligen bunden, men fortfarande vid liv. Vad kan hon ha varit med om? Vad har man gjort med henne under den tid hon varit borta? Den viktigaste frågan är fortfarande, när får vi veta?

Kapitel 66. Skräcken

Jag känner en viss tillfredsställelse över att ha rätt. Han skulle aldrig kidnappa en ung flicka. Det är inte ungdomens fräschhet, en slät hy utan rynkor och en platt mage han är intresserad av. Han triggas inte sexuellt av unga smala outvecklade kroppar som inte hunnit tas i bruk av barnalstrande och amning.

Han är intresserad av mig, trots att jag definitivt inte är ung längre.

Om han tagit Lea skulle syftet vara att utöva utpressning mot mig. Som ett medel för att nå sitt verkliga mål. Men varför krångla till det och ge sig in på brottets bana?

Han anser sig nämligen inte vara någon brottsling och har trots den upprepade misshandeln av mig, aldrig erkänt sig skyldig ens till det. Det är som om våra lagar och regler inte gäller honom.

Även i rätten hävdade han att det var mitt fel att han gav mig en örfil. Eller en klapp på kinden som han uttryckte sig och det var också det enda han erkände sig skyldig till. Det var jag som provocerade honom till att ta till knytnävarna.

Han har inte tagit Lea. För då skulle hans dna finnas i den gamla fäboden, antar jag.

Men å andra sidan hatar han kvinnor, fastän han säger och tror sig om att älska oss. Hans före detta sambo vittnade i rätten om den misshandel även hon utsattes för. Jag kände inte till det. Men det är mycket jag borde gjort innan. Jag tolererade alla hans beteenden, utan att agera. Idag vet jag hur jag skulle valt men då fanns det inga lösningar, inga val för mig. Annat än att stanna i hans närhet och anpassa mig för att överleva. Det trodde jag var det rätta.

Vem som tagit Lea och var hon finns, är fortfarande ett mysterium. Det enda jag får information från Andreas om är att han inte är den skyldige.

«Med största sannolikhet är han inte inblandad i Leas försvinnande», säger Andreas andra gången han besöker mig.

«Vet ni vem som tagit henne?», vågar jag mig på att fråga. «Om det inte är hans dna, vems är det?»

«Jag kan inte svara på det», säger Andreas, med dyster min. Hans bort-vända ansikte får mig att ana att han famlar i blindo.

Kapitel 67. Hemligheter

Samma dag som Elisabeth visat upp brevet halvligger jag på sängen i här-bret och grubblar åter över varför det blev som det blev med Andreas, när jag hör steg närma sig. Jag rycker åt mig en bok och håller den uppslagen i handen för att låtsas vara djupt ingripen i läsandet.

Dörren är öppen ut till den vackra sommardagen, jag inte längre vill kännas vid. Jag hör hur någon tar sig uppför trappan, ser Peter böja det lockiga huvudet för att ta sig in genom dörrhålet, när jag lyfter blicken från boken jag inte läst en rad i.

Jag har undvikit att bli ensam med Peter eftersom jag är rädd för att han ska ta upp frågan om var jag står i vår relation när han får chansen. Ska jag säga att jag älskar en annan även om allt är för sent? Är sanningen viktigare än att inte såra Peter? Vad spelar min lilla kärleksflört för roll idag, när den inte påverkar morgondagen? Men det är inte sant, att det inte påverkar mig i fram-tiden. Peter har inte blivit mer självklar efter Andreas svek, snarare tvärtom.

Han står kvar nära dörren, stänger ute en del av ljuset. Jag vill egentligen att han ska åka tillbaka till Uppsala men det kan jag inte säga. Det borde någon annan råda honom till, men alla inbillar sig att det är bra för mig att ha min eventuelle pojkvän hos mig, efter allt som hänt i byn. Ingen vet om min hjärtesorg förutom möjligtvis Elof, som kan ha sina aningar. Det var han som såg Andreas och mig när vi kramades i köket, för hundra år sedan, när livet var bättre och ljusare.

Men Elof skulle aldrig skvallra, utan möjligtvis till Ellen. Elof vill tro att det var en tillfällig förvirring från min sida. Men det var tvärtom, en tillfällig förvirring från Andreas sida.

Jag har inte ringt honom igen. Flera gånger har jag suttit med mobilen i handen, beredd att trycka in hans nummer, som fortfarande finns kvar i adresslistan. Som om det för honom närmare mig, att stirra på hans kon-taktuppgifter på en skärm.

Han har inte heller hört av sig. Antagligen har han inte en tanke på mig, utan har huvudet fullt av Ylva. Det är som det är och jag ska inte ringa för att böna och be honom att tänka om. Det är över.

Peters närvaro komplicerar min tillvaro. Han ska inte vara här och se mig lida för en annan killes skull.

Varför byter jag inte fokus från Andreas till Peter? Han finns kvar, varför inte satsa på honom? Men på det sättet fungerar inte känslorna.

«Vill du med ut och springa?» frågar Peter.

Springa? En vardaglig rutin som jag alltid gjort förut men glömt bort när Lea försvann. Mest har jag sprungit tillsammans med Peter.

Jag ser att Peter redan är klädd för en motionsrunda. Linne, tighta kortbyxor och träningsskor. Den mörka hyn gör att kläderna framträder med skarpare färger i motljuset. Linnet, som en gång varit rött har övergått i rosa efter otaliga tvättar. De svarta byxorna har orange linjer på sidorna och på fötterna sitter blå skor med vita sockor.

Peters mamma är svart och kommer från USA men bor i Sverige. Hans pappa är en vit svensk, varför hans hy har en pepparkaksliknande ton. Håret är svart, långt och korkskruvslockigt. Peter brukar alltid ha det uppsatt i en hästsvans, framför allt när han ska springa.

Jag lägger snabbt boken åt sidan för att Peter inte ska börja fråga ut mig vad jag tycker om den. Han är för intresserad av litteratur eftersom han jobbar som översättare. Jag vet inte vilken författare han arbetar med för tillfället. Vanligtvis brukar jag ha koll men sedan vi flyttade isär och inte har daglig kontakt har jag ingen aning.

«Hm. Vilken sträcka?»

Peter byter fot, lutar sig mot härbrets vägg och sätter armarna i kors över det rosa linnet.

«Elof visade mig en väg som går till en gammal smedja, intill en bäck. En fin plats enligt honom. Det blir en mil fram och tillbaka.»

«Hänger du med?»

«Varför inte», säger jag och överraskar mig själv.

Jag kan inte låta Andreas beteende ta över mitt liv. Det är alltid bra att röra på sig om man mår dåligt, intalar jag mig. Vädret är lagom för en joggingtur, varken för varmt eller för kallt. Som en vanlig svensk sommardag.

Jag svänger benen över kanten på sängen och böjer mig över väskan som innehåller kläder i oordning, rena som smutsiga.

Till slut reser jag på mig med en sport-bh och ett par shorts i vardera hand.

«Jag visste att de skulle finnas någonstans», säger jag triumferande.

Peter är på väg ut genom dörren.

«Jag väntar på dig utanför.»

När vi sedan joggar fram i lagom takt, Peter anpassar sig till mig, tänker jag på Nilsbodarna, på brödsmulorna och porslinet som poliserna plockat med sig för dna-prov. Jag har ingenting hört om vem som vistats i fäboden men det borde vara den där Jens Larsson, han som hållit Lea inlåst. Han upptäckte förmodligen var nyckeln fanns gömd och kunde ta sig in och låsa efter sig.

Kan jag ringa Andreas och fråga? Få en anledning till att ta kontakt. Det var ändå jag som tipsade polisen om fäboden. Nej. Jag borde släppa alltsammans

Det senaste meddelandet om mötet, som Elisabeth fått, tyder dessutom på att det finns någon annan som har Lea. Även om Jens är död, kan han ha en medbrottsling, precis som Elisabeth tror. Förhoppningsvis får hon veta ikväll.

Vi springer efter skogsvägen, som fortfarande är täckt av vattenpussar, efter allt regnande tidigare. För att undvika att bli alltför blöta om skorna måste vi springa mitt i gräsranden eller på sidorna av vägen vissa sträckor.

Granskogen står och vaktar, enstaka fåglar kvittrar. Det är vackert och fridfullt. Solen lyser ner genom grenverket men skyms ibland av bulliga moln.

Timmerstockar ligger travade efter denna väg också, ovanpå varandra i prydliga högar och doften av färskt sågat trä når min näsa när vi springer förbi. Den påminner mig om någonting och det tar en kort stund innan jag hittar minnet från morfar på Gräsö. Han var liksom Elof, alltid noga med att ta hand om veden på bästa sätt. Hur fascinerande var det inte att titta på sågklingans tjutande väg genom stocken. Den avsågade biten från trädstammen föll ner på marken och samlades bland andra delar, färdiga att klyva.

Jag fick hjälpa morfar med att hålla i stockens ena ände. Idel förmaningar och en orolig mamma, gjorde insatsen ännu mer viktig och intressant. Min betydelse var stor, eftersom Anna min yngre syster, ansågs för liten för att hjälpa till. Högen av ved växte medan sågspån yrde runt morfar och mig.

Morfar är gammal nu och bor på ett äldreboende. Mormor dog för fyra år sedan och deras gård har övertagits av morbror. Jag saknar somrarna på Gräsö med mamma och Anna. Innan Gösta.

Svetten rinner och droppar från ansiktet. Jag ser Peters rygg med det rödrosa linnet som fått en mörk svettfläck mellan skulderbladen. Han svänger huvudet bakåt, vilket får hästsvansens lockiga hår att förflytta sig åt sidan på ryggen. Utan att minska farten, kontrollerar han att jag följer honom och inte har halkat efter. Jag är strax bakom och han vänder ansiktet framåt igen.

För ett ögonblick känner jag mig lycklig, när tankarna får flyta fritt. Kroppen jobbar sig framåt, solens värme mjukar upp hjässan och nacken.

Vi närmar oss ett hus i trä som står ensamt för sig självt. Det är målat i falurött för många år sedan för färgen har mörknat och flagnat av. Vissa delar är grå i stället för röda.

Vattnets brus överröstar mina andetag, trots att jag inte ser vattendraget bakom huset.

Peter saktar in när han kommit fram. Med händerna på låren, stannar han framåtböjd fortfarande med tung andning.

Jag gör samma sak när jag kommit i kapp, tills vi båda rätar på oss, som på en given överenskommelse och går de få metrarna fram till huset. Jag lyfter och skakar det ena benet efter det andra. Det var flera veckor sedan jag sprang och benen känns stumma.

Fortfarande andfådd frågar jag:

«Var ni här och kollade efter Lea, du och Elof?»

«Nej, vi har aldrig varit tillräckligt långt in i skogen, bara en bit efter vägen. Hör hur det brusar!»

Peter sätter handen mot örat och vi stillnar båda med blickarna mot bäcken, som syns störta fram vid sidan av huset. Bred och svart är den och vattnet dånar förbi, med vitt skum på vågtopparna.

«Undrar om polisen varit här?»

Peter rycker på axlarna.

«De koncentrerar sig tydligen på fäboden», svarar jag mig själv.

Det smärtar att tänka på fäboden och på Andreas, tydliggör att saker och ting förändrats. Inuti mitt huvud spelas scenen upp när vi åkte med Elofs fyrhjuling. Jag körde och han satt bakpå.

Det första steget till en träff togs av Andreas när vi stod utanför huset. I stela, prassliga regnkläder med det dova ljudet av vatten som droppade runt oss. En annan tid, ett annat liv. Inneslutna av den intensiva grönskan med granskogen tätt inpå som vittnen. Han frågade om jag ville ses och jag insåg att jag väntat på hans ord i hela mitt liv. Men jag hade svårt att se honom i ögonen, att möta hans blick, för då skulle jag avslöjat hur glad jag blev av frågan. Överraskad, javisst, det var jag också.

«Fint ställe», säger Peter och jag väcks ur mina funderingar.

«Undrar hur länge sedan det var verksamhet här.»

Han går runt hörnet, ropar:

«Här kan vi sitta en stund i solen och ta igen oss.»

Vi slår oss ner på marken, utanför huset, mot söder. Peter har med sig vatten i två småflaskor av plast som sitter fast i midjebältet. Han lossar den ena och ger mig att dricka.

Vi är tysta. Det är skönt att ta igen sig och andas lugnt igen.

Jag torkar svetten ur pannan, skruvar av den röda korken från flaskan och låter det ljumma vattnet ta sig ner genom munnen och strupen. Peter sneglar till mot mig. Jag ser hur han väter sina torra läppar med tungan, för att ta sats och jag inser med fasa vad han kommer att säga, vad han vill prata om. Oss.

Nej, jag vill inte höra honom fråga mig hur vi ska ha det i framtiden. Inte nu, det är för nära efter Andreas. Men vad kan jag göra för att hindra honom, förutom att titta ner i marken och absolut inte möta hans vädjande blick?

«Sara?»

Jag kan inte bestämma över Peter, vad och när han vill diskutera vårt förhållande. Därför stålsätter jag mig inför vad han kommer att ta upp. Innerst inne vet jag att han kommer att fråga mig hur vi ska ha det, att han tycker att vi ska försöka få ihop vårt förhållande.

«Ja?»

Peter makar sig till rätta i gräset med blicken riktad mot det brusande vattendraget. Han ser lika obekväm ut som jag känner mig. Varför kan vi inte bara vara vänner och undvika sådana samtal som är på väg?

«Jag har träffat en tjej.»

Med öppen mun stirrar jag på honom. Han sitter med armarna runt sina uppdragna knän och med ryggen som en båge. Nacken är nu nedböjd.

Han överraskar mig fullständigt. Det går inte att få fram ett ljud, ställa en fråga, gratulera honom. Vad som helst borde jag göra, men jag är totalt överrumplad. Jag känner mig förrådd, övergiven, ensam och tragisk. Det är ingen rationell känsla och jag skulle vilja gråta. Men inte här, absolut inte här. Varför drabbas jag av att bli övergiven av två killar?

Det är då jag hör rösterna från framsidan. Rösterna jag känner igen och som räddar mig från att agera.

«Tyst!» väser jag till Peter.

Två personer pratar med varandra i snabbt tempo. De är på väg mot oss, ljudet kommer inte från vägen vi sprang på, utan från ett annat håll. Från skogen. Det låter som om de har roligt för jag hör en kille skratta och en glad flickröst säga:

«Gud, va jag är törstig.»

Jag stirrar på Peter och lägger fingret på munnen. Han rynkar ögonbrynen, förstår antagligen ingenting, men jag har känt igen den pladdriga ljusa stämman.

Kapitel 68. Skräcken

Jag tror att han hittade mig genom Lea. Jag poserade tillsammans med andra bybor och Missing People på en bild som hamnade i en av våra största nationella dagstidningar, Dagens Nyheter.

Länge tvekade jag om jag skulle delta i sökandet men jag kunde inte sitta hemma som om Leas försvinnande inte berörde mig. Jag ville, likt många andra bybor, göra allt för att hitta henne. Dessutom skulle folk undra varför inte jag också hjälpte till. De skulle tro att jag var känslokall och bekväm. Därför gick jag med i kedjan i det tröstlösa regnandet, även om jag utsatte mig för en stor risk. Dag efter dag sökte jag på marken för att hitta det minsta lilla spår efter henne och ville innerligt att hon skulle finnas kvar i livet.

När en fotograf från en tidning knäppte ett foto på oss som letade, hann jag inte gömma mig under kapuschongen. Men jag misstänkte aldrig att den skulle hamna fullt synligt för många att se. Det var en lokal tidnings fotograf och därför kände jag mig relativt säker. Han läser inga sådana tidningar, har ingen koppling till trakten.

Det skulle inte ha varit någon bra idé att säga till om att jag inte ville vara med på bild. Då skulle folk rynka på ögonbrynen och undra vad det är jag vill dölja.

När jag upptäckte fotot på nätet där mitt ansikte syns hur tydligt som helst, fick jag panik. Skulle allt börja om igen? Skulle jag åter igen hamna surrad och bunden bakom de höga stängslen? Min energi försvann som om jag duschat av mig den. Tröstlöst satte jag upp ett nollställt ansikte inför andra. Ingen märkte min förändrade sinnesstämning. Alla andra var också nedstämda och låga när vi gick på led och sökte efter Lea.

Polisen, tänkte jag först. De ska skydda mig. Men ett samtal räckte för att jag skulle förstå att det inte finns resurser, inga möjligheter att kontinuerligt bevaka en person, för att han inte ska ha möjlighet att skada mig igen.

Det var då jag började planera. För hur kunde jag ens för en sekund tro att han inte skulle hitta mig?

Elisabeth är nyfiken på mitt eländiga liv och jag har gett henne delar av det efter att ha försäkrat mig om att hon inte för informationen vidare. Jag vill inte bli «den misshandlade kvinnan» för byborna. Det är problemet med att bo på landet. Alla vet allt om alla.

Vi har blivit goda vänner Elisabeth och jag. Lea har fört oss samman. Elisabeth småler när jag ber henne att behålla min hemlighet.

«Eftersom jag mest umgås med dig, Willy, Elof och Ellen kommer jag antagligen aldrig ens få en chans att utbyta förtroenden», säger hon.

Jag får inte låta någon ana ens att jag hjälpte till att ta död på honom, att jag träffade honom uppe på berget. Allt detta måste för evigt bli kvar hos mig. Inte ens Ellen som varit min förtrogna vet och allra minst Willy, min kusin som ställt upp för mig efter min flykt från honom. Att jag mördade honom måste jag ensam bära inom mig för all framtid, men det är ingen svår hemlighet att hålla hårt i.

Helst skulle mina vänner och barnen vilja höra att han led, att han kämpade innan han föll och de fantiserar om att han blev liggande i svåra plågor efter sitt fall. De vet inte att han fick hjälp att dö, men gläds åt vad de tror är en olyckshändelse, som gjorde att han rasade ner för berget och för alltid är borta ur mitt liv.

Han borde själv fått smaka samma tortyr som den han utsatte mig för säger de. Men jag vill inte att de ska se det som att jag fått min hämnd i och med att han dog. Det var inget sådant från min sida utan nödvändigt att göra mig av med honom. Jag tvingades genomföra mordet men det gav mig ingen glädje. Att se honom lida skulle jag inte njutit av. Det är enbart enkel matematik. Hans död var det som behövdes för att jag skulle få ett drägligt liv.

Bojorna skaver. Jag försöker hitta tillbaka till den Charlotte jag var innan, men hon finns inte kvar inom mig. Tiden med honom har gjort mig allvarligare, bräckligare, räddare och försiktigare, men hoppet är att det i framtiden gör mig starkare. Idag känner jag förvirring inför livet.

Men en sak har jag fått. Jag förlitar mig numera på mig själv. Livet är inte alltid som det ser ut som och det kan förändras.

Det är inte det faktum att han är död jag tänker på när jag pratar om förändring. Nej, det är som om jag har fått en annan styrka i mig, ett annat sätt att se på livet.

Kapitel 69. Liv

Jag reser mig upp och går runt hörnet på huset, medan vissheten sakta sjunker in i mig. Lea och en ung kille står framför mig. En kille som jag aldrig sett förut. Han bär en hink i metall, med vatten i, som han snabbt sätter ner när han får syn på mig. Handtaget faller ner och skramlar mot hinkens kant. Hinken, är fylld till brädden och det rinner vatten över kanten, längs hinkens utsida och ner i marken.

Som om killen skulle vilja störta därifrån och letar efter en flyktväg för han huvudet från sida till sida med ett jagat uttryck i ögonen. Lea däremot lyfter huvudet högt och möter utmanande min blick.

Hon ser vildare ut än förut. Håret, ännu vitare, rufsigare, mer solblekt, än förut, hänger som en tovig man över hennes axlar. Fick hon inte med sig någon kam? Rutiga shorts och ett spetslinne, allt i ljusblått och hon påminner fortfarande om ett oskyldigt barn, om än i tuffare framtoning. Jag kommer att tänka på stenåldersfamiljen som återfanns i böcker, mamma läste för mig och Anna när vi var barn.

Men hon är mer levande än jag någonsin sett henne, långt ifrån den kalla vita nakna kroppen som orörlig lämnats ute i naturen, översköljd av regndroppar. Bilden som funnits i min fantasi, när jag under nattens våndor grubblat på vad som kan ha hänt henne.

«Du har lyckats ta dig ut», säger jag, springer fram och kramar om henne, trots att hon inte besvarar omfamningen, utan står framför mig med hängande armar utanpå en stel kropp.

Nej, hon är inte glad åt att se mig. Hennes blick flackar från killen, tillbaka till mig och Peter, som om hon inte vet vad hon ska göra, vem hon ska söka stöd hos. «Det är ingen idé Lea», säger killen. «Det är över.»

Han stryker det ljusa håret från ansiktet och greppar handtaget på den fyllda hinken, lyfter den och går med lutande gång, på grund av hinkens tyngd, mot dörren. Jag vänder mig om och ser hur han går in i huset. Hans gester och rösten känns bekant men jag kan inte placera honom.

Lea sätter händerna i kors över bröstet, stampar med stöveln i marken och fnyser:

«Vad skulle ni hit och förstöra allt för? Vi har det nice.»

Jag ser mig om och nickar mot den öppna dörren som killen lämnat efter sig. Ljud når oss när han rumsterar inne i huset.

«Vem är han?»

Lea suckar och himlar med ögonen.

«Min bror Viktor. Vad fan trodde du? En våldtäktsman?»

Nu när jag vet, inser jag hur lik Lea han är, kroppsformen, det ljusa håret, sättet att gå på.

«Ni liknar varandra.»

Hon ler och den sura minen försvinner genast. De korsade smala bruna armarna lämnar bröstet.

«Visst gör vi. Vi har haft det nice i sommar. Den bästa sommaren ever.»

Jag gapar men snart ersätts min häpnad av raseri. Först nu förstår jag till fullo, vad jag borde ha anat av hennes skratt, hennes pladder.

«Menar du att du har hållit dig undan frivilligt? Att ingen spärrat in dig någonstans? Att du bara har stuckit från alltsammans?»

Jag väser fram orden och tar ett steg närmare Lea. Hennes oskyldiga glada ljusblå ögon mörknar av rädsla och får mig att känna triumf. Helst skulle jag vilja skaka hela den vilda, taniga flickan tills hon börjar gråta och be om nåd.

Lea studsar bakåt, ser mot dörren, som Viktor lämnat öppen efter sig och som står och slår i blåsten, för att få stöd. Men han syns inte till.

Hon tar till sin charm som säkerligen oftast går hem. Med huvudet på sned, plutar hon med den rosafärgade lilla munnen, spärrar upp sina ögon och fladdrar med de ljusa långa ögonfransarna.

«Vad skulle jag göra? Morsan är hemsk, du fattar inte. Hon har skitmycket pengar men Viktor får ingenting. Vi tänkte att hon kunde ge honom något för att han ska kunna börja om. Hon har ändå asmycket kvar.»

Jag klarar det inte. Vreden rusar genom mig när jag tänker på Elisabeth. De alltför smala remsorna av tyg, som utgjorde bikinin, inneslutna i plast som visades upp för henne på gårdsplanen, utanför bystugan. Hur utstuderat grymt deras spel varit. Hur de måste ha planerat att lägga den inne i skogen, för att få största möjliga effekt. Förvirra och oroa.

Utan att medvetet planera mina rörelser har jag tagit Lea om överarmarna och väser in i hennes snäckskalsliknande öra, på vars örsnibb fräknarna samlats.

«Hur kunde du utsätta din mamma för det här? För att inte tala om alla människor som letat och letat efter dig. Massor av frivilliga som ägnat veckor av sin tid. Din lilla jävla idiot!»

Någon tar bestämt ett grepp om mina axlar och drar mig från Lea, med ett häftigt ryck. Det är Peter.

«Lugna dig!»

Men jag kan inte. Jag skriker ut vrede och förakt i långa, halvt obegripliga meningar. Lea skyndar mot huset, som för att komma undan mitt verbala anfall. Viktor rusar ut, utlockad av vrålen jag utstöter och Lea ställer sig nära honom.

«Fattar du inte vad din mamma gjort för dig», gapar jag, utan att kunna hejda mitt utbrott och tårarna börjar trilla nerför kinderna.

Varför ska jag alltid falla i gråt när jag blir upprörd? Varför kan jag inte behålla mitt lugn och berätta i saklig ton för Lea, varför jag föraktar henne i denna stund?

Men jag är inte rättvis. Visst har Viktor och Lea gjort det oförlåtliga, men jag är också upprörd för det som drabbat mig, som inte kan skyllas på Lea och Viktor. Andreas svek. Kroppen jag hittat. Vad har den döde mannen med Lea att göra? Jag hinner inte föra den tanken vidare innan mina känslor inför att upptäcka Leas grymma lek tar över.

Jag borde inte ha kallat henne idiot, jag vet det, men den här bortskämda ungen som har en mamma och pappa som bryr sig, fattar inte hur bra hon har det.

Det går inte att vara nära Lea. Med en huvudskakning åt Peter, när han försöker ta i mig igen, skyndar jag längre bort från kvarnen. Syskonen har utlöst en lavin utan att fatta det och jag klarar inte av att se dem ens.

«Är du okej?» frågar Peter bakom min rygg.

Nej, jag är inte okej. Jag mår sämre än jag någonsin gjort. Utan att få fram ett svar böjer jag mig framåt och stirrar ner i marken, där lågväxande vitklöver breder ut sig som en matta inför min stirriga blick.

Andas! säger jag till mig själv. Andas! Inte ens luften kommer som den ska, in och ut ur mina lungor, häftiga hickande läten. Dessemellan flämtningar som drar igenom kroppen. Det är som om kroppen låst sig, inte vill vara med längre.

Någon borde ringa polisen eller Elisabeth men jag har tappat all handlingsförmåga. Leas mamma måste få veta att hennes dotter lever, att hon aldrig varit utsatt för någon som helst fara och att Elisabeth kan andas ut. Eller kommer hon också att bryta ihop som jag, bli chockad och vanvettigt arg? Det enda hennes barn velat ha av henne var pengar. I sin jakt efter pengar har de samtidigt krossat sin mamma.

Ett telefonsamtal behövs och trots att jag inte kan stå på benen vänder jag återigen blicken åt kvarnen till, ser Peter stå tillsammans med Lea och Viktor.

Med mobilen i handen, har han börjat knappa in ett telefonnummer. Då slipper jag. Jag tror inte att rösten skulle bära för ett sakligt samtal om att Lea återfunnits levande. Känslorna skulle ta över direkt. Peter är inte lika upprörd som jag, men han har heller inte gått och letat efter en försvunnen tonåring i hällande regn. Tröstlösa upprepningar, dag efter dag.

Jag hör att han får kontakt. Vilken tur att mottagningen fungerar när vi befinner oss långt in i skogen.

Upprördheten ersätts av en svart sorg som lägger sig längst ner i magen. Jag vet inte vad jag ska tycka. Vad jag ska göra. Varför beter sig människor på det här sättet? Hur kommer det sig att vi alltid väljer fel alternativ?

När all uppståndelse lagt sig, när alla samtal, alla redogörelser är avklarade, när byns invånare först glatt sig åt att Lea återfunnits välbehållen och sedan upprörts över att hon försvunnit frivilligt, faller friden över Skogsberg igen.

Livet går vidare trots att en av oss går omkring med ett hål i hjärtat. Det värsta av allt är att jag inte kan berätta om det för någon. Jag är rädd att Frida ska förakta mig om jag drar in henne i min hjärtesorg. Hon är en av Peters äldsta vänner och skulle betrakta mina kärleksmöten med Andreas som ett svek, trots att hon vet om att Peter och jag inte är ett par längre. Vi har känt varandra alla tre länge.

Jag vill inte förlora henne och är alltför rädd för att en bekännelse från min sida skulle kunna orsaka en spricka mellan oss.

Det är bara Elof och jag som är vakna, den lördagen vid frukosten. Ellen sover ut och vilar från alla husliga förpliktelser och Frida kommer inte att vakna förrän efter ytterligare ett antal timmar. Peter har äntligen rest tillbaka till Uppsala och vi har inte hunnit prata om hans tjej. Ett samtal som jag för några dagar sedan trodde skulle handla om oss och vår framtid.

Vi sitter i köket. Elof läppjar som vanligt på sitt kaffe, med en sockerbit mellan tänderna. Tidningen är uppslagen på bordet framför honom och han följer med höger pekfinger med i det han läser. Läsglasögonen sitter på näsan. Det är hans första frukost. Han kommer att delta i den andra tillsammans med Ellen när hon vaknar.

Jag dricker mitt svarta te i jämna klunkar, medan jag tuggar i mig hård-brödet.

Det är tyst i köket. Endast väggklockans tickande hörs och ljudet från mitt knaprande av knäckebrödet.

Elof släpper tidningen med blicken, skjuter ner glasögonen på nästippen och lutar sig bakåt. Kaffekoppen han hållit i vänster hand ställer han ifrån sig på bordet.

«Skönt att fanskapet är över», säger han och jag möter hans blick, ovanför glasögonen och nickar.

Ja, allt är över, till och med min kärlekshistoria är avslutad. En man är död och Lea är återfunnen.

«Slutet gott», säger jag men hör själv hur ihåligt det låter som om slutet inte var gott för mig, som om det finns onda och smärtsamma saker i allt det goda.

«Det går över», säger Elof och tar inte sina ögon från mig.

«Vad då?»

«Du vet vad jag menar», säger Elof och låter blicken sjunka ner i tid-ningen igen.

Rodnaden sprider sig över ansikte och hals och även jag vänder bort blicken, ner i tekoppen. Av den bruna vätskan är det inte mycket kvar. Jag tar om handtaget och skvalpar runt med de få dropparna.

Det var Elof som såg Andreas och mig kramas i köket. I samma kök som vi sitter i nu. Elof vet. Han har förstått att det är över mellan mig och Andreas. Jag har bättre vett än att begära en förklaring till hans ord.

«Du har väl inte berättat om oss?»

«Helvete heller. Jag förstod att det var en tillfällig förvirring. Lyd ett gott råd och håll dig för fan till Peter! Det är bäst för dig.»

Skam, sorg och ilska sköljer över mig i vågor och jag är nära att spricka. Som om jag doppas i havet upprepade gånger, kommer upp för att andas luft och trycks ner igen.

Vad har Elof med mitt kärleksliv att göra? Han som har en dotter han vägrar ha kontakt med och en relation i kris.

«Och det ska du säga», väser jag, reser mig hastigt och stormar ut ur köket, medan en häpen Elof följer min gestalt med blicken.

«Ska du tala om för mig vad som är det rätta? Du som inte vill ändra någonting i ditt liv. Inte ens träffa din dotter», fräser jag ur mig innan jag smäller igen ytterdörren.

Ute på gården stannar jag till, för att upptäcka att jag fortfarande håller ett krampaktigt grepp om tekoppen, och jag gör mig av med den, genom att placera koppen på nedersta trappsteget på trätrappan upp till verandan.

Jag ångrar mig inte genast. Han kan gott få sitta och grubbla på mina ord. Gubbjävel! Med stora kliv går jag runt på gården och tänker elaka tankar om Elof, allt eftersom ilskan sakta brinner ner och slocknar.

Medan jag trampar ner det spirande gräset under träskorna har jag en svag förhoppning om att Elof ska öppna dörren, ropa in mig igen och be om ursäkt. Men Elof är inte en man som ber om ursäkt. Inte han inte. Känslan av att vara orättvist behandlad kommer tillbaka.

Fast egentligen är allt Andreas fel. Han har lekt med mig. Lurat mig att tro på kärleken igen. Tårarna stiger upp i ögonen och jag tar ett djupt andetag, där jag stannat intill rönnens gråa stam, strax intill härbret.

Håll dig för fan till Peter, sa Elof. Han vet alltså inte om att Peter har hittat en ny kärlek.

Jag klandrar inte Peter, hur skulle jag kunna göra det? Men jag är fortfarande förvånad. Svartsjuk och kränkt är jag också fastän jag inte borde vara det. Jag avskyr mig själv för att jag trott att jag kan bete mig som en skit och samtidigt förvänta mig att Peter ska vara mig evigt trogen.

Nej, skärpning! Jag torkar bort tårarna. Andreas är inte värd att gråta över, som han betett sig. Peter är däremot värd respekt. Jag sparkar med träskorna i marken tre gånger men vänder sedan blicken mot vägen.

Det går inte att vara kvar på gården. Jag måste bort. Snabbt byter jag skor till bekvämare, tar sedan grusvägen som går genom byn, förbi bystugan, vars parkering gapar tom på parkerade bilar. Det är ovanligt tyst i byn efter all tidigare dramatik som utspelats här.

Jag vandrar genom byn tills skogen tar vid och lindorna med sina stubbåkrar öppnar sig. Gräset på ängen är klippt och inslaget i plast, likt sockerbitar ligger de vita paketen uppradade längs kanten av åkern.

Solen är redan varm, trots den tidiga morgonen. Den lyser mig i ansiktet på vägen österut. Två bilar är parkerade utanför Willys hus i Österbyn. Det är ett gammalt vackert timmerhus med portlider in till gårdsplanen. Vid sidan om växer gamla knotiga vackra äppelträd.

Undrar hur Cathrin har det? Ellen har nämnt att Cathrin planerar att flytta till Stockholm men jag vet inte varför. Eventuellt kommer hon därifrån? De är tydligen inte ett par, Willy och Cathrin, utan kusiner och Cathrin har tillfälligt bott hos Willy. Det förklarar olikheterna i ålder och annat som känns omaka, som klädseln, sättet att uttrycka sig.

Jag ser taket på Eriks och Max hus skymta genom grönskan men tar inte vägen in till dem. Max har rest för länge sedan.

När jag kommer tillbaka till vår by, efter att ha gått hela vägen runt, har jag ingen lust att återvända till härbret. Frida sover fortfarande och jag vill inte gå in i köket, där Elof fortfarande finns, antagligen tillsammans med Ellen.

Tvekande stannar jag till vid infarten till Elisabeths hus. Undrar om hon är vaken? Det skadar inte att se efter, bestämmer jag mig för och går vägen fram mot det gamla torpet. Det är första gången på länge som jag inte genat genom syrenhäcken.

Klockan är inte mycket, det är egentligen för tidigt att besöka folk men jag hoppas ändå att hon släpper in mig.

Efter tre knackningar öppnas dörren av Elisabeth som lyser upp när hon ser vem som står utanför hennes dörr. Det överraskar mig, eftersom vi inte haft någon särskilt varm relation under tiden jag hittills känt henne. Ingen relation alls egentligen. Hon har alltid varit reserverad och kontrollerad på ett sätt som gjort det omöjligt att komma henne inpå livet.

Elisabeths varma leende är precis det jag behöver en dag som denna. Jag förväntade mig ett halvt avvisande.

«Sara!»

Hon uttalar mitt namn som om jag kom med en present. Det får mig ur balans och gör att jag blir stående utanför dörren, osäker på vad jag förväntas göra. Hon är förändrad.

«Kom in! Jag har kaffe på gång», säger hon och vinkar med högra handen åt mig att stiga på medan hon själv går före in i huset.

Snart sitter vi i det hemtrevliga köket, vid det bord jag aldrig blivit bjuden på kaffe tidigare. Hon serverar mig dryck och när plinget låter från mikron öppnar hon luckan och tar ut ett fat med fyra ångande varma croissanter.

«Kolla att de inte är frusna längst in», säger hon när hon ställer fram det lockande fatet mitt på bordet.

Jag biter försiktigt i den ena och nickar.

«De är tinade.»

«Bra.»

Hon slår sig ner mitt emot mig och tar själv en varm croissant, håller upp den framför sig som för att granska den ingående.

«Jag har alltid gillat croissanter. De är typiskt franska och jag har varit mycket i Frankrike som ung.»

Det är som en helt annan människa än tidigare. Det nervösa och ängsliga är som bortblåst, ersatt av öppenhet. Jag blir inte klok på henne.

«Jo, croissanter är goda», säger jag och tar ytterligare en tugga av det frasiga bakverket. «Hur är det med Lea?»

«Lea är hos Jonas, sin pappa. Men Viktor är kvar, ligger och sover fortfarande. Vi har mycket vi behöver prata om. Reda ut.»

«Ja, hemskt att lura alla, lura sin egen mamma», säger jag.

Elisabeth skakar häftigt på huvudet.

«Nej, jag tar det inte på det sättet. Du förstår; jag trodde Lea var död. Det är som om jag har fått en jättelik present när hon äntligen hittades helt välbehållen. Hur överlycklig var jag inte när hon kom tillbaka, utan en skråma på kroppen.

Tack Sara för att du hittade henne!»

Hon sträcker ut höger hand och lägger sin smala hand över min på bordet mellan oss. En vacker gest och olik henne som skyggade för kroppskontakt tidigare. Jag kommer ihåg hur Ellen strök henne över ryggen i köket som tröst, den dagen när Lea försvunnit och hur Elisabeth skakade av sig Ellens hand, som om den gjorde henne illa. Nu trycker hon till över min handrygg, som för att stryka under allvaret i orden hon nyss uttalat.

«Du misstänkte aldrig att det var Viktor som låg bakom alltsammans? Att Lea och Viktor kommit överens om att försöka få pengar från dig? Jag kommer ihåg att du hela tiden kallade kidnapparna för «han», som om du visste vem det var. Då när jag upptäckte brevet till dig mitt i natten.»

Elisabeth sänker den mörkblå blicken ner i bordet.

«Jag borde ha berättat om misstankarna för polisen men de var övertygade om att Viktor inte var inblandad.

Han rymde från behandlingshemmet några dagar innan Lea försvann och hans flickvän i Malmö skickade ett sms och skrev att han var hos henne. Först trodde jag att Victor inget hade med Leas försvinnande att göra. Att han hyrde en bil på söndagen efter att hon försvunnit och att bilen var återlämnad talade också för att han inte fanns kvar.

Men magkänslan sa mig, åtminstone när jag fick meddelandet på dörrhandtaget, att det var något som inte stämde. En mängd saker spelade in. Det märkliga att jag inte fick kontakt, att han inte svarade i mobilen vilket han alltid brukar göra. Nu efteråt vet jag varför. De hade medvetet lämnat sina mobiler, både Lea och Viktor.

Det var en annan sak också. Nyckeln till huset, den under krukan du vet. Jag vågade inte ha nyckeln ute på natten, men jag såg till att den fanns på plats under dagen för att Lea skulle kunna komma in.

Faktum är att jag precis efter Leas försvinnande hade en känsla av att någon varit inne i huset. Men jag slog bort det, tänkte att jag inbillat mig. Det var bara en känsla, ingenting konkret som jag noterade.

Lea har berättat att hon smög in i huset för att hämta kläder, när jag inte var hemma. Hon hade inga stövlar, inga regnkläder, under den tid som det regnade som värst. Tyvärr gick jag inte igenom hennes garderob för att se om kläder saknades. Polisen bad mig göra det på söndagen och då konstaterade jag att hon bara haft med sig de kläder hon bar på midsommaraftonen. Om jag kollat igenom garderoben igen senare, hade jag förstått att hon var vid liv.»

«Du är inte arg på henne?»

Hon skakar på huvudet igen.

Jag tar en klunk av kaffet. Tänker att jag måste komma fram med det jag vill veta.

«Men mannen i skogen? Vad har han egentligen med Lea att göra?»

Elisabeth slår ut med händerna, fortfarande med en bit av croissanten i ena handen.

«Ingen aning. Polisen har sagt mig att han av andra orsaker råkade vara i Skogsberg. Det har ingenting att göra med att Lea och Viktor gömde sig. De har aldrig träffat på honom och ingen av oss känner till honom sedan tidigare. Han var tidigare dömd för misshandel. Ja, du har förmodligen, som alla andra, läst om honom i media.»

Hon slår ut med händerna ännu en gång. Croissanten, eller det som är kvar av den, har hon lagt ifrån sig på en tallrik.

«Men vad var det som hände i skogen den gången mannen hittades död? Korgen med mat, du var förvirrad och ledsen. Du sa inte varför. Jag trodde det hade med den döde mannen att göra.»

Jag uttrycker mig milt. Egentligen var hon helt hysterisk, men det vill jag inte säga.

Hon blir allvarligare. Det sorglösa suddas bort från hennes ansikte och hon ser ner i bordet.

«Okej.»

Med en djup suck rätar hon på sig och ser mig rakt i ögonen. Händerna stillnar efter att hon lagt ifrån sig den halva croissanten på fatet.

«Jag tog med smörgåsar, om jag skulle hitta Viktor och Lea någonstans i skogen. Om jag inte såg dem planerade jag att lämna korgen med mat till dem att upptäcka. Jag var orolig och skrämd, över vad jag misstänkte Lea och Viktor hade ställt till med. Men jag var inte alls säker, anade att Lea höll sig undan frivilligt eftersom inte heller Victor gick att ringa. Två syskon som inte går att nås på mobilen, dag efter dag.

Typisk mammagrej att locka dem med mat. Till varje pris ville jag förhindra att Viktor togs av polisen. Det skulle antagligen ha skett om jag gått till sjön på kvällen som planerat. Att polisen fått fast Viktor och att han anklagats för både det ena och det andra. Jag ville undvika det och hoppades hitta Viktor innan polisen gjorde det.»

«Du såg ingen när du letade? Stötte du på mannen som sedan dog?»

«Nej, jag mötte ingen. Ingen Lea och ingen Victor heller. När jag hamnade uppe på berget och gick längre in i skogen upptäckte jag tältet. Först blev jag lättad och glad, men när jag tittade in förstod jag att det inte var Viktors tält. Kläderna var inte hans och inte Leas heller.

En främmande lukt, en annan man och inga spår av Lea. Jag bröt ihop, dittills hade jag haft ett visst hopp att hon var vid liv, att det var en tidsfråga innan jag skulle hitta dem båda.»

Elisabeth reser sig halvvägs upp för att kolla att jag har kaffe kvar i koppen. Sätter sig ner igen när hon ser att jag knappt hunnit röra den svarta drycken och stryker luggen från pannan.

«När jag upptäckte att det var ett främmande tält, insåg jag, med isande tydlighet att någon tagit henne och det gjorde mig helt utom mig. Det var i det tillståndet du dök upp.»

«Och jag fattade ingenting. När jag såg kroppen, när vi satt på bänken för att invänta poliserna, trodde jag att det var det du upptäckt och att det var därför du var upprörd.»

Elisabeth skakar på huvudet.

«Nej, jag hade ingen aning om att det låg en död människa nedanför berget. Jag stannade aldrig till vid utsikten, tittade inte ens ner. Vad skulle jag ha gjort om jag upptäckt honom? Antagligen skulle det ha förvirrat mig ännu mer.»

Jag nickar och glömmer bort att äta upp den saftiga croissanten som övergiven ligger kvar på tallriken.

Kapitel 70. Skräcken

Om jag inte vore glad och lättad skulle jag kunnat bli helt tokig av förvirring. Ingenting är som det verkat vara. Det som var självklart i går är fantasier idag.

Jag tycker det är underbart att sitta och prata med Elisabeth. Se henne tillsammans med sin dotter Lea, höra Leas livliga röst och veta att vi alla tre har en framtid. Jag kan inte sluta gråta av lättnad.

Viktor planerade dramat och Lea hängde på sin bror. Elisabeth har svårare för att förlåta honom. Han är ändå tjugotvå år och borde vetat bättre. Men han har haft det svårt säger hon. Jag vet inte varför han började med droger, Elisabeth har inte berättat mycket om det. Hon säger att hon borde ha funnits och gett honom stöd men att hon blev utbränd för ett antal år sedan och inte orkat med barnen.

Jag funderar allvarligt på att flytta tillbaka till Stockholm. För även om jag trivs bra i Österbyn är den för evigt förknippad med honom och med vad jag har gjort mig skyldig till. Att flytta ut på landet var mitt sätt att undvika att han skulle hitta mig. Det var inget eget val.

Det ska därför bli ännu en flytt men en frivillig sådan, tillbaka till mitt gamla liv och inte en flykt från ett dåligt liv. Jag längtar till de gator jag trampat innan han tog över mitt liv. Innan hans kärlek gjorde mig svag och medgörlig. Eller det som jag uppfattade som kärlek i alla fall. Jag antar att det var makt. Makten över en annan människa måste till om man själv är svag.

Det är staden jag längtar tillbaka till. Jag är född och uppvuxen i Stockholm, vet hur livet är i storstaden.

I grönskan, i naturen på landet känner jag mig vilse. Milsvida skogar gör mig rädd, små sjöar förstår jag mig inte på. Min värld är asfalt och möjligtvis skärgård med öppet hav, i begränsad mängd och tid.

Men jag är tacksam mot Willy som lät mig bo hos honom under den här tiden. Ingen av oss kunde i förväg räkna ut vad som därefter skulle hända. Leas försvinnande, då all media riktade in sig på Skogsberg. Rapporter varje dag på nyheterna i alla medier med bilder på bystugan, på bilar, på människor som uttalade sig om Lea.

Men jag är inte arg på Lea för att hon låtsades vara försvunnen, kidnappad eller dödad. Nej, det var hennes fejkade tragedi som skyndade på mina planer för honom. Avgörandet kom tidigare än vad jag räknat med men jag har alltid förstått behovet av att planera den framtida striden med honom. Det var Lea som lockade honom till byn utan att ha en aning om det. Hon startade ett skeende som tvingade mig att göra det jag inte trodde mig vara kapabel till.

I Stockholm ska jag frivilligt arbeta för andra kvinnor som har det svårt. Det ska bli min bot för det brott jag gjort mig skyldig till. Jag ska hjälpa andra, skydda andra, ingjuta mod i andra misshandlade kvinnor, som i likhet med mig behöver skydd. För dem ska jag berätta om mitt liv, hur jag till slut fick nog. Det var i strandhuset jag äntligen insåg vad jag måste göra för att överleva.

Resten av historien kommer de inte att få ta del av även om jag ibland är frestad att avbörda mig mitt eget trauma. Men ingen ska få kännedom om min väl bevarade hemlighet.

Kapitel 71. Uppsala

Nästa dag blir Frida och jag skjutsade till tåget i Leksand. Det känns konstigt och sorgligt att säga hejdå till Ellen och Elof, till en sommar som passerat till hälften och inneburit underliga och förfärliga nya minnen för mig, samt en förlorad kärlek. Ljuv och spirande men kvävd i sin linda.

De följer båda med till stationen. Elof kör oss i sin gamla röda Volvo och innan vi försvinner mot perrongen ger jag honom en kram medan jag viskar:

«Gör det du måste göra!»

Han visar inte att han hört mig.

Elof! Finns det någon envisare än han? Han som har möjlighet att göra livet bättre för både sig själv och någon annan.

Mitt hjärta snörps åt när jag tittar ut genom tågfönstret och ser Dalarna försvinna bort från mig. Leksands gula stationshus blir mindre och mindre tills jag inte längre kan se det. Snart skymtas Dalälvens blåa vatten nedanför tåget. Stationer passeras och nya resenärer stiger på tills det efter Borlänge är fullt i vår vagn. Det sitter människor överallt och resväskor lastas ovanpå varandra i bagageutrymmet.

Hur kunde jag falla för Andreas? Det går inte att svara på. Hur kan någon veta vad som gör att en människa blir förälskad i en annan. Det är ett stort mysterium. Den enda slutsatsen jag kan dra är att kärleken till Peter definitivt inte finns kvar, även om jag fortfarande själviskt nog vill ha honom i närheten. Varför skulle jag ha förälskat mig i en annan kille om jag fortfarande älskar Peter?

Vad ville Andreas med mig? Var jag endast ett tidsfördriv i väntan på att Ylva skulle vekna? När vi för första gången gick till älgpasset sa jag:

Berätta varför vi är här?

Han duckade inte frågan utan berättade att han genast blivit blixtförälskad i mig. En förälskelse han måste följa, en känsla han aldrig tidigare upplevt starkare. Det bästa för honom, sa han, hade varit att förbli singel, åtminstone något längre än ett halvår, men han förmådde inte hejda sig. Dramatiska ord kom ur hans mun och jag trodde honom, svalde frivilligt lockbetet han gav mig. Hur kunde jag tro på falska löften?

Frida fortsätter vidare till Stockholm, när jag går av i Uppsala, för att ta tåget mot Göteborg. Vår gemensamma semester är slut och vi kommer inte att ses förrän långt senare i höst, även om vi lovar varandra det, när jag kliver av i Uppsala.

Varför tog jag inte bättre vara på de dagar vi var tillsammans? Men det var mycket som kom i vägen. Det gick inte att planera allt som hände.

Jag tar buss nummer nio från stationen och kliver av på Ringgatan. När jag låser upp dörren till lägenheten känns den dammig och instängd. Blommorna på fönsterbrädena har, trots att jag bemödade mig om att vattna dem tillräckligt innan resan, slokande stammar och vissna blad som landat på golvet.

Jag ljög och sa till Peter att jag bett en kompis gå in och vattna, när han frågade mig om jag ville att han skulle hjälpa till med det. Men jag kunde inte låta honom komma till lägenheten som om han bodde i den. Det känns fånigt när jag ser rummen i förfall. Vad skulle det ha spelat för roll?

Det luktar konstigt också. Förmultning, och när jag kommer in i sovrummet, upptäcker jag varifrån lukten kommer. Ett bananskal ligger på golvet nedanför sängen, hopskrumpet och svart, men fortfarande lockande för blomflugorna, som i små svarta prickar flyger upp i svärmar när jag närmar mig.

Jag kan inte skylla på någon annan än mig själv. Det är jag som ätit den lättuggade bananen i mitt förslöade tillstånd och släppt skalet på golvet. Snabbt böjer jag mig ner och tar upp de torra svarta resterna. I köket slänger jag skalet i kompostpåsen.

Den motvilliga kylskåpsdörren får jag upp med ett ryck och stirrar in på tomma upplysta hyllor. Jag behöver gå och handla men det kan vänta. Ensamheten känns som en blytyngd i magen, efter en semester omgiven av människor.

Nästa dag står Lea utanför min port.

Natten har varit drömlös och lång utan mardrömmar om en man som faller upprepade gånger utför ett stup, gråtande kvinnor och borttappade barn.

Jag var inte ens fylld av tankar på Andreas. Hjärnan upptogs av praktiska planer på att handla smör och ost till mitt frukostbröd. Igår var jag för orkeslös för att företa mig ens en sådan energikrävande åtgärd som att ta mig till affären hundra meter från mitt hem. Därför klev jag i morse med nybildad energi ur sängen, hoppade i jeansen, drog en t-shirt över huvudet och skyndade med tom mage till Coop tvärs över gatan.

Det är tidigt och en aning kyligt i luften. På gatan utanför står bilarna tätt parkerade efter varandra på rad som vanligt. Förutom tjejen som står och lutar sig mot väggen utanför porten och som jag hastigt noterar, syns inte en människa till. Huttrande lägger jag armarna i kors, stryker med händerna på överarmarna för att värma mig och sätter kurs på affären. En tröja skulle inte suttit i vägen.

Jag kastar en blick på tjejen mitt i steget, undrar vem som väntar på trottoaren tidigt på morgonen, tills det jag sett kommit i kapp hjärnan. Vid trottoarkanten hejdar jag mig och vänder mig om. Varför känns den unga tjejen bekant?

Vi är lika överraskade båda två. Först ser hon mig inte. Hon står lutad mot den gula husväggen på Ringgatan med blicken ner i mobilen. Det leopardmönstrade fodralet är kvar, noterar jag. Samma smala kropp i åtsmitande vita jeans med hål på vissa ställen på benen, där solbränd hud skymtar genom trådarna, som fortfarande håller ihop öppningarna i gliporna. Upptill är hon klädd i en ljusblå jeansjacka.

Uppenbarligen gillar hon blått, speciellt ljusblått. Den blå färgen får mig att minnas den dagen när hennes bikini, i samma blåa nyans, hittades och jag kände det hemska suget i magen som gjorde ont.

Fortfarande känns hon mer som ett spöke än som en riktig människa. Det beror på att jag länge förutsåg att hon mördats och skändats. Men hon lever i allra högsta grad.

«Lea!» utstöter jag förvånad.

Jag utgår ifrån att det är mig hon väntat på, men hon reagerar långsamt på mitt rop, ännu inte klar med det hon, med tummarna, snabbt knappar in i mobilen.

«Lea!» ropar jag igen. «Jag trodde att du var i Grekland. Elisabeth nämnde att du skulle dit. Är det mig du vill träffa?»

Med släpande steg närmar hon sig, med ögonen fastklistrade i mobilen, det ljusa långa håret gungande runt huvudet för varje steg.

«Varför ringde du inte?»

Men hon har naturligtvis inte mitt telefonnummer som jag håller hemligt för de flesta. Porttelefon har jag heller inte, bara portkod.

«Hej», säger hon, som om jag inte sagt ett ord tidigare, än mindre ställt frågor till henne.

Det är enkelt att sålla när man är tonåring.

«Vill du ha frukost?»

Åt det nickar hon och vi går gemensamt till Coop för att handla.

Jag är inte längre arg på henne. Det går inte att vara förbannad på en så ung person. Hon hängde med sin bror, intalar jag mig och tyckte antagligen att upplägget var som ett spännande äventyr.

I affären väljer hon ut en liten burk fruktyoghurt och vita frallor. Jag köper till och med juice för att fjäska in mig hos henne.

«Te eller kaffe?» frågar jag när vi är tillbaka i lägenheten igen.

Hon vill varken ha det ena eller det andra. Helst choklad, säger hon, men jag undrar om hon skulle dricka om det fanns. Jag serverar henne juicen eftersom det inte finns choklad i vårt skåp. Vad jag vet i alla fall. Det är Peter som har koll på allt som har med mat att göra och han bor inte längre på Ringgatan.

Med små klunkar dricker hon sin juice och slickar sig om munnen emellanåt.

Jag får inte ur henne ett ord. Inte hur länge hon har väntat på mig, inte om hennes föräldrar vet var hon är. Ingenting. Hon har den strategin att låtsas som om hon inte hört vad jag sagt och stirra ut i tomma luften. Men hon är underligt tyst. Vart tog den pladdriga tjejen vägen?

Med spretiga smala fingrar bryter hon av små bitar av mackan och stoppar i munnen. Skulle hon äta upp hela brödbiten på det viset skulle det ta ett dygn innan hon fick i sig halva.

Det är frustrerande och irriterande men jag hejdar mig från att ställa frågor om vad hon håller på med, varför hon inte kan äta normalt eller varför hon sökt upp mig. Lea kommer ändå inte att svara och att pressa henne är antagligen bästa sättet att få henne att fly fältet.

Jag väntar tålmodigt på att hon ska få ur sig anledningen till att hon är hos mig. Under tiden dricker jag mitt te och äter den hårda mackan, tar en till, eftersom jag är hungrig sedan gårdagens tomma kylskåp. Långt innan hon själv ätit två skedar yoghurt är jag klar. Frallan är fortfarande endast naggad i kanterna.

Visst måste hon ha någon form av ätstörning? Ingen ung människa äter som en fågel. Jag önskar att Frida fanns vid min sida. Hon har bra koll på allting, hur människor känner och mår.

Men Frida är tillbaka i Göteborg, till en veckas semester med sin nya kärlek, Christoffer. De cyklar i Skåne. Österlen. Jag är avundsjuk på min kompis som har allt det som jag inte har. En kille som hon är kär i, han i henne och en gemensam semester.

När Lea äntligen öppnar munnen, rycks jag tillbaka till nuet.

«Var är din pojkvän?» frågar hon, som om hon läst mina tankar och sneglar mot sovrumsdörren, som står halvöppen och avslöjar en obäddad säng.

Den oförstående minen får henne att komma med ytterligare en replik.

«För han bor här typ? Peter, han som var med när ni hittade oss.»

Jag skruvar på mig, sittande i stolen, mitt emot hennes aningslösa ansikte.

Vad jag egentligen borde säga är att Peter inte ska bo på Ringgatan någonsin mer, men det innebär att jag tvingas förklara för Lea, som är alltför ung för att förstå att livet inte är enkelt, att Peter är ett avslutat kapitel.

Men jag har ingen redovisningsskyldighet inför Lea. Ändå skäms jag för mitt beteende. Kär i Andreas, svartsjuk på Peters nya tjej. Det ska jag naturligtvis inte berätta för henne. Det skulle få henne att inse att kärleken inte alltid är en kär lek.

«Han är inte här.»

Jag gör det enkelt för mig. Lea ställer inga följdfrågor om var Peter befinner sig.

«Vi är ihop nu, typ», säger hon.

Mina rynkade ögonbryn får antagligen henne att förstå att jag inte riktigt hänger med i resonemanget. Sedan faller polletten ner.

«Erik?»

Hon brister ut i skratt.

«Erik? Nej, hardly. Han har snott Alice, Max tjej. Nej det är Max och jag som är tillsammans», säger hon och ser nöjd ut.

Jag tänker på kondomen som visade att Erik använt den tillsammans med någon annan. En person som var okänd för mig eftersom Andreas inte ville avslöja vem det var. Den personen var alltså Alice, Max flickvän. Antagligen hade de haft sex tidigare under midsommardagen, eller dagen innan och Max fick reda på det.

«Men jag trodde att du och Erik ... Ni såg kära ut på midsommarafton.»

«Äsch! Vi är bra kompisar, typ, men det är Max jag vill ha.»

Jag fattar ingenting. Hur fick hon ihop det med den bedragne Max, när det verkade uppenbart att hon var förtjust i Erik? Men hon har valt den mest stabila av de två bröderna, enligt min bedömning, men med en ännu större åldersskillnad. Ja, ja, inga moralkakor här inte.

Lea tar ytterligare ett nyp i sin macka och smular ihop det hon fick med sig till en kula, som hon omsorgsfullt rullar mellan fingrarna för att sedan släppa den på bordskivan.

«Vi var hos en kompis till honom igår och sov över i Uppsala. Det var nice. Max har inte vaknat än. Jag kom på att du bor ju i stan och tänkte hälsa på bara.»

«Vad tycker dina föräldrar om Max?»

Hon skrattar högt som det jag sagt var roligt.

«Mamma är misstänksam, men okej med att Max är min pojkvän. Hon är annorlunda sen, ja du vet ...»

En kort paus.

«Men jag bor mest hos pappa i Nacka och han bryr sig inte ett dugg.

Han har fullt upp med mina halvsyskon. Min syrra är åtta och lillbrorsan är sex. Eva, min pappas sambo är schysst. De låter mig få göra som jag vill.»

Lea sitter och sparkar med den ena foten på stolsbenet. Med blicken ner i bordskivan tar hon åter upp brödet hon format till en kula. Därefter rullar hon den mellan fingertopparna och låter den sedan halvt obemärkt glida in mellan läpparna. Jag följer hennes rörelser med skarpt intresse. Hur överlever hon?

«Hur gick det egentligen till när du försvann? Jag antar att Viktor hämtade dig på midsommaraftonen med hyrbilen som sedan lämnades tillbaka?»

Lea skakar på huvudet.

«Nej, det skulle polisen ha fått koll på och han skulle blivit misstänkt. Han hyrde bilen på söndagen efter midsommar för att åka och handla mat till oss och saker vi behövde. Sedan lämnade han tillbaka den samma dag.»

Hon ser nöjd ut och jag känner irritationen komma över mig, skulle återigen, som den gången vid kvarnen, vilja ruska förstånd i hennes veka kropp.

«Men hur tog han sig från Skogsberg och tillbaka igen?» tvingar jag mig själv att säga med lugn röst. «När han skulle hyra bilen och efter att han lämnat tillbaka den?»

Lea småler och det gör mig rasande men jag stålsätter mig. Sanningen är viktig att få fram.

«Då var det inga problem att ta sig till och från Skogsberg. Alla ville ju dit och leta efter mig. Han liftade med människor från Missing People.»

Vilken djävulsk plan.

«Och mobiltelefonen vid badet. Antar att du slängde den med flit.»

Lea pillar med en ny kula bröd på bordet, tar upp den mellan tummen och pekfingret och granskar den. Stoppar kulan mellan sina ljust rosa läppar som förra gången.

«Visst var det smart. Det var Viktors idé, typ. Inga mobiler, inga meddelanden att spåra. Han droppade sin på behandlingshemmet. Morsan blev helt stirrig när hon inte fick tag på honom heller.»

Hon fnissar till och jag blundar hårt.

För att avleda mig själv från att sticka brödkniven i henne, reser jag mig upp för att hälla i mer vatten i min tekopp. Sedan sätter jag mig igen, lugnare till mods. Jag måste få ur henne hur det hela egentligen gick till, trots att det fortfarande pyr en ilska i mig.

«Men när bestämde ni er för att försvinna?» säger jag i långsam ton för att förhindra känslorna att avslöja sig.

Lea tar upp yoghurt på en sked och stoppar den tveksamt i munnen, som om hon inte är säker på att hon kommer att gilla innehållet. Med halva yoghurten kvar, drar hon ut skeden igen och placerar den i yoghurtburken.

Fascinerad följer jag hennes rörelser som kan kallas för konsten att undvika att få in alltför mycket mat i munnen.

«Det var planerat sedan länge. Jag och morsan var och hälsade på Viktor innan midsommar. Viktor och jag gick ut medan morsan stannade kvar på behandlingshemmet. Hon skulle prata med personalen och tyckte att vi skulle ha tid tillsammans bara Viktor och jag.»

Hon fnissar till. Det belåtna gnägget gör mig galen.

«Det var då vi gjorde upp planen. Eller egentligen var det Viktors idé.»

«Ni bestämde att ses vid badet klockan tio på midsommaraftonens kväll.»

«Kvart över faktiskt», säger hon, släpper förvånat kulan hon börjat rulla och tittar upp på mig. «Hur kan du veta det?»

«Du är inte den enda som är smart», säger jag.

«Men hur tog sig Viktor till byn. Polisen listade tydligen inte ut att han var här.»

«Han köpte en tågbiljett till Malmö men åkte aldrig med den utan liftade till Skogsberg korta sträckor typ för att ingen skulle bli misstänksam. Sedan gick han från den stora vägen till fäboden. Han kom dit före mig, redan på onsdagen.»

«Antar att ni sedan höll till i fäboden en tid», säger jag.

Hon nickar och får samma nöjda uppsyn som tidigare.

«Det var morsan och jag som var ute och gick en gång i våras åt det hållet. Vi kom aldrig ända fram, det var för långt, men hon sa att det finns en fäbod längre in efter den väg vi gick. När Viktor och jag gjort upp planer för att rymma gick jag till fäboden för att kolla, hittade nyckeln och gick in. Det var perfekt.

Jag tog i smyg dit mat och sängkläder för att klara oss den första tiden. Det var jobbigt att bära med sig. Morsan fattade ingenting. Hon trodde att jag var vid badet. Hon ville ändå aldrig följa med.

Det var superenkelt för mig att fixa till det perfekta stället. I alla fall tills Elof och du kom dit på fyrhjulingen. Som tur var hörde vi er i god tid. Vi gömde oss i den undre sängen bakom förhängena för säkerhets skull. Gud, så skönt det var när ni for därifrån! Vi höll andan tills ni försvunnit.»

Ansiktet i fönstret som jag trott mig se när Elof och jag körde därifrån. Det hade varit Lea eller Viktor.

«Men Viktor blev orolig liksom, tyckte att det var för osäkert att stanna kvar i fäboden. Vi tog oss till den gamla kvarnen. Flera vändor fram och tillbaka fick vi gå för att få med oss allting. Inte alls lika nice ställe.»

Hon har släppt greppet om bröd och yoghurt och lagt de smala händerna i knät. Som om hon fryser gnuggar hon fingertopparna mot varandra. Sedan kommer en djup suck, som får den smala bröstkorgen inuti jeansjackan att häva sig.

«Viktor försökte lämna lappen till morsan tidigare en natt men det var för många människor överallt. Han vågade inte.

Vi fick ju inga pengar heller, för att den där mannen, Jens någonting, hittades död. Samma dag som vi skulle ha träffat morsan vid badet. Det var creepy. Att alla trodde att han tagit mig.»

Hon ryser till och ser djupt allvarlig ut. Under en kort minut kan Lea blicka in i en alternativ värld. En parallell värld där hon varit hotad till livet. Den som vi alla trodde på.

Sedan reser hon sig snabbt och går ut i hallen och rotar runt i en mörkblå tygväska som hon bar över axeln när hon kom. Den ljusa manen flyger runt henne, när hon lutar huvudet bakåt och skakar håret fritt, för att därefter få det att landa i bättre ordning ringlande nerför hennes rygg.

«Kan du kolla?» säger hon och slänger ner ett vitt tjockt kuvert, som hamnar med en duns bredvid tekoppen.

Kuvertet är öppnat. Den taggiga öppningen visar att någon har haft bråttom att med pekfingret riva upp brevet och ta reda på innehållet.

Jag tittar skarpt på henne när jag vänt på kuvertet och ser att brevet är adresserat till Max Palmgren i Stockholm.

«Har du stulit det ifrån Max?»

Lea suckar och är redan på väg med väskan på plats och remmen över den smala axeln.

«Kan du kolla vad man kan göra åt husen? Du jobbar ju med sådant, liksom. Max säger att vi kan bo i huset på sommaren. Nästa sommar.»

Hon går mot dörren utan att ha ätit någon ordentlig frukost. Endast ett fåtal tuggor av brödet. Om man ens kan kalla de små runda kulorna för tuggor.

När hon är framme vid lägenhetsdörren ropar jag efter henne:

«Men jag måste ha ditt mobilnummer! För att kontakta dig menar jag.»

Hon stannar precis framför dörren och drar upp sin mobil ur fickan.

«Okej. Säg ditt nummer!»

Jag rabblar mitt telefonnummer.

Ytterdörren smäller igen med ett brak efter att hon ringt samtalet till min mobil. Jag blir sittande framför det vita kuvertet och hennes oavslutade frukostlämningar. Varför tvingade jag henne inte att ta med sig den knappt rörda yoghurten och mackan? Men det skulle antagligen inte haft den effekt jag velat. Hon skulle troligtvis ha slängt allt i närmaste soptunna när hon kommit ut på gatan.

Jag tar det tjocka brevet i handen och går in i vardagsrummet. När jag satt mig ner i soffan drar jag ut det som finns inuti kuvertet och bläddrar snabbt igenom handlingarna. Det innehåller lösa blad av ritningar och förslag på reparationer. Sista bladet består av siffror, en sammanräkning av vad det kommer att kosta.

Det tar en lång stund innan jag fattar att det är Nilsbodarna det handlar om.

Kapitel 72. Skräcken

Det är konstigt att tänka sig ett normalt liv, att leta mig tillbaka till någonting jag en gång haft och jag försöker anpassa mig. Jag övertygar mig om att jag inte behöver se mig omkring hela tiden för att skanna av omgivningen och ska inte blixtbelysa ensamma män som intresserade ser åt mitt håll. Det finns möjlighet för mig att i ett framtida jobb stå med mitt namn i personalförteckningen utan att ha en klump i magen.

Det kommer snart att bli på det sättet. Jag kommer även att kunna hälsa på släkten utan att vidta en rad försiktighetsåtgärder som jag fick göra tidigare. För första gången på länge ska jag ta den kortaste vägen utan att resa via andra orter.

Äntligen kan jag fråga om barnen vill följa med på en semester till havet. Ja, barnen kan till och med flytta in hos mig om de vill. När jag kliver ut genom ytterdörren behöver jag inte längre se mig om innan jag vågar överge hemmets trygghet.

De tunna trådarna runt kroppen blir glesare och glesare, faller till marken en efter en. Men vissa är envisa och dröjer sig fläckvist kvar.

Jag ser ut att vara som alla andra, åtminstone när jag har kläder på mig och inga ärr syns. Men inom mig finns de svarta molnen kvar. Det mörka fyller lungorna, kväver mig även om han är död, även om det inte finns yttre hot längre.

Det kommer att ta tid innan jag slutar böja huvudet neråt varje gång jag möter en människa. Jag behöver inte undvika folkmassor och kan skaffa nya vänner om jag skulle önska. Inte för att jag behöver. Det räcker med att jag tar kontakt med gamla vänner som inte hört från mig på flera år. Tanken hisnar! Jag är fri att leva mitt liv som jag vill.

Män av alla sorter är ett särskilt kapitel. Jag är inte naturlig med män oavsett ålder. Går det att lita på en man, har de inte alla ett dolt budskap, är de inte alla ett hot mot mig? De är opålitliga och elaka, kommer jag snabbt fram till, trots att jag ser hur varma och kärleksfulla vissa av dem är mot sina barn och sina kvinnor. Men jag tycker mig genomskåda allt de gör och jag ser det som inte finns eller som ingen annan upptäckt.

Det har han lämnat efter sig, ett testamente av förödelse i själen. Jag har mött verklig ondska och det har förändrat sättet att se på världen. En ondska som det inte gick att stänga av, inte med skräckblandad förtjusning trycka på avstängningsknappen som om det vore en skräckhistoria på nätet. Nej, han har förstört min värld, av min naiva tro på det goda finns bara aska kvar och jag kämpar med mig själv för att hitta det ljusa i människor jag möter. Jag vet att det måste finnas, annars skulle livet inte vara värt att leva, men jag måste varje dag övertyga mig själv.

Livet är tufft och svårt för mig. Men jag är inte den enda som lider. Willy, min kusin, barnen kämpar också med den nya personen jag är och vi har svårt att nå fram till varandra.

Jag gör tappra försök men är för skadad för att kunna ge stöd till någon annan än mig själv. Åtminstone nu. Det jag trodde mig om att kunna, fungerar inte längre. Det gråter jag över på nätterna men när morgonen gryr tar jag djupa friska andetag och kliver upp ur sängen. Jag tänker inte ge upp.

Ytligt sett är allt bra, men inom mig pågår kampen oavbrutet. Det finns egentligen ingenting mer att vara rädd för, att ängslas för.

Ibland gör Skräcken sig påmind när jag hör om andra kvinnor som har det svårt. Skräcken säger att vi måste varna henne, låsa in henne, hålla henne borta för att den farlige mannen inte kommer åt henne och inte kan göra samma sak mot henne som han gjorde mot mig.

Jag har bestämt mig för att ta tillbaka mitt gamla liv, det lilla som finns kvar av det som varit. Allt är förändrat, allra mest jag själv.

I höst kommer jag åter att bosätta mig i Stockholm i en ny lägenhet och jag har ett jobb som väntar på mig. Mitt nya namn, Cathrin, behåller jag. Charlotte är för alltid förknippat med hans sätt att uttala namnet. Smeksamt, varnande, hotfullt. Det namn mina föräldrar gav mig som en kärlekshandling kan jag aldrig mer använda mig av.

Jag behöver pengar, ekonomin är totalt raserad, eftersom jag inte vågat jobba sedan han kom ut från fängelset, av rädsla för att han lättare skulle hitta mig. Nu ska jag bygga upp mitt liv, mina vänner sten för sten. Det ska gå.

Epilog

Jag ligger i min säng. Eller i Peters och min säng. Han är hos mig denna söndag men enbart som en vän, som en kompis. Vi har ätit gott, mat som Peter lagat, och vilar fullt påklädda i dubbelsängen.

Han ligger tätt intill mig, bakom min rygg och stryker mig över axeln. Det känns bra med hans varma kropp som utstrålar trygghet och allt det som var en gång.

Vi har pratat ut, som det heter, trots att vi båda tyckte att det var högst obekvämt. Peter har inlett en relation med en annan tjej. Hon bor inte i Uppsala utan i Örebro, dit han reser då och då. Jag har inte träffat henne än men jag har förlikat mig med att hon existerar.

Om Andreas vet han ingenting. Det kändes högst onödigt att berätta om honom eftersom det ändå är ett avslutat kapitel.

Han känns långt borta, som en ouppnåelig dröm, med sitt liv och jag mitt. Det skulle aldrig bli vi två. Andreas valde mellan två tjejer och jag drog det kortaste strået. Jag får aldrig veta hur det är att leva tillsammans med en kille som älskar hästkorv.

Egentligen skulle jag vilja älska med Peter, eller med vem som helst egentligen. Precis i denna stund härskar en tung lust i kroppen. En lust som längtar efter att få växa ända till orgasmens topp. Den totala avslappningen efteråt och ett själsligt lugn är vad jag önskar. Varför inte ägna mig åt det som gör mig gott?

Men Peter skulle aldrig gå med på det eftersom han har en tjej i Örebro. Nej jag ska inte fresta honom eller förödmjuka mig själv.

Jag ligger och blundar och märker att hans hand på min axel blir slappare och slappare tills smekningarna upphör och hans andetag djupnar.

Då makar jag mig en bit bort från honom vilket får hans hand att falla ner, som om den vore utan eget liv, ovanpå överkastet. Han sover djupt med sina långa lockar utslagna över kudden.

Med långsamma rörelser lyfter jag upp mobilen från nattduksbordet för att kontrollera mina sms. Frida har skickat ett meddelande för fyra timmar sedan som jag läst men inte svarat på ännu. Hon vill att vi ska ses i Göteborg nästa helg.

Andreas har inte hört av sig och varför skulle han? Han har det antagligen skönt och mysigt med den där Ylva, som jag intensivt hatar. Men jag bryr mig inte, intalar jag mig. Även inför mig själv låtsas jag att jag kommit över att han tog tillbaka sin flickvän. Men det har jag inte. Jag längtar efter honom intensivt, oavsett vad han stoppar i munnen, trots att jag inte kan erkänna det för mig själv ens.

Med samma försiktiga rörelser, för att inte väcka Peter, lägger jag tillbaka mobilen på bordet och lutar mig mot kudden.

Det går över. Inte idag men sedan. Någon gång i framtiden.

Snart har det gått två månader sedan jag kom tillbaka till Uppsala. Det är höst men sommaren har dröjt sig kvar. Fortfarande är det skönt att sitta ute på caféerna i Uppsala, även om mörkret kommer tidigare på kvällarna.

Jag har varit på Öland hos mamma och Gösta en vecka i augusti under min andra semesterperiod. Det blev ungefär som jag föreställt mig, varken bättre eller sämre, men mamma vet numera om min kärlek för Andreas. Men endast hon, ingen annan har jag berättat det för.

Lea bor hos sin pappa i Stockholm och Viktor har kommit på fötter ordentligt. Elisabeth och jag har kontakt då och då. Oftast är det hon som berättar om Lea eller Viktor, via ett kort meddelande till mig. Hur hon själv mår är dolt i dunkel.

Ellen har också skickat ett sms bestående av en bild men helt utan någon förklarande text. Fotot föreställer Elof stående bredvid en kvinna. Bilden är taget utomhus, med glasverandan på huset som bakgrund. De ser stela ut, avståndet är stort mellan dem och i ansiktet syns märkbara tillgjorda leenden. Armarna hänger lealöst utefter sidorna, och de ser rakt in i kameran båda två.

Men när jag förstorar upp fotot med fingrarna och granskar detaljerna noga, tycker jag mig skymta en viss belåtenhet i Elofs ansikte. Hon, som jag antar är Lena, ser avvaktande ut men absolut inte på ett negativt sätt.

Om och om igen tänker jag på om:en i våra liv. De små och stora val vi gör som påverkar oss för lång tid framåt. Det är skrämmande.

Precis när jag är på väg att somna hör jag tonen från mobilen. Ett nytt sms. Jag sneglar på Peter. Han rör sig inte, ser ut att sova djupt. Åter tar jag upp telefonen från bordet bredvid sängen.

Andreas.

Hjärtat stannar.

Med mobilen i hand makar jag mig fram till sängkanten och sätter ner de bara fötterna i golvet. Sedan går jag med snabba ljudlösa steg ut från sovrummet och drar igen dörren efter mig. Innan jag stänger kontrollerar jag att Peter fortfarande är i drömmarnas landskap. Jodå, långa lugna andetag.

Även om mobilen bränner i min hand, vill jag inte läsa meddelandet inomhus, där Peter befinner sig. Jag måste få vara för mig själv.

Därför sticker jag fötterna i ett par sneakers, tar nyckeln från kroken och jackan i hand och lämnar lägenheten. Det är bråttom. Jag vill läsa vad Andreas skrivit innan Peter vaknar.

Ute på gatan är jag säker. Inget fönster i lägenheten vetter åt det hållet. Men jag hastar ändå vidare efter trottoaren mot Börjegatan för att korsa den. Inne i parken, med den långa skorstenen som ett udda konstverk, saktar jag in stegen och sjunker ner på en bänk.

Det blåser friska vindar i lövkronorna ovanför mitt huvud. Ännu har inga löv fallit av från träden, endast ändrat färg till gulröda. Men de har blivit torra och det rasslar om dem när en vindpust skakar om grenarna.

Ingen sol skymtar bakom de vitgrå molnen och jag sveper jackan om mig. Ett djupt andetag därefter trycker jag fram meddelandet.

Förlåt att jag skriver, men det går inte att sluta tänka på dig. Elof sa åt mig att hålla mig borta, att du har Peter. Jag ljög förresten om Ylva för att inte framstå som en idiot. Kram

Tack!

Först och främst vill jag rikta ett tack till alla i byn i Dalarna där jag själv bor under delar av året. I byn har jag fått inspiration till denna bok. Tack till alla kluriga gubbar och gummor i alla åldrar! Men alla likheter med miljöer och personer är tillfälliga och ska inte tas som en sanning.

Sist men inte minst vill jag tacka alla som läst mitt manus och gett mig goda råd för att göra text och historia bättre. Tack Karin Andersson, Anna Brodin, Jaan Koort, Lena K Köster, Emma Lind, Klara Mörk och Elin Strandman.

Margareta